KB157730

조용한 눈물

국학자료원

팔순기념문선 발간에 즈음해

나는 다작하는 타입이 아니다. 다작하는 것보다 정치(精緻)한 작품 하나를 완성하는데 보다 심혈을 쏟았다고 할까.

팔순에 들어섰는데도 마음만은

내가 언제쯤 이런 마음에서 벗어날지 알 수 없다. 소설이라는 요술방망이를 팽개치는 날이 언제쯤이 될는지…

내게 있어서 요술방망이라는 것은 별개 아니다.

오직 인간이 되기 위해 글을 써야 한다는, 글은 쓰기에 앞서 좋은 글을 쓰겠다는 욕심부터 버리라는, 저속한 글을 쓴다는 것은 문적(文賊)이며 명성이나 인기를 바래 글을 쓴다는 것은 문기(文妓)의 노리개에 지나지 않는다는 요술방망이였으니. 이런 요술방망이 없이는 절대로 좋은 글은 잉태될 수 없으며 속기(俗氣)를 떠나 전아한 품성을 기르고 문정(文情)과 문사(文思)의 길에서 잠시도 벗어나지 않아야 좋은 글이 씌어 질 수 있다는 마음가짐이 무엇보다도 필요했는지 모른다.

　　　　　　　　　　　　　　　　　－『조용한 눈물』의 「작가의 변」

는 초심을 잃지 않으려고 평생을 아등바등 발버둥 쳤다 할까.

따라서 원고를 출판사에 넘기기 전까지 시간이 닿는 대로 깁고 고치면서 개작은 물론 개제까지 서슴지 않았다. 사람은 만족을 모르는 동물인지

내겐 그렇게 고치고 깁고 개작하고 개제해도 작품에 대해 한번도 흡족한 적이 없었다. 욕심이 너무 많아서일까.

우습게 들리겠지만 나는 돈에 대한 욕심을 낸 적이 거의 없다. 어쩌면 돈에 대해 초월했다고 할까. 그것이 집사람에게 바가지의 대상이 되곤 했다. 이 세상에서 가장 큰 욕심, 작품에 대한 욕심 이외는.

이제 마지막 원고를 출판사에 넘겼으니 전집이 나온 뒤에는 어떠한 탈자나 오자 등 오류를 발견해도 만시지탄(晩時之歎), 다시 수정하고 정정해서 전집을 낼 수도 없는 나이이니 나로서는 그것이 너무 아쉽다.

팔순을 살아도
인생을 잘 살았는지 모르겠고
문학이 뭔지는
더 더욱 모르겠다.

글을 쓸 때는 사춘기 소년
글을 쓰지 않을 때는
구순 할아버지.

하늘에 덩그렇게 걸어둘
시 한 줄 썼으면
하는 바람이
팔순을 산 버팀목이려니…

―시 「버팀목」
2022년, 신록의 5월에

고희기념 미국여행, 뉴욕 타임스퀘어 광장에서

나이아가라폭포를 배경으로 집사람을 스냅하다(2012년)

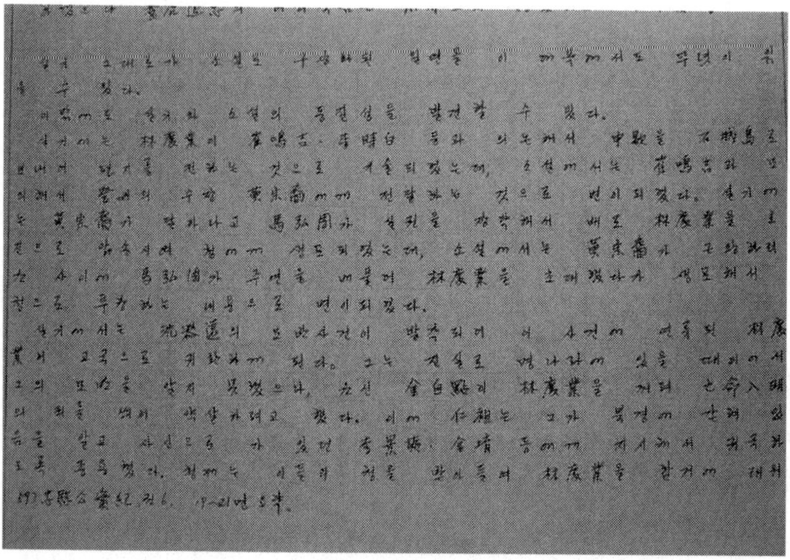

저자의 친필 학위논문 원고

작가의 변

이 나이에도 첫사랑 동화 같은 설렘에 젖어 소설을 쓴다.

사람이라면 누구나 애틋한 첫사랑의 멍에를 지고 살아가고 있듯이 나는 소설에 대한 애틋한 첫사랑을 잃지 않으려고 몸부림친다.

모든 사람에게 첫사랑 동화는 적당히 고민하고 또 적당히 괴로워하면서 인생의 이정표가 되고 생활의 악센트로 작용을 해서 남은 생을 보다 윤택하게 하듯이 나는 삶의 윤택을 위해 소설을 쓴다.

아니, 나는 조개가 남의 몸인 진주를 몸속에 숨겨 소중히 키우는 마음으로 소설이라는 진주를 키운다.

한데도 나는 글 쓰는 데 있어 둔재임이 분명하다.

이를 누구보다도 나 자신이 잘 알고 있다.

그런데도 소설에 대한 미련을 버릴 수 없다. 30여 년이나 소설을 공부했고 한때는 회의에 젖어 소설을 완전히 포기했었다.

더욱이 이제는 죽으라면 죽는 시늉을 내더라도 소설을 쓰지 않겠다고 맹세한 적도 있다. 치사하게도 나, 참.

이 무슨 망령인지 뒤늦게 미련을 떨쳐버릴 수 없어 다시 시작했으며 내팽개쳤다가 또 펜을 들어 괴발개발 적고 있는 나 자신을 발견한다.

그 동안 써 모은 50여 편의 소설을 몽땅 태워 버린 일도 있다. 그러고도 무슨 미련이 남았는지 소설집을 내려고 벼르다니…

이번 선집에서는 『조용한 눈물』에 이어 『우리 시대의 神話』, 그리고 원점으로 되돌아가 최종적으로 『조용한 눈물』로 타이틀을 결정하면서 체제나 소설 제목도 바꿔 단·중편소설을 묶었다.

　수록한 작품은 이런 미련을 떨쳐버리지 못해서 갓 태어난 아기를 다루 듯이 깁고 고치고 또 수정했으며 작품을 보다 완벽하게 완성하려고 최선 을 다했다고 할 수 있다. 그 결과, 내게 있어서는 분신과도 같은 애착이 가 는 작품으로만 묶은 셈이 된다.

　원제가 「수사도」인 「메나리」는 수백 번도 더 깁고 고쳤으며 『현내리 사람들』은 「우리 시대의 신화」로 또 다시 「현내리 사람들」로, 「조용한 눈물」은 「무서운 故鄕」으로, 그리고 「조용한 눈물」로 제목을 바꿔 가며 개작에 개작을 거듭했다. 물론 다른 작품도 예외는 아니다.

　이런 작태는 바람직한 작업이라고 할 수는 없다.

　그런데도 여전히 불만과 아쉬움을 감출 수 없다. 왜 그럴까? 문단의 미 아 같은 나의 초라한 몰골 때문일까?어쨌든 지금까지의 작업을 반성하는 계기로 삼아 새로운 도약을 한다는 나름의 명분을 세워 한 권의 책으로 상재하는 용단을 내렸다.

　나는 지금도 소설을 쓰는데 열없는 마음을 감출 수 없다.

　그것은 '글 같지 않은 글, 되먹지도 않은 소설을 쓰네.' 하는 나 자신이 더할 수 없이 초라하고 저주스럽다는 데 있을 것이다.

내가 언제쯤 이런 마음에서 벗어날지 알 수 없다.

소설이라는 요술방망이를 팽개치는 날이 언제쯤이 될는지…

내게 있어서 요술방망이라는 것은 별개 아니다.

오직 인간이 되기 위해 글을 써야 한다는, 글은 쓰기에 앞서 좋은 글을 쓰겠다는 욕심부터 버리라는, 저속한 글을 쓴다는 것은 문적(文賊)이며 명성이나 인기를 바래 글을 쓴다는 것은 문기(文妓)의 노리개에 지나지 않는다는 요술방망이였으니.

이런 요술방망이 없이는 절대로 좋은 글은 잉태될 수 없으며 속기(俗氣)를 떠나 전아한 품성을 기르고 문정(文情)과 문사(文思)의 길에서 잠시도 벗어나지 않아야 좋은 글이 씌어 질 수 있다는 마음가짐이 무엇보다도 필요했는지 모른다.

나는 소설을 빌려 소설을 모독했다는 온갖 비난을 받는다고 해도 내 소설에 대해 무한한 애착과 긍지를 가진다.

도깨비와 밤 내내 왼씨름을 하는 심정으로 묶은 최초의 소설집『조용한 눈물』에 대해 독자들의 많은 질정을 바란다.

　　　　　　　　　　　　1994년 여름 장마를 즈음해, 지은이 적음
　　* 선집을 내기 위해 개제하거나 고치기도 했음. 2007. 처서에 즈음해

『팔순기념문선』은 마지막 원고를 출판사에 넘기기 전까지 낙을 삼아 틈틈이 수정하고 보완하다 보니, 앞서 세상에 나온 책과는 제목이나 차례, 내용이 다르거나 많아 달라지기도 했다.

이런 작업은 생각하고 생각한 끝에 고심한 결과다.

해서 앞서 세상에 나온 책과는 다소 혼란이 있을 수 있겠지만 달라진 이유야 작품에 대한 불만, 아쉬움, 만족할 수 없는 것을 보다 완결에 가까운 작품을 만들겠다는 허욕(虛慾) 때문이며 그런 허욕이 없다면 문선을 준비하는 의미가 반감될 수밖에 없을 것이다.

2022년, 조추지제에

차례

팔순기념문선 발간에 즈음해 _ 2
작가의 변 _ 7

제1부 단편소설선

얼레와 감개 ‖ 15

그것은 꿈 ‖ 33

메나리 ‖ 61

여행의 뒤끝 ‖ 85

소녀신불 ‖ 117

상어비인(傷魚卑人) ‖ 139

제2부 중편소설

현내리 사람들 ‖ 161

조용한 눈물 ‖ 201

하얀 두더지 ‖ 275

세상에서 가장 오랜 시간에 걸쳐 쓴 편지 ‖ 328

해설/ 숙명적 비애와 삶 ‖ 401

제1부

단편소설선

얼레와 감개

그것은 꿈

메나리

여행의 뒤끝

소녀신불

상어비인(傷魚卑人)

얼레와 감개

달빛의 음영(陰影)이 드리워진 강 자락은 미동도 하지 않았으나 구름 속으로 들어갔던 달이 발발 기어 나오면서 하얀 비늘을 강 자락에 늘어뜨리자 비로소 강물은 되살아나 꿈틀꿈틀 움직이기 시작했다.

되살아난 강 자락을 건너오고 있는 사내 하나가 있었다. 달빛은 사내가 들고 있는 네모진 하얀 상자에 달라붙어 떨어지지 않았고 불어오는 후덥지근한 바람은 알몸을 드러낸 대안에서 농탕쳤다.

사내는 가던 길을 멈춘 채 강바닥을 휘휘 둘러본다.

흔히들 해도 해도 너무한 삼십 년만의 대한(大旱)이라고 했다. 사내는 그런 큰 가뭄이 아니면, 결코 밟아볼 수 없는 강바닥 한가운데 서 있기만 하는데도 손발은 떨렸고 가슴은 디딜방아를 찧어댔다.

사내는 새로 생긴 길을 따라 산등성이로 올라섰다.

그는 이마에 밴 땀을 훔치면서 무심코 하늘을 올려다보았다.

열이레 달이 구름 사이로 달아나고 있었다. 달빛에 드러난 반백 머리의 사내는 얼굴 가득히 짙은 음영이 드리워진 데다 굵은 주름살은 대처생활에 지지리도 고생했음을 대변해 주고 있는 듯했다.

산등성이 밑으로는 강바닥이 굽이돌면서 질펀한 들판을 토해놓았는데 그 들판 머리맡에는 언제 어디로부터 굴러 들어왔는지 알 수 없었으나 사람들이 하나씩 둘씩 모여들어 마을을 형성하기 시작했다.

그 마을을 일컬어 예당(禮堂)이라고 했다. 사내는 예당에서 잔뼈가 굵고 자랐으며 바로 그곳이 고향이다.

할아버지의 할아버지 적부터 터전을 잡고 살아온 마을, 큰일이라도 생기면 네 일 내 일 없이 발 벗고 나서서 도와주던 사람들, 명절로는 갖은 솜씨로 만든 음식을 집집이 돌아가며 내놓던 마을, 정월 대보름에는 마을이 떠나가도록 풍물장이로 극성을 떨던 마을이었다.

그런 정답던 마을에 다목적 댐이 들어서면서 마을 사람들은 수몰민으로 전락했고 하루아침에 날벼락을 맞았다.

그렇게 말 못할 처지로 뿔뿔이 도망치듯이 죄인이 되어 예당을 떠난 지도 벌써 10년이 흘렀다. 사내도 예외는 아니었다.

사내는 산등성이를 내려섰다.

그러자 낯선 집들이 사내 앞에 다가섰다. 고향을 허둥지둥 떠날 때는 볼 수 없었던 집들이었다.

사내는 낯선 마을로 발길을 돌리면서 공동묘지에라도 들어선 듯 흠칫 놀랐다. 그는 먼 이방에 발을 들여놓은 듯 당혹감을 느끼자 실제 나이보다 십년 하나는 더 늙었다는 생각이 들었고 그것은 고향을 등진 죄업이라고 자조했다. 옛날 같으면 낯선 사람이 마을로 들어서기도 전에 외딴집 개가 먼저 알고 짖어대면 마을의 개란 개는 다 내달아 짖어대던 마을, 고즈넉한 마을은 온통 개들의 울음소리로 가득차곤 했던 그 흔해빠진 개 짖는 소리마저 들을 수도 없었다.

해서 사내는 "시상에 그 흔해빠진 개소리 하나 없어 놓으이, 사람 하나 살지 않는 텅 빈 마을에 들어서는 것 같아서, 나 참 새로 생긴 마을이란 것이…" 하고 왠지 모를 투정이 입안에서 맴돌았다.

"누가 뭣이라캐도 예당에 살 적이 좋았어. 모깃불을 피워놓고 둘러앉아 짧은 여름밤이 이슥하도록 얘기꽃을 피웠으니끼. 매캐한 모갯불 냄새로 밤이 새는 줄도 까맣게 모르고 말이더."

그런 후한 인심이 모질게도 변했다.

삶의 터전을 잃은 수몰민들은 인심마저 사나워져서 서로서로가 살을 뜯어먹고 산다고 서울에 들른 점개가 한숨 아닌 헛심을 토해내던 말에 사내는 머리를 도리질했었다.

그때는 건성으로 들었는데 지금에 와서야 이렇게 실감이 나는지 몰랐다. 당국에서는 도산서원(陶山書院)을 정화해서 관광지로 개발한다고 떵떵거렸었지. 지나는 관광객이 흘린 돈만 끌어 모아도 먹고 산다면서 말이네. 해서 예당을 민둥산에 옮겨놓고는 수몰민을 내몰았다네. 허울 좋은 개살구여. 나라님이 하시는 일에 누가 거역을 할 수 있당가.

그런데 막상 지내놓고 보이 그게 아니었어.

많은 관광객도 도산서원만 번갯불에 콩 꿔 먹듯 지나쳐놓으니 국물은 고사하고 구정물 한 방울도 떨어지지 않네.

갖은 사채 다 끌어다가 집만 그럴 듯하게 지어놓고 전을 벌려 놓았으나 개새끼 한 마리 얼씬도 안 하니끼.

그렇고롬 되니끼, 자연 앞뒤 집에서 팔아 주어 뜯어먹고 사는 처지라네. 결국 자기 피를 자기들이 빨아 먹고 사는 셈이여.

사내는 낯선 집들 속에서 미아처럼 방황하다가 외딴 집 한 채를 찾아냈으나 푸른 대문이 낯설었고 그것이 자기를 쉽게 받아들일 것 같지 않아 한참이나 뜸을 들였다.

추억에 젖은 사립문이나 울도 담도 없는 옛 고향집이 그리워서가 아니었다. 그을음이 끼고 색이 바란 그 흔한 입춘 부적 하나 없는 페인트칠에 저항감을 느꼈기 때문인지도 모른다.

"내 눈에는 낯설기야 하지만 이 집이 맞을따. 집 하나는 번들허네. 찾아와설라무네 되레 죽는 소리만 하고 가더니, 실속들은 챙겼어."

사내가 대문을 두드린 지 잠시 뒤 여인이 긴가민가해서 고개를 내밀고 "뉘시니껴, 아닌 이 밤중에?" 하고 잠에 절어 반문했다.

"저어, 지송허구만요. 이 집이 이점개 댁이 맞으시니껴?"

"맞아요. 그런데 누구를 찾으시니껴?"

"오늘 내려온다고 전갈은 했었는디, 그래 어른은 안에 기시는가?"

사내는 사투리에 정을 느꼈는지 반말부터 나왔다.

"아부지는 올 때가 지났다면서 나가셨는데……"

"어허, 그런가. 길이 어긋난 개비여, 허 참."

"뉘신지 모르지만 안으로 드셔요."

사내는 마당으로 들어서서 들마루에 엉덩이부터 붙이면서 네모진 상자를 가지런히 놓아두고 여인을 위 아래로 훑었다.

"어디 보자. 낯이 익었는디, 고, 곰녀 아이껴?"

"그런데예. 지가 곰녀니더. 그러시는…"

"나 곱단이 아비여. 시집갔다더니, 친정에 댕기러 왔구만."

"곱단이 아부님…" 하는 곰녀는 가슴이 철렁 내려앉는다.

곰녀가 아홉 살, 그 나이였다.

마을 앞 강물이 불어 곱단이와 함께 물 구경을 갔었다.

강물에 휩쓸려 집채가 떠내려 왔다.

집채 위에는 사람이 올라탄 채 살려달라고 아우성을 치다가 끝내 지붕이 폭삭 주저앉고 올라탔던 사람은 눈앞에서 가뭇없이 사라졌다.

이를 지켜보던 곱단이는 발을 동동 구르며 홀짝홀짝 뛰다가 미끄러졌고 노도 같은 물살에 휩쓸려 종적도 없이 사라졌다.

곱단이가 없어지자 돌이는 동생을 찾아 헤매다가 실족했다.

남매를 삼킨 노도는 사납게 흘러내렸다.

지금도 곰녀는 네년이 곱단일 밀어 물에 빠뜨려 죽였다고, 요년, 날 때부터 살인을 배워 태어났다고 닦달하던 곱단이 아버지가 선했다.

그 뒤 곱단이 아버지가 남매를 삼킨 강을 앞에 두고 더는 못살겠다고 이삿짐을 챙겨 떠나는 것을 점개가 뜯어말렸다.

그는 '이래 떠나면 철천지원수가 되는 기여. 한이 맺혀 등지고 살게 되는 기여. 좋은 시절 만나 떠나도 늦지 않을팅끼.' 하고 눌러 앉혔다.

곰녀는 악몽을 이고 지고 살다시피 했다.

시집을 가 남편과 살을 섞으면서도, 청상과부가 되어 친정살이를 하면서도 한으로 남아 밤을 밝히기가 일쑤였다.

곰녀는 사내의 움푹 파인 주름살에 땀이 맺혀 있음을 보고 시원한 샘물을 길어왔다. 그는 어푸어푸 소리까지 내며 대충 씻고는 수건을 받아 얼굴을 훔치는데 그제야 점개가 대문 안으로 들어섰다.

"마중을 나가 길이 헛갈렸으니 시간만 허비한 셈이 됐네그랴."

"이방에 온 듯 발길을 옭아매는 데야 용수 없었네."

"그래 자넨, 마누라를 고향 땅에 수장을 꼭 해야 되나. 물이 차면 물속에 잠겨 흔적도 찾을 수 없을 텐데 말이네, 허참."

"하루를 천추 같이 기다려 온 지 벌써 몇 핸가."

"자네 고집은 늙어서도 개 못 주이."

"내 고집이라니. 이제라도 지아비 노릇 한번 톡톡히 할라네."

"세상에 열부(烈夫) 났군. 청개구리 아들 불효란 말은 들었어도, 청개구리 남편을 열부라니, 난 듣지도 보지도 못했네그랴."

점개는 준비해 두었던 지게를 어깨에 걸치고 일어섰다.

그는 딸에게 밤참 좀 내오라고 짐짓 일러두고 집을 나섰다.

만이는 상자를 들고 따르면서 달빛이 너무 밝다고 생각했다.

그들은 달그림자를 하나하나 디디며 걸었다. 걷다 보니 산줄기 하나가

급한 경사로 내려오면서 질펀한 들판을 토해놓은 어귀에 이르렀다.

"그만 가세. 내 눈이 설지 않다면, 아마 이곳이 맞을 걸세."

점개는 달빛에 눈이 부셔 타인에게 이야기하듯 말했으나 그것이 만이에게는 오히려 긴장감만 조성시켜서 숨이 막힐 지경이었다.

만이의 강은 얼레 끝에 매달린 연이었다.

강은 풀면 멀어지고 감으면 다가오는 마음의 얼레, 마음을 마음대로 늘이고 줄이는 감개였다.

아니었다. 그의 강은 숯불과도 같은 고향이었다.

재속에 묻혔다가 부삽으로 다독이면 벌겋게 피어오르는 숯불, 숯불은 재속에 묻혀 있다가도 부삽으로 다독이면 불꽃이 활활 피듯이 그런 불꽃과도 같은 고향이 바로 거기 있었다.

발아래로는 흐름을 멈춘 강 자락이 비단 필을 펼쳐놓은 듯 널려 있었고 사방의 산들은 검은 머리를 풀어놓은 듯 밤을 이고 있었으며 하늘에는 달무리 같은 조각구름이 흘러가고 있었다.

구름 속에서 빠져나온 달이 그림자를 그려내다가 그의 마음을 저울질하자 만이의 얼굴에는 물기가 망개나무 열매처럼 매달렸다.

"얼른 일을 해 치움세. 당국의 감시도 이만 저만이 아니네."

점개는 괭이를 들고 땅을 파기 시작했다.

가끔 유성이 하늘을 가로질렀고 북극성은 강물 위에 멈춰 있었고 괭이가 돌에 부딪쳐 내는 쇳소리를 되받아 메아리를 튕겼다.

"고인은 딱도 하셔. 호수 속에 묻히기를 유언했다니."

점개의 말에 만이는 들고 있던 괭이로 자갈밭을 내리쳤다.

아내의 수장할 무덤을 파는 것이 아닌, 과거를 퍼낸다고 할까. 강은 그의 가슴을 밀어내며 잘려나간 산허리 같은 과거를 추성이었다.

만이는 혈기 펄펄 나던 젊은 시절을 낚아챘다.

달빛은 너무 눈부셨다. 달빛에 만이는 온몸이 굳어 버렸다.

씨름판에서 몰래 빠져나와 외진 강가에 앉은 남녀, 우승의 감격이 가라앉기도 전에 곰실은 만이를 쳐다보며 눈을 감았다.

곰실은 이렇게 단 둘이 있는 것만으로도 가슴이 얼마나 뿌듯한가를 말해 주려고 했으나 좀체 입이 열리지 않았다.

그네는 오랜 뒤에서야 방망이질하는 가슴을 겨우 진정시키고 입술을 움직였다.

"우리, 강물을 지켜보면서 오래오래 살았으면……"

곰실은 조금씩 몸을 움직여 그에게 다가갔다.

그 움직임은 부드러웠다.

강물은 팔월의 훈풍을 받아 서늘했고 밤하늘은 이불과도 같이 두 사람을 포근히 감싸주고 있었다.

곰실은 만이의 무릎에 얼굴을 파묻고 들릴 듯 말 듯 속삭였다.

"이 세상 누구보다도 저 강을 난 사랑할래요. 저 강을 사랑하듯이 누군가를 사랑하면서 이곳에서 오래오래 살아갈래요."

강물 위에서 반짝이는 별빛과 발 아래로 흐르는 강물의 온기가 두 사람을 감싸 안았다.

곰실의 손등이 만이의 손안에서 떨고 있는데 갑자기 무엇이 그에게 다가와 몸을 충동이었다. 그는 그네의 허리로 팔을 돌렸다.

곰실은 바싹 다가와서 앉았다. 그네의 부푼 젖무덤이 감전의 충격처럼 가슴의 고동을 하나하나 집어냈다.

달빛에 드러난 강은 피 빛처럼 타올랐다. 횃불은 번쩍이며 강물 위에서 춤을 췄다. 그 위로 사람들의 아우성이 굴러가고 있었다.

추석 명절이면 열리는 면민씨름대회는 자정도 지났다.

예년처럼 결승은 삼판양승으로 승부를 가른다. 예당 사람이면 누구나 예상한 대로 만이와 점개가 결승 세 판에서 맞붙었다. 그들의 가슴은 이번 씨름에서 이기는 것 이상으로 디딜방아를 찧어댔다.

어릴 적부터 곰실이는 소꿉동무, 이제 장가 들 나이에 그들은 곰실을 두고 한 치의 양보도 할 수 없는 막다른 골목에 와 있었다.

친구의 우정에 금이 가지 않는 유일한 해결책이라는 것이 고작 이번 씨름에서 승자에게 곰실을 양보한다는 둘 사이의 한심한 묵계였다.

첫 판. 만이가 점개를 들려고 뒤에 중심을 둔 채 허리샅바와 다리샅바를 앞으로 당겨서 번쩍 들려고 했다.

하자 기우뚱하던 점개는 만이의 다리샅바와 허리샅바를 당겨 올리고 왼쪽 다리의 무릎 뒤를 오른쪽 다리로 감아 밖에서 안으로 걸어 당기면서 상체와 가슴으로는 만이의 상체를 뒤로 젖혀 넘어뜨리는 덧거리로 어렵게 승부를 갈라 놓았다.

둘째 판. 자신을 얻은 점개가 서둘러 만이의 왼쪽 다리를 자기의 오른쪽 다리로 걸고 뒤로 넘어뜨리려 하자 만이는 넘어지지 않으려고 앞쪽으로 중심을 싣다가 눈 깜짝할 사이, 자기의 어깨와 몸을 왼쪽으로 돌리고 점개에게 안다리걸이로 공격하던 동작을 돌연 바꾸어 걸은 다리를 위로 후려치면서 왼쪽으로 쓰러뜨렸다.

안다리후리기의 절묘한 한판이었다.

승부는 일 대 일. 판은 숨 가쁘게 돌아갔다. 사람들의 아우성이 절정에 이르렀으며 손에 땀을 쥔 채 셋째 판을 주시하고 있었다.

셋째 판도 좀체 승부가 나지 않았다.

지구전의 양상, 상대를 너무나 잘 아는 두 사람, 곰실을 두고 암투를 벌이는 두 사람에게는 구경꾼들이 모르는 승부 이상의 절박감이 작용하고 있었다. 곰실은 구경꾼들 틈새에 끼어 이를 지켜보며 숨을 죽였고 사내

둘은 혼신의 힘을 쏟으면서도 곰실에게 눈길을 보냈다.

주위는 숨소리 하나 들리지 않았다. 서로는 좀체 기술을 먼저 걸려고 하지 않았다. 숨소리만이 헐떡이고 있었다.

구경꾼들은 이제나 저제나 하고 승부가 나기를 초초하게 기다리며 숨을 죽이다 못해 긴장이 풀려가고 있을 때였다.

점개가 순간 어여차 하고 있는 기력을 다해 불끈 힘을 썼다. 그는 왼쪽 엉덩이를 순간적으로 만이의 오른쪽 다리와 왼쪽 다리 사이에 갖다 대고 자기의 왼쪽 엉덩이를 민첩하게 위로 틀면서 오른손으로는 잡은 허리샅바를 앞으로 당겨 오른쪽으로 돌렸다.

판은 점개 쪽으로 기운 듯했다.

해서 이제 판이 갔나 싶었다.

그러나 웬걸, 기우뚱하던 만이가 그 틈을 노려 재치 있게 상대의 왼쪽 다리 무릎 뒤를 자기의 오른쪽 다리로 걸고 상대의 허리샅바와 다리샅바를 앞으로 힘껏 당기면서 자기의 가슴과 상체로 상대의 상체를 사정없이 밀어젖혔다. 그러자 점개가 기우뚱하고 허점을 보였다.

바로 그 순간을 놓칠세라 만이는 번개 같이 달려들어 점개를 자기 앞쪽으로 당겨 배 위까지 들어 올리고 다시 끌어올리면서 몸을 왼쪽으로 틀어 상대를 옆으로 챘고 허리샅바를 자기 앞으로 당겼다. 점개는 보기 좋게 나가 떨어졌다. 되치기 배지기의 일품이었다.

만이는 구경꾼들의 박수와 아우성 소리보다도 곰실을 향해 씩 하고 웃는 승자의 여유마저 보였다.

곰실은 만이는 만이대로 듬직해 좋았고 점개는 점개 대로 부지런해 좋았다. 꼬집어 누구를 더 좋아한다고 말할 수 없었으나 둘 중 누구라도 좋으니까 자기에게 접근해 오기를 은근히 기다렸다.

그랬는데 의외에도 씨름판에 승부를 걸었다는 소리를 뒤에 듣고 씁쓰

레했으나 결판이 난 것을 오히려 다행으로 생각했다.

곰실은 물기 어린 눈길을 주면서 속삭였다.

"나 죽으면, 이곳에다 묻어줄래요? 바로 이곳에다. 잊지 말구요."

만이는 바지를 추스르며 "어련히 알아서 묻어 줄까." 하고 흘려 들었으나 이를 지켜본 점개는 깊이 새겨두었었다.

만이는 곰실을 차지한 지아비로 점개는 남의 지어미가 된 여인을 잊지 못해 하면서 둘 사이의 우정은 지속되었다.

"좀 쉬었다 하세나. 이만 하면 광(壙)도 얼추 틀이 잡혔으이."

점개는 일손을 놓았다. 만이는 팽이를 놓고 퍼질러 앉았다.

두 사내는 담배를 피워 물고 말없이 마주 바라보았다. 물이 빠진 강 자락은 을씨년스럽기 짝이 없었다.

"며칠 전만 해도 대단했었네. 장바닥처럼 사람들로 들끓었으니…"

댐에 물을 가둔 지 10년, 가뭄으로 물을 빼내어 바닥이 허옇게 드러났다. 물이 빠져나가자 묻혔던 고향의 흔적이 하나 둘 물속에서 튀어나왔다. 그런 소식이 중앙 방송을 탔다.

그런 지 사흘이 못 되어 어디서들 용케 알고 사람들이 몰려들었다.

물 빠진 호수 바닥에는 때 아닌 때에 학이 등장했다.

검은 학이며 흰 학, 얼룩덜룩한 학에 단정학 등.

그런데 자세히 들여다보면 어린 학, 젊은 학들이 아닌 늙고 기운 잃은 학들뿐이었다. 말하는 학들은 끼리끼리 모여 잃었던 이야기로 날개 죽지를 퍼덕였다. 저기는 큰 채, 이곳은 사랑채, 뒷간은 여기, 헛간은 저기, 장독대는 요기쯤 하고 잘도 조잘댔다.

아직도 그을음이 그대로 남은 구들장, 깨어진 시멘트 블록, 부서진 항아리 조각들을 주워들고, 잃어버린 고향집을 하나하나 주워들고 볼에도 비벼보고 가슴에도 안아보고 그러면서 한숨을 지었다.

저곳은 돌이네가 살았던 집터, 저 터는 바우네가 살았던 곳, 석이네 웅이네 당실이 살았던 집터며 부뚜막의 흔적 그대로 남아 있다고, 여물을 주던 쇠죽통은 아직도 썩지 않았다고, 장독대도 그대로네, 정말 용타 용해, 여태껏 옛 모습을 간직하고 있다고…

고향 터를 찾은 사람들은 세상에 이런 후한 인심을 두고 고향을 떠났다면서 종일 쫑알대다가 해질 무렵 다들 흩어졌다.

그들은 올 때와는 달리 어두운 표정을 떨어뜨리고 갔다.

그들이 돌아가고 얼마 되지 않아서였다.

밤마다 이상한 일들이 일어났다. 날이 새면 새로이 흙을 일군 흔적이 하나 둘 생겨났고 돌 표지가 보일 듯 말 듯 고개를 내밀었던 것이다.

점개는 그것이 무엇을 의미하는지 알 수 없었다.

그러나 만이가 드러난 호수 속에 죽은 아내의 무덤을 수장하겠다는 편지를 받고서야 비로소 알 수 있었던 것이다.

점개는 만이의 손을 잡아 일으켰다.

그는 이곳저곳 안내했다. 그러다가 한 지점에 이르러 발을 멈췄다. 새로 일군 흙의 흔적이 달빛에 뚜렷이 부각되었고 표지가 드러나 있었다.

"이런 곳은 모두 무덤일세그랴. 있잖는가, 돌곳이 윤영감이라구. 수몰민을 내몰 때, 죽어도 고향땅에서 죽겠다고 앙탈하던 노인네가 아니었었나. 그 노인은 끝내 손가락을 단절해 피를 뿌린 뒤, 마을을 뜨긴 했지만, 이태 후에야 죽었다는 소문이 들렸지. 자손들이 화장을 해서 가매장해두고 호수에 물 빠지기를 기다렸다네.

… 그저께 밤이었어. 자식들이 남의 선산에 암매장하듯이 이곳에 묻고는 도둑처럼 사라졌네. 고향이 좋긴 좋은가 봐."

점개는 이곳도 무덤, 저곳도 무덤, 그리고 이쪽도 무덤, 하고 새로 일군 흙의 흔적들을 하나하나 지적했다.

"내 여편네가 유별나다고 믿었더니, 그게 아니었네. 호수 속에 묻히기를 유언했으니, 정신이 온전하다고 믿을 놈이 어디 있겠나. 이곳에 와 보니 그게 아닐세. 나도 죽으면 묻히고 싶네."

"그야 나도 같은 심정일세. 하루라도 빨리 죽어야지."

"자네도 그런 생각을 했어?"

"자네 마누라는 고향을 못 잊어서만은 아닌 걸세. 자네와 강을 너무나 사랑했기 때문이라고 난 지금도 믿고 있네."

점개는 씨름에 졌다는 울분보다는 사랑하는 사람을 영원히 보내야 한다는 감정을 억제할 수 없어 강가로 나왔다가 우연히 곰실이와 만이가 엉겨 붙어, '나 죽으면 이곳에다 묻어줘. 꼭 이곳에다. 잊지 말구, 웅' 하던 말이 지금까지도 잊혀 지지가 않았던 것이다.

"부질없는 소리. 하던 일이나 끝냄세."

"내 천개(天蓋)할 돌도 마련해 뒀네. 고인도 고인이지만 호수 속에 수장을 한다구 해도 막 쓸 수도 없구, 형식이라도 대충 갖춰야지."

점개는 횡대(橫帶)로 사용할 돌을 다섯이나 져다 날랐다.

환갑이 지났다고 하지만 만이는 점개의 마음 씀씀이가 못마땅했다. 내 손으로 여편네 무덤 하나 쓰지 못해 그의 손을 빌렸고 그것도 점개가 일을 들고 하는 바람에 공연히 질투마저 느꼈다.

별자리를 찾아 위치를 확인했다.

북으로는 까치산 정수리를 마주했고 남으로는 가막재 정상을 정면으로 해서, 호수에 물이 찼을 때도 어렵지 않게 무덤 장소를 식별해 낼 수 있도록 표지를 확적히 해 두고 광 속에 네모진 상자를 정중히 모셔놓으니 상자 자체가 너무나 초라했다.

나머지 빈 곳은 부드러운 흙으로 채우고 내광 아래로부터 위로 올라가면서 횡대를 덮었다. 그리고 마지막 하나를 덮씌웠다. 외광 앞에 표지판인 지석을 묻고 흙을 덮어 본래의 모습으로 성토했다.

이제 무덤 쓴 흔적이라고는 새로 일군 흙뿐이었고 그것도 호수에 물이 차면 종적도 없이 사라질 것이었다.

"자네 덕분에 여편네 유언을 성취시켰네. 고마우이."

그때서야 곰녀가 밤참을 내왔다. 밤참이라야 기껏 라면과 비닐봉지에 든 막걸리가 고작이었다.

"자, 목도 마르던 차, 막걸리라도 한 잔 드세."

점개는 술을 따라 만이에게 잔을 넘겼다.

만이는 잔을 받아 앞에 놓고도 좀체 마실 수 없었다. 잔속에는 달빛만이 부서지는 것이 아니었다. 죽은 마누라며 곱단이는 물론, 점개며 곰녀마저 잔속에서 얼른거렸기 때문이었다.

예당 전체가 말로 다할 수 없는, 아니 입에 담을 수도 없는 째지는 가난이었다. 예당 넓은 들이 온통 동척(東拓)으로 들어가고 조상 대대로 터주노릇을 했던 사람들은 비탈에 빌붙어 죽지 못해 살아갔다.

만이는 곰실이와 결혼을 해서도 살림은 피어날 줄 몰랐다.

곰실의 배가 동산만큼 불러와도 산모 하나 거둘 수 없어 봇짐을 쌌다. 너나없이 북만으로 몰려가는 대열에 끼려고 했던 것이다.

만이가 떠나려던 전날 밤이었다.

점개가 들마루에 보리쌀 한 가마니를 내동댕이치면서, '만이 자네 돌았어? 산모의 저 배를 가지고 하루도 못 가 일 당하네. 눌러 삽세. 내 힘껏 도와 줌세.' 하고 윽박지르며 주저앉혔다.

그는 아직도 노총각으로 살고 있는 점개가 자기 탓만 같았고 고향에서 함께 살다 죽어 뼈라도 묻자는 곰실의 말에 추를 달아 눌러앉았다.

만이는 6.25 사변 때도 백리 바깥을 나가지 않은 채 마을을 지켰다. 관물이야 먹어 보지도 못한 우리네 소작농이야 세상이 바뀐다고 해서 별 일이야 있을까 하는 핑계도 있었으나 고향을 떠나서는 단 하루도 살 수 없을 것 같은 마음이 병폐였던 것이다.

해서 난데없이 나타난 붉은 별들에게 당해도 숱하게 당했었다. 놈들은 땅 파먹은 죄밖에 없는 점개를 앞세워 남 못할 일을 시켰다.

국군이 밀고 올라오자 곰실은 점개를 토방 밑에 숨겨주었고 갖은 수난을 겪으면서도 점개에게 보내는 정은 남달랐다.

그네는 피난 나왔다가 외톨이로 주저앉은 처녀로 짝을 지어 주기까지 했다. 그런 분란 속에서 태어난 것이 바로 곰녀였다.

"그래, 얼굴을 보니 신접살림에 깨가 쏟아지는 갑네?"

곰녀는 대답 대신 고개를 떨어뜨렸다.

점개 편에서 담뱃불을 끄고 말했다.

"저것도 딸이라고 오죽 정을 쏟은 기여. 시집이라고 보낸 것이 삼년도 못 되어 과부가 돼서 지금 친정에 와 있네. 어디 마땅한 사람을 찾아 재혼이라도 시켜야지. 그래야 눈을 감아도 감지. … 그게 걱정인 게여. 자네도 수소문해서 찾아보게나."

"하늘도 무심하시지. 저 착한 사람에게 천벌을 내리다니…"

"다 지복 타고 나는 게 아니겠남."

"그래 딸린 자식은 있구?"

"사내아이가 하나 있다네. 그걸 믿고 살겠다면서 한사코 재혼을 반대하니, 재혼을 권하는 나도 이젠 지쳤네. 강만 보구두 살 수 있다구 고집을 피워대니… 저년도 못난 날 닮아서인지 호수만 바라본다네."

만이는 점개보다 더한 한숨을 푹 내뿜었다. 곰녀를 보자 만이는 곱단이가 생각나서만은 아니었다.

보상금은 찔끔찔끔 나왔다. 가진 것이 없었으니 급한 대로 야금야금 썼다. 쥔 게 없었고 유붓<여유>돈마저 없었으니 살 방도조차 세울 수 없었다. 더욱이 대처에 대해서는 손방이었다.

보상금 대신 대처에 있는 땅과 대토(代土)라도 해 준다면 더 바랄 것이 없었으나 당국은 내몰라라 했다. 밭이면 밭, 논이면 논, 가진 것만큼 대처 땅과 맞바꿔주는 배려가 무엇보다 절박했는데도.

만이는 살림이랄 것도 없는 것을 챙겼고 떠날 바에야 아예 고향을 멀리 떠나 버리리라 작정했다.

일제의 발악 속에서도 고향을 지켰고 목숨이 열 개라도 배겨나기 어렵다는 한국전쟁에도 고향을 끝까지 지켰으나 이제 나라에서 하시는 일에는 거역할 수도 없어 두 손을 번쩍 들었고 설마 산 입에 거미줄 치랴 여기고 고향을 미련 없이 떠났었으며 죽은 자식 불알 만지기 식으로 늦게 둔 자식에게 잔뜩 기대를 걸고 서울로 올라갔던 것이다.

만이는 촌놈이 아무리 뛰고 난다고 해도 병신보다 못하다는 서울, 그는 그런 낯선 서울에서 용케 버텼다. 공사장 인부 노릇하며 청소부 노릇이며 일자리라면 마다 않고 발 벗고 나섰다.

서울 생활에 틀이 잡혀가는 듯한 뿌듯함을 맛본 것도 잠시 잠깐, 서울 문물에 눈이 뒤집힌 아들이 죄를 짓고 바둑무늬 하늘을 보면서 영어생활을 하는 것을 아비로서 한숨으로 지켜보아야 했다.

만이는 고향 떠난 아비의 죄업이라고 자조했다. 게다가 마누라마저 실성한 듯이 헛소리를 해대기도 했다.

마누라는 교도소에 들어가 있는 아들을 자주 찾다가 차도가 심해질수록 죽은 지 오래된 돌이며 곱단이를 부르다가 울고 웃었다.

그것도 잠시뿐이었다. 가출이 잦아지더니 한다는 소리가 강이, 저기 있는 강이 자기를 부른다고 헛소리를 했다.

끝내 마누라는 집을 나가 영영 돌아오지 않았다.

만이는 청소부고 나발이고 팽개치고 마누라를 찾아 나섰다.

그렇게 되고 보니 살림은 거덜이 났다.

만이는 마누라를 찾아서 서울 천지 구석구석을 헤매며 찾아다니다가 혹시나 해서 고향으로 달려갔었다. 고향을 떠난 지 여섯 해만이었다.

고향은 흔적도 없이 사라졌고 오직 푸른 물만이 홍청망청했다.

만이는 수소문 끝에 경찰서 유치장에 있는 아내를 만났다.

무궁화 잎은 퉁명스럽게 내뱉었다.

"당신이 남편이라는 작자요. 마누라 하나 거두지 못하는 얼간이 같은 사람 또 보네. 이번에 데려가거든, 가두든지 말든지 하시오. 댐을 무너뜨리겠다고 손가락으로 깔짝이다니 당키나 하오."

마누라가 보호실 신세를 진 사연을 듣고 만이는 화를 내기는커녕 되레 두고두고 가슴에 한이 되어 못이 박혔다.

곰실은 강이 부른 소리에 고향을 찾았으나 고향의 강은 흔적도 없었고 대신 거대한 호수만이 거기 있었다.

그네는 고향땅이 보고 싶다고, 고향의 흙을 밟아보고 싶다고 사람마다 보고 헛소리를 하는, 실성을 해도 이만저만한 것이 아니었다.

곰실은 댐으로 달려갔다. 사력댐이 괴물처럼 버티고 있었다.

그네에게는 영락없는 괴물이었다.

그네는 흙색 제복의 눈을 피해 둑 한가운데로 숨어들어 아름드리 돌을 들어내려고 손가락으로 돌 틈새를 후볐다.

그 짓은 둑을 무너뜨리고 고향땅을 보고 싶다는 허망의 짓거리였으며 밤을 새워 후볐으나 조그마한 돌 하나 들어낼 수 없었던 것이다.

그네의 열 손가락은 마디마디 닳아서 피가 흘렀고, 주변 돌이란 돌은 피로 얼룩지운 채 그네는 쓰러지고 말았다.

날이 밝자 댐을 둘러보던 흙색 제복에게 발견되었다.

곰실은 경비실로 끌려갔다. 흙색 제복은 보호자가 나타나 데려가기를 기다리다 못해 경찰서 보호실로 넘겨버렸다.

그로부터 곰실은 집으로 돌아와 시름시름 앓다 숨을 거뒀다.

숨을 거두기 직전, 그네는 제 정신으로 돌아섰다.

그리고 '나 죽으면 고향땅에 묻어줘요. 당신과 사랑을 나눴던 바로 그 장소에다.' 그 말을 끝으로 숨을 거뒀다.

만이는 벽제 화장터로 가 화장을 해서 재를 상자에 넣어 절에다 맡겨두고 가뭄이 들어 호수의 물이 빠지기를 기다렸다.

그렇게 그는 감방에 있는 자식의 뒷바라지를 하면서 아내의 재를 고향 땅에 묻을 그날을 기다린 지 벌써 네 해가 지났다.

"자네 덕분에 십 년 체증이 가신 듯도 허이."

"이러나 저러나 자넨 앞으로 어떻게 하려나? 걱정이 되네."

"자식 놈이 출옥할 때까지만 도시에 살라네."

"여생이 얼마나 남았다고. 이곳으로 내려와 눌러앉지."

"도회지 생활도 이젠 넌더리가 났다네. 신물 짠물이 따로 있다던가. 바로 도회지 생활이 신물 짠물이라네."

"난 죽을 때까지 저 물 보고 살라네. 그리고 곰녀를 재혼시키고 여한 없이 눈을 감으려네. 우리가 뭐 내세울 만한 인생이던가."

"한 마디로 빚진 인생이지. 그것도 자기가 지운 빚이지 뭐."

"지금 묻힌 고인이 부럽네. 어느 자식 있어 우릴 묻어 주겠나."

"자네 먼저 죽음세. 내 묻어 줌세."

"부질없는 소리 그만하고 자, 일어나세. 가서 눈이라도 좀 부쳐야지."

점개는 지게를 지고 일어섰으나 만이는 일어설 수 없었다.

어디쯤에서, 북에 고향을 둔 실향민이야 통일되면 고향 땅에 가련만 우리네야 찾아갈 고향마저 영영 사라졌다네 하는 선소리가 이명(耳鳴)으로 남아 귀를 곤두세우곤 했다.

귀를 곤두세우는 사이, 어느 새 만이는 미래를 낚아 올리는 낚시꾼이 되어 있었다.

잉어가 뛰는 호수에서 얼레나 감개 대신, 낚싯대를 잡고 들었다 놓았다 하면서 낚시질을 하는 자신, 생업이 낚시질이었으나 고기를 낚는지, 마누라의 넋을 낚아 올리는지, 아니면 고향의 얼을 낚는지 항상 호릿한 눈을 한 채 낚시질을 하는 자신을.

그것은 꿈

어느덧 12월 중순, 나는 강의를 하려고 강의실로 들어섰다.

그때 한 학생이 일어나더니 "종강인데도 강의를 하시려고요?" 하고 기말시험에 부담감을 느낀 듯 뚱한 질문을 하지 않는가.

나는 그에 응해 뚱하게도 "해야지." 하고 응수했다.

"선생님, 하신다면 색다른 걸 하시면 안 되겠습니까?"

"그야 학생들이 원한다면 안 될 것도 없지."

"선생님의 연애 경험담이라든가, 그런 거 많이 있잖아요."

"그런 것이라면 지어서라도 할 수 있지."

그러자 학생들은 손뼉을 치며 좋아한다.

"내 연애담은 아니니까 좋아하지 않도록. 지금 이야기하는 것은 실화야. 나도 중학교 때 들었는데 잊혀지지가 않아. 식민지 학생으로서 일본 군벌의 딸과 결혼하게 된 얘긴데, 일제 36년 동안 전무후무한 사건이었지. 사람에게는 출세할 기회가 세 번 주어진다고 해. 주어진 기회를 어떻게 포착해 출세하느냐 하는 문제와도 관련 있으니 들어보도록."

바깥 날씨는 진눈깨비라도 펑펑 쏟아놓을 것 같았다.

조선 민족의 숱한 애환이 서린 시모노세키(下關), 조선과 대륙으로 통하는 길목인 관부연락선의 일본 쪽 관문이 된다.

그런 시모노세키 역에는 방금 동경 발 기차가 도착해서 길게 여운을 끌고 있는데 젊은이 하나가 인파 속에서 떠밀리다시피 내리더니 대합실을 빠져 나와 여객선 터미널로 급히 달려간다.

그는 여객선 대합실에서 시간표를 보다가 낭패한 표정을 지으며 "오후 네 시라. 아직도 멀었잖아." 하면서 돌아서는 것이 아닌가.

점심때가 지난 지 오래였다. 젊은이는 시장기를 느꼈음인지 주변을 살폈다. 어느 항구 없이 크고 작은 음식점들이 즐비했고 생선초밥이며 새우 튀김 등이 군침을 삼키게 했다.

그런데도 젊은이는 그런 음식점을 지나쳐 뒷골목으로 들어섰다. 그곳에는 해장국이나 팔고 순대나 썰어주는 노점상이 더러 있었다.

"할머니, 순대나 좀 주시고, 해장국 하나 추가해 주세요."

주문을 하는데도 노파는 긴가민가했다.

서두는 걸음걸이에 비해 음성은 더없이 맑고 청아한 데다 아니, 일본 학생 차림새를 한 젊은이가 대놓고 순대 1인분을 달라고 하니 그녀로서는 어안이 벙벙할 수밖에.

찾아주는 손님이래야 죽지 못해 해협을 건너온 같은 동포, 막노동판에서 하루 벌어 하루 살아가는 고달픈 조선 백성들이 고작이었다.

"할머니, 저 시장합니다. 어서 좀 주세요."

"아, 네. 정말 드시려고 시킨 겁네? 젊은 양반, 그런 겁네?"

"저도 조선 백성입니다."

"난 일본 학생이 장난질하는 줄 알았네. 미안하이."

"……"

조선 백성이라는 말에 노파는 반가워서 "공부하러 온 학생이구만. 장하기도 해라. 그래, 어딜 가려고?" 하고 정을 쏟았다.

"저, 방학이 돼서 고향 좀 가려고요. 할머니는 바다 건너 일본까지 와서 이런 장사를 하시니, 오죽이나 고생이 되시겠어요."

"그 좋던 논밭 다 뺏기고 남편 찾아 일본에 와 보니, 말이 통해, 뭘 알아. 해서 자식 놈 하나 바라고 이 짓을 한다네."

젊은이는 먼저 나온 순대부터 허겁지겁 먹어치웠고 해장국을 반이나 먹어서야 시장기가 어느 정도 가시는 듯했다.

"잘 먹고 갑니다. 할머니, 건강하시고 많이많이 파세요."

"그래요. 젊은이 같은 손주가 나도 있었으면…"

젊은이는 노점상을 나와 망설였다. 시간을 보낼 장소가 마땅치 않았던 것이다. 당구장이나 파친코 등은 일본인들이 판을 치고 있으니 함부로 들어섰다가는 조센징이라고 봉변을 당하기 일쑤였다.

그렇다고 막연하게 거리를 쏘다닐 수도 없었다.

젊은이는 4년 동안 저들에게 숱하게 당해 본 민족적 차별에 만성이 될 성도 싶었으나 젊은 혈기는 그것을 용납하지 않았다.

3.1 운동이 실패로 돌아간 지도 여덟 해, 저들의 기고만장하는 도민의 근성은 하늘 높은 줄 몰랐던 것이다.

아직도 관부연락선을 타려면 뒤 시간이 남았다.

젊은이는 더 이상 거리를 쏘다니기도 그렇고 해서 역 대합실로 들어가서 긴 의자에 앉아 막연히 기다렸다.

기다리는 시간은 무료한 데다 턱없이 지루했다. 막연히 앉아 시간이 흘러가 주기를 기다렸으니…

두 시가 가까워지자 동경 행 특급열차 승객으로 대합실이 붐비는 듯하다가 이내 조용해졌는가 싶더니 파리 유학이라도 마치고 방금 귀국한 듯한 아가씨 하나가 대합실로 들어서는 것이 아닌가.

그녀는 동경 행 특실 차표를 사더니 급히 개찰구를 빠져나간다.

젊은이는 졸다가 눈이 번쩍 띄었다.

일본 여성 중에서도 저런 여성이 있나 싶을 정도로 아가씨는 자존심 강한 조선 젊은이의 마음을 흔들어놓았다. 그리고 저런 아가씨라면 인생의 반려자로 조금도 손색이 없겠다, 저런 아가씨를 놓치면 평생 독신으로 살 것 같은 생각이 순간 들었던 것이다.

그래서 그는 엉겁결에 호주머니를 달달 털어 동경행 차표를 사 개찰구를 급하게 빠져나갔다.

홈으로 들어서기도 전에 기차는 기적을 끌며 움직였기 때문에 젊은이는 젖 먹던 힘까지 쏟아 승강구로 뛰어올랐다.

그는 헐떡이며 좌석을 찾아 객실 안으로 들어섰고 좌석을 찾아가니 참으로 우연(偶然)이 기다리고 있었다.

천재일우(千載一遇)의 호기는 이런 경우일 것이다. 그것도 아가씨와 같은 좌석이었던 것이다.

젊은이는 간신히 엉덩이를 붙이고 통로 쪽을 향해 앉았는데도 가슴은 두 근 반 서 근 반했고 얼굴은 홍당무가 무색했으나 아가씨는 눈 한번 주는 일이 없었다.

말을 붙여 볼까 말까. 무슨 말부터 꺼내지. 아가씨가 거절이라도 한다면, 아니 무안이라도 당하면, 경성 가던 길을 포기하고 동경행 열차를 되탔는데 말도 한 마디 못 붙여. 바보, 바보.

아가씨는 옆에 앉은 사람이 자기와의 싸움을 하거나 말거나 거들떠보지도 않은 채 차창만 계속해서 내다보고 있었다.

내성적인 성격 탓일까. 용기가 없어서일까.

아니었다. 너무나 마음에 쏙 들어서 좀체 말을 꺼낼 수 없었고 20 평생에 처음 겪는 마음을 주체할 수 없었기 때문이었다.

젊은이는 이성을 느껴보지 못한 채 자랐었다.

3.1 운동이 실패로 돌아갔고 뜻있는 애국지사들은 만주로 노령(露領)으로 진출해 독립운동을 합네 하고 조국광복을 위해 동분서주했다.

그도 아닌 지식인들은 자포자기해서 퇴폐주의에 물들어 좌절하고 있을 무렵이었다.

그런데 젊은이는 독립운동도, 조국광복항쟁도 절실하지만 일제(日帝)의 젊은이와 실력대결을 해서 저들을 정신적으로 여지없이 짓밟아 버리겠다고 다짐한 결과, 조선 학생으로서 일제의 수재들도 하늘의 별따기라는 동경제대 법학부에 당당히 합격했다.

성적은 수석이었으나 일제의 악랄한 섬나라 근성이 이를 인정하지 않았다. 동경제대의 명예가 있지, 엘리트 중의 꽃이라고 하는 법학부의 수석을 어떻게 식민지 백성인 조센징에게 넘겨줄 수 있겠느냐고 해서 의도적으로 수석을 밀어냈던 것이다.

젊은이는 4년 내내 수석을 하다시피 했다.

3학년 때는 일본인들도 선망의 적(的)인 고문에 합격해서 변호사 자격증까지 쟁취했고 졸업을 하고 조선으로 돌아가 억울한 사람들을 위해 변호해 주리라는 계획마저 세워놓고 있었다.

젊은이는 4년 동안 조선 땅을 밟아 보지 못하다가 마지막인 이번 여름 방학만은 고국에서 즐기리라는 생각으로 동경을 출발했고 관부연락선을 타기 위해 시모노세키로 왔던 것이다.

젊은이는 실력뿐만 아니라 외모 또한 수려했다.

어디 내놓아도 흠잡을 데가 하나도 없었다.

그의 웅변은 일제 학생들은 물론 안으로만 굽는 교수들에게까지도 정평이 나 있었다. 논리가 정연한 데다 막힌 데 없이 술술 흘러 나왔으며 설득력 있는 달변이라고 부러워했다. 그러면서도 저런 유능하고 장래성 있는 젊은이가 식민지 조센징 백성으로 태어난 것을 안타까워했다.

그런 젊은이가 아가씨 때문에 경성 가던 길을 되돌려 동경으로 돌아가면서도 말 한 마디 건네지 못한 채 안달하고 있다니…

남녀 사이에 교제나 접촉이 전혀 없어서였을까. 남녀 사이의 연애라면 꿈도 꾸지 못했던 시절이라고 그랬을까. 그도 아니면 젊은이를 얼어붙게 한 또 다른 이유라도 있어서였을까.

젊은이는 말을 걸지 못해 진땀을 흘리고 있음이 분명했다.

딴은 그럴 만도 했다.

「사의 찬미」로 인기 절정이던 윤심덕(尹心悳)이란 가수가 있었다.

그녀는 연인 김우진(金祐鎭)과 함께 오사카에 있는 닛토(日東) 레코드사로 노래를 취입하러 갔었다.

그들이 귀국길에 올라 관부연락선인 도쿠주마루(德壽丸) 위에서 현해탄을 향해 투신자살을 한 사건이 두고두고 세인들의 화제에 올랐던 시기였다. 아니, 정작 누구와 누가 연애한다는 사건이 신문 사회면 머리기사로 장식될 만큼 남녀 간의 교제가 뜸했던 무렵이긴 했다. 그렇다고 해도 젊은이는 해도 너무한 것 같았다.

한없이 망설이며 안달하는 시간은 쏜살 같이 흘러갔다.

아홉 시간이 흘러 밤 열한 시가 가까웠다.

기차는 동경 역으로 서서히 빨려들었다.

아가씨는 선반 위의 트렁크를 내리더니 출입구 쪽으로 향했다.

젊은이는 멍청히, 그야말로 멍청히 앉았다가 스프링에 튕긴 듯 아가씨의 뒤를 따라 내렸다.

그녀는 홈을 빠져나가 역 광장으로 나서자마자 대기하고 있던 사내가 가방을 받아들고 세단의 문까지 열어주며 아가씨를 태웠다.

그녀가 타자마자 세단은 출발했다. 젊은이는 그야말로 멍청히 지켜보다가 차가 떠난 다음에야 제정신으로 돌아왔고 주차장으로 달려가 택시에 올라타자 "저 차, 저 세단 좀 따라가 주시오." 하고 안달했다.

기사는 시동을 걸어 뒤를 따라갔다. 젊은이는 앞선 차를 놓치지 않으려고 집중하다 보니 어느 거리를 어떻게 지나왔는지 알 수 없었다.

얼마쯤 달렸을까. 앞차가 서행하며 클랙슨을 울려댔다.

이어 거대한 철문이 덜컥 열리더니 차 채 철문 안으로 들어간다.

젊은이는 다급하게 "여기요. 여기에 차를 세우세요." 하고 급히 내려 뛰어갔으나 철문은 닫혀 버렸고 차는 사라진 뒤였다.

젊은이는 절망의 늪으로 빠졌다.

그야말로 닭 쫓던 개 지붕 쳐다보는 격이 되어 땅바닥에 털썩 주저앉아 한숨으로 땅이 꺼질 지경이었다.

젊은이는 운전사가 다가와 요금을 요구해서야 제 정신으로 돌아와 호주머니를 뒤져본들 돈이 있을 리 없었다. 주머니를 달달 털어 특실 차표를 샀으니 남은 것이라곤 먼지뿐이었던 것이다.

젊은이는 갖은 수모를 당한 끝에 겨우 벗어나서야 도대체 동경 한복판에, 그것도 궁성도 아닌데 이런 대저택이 있을 수 있을까 하는 의아심이 들어 철문으로 다가가 문패를 보았다.

문패의 이름을 확인한 순간, 젊은이는 입이 딱 벌어졌다.

등에 비친 문패에는 도고 헤이하치로(東鄕平八郎), 도고라면 날아가는 새도 떨어뜨린다는 당대의 세도가요 군벌이 아니던가.

먼저 독자의 양해를 구해야겠다.

대한해협에서 러시아 발트함대를 격파한 도고의 승전을 비호할 마음은 추호도 없으니까. 도고 헤이하치로 하면 노일전쟁의 영웅, 러시아의 발트함대를 대한해협에서 격파한 서슬이 시퍼런 해군 제독이 아닌가.

때는 1905년, 러일전쟁의 하이라이트는 다가오고 있었다.

러시아는 육전의 패배를 해전에서 만회하기 위해 발트함대를 로제스트 벤스키 휘하에 두고 이를 회항시켜 대한해협으로 항진케 했다.

도고의 연합함대는 이를 예측하고 대한해협에서 만반의 대비를 한 채 결전의 시간만을 기다리고 있었다. 그것도 그럴 것이 일제로서는 이번 해전에 지면 지금까지 육전에서 싸워서 거둔 승리가 물거품이 될 수밖에 없는 절체절명의 순간이 아닐 수 없었다.

시계는 운명의 시간인 5월 28일 오전 1시 30분을 가리켰다. 드디어 초계정으로부터 '적 함정 발견'이라는 무전이 날아들었다.

도고 제독은 기함 마카사(三笠)의 마스트에 신호기를 올리게 했다.

2시 08분. 러시아 함대가 먼저 포문을 열었다.

그러나 도고의 연합함대는 적함이 6km쯤 다가와서야 일제히 포를 작동시켰고 적함은 하나 둘 폭발하면서 물속으로 사라졌다.

날이 밝아올 무렵쯤, 러시아의 함정 36척이 10척으로 줄어들었고 그것도 폐함이나 다름없었으며 백기까지 내걸었다.

도고 제독은 압승을 거뒀고 적함의 사령관까지 생포해 의기양양하게 개선하자, 일제의 조야는 들끓었다.

거국적으로 전첩(戰捷) 축하연을 열어 승전을 축하해 주었다.

도고 제독은 축하연에서 갖은 찬사란 찬사는 듣고 답변했다.

"도고 같은 놈을 넬슨에 비유하기도 하고 이순신 장군에 비견해서 상찬해 주셨습니다. 그러나 모두 분에 넘친 영광입니다. 저 같은 놈은 트라팔가 해전의 영웅 넬슨에 비유함은 몰라도 조선의 이순신 장군에 비견하는 것은 당치도 않아요. 도고 같은 놈이야 이순신 장군의 발치에도 미칠 수 없는 한낱 무부에 지나지 않습니다."

도민의 왜소한 근성치고 제법 대담성을 지녔다고 할까.

도고는 참석자들을 당황케 하는 핵폭탄을 서슴지 않았다.

독자는 이 일화를 웃어넘길지 모르나 엄연한 사실이다.

한국문학을 일본에 소개한 번역가며 수필가 김소운(金素雲)이 지은 『한래 문화의 후영』 상편 82면에도 이 일화가 자세히 소개되어 있다.

뿐만 아니라 일본의 조일신문사가 1972년에 펴낸 시바료타로(司馬遼太郎)의 『가도여행』 제2권 「한국여행기」 '이순신' 편에도 명치시대까지 이어져 온 일인들의 이순신에 대한 존경심의 일단을 엿볼 수 있다.

명치 이후에야 창설되어 실전다운 실전을 경험해 보지 못한 일본 해군은 조선이 배출한 세계적인 걸출한 영웅 이순신(李舜臣)의 존재에 착안해서 연구를 하다 보니 저들도 모르는 새 존경하게 되었다고 한다.

도고 제독이 마카사의 마스트에 신호기를 내걸자 수병들은 이순신 장군을 생각하지 않고는 죽음의 공포에서 헤어날 수 없었다.

수뢰사령 가와타 이사오(川田功) 소좌가 고백하기를, 세계 제일의 해장인 이순신을 연상하지 않고는 견딜 수 없었다. 그의 인격, 그의 전술, 그의 발명, 그의 통솔력, 그의 지모, 그의 용기 등 어느 것 하나 상찬에 값하지 않은 것이 없었다고.

이런 생각은 은연중 해군 사관들에게 전통으로 이어져 한국보다도 일본 쪽에서 이순신에 대한 경애와 존경심이 높았고 태평양 전투에서는 신앙의 차원으로까지 승화되기도 했다고 한다.

내가 이런 이야기를 해서 역사의 아이러니를 들추자는 것은 결코 아니다. 자 그럼, 왔던 곳으로 되돌아가 보자.

젊은이는 절망의 나락에서 헤어날 수 없었다.

아홉 시간이라는 긴긴 여행 중에 단 한 마디 말도 건네 보지 못한 채 시간만 허비한 자기의 주변머리가 한없이 저주스러웠다.

이 세상에서 자기보다 못난 사내는 도시 없을 것이라고 자학했다.

그렇다고 하더라도 이미 엎질러진 물인데 주워 담을 수는 없었다.

그는 통금 예비 사이렌 소리에 놀라 벌떡 일어났다. 여기가 도대체 어디쯤일까. 젊은이는 주위를 새삼 살폈다.

숲이 우거진 곳이 눈에 들어왔다.

우에노 공원 맞은편 길이 낯익었다. 재차 확인해 보니 공원 옆길을 따라 동경제대를 4년이나 오고갔던 길이었다.

그런데도 이런 대저택이 있는 줄 알지 못했을 만큼 그는 한눈 하나 팔지 않고 학업에만 몰두했던 것이다.

4년이나 정들었던 하숙집, 젊은이가 공원길을 따라 하숙집으로 들어서자 야노 사다코(失野貞子)는 기절초풍할 듯 놀랐다.

활기에 차 경성에 간다고 좋아하던 사람이 초주검이 되어 들어서니 놀랄 수밖에.

야노는 정이 많았다. 누구보다도 젊은이에게 정을 쏟았다.

야노는 무던한 젊은이의 성정이 마음에 들어 조센징으로 대하기보다는 친자식 이상으로 보살폈었다.

야노가 이유를 캐물어도 젊은이는 묵묵부답이었다.

젊은이는 말없이 자기 방으로 들어가 문을 닫고 이불을 뒤집어쓰더니 끙끙 앓는 소리마저 냈다. 아침상을 들여보내도 수저를 들지 않았고 점심도 그랬고 저녁도 마찬가지였다.

이틀이 흘러갔다. 무더운 여름날에 더구나 밤낮으로 방안에만 틀어박혀 이불을 뒤집어쓰고 누워 있으니 젊은이의 몰골은 중병을 앓고 있는 사람의 그것이었다.

야노 할머니는 이러다가 남의 귀한 자식 생죽음시키겠다는 생각이 들어 발 벗고 나섰다. 그네는 문을 따고 들어가서 이불을 걷어 마당으로 내던졌다. 그리고 젊은이를 강제로 일으켜 앉힌 다음 차근차근 따졌다.

"그래, 이 늙은이에게 털어놓지 못할 비밀이라도 있다는 게야. 어디 속

시원히 들어나 보세. 내가 자네에게 섭섭하게 대한 게 있었던가. 있거든 말해 보게. 사람이 답답해서 배겨날 수가 있어야지. 어떤 고민인지 털어놓지 못한다면 당장 내 집을 나가게. 내 한번이라도 조센징이라고 자네를 차별했던가. 뭐가 못마땅해서 이 할미에게 털어놓지 못해. 반도 청년들은 모두 자네 꼴인가."

야노 할머니는 젊은이를 닦달해서야 마지못해 털어놓았다.

저간의 사정을 이야기한 끝에 젊은이는 "식민지 백성으로 당키나 한가요. 감히 일본의 청년이래도 상상할 수 없을 것입니다. 그것도 한다하는 가문이 아닌 다음에야. 저는 다른 욕심은 없어요. 아가씨를 한번이라도 만나 대화나 해 봤으면 죽어도 원이 없겠습니다. 그러면 이 답답한 심정이 트일 것만 같고요. 그러니 어떻게 해요. 저도 제 마음을 어쩌지 못해 미칠 지경이랍니다." 하고 울먹였다.

"그만한 일로 식음을 전폐하고 방안에만 박혀 끙끙 앓아, 못난 사람, 조선 청년다운 기개는 도대체 어디다 처박아 버린 기여. 대장부인 줄 알았더니 이제 보니까 졸장부도 못 되네그려."

야노 할머니는 젊은이를 얼리고 달랬다.

우연한 일이 겹치면 행운이 뒤 따라 온다고 했던가.

"걱정 말게. 내가 아가씨의 유모였다네."

젊은이는 이내 생기가 돌았다. 어쩌면 만날 수 있으리라는 기대감이 생기를 되찾게 했는지도 모른다.

"지금은 나도 그 댁을 마음대로 드나들 수 없다네. 날아가는 새도 떨어뜨린다는 세도가의 집이니… 며칠 후면 마나님을 만나러 가게 되어 있네. 그때 기회를 보아 아가씨에게 얘기해 보겠네."

"아가씨가 만나주지 않겠다면?"

"걱정도 팔자라더니 공연한 걱정도 다하네그려. 유모의 간절한 소망이라는데 만나 주지 않겠나. 그것도 조선 청년이, 더구나 경성제대 법학부 학생인 데야. 이미 고문도 패스했겠다, 그 어려운 변호사 자격도 취득했겠다, 그런 청년이 그래, 아가씨를 한번 보고 상사병이 들어 죽어간다는 데야 호기심이 아니 동할 처녀가 있는감.

그러니 이제부터 식사나 하면서 때 좀 빼고 모양이나 내게나. 지금 자네 몰골을 보면 아가씨가 놀라 나자빠지겠네."

비로소 젊은이는 활기를 되찾았다. 식사도 하면서 태어나 처음으로 거울 앞에 살다 시피하며 만날 날을 기다렸다.

의외로 만날 날은 일찍 다가왔다. 한 주일쯤 지나 야노가 제독의 집을 방문하고 돌아와 젊은이에게 쪽지를 건네주었다.

"내 뭐라던가. 쪽지를 가져왔네. 자네가 들려준 대로 다 얘기했네. 얘기를 들은 아가씨가 뭐랬는지 아는가? 요새 세상에도 그런 젊은이가 다 있어요? 하고 호기심이 간다면서 한번 만나보고 싶다는 게야. 반도 출신으로 동경제대 법학부에 다닌다는 데 관심이 간 모양이야. 어쨌든 조심을 해야 되네. 생명의 위협을 느낄 수 있으니…"

"할머님, 이 은혜를 어찌 다 갚……"

젊은이는 너무나 고마워서 목이 멨다.

"은혜 따윈 접어두고 쪽지나 읽게."

쪽지의 내용은 간단했으나 젊은이는 쪽지를 펴들자 눈물이 글썽이었고 글씨마저 아물거렸다.

저 같은 사람을 한번 보고 그렇게 생각해 주셨다니 고맙기 그지없습니다. 저도 어떤 사람인지 몹시 궁금하네요.

기회가 닿는다면 만나보고 싶어요. 그러나 남의 이목도 있고 집안사람이 알면 큰일 나니까 정식으로 초대할 수 없어 안타깝습니다.

실례의 말씀이오나 불편하시더라도 월장을 하셔야 하는데 그렇게 해서라도 만나고 싶다면 오는 보름날 저녁 저희 집 뒷담으로 오셔요. 은행나무 한 그루가 있을 거예요. 열두 시가 지나면 줄사다리를 내려놓겠습니다. 기다리겠습니다. 그럼, 안녕.

—도고 하스에로부터

젊은이는 보름이 되기를 학수고대했다. 하루에도 몇 번이나 뒷담으로 달려가 은행나무가 서 있나 없나를 확인했다.

수백 년 묵은 은행나무는 무성한 가지를 드리웠는데 늙은 가지 하나가 길 쪽으로 나 있었다.

당장이라도 담을 뛰어넘어 아가씨를 만나고 싶은 충동을 억제하느라고 목줄이 파랗게 돋았고 생침을 꿀떡꿀떡 삼켰다.

우에노 공원 위로 보름달이 떠올랐다.

젊은이는 정월 대보름달도 아닌데 달을 보고 수없이 절을 했다. 대보름달을 향해 절을 하면 소원성취를 할 수 있다는 어릴 적 민속을 이 순간만은 믿고 싶었다.

사이렌이 울리려면 아직도 멀었는데 젊은이는 뒷담 은행나무 밑으로 가 배회했다. 배회하는데도 현실이 아닌 꿈만 같았다.

도시의 소음은 점점 적막 속으로 잦아들고 인파도 뜸해졌다.

이명(耳鳴)이 생긴다면 바로 이럴 때일 게다. 젊은이의 귀에는 사이렌 소리가 수없이 울려나왔으나 은행나무에는 줄사다리가 보이지 않았다.

해서 그게 바로 환청인 줄 알고 쓴웃음을 짓기까지 했다.

이윽고 통금 사이렌이 길게 여운을 끌며 사라졌다.

사이렌소리가 채 사라지기도 전에 툭 하더니 은행나무에서 줄사다리 하나가 내려왔다. 젊은이는 다가가 줄사다리를 당겨보았다. 힘을 줘 당겼다. 당겨 보니 줄사다리는 사람 무게를 지탱해 줄만큼 튼튼했다.

젊은이는 조심스럽게 줄사다리를 타고 담장을 기어올랐다.

담장 위에 오르자 그는 줄사다리를 나뭇가지에 끌어올리느라고 땀을 비 오듯 흘렸고 가슴은 디딜방아를 찧어대곤 했다.

젊은이는 마음을 진정시키고 정원을 둘러보았다. 넓은 정원에는 호수가 있고 호수 가운데서는 하얀 물줄기가 뿜어 나오고 있었다.

분수 앞에는 아담한 별장이 있는데 꿈에도 잊어 본 적이 없는 아가씨가 창문을 활짝 열어놓은 채 책을 읽고 있는 모습이 눈에 들어왔다.

아가씨가 독서를 하는 고아한 자태는 한 폭의 동양화였다.

젊은이는 얼이 나간 채 아가씨를 지켜보았다. 지켜볼 만큼 지켜본 후에야 은행나무를 타고 밑으로 내려갔다.

아가씨는 그가 땅에 내려서서 몇 발자국 옮기기도 전에 벌써 알고 달려나오듯이 나와 안으로 맞아들인다.

그녀는 자리에 앉기도 전에 "귀한 손님을 월장까지 하게 해서 미안합니다. 용서해 주세요." 하고 사과하는 말을 잊지 않았다.

그리고 준비해 둔 다과를 권하며 과일을 깎았다.

이름은 알 수 없으나 누군가가 말했다.

일본 아가씨의 서비스를 받으며 세느 강변을 거닐고 중국 음식을 주문해 들면서 사랑을 나누는 것이 사내대장부의 최대 소원이라고.

젊은이는 바나나며 오렌지며 레몬 등 열대 과일을 어떻게 먹는지 알 수 없어 눈치만 살피는데 아가씨는 센스가 있었다.

그녀는 바나나를 하나 집어 들고는 "이건 이렇게 해서 먹는 거예요. 한번 먹어보셔요." 하면, 젊은이는 "아, 네." 하고 시키는 대로 한번 베어 물고는 이내 침묵했다.

어떻게 된 셈인지 입은 실로 꿰매놓은 것만 같았다.

아가씨도 대화를 유도하기 위해 과일을 권하기도 하며 말을 붙였으나 젊은이가 별반 말이 없는 데야 침묵을 지킬 수밖에.

꿀 먹은 벙어리가 된 두 사람은 다소곳이 앉아 시간만 죽이고 있었다. 젊은이는 상사병이 들어 끙끙 앓았을 만큼 아가씨를 그리워했는데도 그녀 앞에서는 어떻게 된 셈인지 말 한 마디 건네지 못하고 앉아만 있는데 시간은 새벽을 향해 달려가고 있었다.

어느 새 두 사람은 헤어져야 할 시간이 되었다.

젊은이가 만나 기껏 한 말이라곤 "언제 다시 마, 만날 수 이, 있을까요?" 하는, 너무나 떨려 기어드는 말이 고작인데도 아가씨는 젊은이의 순진한 태도에 매력이 동했는지 "좋아요. 원하신다면 내일 자정쯤 또 사다리를 내려놓겠어요." 하고 언질을 준다.

젊은이는 남들이 부러워하는 달변을 가지고 있으면서도 아가씨 앞에서는 첫마디 운을 떼기가 왜 그리 힘이 드는지 알 수 없었다.

그것은 내성적인 성격 탓만은 아니었다. 아가씨에게 마음을 빼앗긴 나머지 마음이 얼어붙은 탓일 것이다.

다음에 만나게 된다면 한번도 아닌 세 번째의 만남이 된다. 그때는 말문이 트일지 모른다.

예상한 대로 두 번째 담을 넘었을 때는 주눅이 들지 않았다.

"어제는 멍청스런 짓만 했으니, 뭐라고 사과를 해야…"

"아니, 무슨 말씀을. 다변보다야 좋았답니다."

"너무나 좋아한 나머지 마음이 꽁꽁 얼어붙었나 봐요."

"그렇다면 제게 얼음이나 보여 주셔요."

젊은이가 "시모노세키에서 동경까지 아홉 시간이나 꽁꽁 얼었다고요." 하자, 비로소 말문이 트이기 시작했다. 아가씨가 미소를 지었다.

그의 달변은 아가씨의 마음을 사로잡고도 남음이 있었다.

두 사람은 시공을 초월한 보편성인 문학을 화제로 삼아 대화를 나누었다. 지기(知己)가 따로 있는 것이 아니었다. 마음이 통하는 대화가 오갈 수만 있다면 그것이 지기였다.

젊은이는 전공인 법학보다는 아쿠타가와 류노스케(芥川龍之介)의 소설을 이야기했다. 아가씨는 다소곳이 들어주었다.

"아쿠타가의 단편소설에 이런 이야기가 있습니다."

"어디 한번 들려주서요. 궁금하네요."

그러면서 하스에는 관심을 나타냈다.

"천주교가 기리시탄(切支丹)으로 불리던 무렵입니다. 나가사키(長崎) 산타루치아 성당 에카레시아에는 로렌조란 세례명을 가진 소년이 있었답니다. 그런데 어느 날……"

"그래서요? 어서 이야기해 주서요."

어느 해 성탄절 밤이었다. 성당 문 앞에 배고픔과 피로에 지친 한 소년이 쓰러져 있었다.

이를 본 바테렌 신부가 구원해 성당 살이를 하게 했다.

소년의 근본은 알 수 없었다. 누가 물어도 소년은 고향을 그저 하라이소(天國), 아버지는 제우스(天主)라고만 웃으며 말했다.

원래 독실한 기리시탄은 몸에 지닌 파란 염주로도 알 수 있었으나 소년은 그런 징표도 없었으며 오직 가진 것이라곤 신앙심뿐이었다.

소년은 워낙 신앙심이 돈독했기 때문에 로렌조야말로 하느님이 보내주신 천동(天童)의 화신이라고 칭찬이 자자했다.

로렌조는 용모가 뛰어났고 목소리는 구슬을 굴리듯 밝고 고왔다. 해서 뭇 사람들이 경애했으나 그 중에서도 무사 출신인 이루만이란 젊은 신도가 누구보다도 그를 좋아했다.

이루만은 소년을 친동생 이상으로 사랑하고 아꼈다.

둘은 비둘기와 독수리가 한 나뭇가지에 앉은 듯 매우 대조적이면서도 남들이 부러워하는 형제애를 나눴던 것이다.

3년이란 세월이 흘렀다.

로렌조 소년이 성인례를 치를 나이일 무렵, 괴상한 소문 하나가 떠돌았다. 신도인 우산 집 딸이 소년과 정을 통하고 있다는 소문이었다.

소문이 점점 번지자 바테렌 신부는 소년을 불러 사실을 확인하려고 들었으나 로렌조는 모르는 일이라고 대답했다.

바테렌 신부는 소년을 믿었으나 우산 집 딸이 아이를 낳고 아이의 아버지가 로렌조라고 자백하자 신부는 신도들의 의혹과 반발을 더 이상 막을 수 없어 소년을 성당에서 내쫓았다. 이루만은 로렌조의 배반에 격분해 성당 문을 나설 때 억센 주먹으로 후려쳤다.

로렌조는 온갖 고초를 겪으며 걸인들의 움막에서 지냈다.

한 해가 덧없이 흘러갔다.

그런데 어느 날이었다.

뜻하지 않은 화제로 나가사키의 절반이 삽시간에 불바다로 변했다. 마왕의 혀처럼 번져 가는 불바다 속에서 우산 집 딸은 아이를 집안에 둔 채 혼자 탈출해 발버둥 치며 울부짖었다.

바로 그때였다. 어디선지 검은 그림자 하나가 바람처럼 달려 나와 화마 속으로 뛰어들었다. 그는 바로 로렌조였다.

로렌조 소년은 화염 속에서 아기를 건져 내기는 했으나 자신은 넘어지는 나무기둥에 깔려 숨을 거두고 말았다.

우산 집 딸이 땅에 엎드려 통곡하다가 아이의 실제 아버지는 이웃집 놈팡이라고 고백했다. 그러자 사람들의 물기 젖은 눈길이 하나 같이 로렌조의 숨진 시체 위로 쏠렸다. 불꽃에 글리고 헤어진 남루한 옷깃 속 바로 거기에는 두 송이 꽃처럼 망울 부푼 젖무덤이 드러났다.

"우산 집 딸과 똑같은 여성, 죽음으로써 천주의 뜻을 받든 성스러운 여인이 바로 로렌조 소년이었답니다."

"어머나, 세상에! 그런 일도 다 있다니…"

"하스에 양, 또 만날 수 있을까요?"

"내일 자정쯤에 또……"

다음날, 젊은이가 담을 넘어가자 이번은 하스에가 이야기했다.

"저, 오늘 밤은 바둑판에 관한 이야기 좀 하겠어요. 가야(榧)로 만든 바둑판에 대한 거예요. 가야는 연하고 탄력이 있어 2, 3국을 두면 반면이 얽어 곰보 같이 된대요. 그리고 며칠 후면 원상태로 평평해지고… 가야반 일급품 위에 특급품이 있답니다. 특급품은 일급품과 다른 점이라곤 없는데 다만 반면에 머리카락 같은 가느다란 흉터가 나 있어요. 값으로 친다면 일급품에 비해 배나 더 나간다고 해요. 갈라진다는 것은 예측불허의 사고라고 할 수 있답니다.

… 사고란 언제 어디서고 환영할 건 아니에요. 일급품 바둑판이 목침으로 전락해 버릴 수도 있었는데 불의의 균열을 극복하고 특급품으로 되기까지의 인고는 눈물겨운 것이었답니다. 큰 균열이 아닌 데다 회생의 여지가 보여 헝겊으로 싸 먼지가 들어가지 않게 뚜껑을 덮어 잘 간수해 둔 탓으로요. 상처 난 바둑판은 이태고 삼년이고 계절이 바뀌는 동안, 손도 대지 않고 그냥 내버려 뒀는데도 제 힘으로 제 상처를 스스로 아물게 해서 본래대로 유착되어 머리카락만한 흔적을 남겼으니, 특급품으로 대접받는 것이 당연하지 않을까요?"

"유연성의 특질을 보인 졸업증서군요."

"그래요. 인간 세상에도 언제 어디서나 과실을 범할 수 있는 것 아니겠어요. 전, 과실에 대해 관대하거나 장려할 것은 아니라고 봐요. 긴상은 법학도이시니까 저보다 훨씬 더 잘 아시겠지만……"

"몹시 궁금하네요. 다음을 듣고 싶군요. 들려주셔요."

"그런데 어느 환경, 어떤 생활에라도 과실은 있을 수 있는 거예요. 다만 개개인의 인품이나 교양, 기질에 따라 십자가의 경중은 있을 수 있겠지요. 비유를 하나 들지요. 남편은 밤늦도록 사랑방에서 친구들과 어울려 바둑을 두면서 노는 버릇이 있다고 해요. 그중 심술궂은 친구 하나가 슬쩍 빠져 나와 부인이 잠들어 있는 내실로 들어갔대요. 잠결에 부인은 모기장을 들고 들어오는 사내를 남편인 줄 알았는데 후에 사내가 남편이 아닌 줄 알고는 식음을 전폐한 뒤, 남편의 근접을 일체 허락하지 않았대요. 십여 일을 그렇게 버티다가 굶어 죽었다나요.

…긴상은 이를 어떻게 생각하셔요?"

"선뜻 대답하기에는 너무 어려운 질문입니다."

"물론 부인의 과실을 용서하겠다고 하시겠지요. 그러나 실감의 문제가 장애가 될 수도 있을 것입니다."

"오늘밤은 하스에 양의 좋은 이야기만 듣고 갑니다."

다음날 밤도 젊은이는 자정이 좀 지나 담을 넘어 그녀를 만났다.

이번에는 젊은이가 먼저 이야기를 시작했다.

"지금 이야기하는 것은 작품 속의 주인공은 아닙니다. 어느 마을 누구 댁이라고 이름을 댈 수도 있어요."

어떤 마을에 재산은 넉넉했으나 좀 모자라는 사내가 있었다. 말하자면 선천적인 바보였다. 그래도 사내는 마을의 으뜸가는 지주였다.

많은 소작인들이 드나들었으며 크고 작은 일들을 두고 마을 사람들이 찾아와서 문의도 하고 상의도 했던 것이다.

그때마다 응대하는 것은 바보 주인이 아닌 바보의 아내였다.

"잘 알았답니다. 주인이 뭐라고 할는지 잘 들었다가 알려 드리겠어요. 대단히 죄송하지만 내일 다시 와 주셨으면 해요."

바보 주인의 아내의 대답은 언제나 한결같았다고 할까. 다시 찾아온 사람에게 마나님은 "저희 주인어른과 잘 상의했습니다. 그 일은 이렇게 하시라고 하셨고 저 일은 저렇게 하시라고 저에게 일렀습니다." 하고 주인어른과 상의해서 결정했다는 말을 잊지 않았다.

마을 사람들은 모두 마나님 혼자 결정해서 지시하는 것이라고 알고 있었으나 일체 내색을 하지 않고 지시대로 따랐다.

그런데 몇 해가 지나자 이상한 변화가 생겼다. 마을 사람들은 그 댁 주인이 바보인데도 모든 지시가 바보 주인에게서 나오는 줄 여기게 되었고 누구 하나 바보 주인을 얕잡아보는 사람이 없었다.

"아내의 시종여일한 연기가 마을 사람들에게 암시효과를 가져왔다고 할까요. 정신박약이란 남편의 치명적인 결함, 그 결함을 슬기롭게, 때로는 현명하게 변호하면서도 자신은 항상 남편의 그림자 노릇을 했다는 게 얼마나 아름다운 이야기입니까?"

"그 누구도 빼앗지 못할 아름다움이네요."

"세상에 마음에 인(印)을 찍어주는 여성, 열 번 스무 번 절을 하고도 남을 눈부시게 아름다운 여성이 바로 바보 아내가 아닐까요."

"긴상은 여성관에 일가견을 가지셨습니다."

"그러니까, 하스에 양과 이렇게 대화를 나누는 것 아니겠습니까."

그들은 미련이 남을 만하면 헤어졌고 아쉬움을 채우기 위해 밤마다 만나 대화를 주고받았다.

그래서 젊은이는 하스에의 예술에 동감하게 되었고 하스에는 그의 설득력 있는 정세판단에 고개를 끄덕여주었다.

만남이 잦아지자 이제는 젊은이도 법학도답게 일본의 대륙침략이며 세계정세까지 논리정연하게 이야기했고 하스에도 동경제대 음악부 학생답게 주로 서양음악을 화제로 올릴 만큼 정이 들었다.

때로는 대화를 나누다가 침묵에 잠기기도 했다. 마음이 통하는 침묵은 대화 이상으로 서로를 확인하는 귀중한 시간이 되기도 했다.

지루하다 싶으면 정원으로 나가 산책도 했다. 경비원의 눈을 피해 분수가를 거닐었고 손가락을 깍지 낀 채 별 하나 나 하나를 세곤 했다. 그리고 네 시가 되면 담을 넘어오는 일이 밤마다 지속되었다.

어느덧 꿈같은 한 달이 지나갔다.

하룻밤은 책상을 마주하고 눈으로만 속삭이다가 깜박 잠이 들어버렸다. 밤마다 만나다 보니 잠이 부족했던 것이다.

얼마나 잤을까. 눈을 번쩍 떠보니 날이 훤히 밝았다.

젊은이는 곤히 자는 하스에를 깨울 수도 없었고 그렇다고 어떤 약속도 기약하지 못한 채 담을 넘었다.

담을 넘은 그는 나 같은 주제에 그런 아가씨를 만나 한 달이나 교제했으면 됐지, 그 이상 뭘 더 바래. 하고 마음에 모진 채찍을 들었다.

담을 넘나들다 보니 개학도 며칠 남지 않았다.

개학을 하게 되면 졸업이다, 취직이다 하고 바빠질 것이었다.

젊은이도 졸업을 하게 되면 일본을 떠나 조선으로 갈 것이다.

젊은이가 개학날 학교에 나가니 밉고 고운 얼굴들, 4년이나 함께 공부했던 얼굴들, 머지않아 헤어지게 된다니 서운했다.

한 학생이 일어나더니 "이렇게 막연히 있을 것이 아니라 방학 동안 겪은 체험담을 이야기하기로 하지." 하고 제안했다.

모두들 그게 좋다고 동의했다.

그런데 누가 먼저 나가 경험담을 솔직하게 털어놓느냐 하는 문제로 시간을 질질 끌었다.

짓궂은 학생 하나가 "우리야 조국 땅을 벗어나지 못했으니 그게 그거고. 그런데 너, 조센징은 일본해협을 건너 반도까지 긴 여행을 했으니 까

먼저 나가 이야기하는 것이 어때?" 하고 떠밀어냈다.

모두들 좋다고 박수를 치며 소리를 질러댔다.

젊은이는 어쩔 수 없이 교단으로 떠밀려 나왔으나 난감했다. 경성이나 갔다 왔다면 오다가다 보고들은 이야기를 주워 섬길 수도 있었다. 단지 방학 동안에 한 일이라곤 하스에를 월장을 해서 만나 교제한 것뿐, 그 외에 에피소드라곤 없었다.

젊은이는 "에라 모르겠다." 하고 경험담을 이야기하기 시작했다.

학생들은 귀가 솔깃해서 들었고 숨소리조차 내지 않았다. 모두들 부러운 눈치가 완연했고 한 마디 한 마디에 침을 삼켰다. 개중에는 침을 질질 흘리거나 꿀떡꿀떡 삼키기도 했다.

그는 시모노세키에서 아가씨를 만나 경성 가려던 여정을 포기하고 동경으로 되돌아오게 된 것부터 시작해서 동경 역에서 세단을 타고 사라지는 아가씨를 추적한 것하며, 하숙집 노파의 도움으로 아가씨를 만나러 줄사다리를 타고 담 위에 올라가 정원을 바라본 것이며, 정원 한가운데에는 분수가 하얀 물줄기를 뿜어대고 있는 데다 별장에는 꿈에도 잊지 못할 아가씨가 그림 같은 모습으로 앉아 있는데 마치 선녀가 하늘에서 방금 하강이라도 한 것 같은…

그러면서 젊은이는 한껏 뜸을 들이고 있는 바로 그때였다.

강의실 뒤쪽에서 한 학생이 상기된 채 격분해서 "너, 내가 다시 올 때까지 이야기를 그 이상 진행하지도 말 것이며, 그곳에서 내려오지도 말앗!" 하더니 뛰쳐나가는 것이 아닌가.

그는 한창 흥미 절정의 순간에 이야기를 중단시켰다.

그런데도 50여 명의 법학부 학생 중에 누구 하나 소리친 학생에게 항의하는 사람이 없었다. 그것만 보아도 그 학생의 위세가 얼마나 등등한 지 짐작이 가고 남을 것이다. 젊은이는 속절없이 죽었구나 생각했다.

당시만 해도 귀족 가문은 가풍을 생명보다 중히 여겼다. 평민하고는 결혼 말은 꺼낼 수도 없었고 부모 몰래 연애했다가 발각되면 가문을 더럽혔다고 해서 하라키리(割腹)를 해야 했으며 상대방은 저들 가족들 손에 쥐도 새도 모르게 죽음을 당하는 전근대적인 방식이 팽배해 있었다.

그런 절박한 처지인데도 젊은이는 이내 밝은 얼굴로 돌아섰다. 학생들의 눈치를 살폈고 창밖을 내다보는 여유마저 보였다.

젊은이는 창밖을 내다보다가 눈이 휘둥그레졌다. 낯익은 세단이 운동장 안으로 들어오면서 강의실 가까이 굴러오더니 멈췄다.

이어 문제의 청년이 내렸고 아가씨가 뒤따라 내렸다.

하스에는 그 학생에게 강제로 이끌리다시피 강의실 뒷문으로 들어설 때까지는 생글생글 웃고 있었으나 교단에 서 있는 젊은이와 눈이 마주친 순간, 홍조를 띄며 고개를 떨어뜨렸다.

소리친 학생은 여전히 극도로 흥분해서 "너, 서서 저 학생이 하는 이야기를 하나도 빠뜨리지 말고 들어." 하더니 교단을 향해 "너, 지금부터 숨김없이 다 털어놓아." 하고 명령조로 말했다.

그제야 젊은이는 생각이 떠오르는 것이 아닌가.

저 학생이 신지(新治) 도고야. 도고 신지야. 그렇다면 하스에의 오빠 아니면 사촌쯤은 되니까 저렇게 흥분하지.

어쨌거나 젊은이는 흥미진진하게 이야기를 이끌어갔다.

처음은 사실대로 이야기했으나 끝에 가서는 과장했다.

그녀와 키스도 하지 않았으나 키스를 했다는 둥, 서로 사랑하게 되자 마주 앉아 이야기하는 것만으로는 부족해서 함께 잠자리에 들었다는 둥, 입담도 좋게 구수하게 하는 이야기는 듣는 입장에서 보면 그 이상 재미있을 수 없었으나 하는 쪽은 식은땀으로 흥건했다.

젊은이는 이야기를 하면서도 아가씨와 청년을 몰래 훔쳐보는 여유도 잊지 않았다. 잠자리에 들었다고 하면서 하스에를 보니, 홍당무가 되어 고개를 떨어뜨렸고 청년은 여전히 붉으락 푸르락했다.

"여름밤이란 너무도 짧아. 더욱이 사랑하는 연인 사이의 밤이란 후딱하면 지나가 버려. 밤마다 만나 사랑을 속삭이고 살을 섞다 보면 무엇이 부족하겠어. 잠이야. 한번은 사랑을 하고 나자 피곤해서 곯아 떨어졌었지. 개 짖는 소리에 깜짝 놀라 깨어나 보니 이런 제기랄, 날이 환히 밝은 게야. 부리나케 방을 뛰쳐나와 은행나무로 달려가는데 뒤에서 '강도야, 저놈 잡아라.' 하고 경비원 서너 명이 달려오지 않겠어.

…이제 죽었구나 생각했지. 그러나 죽을 때 죽더라도 달아날 때까지는 달아나겠다고 은행나무로 기어오르지 않았겠어. 이게 웬일인지 그날따라 깜박 잊고 줄사다리를 끌어 올려놓지 않아 행인들이 줄을 끊어가고 없는 게야. 경비원에 잡혀 죽으나 뛰어내리다 목이 부러져 죽으나 죽기는 마찬가지. 해서 서너 길이나 되는 담장 위에서 맨땅을 향해 냅다 뛰었지. 그런데 공교롭게도 거꾸로 팍 처박히지 않았겠어."

젊은이는 능청스럽게도 "죽는다고 악을 쓰다가 눈이 번쩍 뜨이는데……" 하면서 뜸을 드리다가 교탁을 탁 치는 것이 아닌가.

"그것은 꿈이었다."

그때까지 귀를 기울이고 듣던 학생들은 정말 연애담을 실토하는 줄 알고 침을 삼키고 듣다가 '그것은 꿈이었다.'고 교탁을 맵시 있게 탁 내리치는 순간, 그러면 그렇지, 제까짓 주제에, 조센징 처지에 일본 아가씨와, 그것도 날아가는 새라도 떨어뜨린다는 군벌의 딸과 사랑을 했을 리 없지, 없어 하고 모두 허허실실 웃어넘겼다.

수강생 40여 명은 그럴 듯한 이야기에 폭삭 속았다고, 아니 꿈이었다고 돌려 치는 순간, 젊은이의 이야기가 사실로 믿는 학생은 하나도 없었다는 것이야말로 반전이 극적 효과를 발휘했기 때문일 것이다.

학생 하나가 불쑥 일어서더니 퉁명스럽게도 톡 쏘듯이 반문했다.

"선생님, 처음부터 거짓 하나 없는 실화라고 하셨잖아요?"

"그랬지. 내가 언제 거짓이라고 했어?"

"일본 귀족과 결혼한 조선 청년의 연애 이야기라고 분명히 하셨지요? 일제 36년 동안 전무후무한 연애사건이라더니… 꿈이라고 돌려 치는 선생님의 말재간도 알아 모셔야 하겠습니다."

"그래, 그것은 꿈이었지."

"누가 소설가 아니랄까요. 저흰, 실화인 줄 알고 관심 있게 들었는데, 선생님의 말재간에 사기를 당했다고요, 사기를요."

"그래. 사기를 당했단 말이지, 허허."

"그래요. 거짓말쟁이도 지독한 거짓말쟁이십니다."

"내 오늘 강의 목표는 달성하고도 남았어."

나는 주변머리 없는 내 언변에 속아준 것에 대해 학생들이 야속스럽기도 했으나 만족스럽게 생각되기도 했다.

그러나 한편 소설에 있어서 반전(反轉)이나 급전(急轉)이라는 구성적 요소를 모르고 있다는 점에 있어서는 한 학기 강의를 공친 것이 아닌가 하는 생각이 들어 되레 섭섭했다.

"바로 그것은 꿈이었다고 돌려 치는 순간이 소설로 말하면 바로 반전에 해당돼. 임기응변의 재치 아니, 그럴 리는 물론 없겠지만 소설의 반전을 생각했고 현실일 수 없게 과장했던 것이 젊은이가 죽임을 면하고 사랑을 쟁취하게 된 결정적인 계기가 된 게야."

오후 늦은 시간이었다. 젊은이가 볼 일을 보고 혼자서 교정을 나오는데 문제의 학생, 도고 신지가 자기에게 다가오고 있었다.

젊은이는 영락없이 이제는 죽었구나 생각하고 잔뜩 긴장하고 있는데 먼저 신지가 "긴상, 나 좀 보세. 할 말이 있네." 하고 소매를 잡아끌었다. 4년 동안이나 말 한 마디 걸어온 적 없던 신지였으니 말이다.

"도고상, 내게 무슨 볼 일이라도 있는가?"

"그냥 따라와 주기만 하면 되네."

신지는 젊은이를 찻집으로 밀어 넣다시피 했다. 그리고 자리에 앉기가 무섭게 용건부터 뜬금없이 꺼내는 것이 아닌가.

"자네에게 고맙다는 말부터 해야겠네. 누이동생을 살려줘서."

"영문도 알 수 없는 뚱딴지같은 소리······"

"다른 사람은 다 속여도 내 눈은 못 속이네. 고맙네."

"그만 하게. 도고상, 뭘 내가 속였다는 게요?"

그럴수록 그가 새로운 사실을 알아챈 것이 아닌가 하고 불안했다.

"내가 학생들 앞에서 자네의 이야기를 중단시켰을 때는 나름대로 생각이 있었어. 누이동생에게 집안을 망신시킨 이야기를 직접 듣게 해서 하라키리-할복(割腹)-를 하지 않고는 못 견디게끔 데려다놓은 게야. 그런데 기적이 일어났어. ···꿈이었다고 돌려친 자네의 재치가 아니었던들, 가문의 수치가 법대생들에 의해 백일하에 드러나지 않겠어. 동생에게 하라키리를 시키고 자네를 내 손으로 직접 죽이려고 별렀네. 동생이 하라키리를 하지 않게 됐으니, 그게 고맙다는 게야. 또한 나도 살인을 피할 수 있게 되었고··· 이제 이해가 되는가?"

"도대체 무슨 허튼 소리를 하는 거요?"

신지는 단도직입적으로 "자네, 하스에를 사랑하는가? 요새 들어 하스에의 몰골이 말이 아니네. 동생의 표정을 읽고 사랑의 열병을 앓고 있는 줄 알았네. 사랑한다고 솔직하게 대답하게. 내가 적극적으로 자네 편에서서 도와주지." 하는 것이 아닌가.

그러는 데야 젊은이도 꿈이라고 버티며 우길 수 없었다.

"사랑하는 마음이야 그 무엇에도 견줄 데 없네. 나야 식민지 백성이고 하스에는 평민도 아닌 당대 군벌의 따님이라…"

"그렇다면 됐네. 우리 아버지를 만나도록 주선하겠네. 자네의 달변으로 설득시켜 보게. 꽉 막힌 아버지는 아니니까."

신지는 만날 약속 날짜까지 정하고 헤어졌다.

약속한 날이 되었다. 젊은이는 당당하게 정문으로 들어섰다.

늙은 제독은 생각보다 자상했다. 젊은이는 노제독과 대화를 나누면서 갖은 지식과 재치를 짜내어 설득했다. 그리고 결과는 성공이었다.

제독은 청년을 놓치는 것이 안타까웠다.

사윗감으로는 내지인 중에서 찾는데도 그만한 인물을 찾을 수 없을 것 같았다. 일본인, 그것도 귀족이 아닌 평민이래도 사위를 삼겠는데 하필이면 식민지 백성이라니, 그것이 영 마음에 걸렸다. 바야흐로 정치적 세력을 확장해 나가고 있는 중인데 조센징을 사위로 삼았다는 소문이 파다해진다면 정치적 생명은 그날로 끝날 것 같은 불안감이 들었다.

해서 노 제독은 타협안을 제시했다.

결혼조건은 다른 것이 아니었다. 성씨를 도고(東鄕)로 바꾸는 것.

젊은이는 좀체 확답을 줄 수 없었다.

다음에 확답을 주겠다는 언질을 남기고 물러났다.

그는 보름 동안이나 성씨 개명 문제로 고민, 고민했다. 갖은 고민과 생각 끝에 마침내 단안을 내렸다.

이 씨면 어떻고 박 씨면 어때. 성씨가 문제기보다는 조선인의 얼만 머릿속에 박고 살아간다면 나를 낳아준 조국을 배반하는 것은 아닐 터.

그렇게 해 젊은이는 전무후무한 사랑을 쟁취할 수 있었다.

"그것은 꿈이었다고 돌려 치는 순간, 젊은이는 전무후무한 사랑의 주인공을 스스로 쟁취한 것이야. 그러니까 학생들도 기회가 오면 그 기회를 놓치지 말라고. 그렇다고 누구에게나 기회가 오는 게 아냐. 노력하는 자와 준비하는 자에게 기회는 오게 마련이야."

나는 이야기를 끝에 종강을 하고 강의실을 나서는데 그 사이, 눈이 하얗게 내려 발목이 파묻혔다.

메나리

석류가 알알이 불어터져 추석을 쏟아놓았다. 추석이라고 들뜬 아이들이 마을 이곳저곳으로 몰려다녔다.

몰려다니던 아이들이 흩어지자 나는 고향 떠난 서러움이 몰려와 나른하기까지 했다. 게다가 날이 저물면서 달마저 돋아 올라 가뜩이나 싱숭생숭한 마음을 뒤흔들어 놓았다.

쏟아지는 달빛은 벼논에서 헤엄쳤고 바람결에 떠맡겨 흘러내리다가 내 마음 속속들이 걸터앉더니 쇠를 녹이듯 녹아 내렸다.

나는 방안에 있을 수 없어 문을 박차고 바깥으로 나섰다.

들판은 은한이 하얀 속살을 드러낸 채 황금물결 위에서 노닥대며 가을을 노략질하고 있었다.

나는 달빛에 취해 논둑길을 마냥 걸었다. 논둑길을 걸어 오솔길로 들어서는 바로 그때였다.

물살무늬 같은 달무리가 여음을 달고 와서 귓전을 후려쳤다.

신경을 곤두세운 채 소리 나는 방향으로 귀를 기울였다. 이어 "산유화다! 메나리의 산유화다!" 하는 탄성으로 가슴이 설렜다.

도대체 어디쯤에서 나는 소리일까. 동구 밖일까.

나는 마을 어귀로 내달렸다. 그런데 구성진 여음, 한을 빚어 우려내는 메나리는 동구 밖을 벗어난 느티나무 아래였다.

나는 여운을 놓치지 않으려고 느티나무를 향해 줄달음질했다.

마을 어귀에는 왕릉만한 동산이 하나 있었고 동산 주위에는 느티나무 두 그루가 이십여 보 간격으로 마주보고 서 있었다.

이들 고목은 아이들이 드나들 만큼 속이 텅 빈 채 연륜을 헤일 수 없는 오랜 세월을 침묵으로 일관하고 있었다.

어떤 사내 하나가 바로 그 느티나무 둥치에 걸터앉아 눈물을 마시고 그 한을 하늘에 뿜으며 과거를 토했다.

메나리여, 메나릴라
하늘이 높사높사
저따이 넓아넓아
천지는 가이없어
서러서러 이내사설
열일곱에 시집가
스무살에 소박과부
이몸둘데 바이없어
어복에나 장할거나
메나릴라 메나리여.

사내는 메나리로 메기고 받는 산유화, 민요조로 시나위가락으로 불러대는 메나리를 눈물 젖어 흐느끼는 듯한 애달픈 가락을 한없이 서러운 마음으로 곡조로 메기며 이어나갔다.

나는 매복한 옆으로 적들이 바짝 스쳐 지날 때처럼 사색이 되었고 온몸이 부르르 떨렸다. 내게 있어 사내가 우려내는 가락이 까닭 모를 회환과

비감을 실어 왔기 때문만은 결코 아니라고 할 수 있었다.

사내의 노래가 끝났는데도 긴 여운은 황금물결을 건너뛰어 하늘을 뒤흔들었고 달빛이 펴놓은 비단 보자기에 횅하니 쏟아졌다.

사내는 한 가락을 토해놓고는 제전의 향불마냥 담배를 피워 물었다. 뿌연 연기는 동그라미를 만들며 아스라한 하늘로 올라가다가 과거를 슬그머니 그려내고 있었다. 이를 지켜보는 사내의 투명한 눈망울에는 맑은 물기가 대롱대롱 매달렸다.

나는 산유화에 얽힌 내력을 실어 나르다가 인기척을 낚았다.

그랬는데 의외에도 사내는 "좀 전부터 알고 있었습니다. 이리로 가까이 오이소. 선상님." 하는 것이 아닌가.

나는 놀랐다기보다는 사내의 노래를 방해했다는 노파심을 한 아름 안고 있었는데 사내가 오히려 스스럼없이 말을 건네 오자 다소 미안한 마음을 덜 수 있어 마음이 놓였다.

"그 뒤, 학교로 한번 찾아뵙는다는 것이 차일피일하다 보니…… 이거 인사가 말이 아입네다. 지가 숙이 애빕네다."

언젠가 수업시간이었다. 숙이가 공부는 제쳐두고 산유화의 가사만 베껴 쓰는 낙서버릇으로 부모를 소환했을 때 본 그 사람이었다.

"이런 데서 만나 뵙게 되다니…"

나는 묘한 인연도 있다 싶어 겸연쩍은 웃음을 실실 흘렸다.

밤하늘은 함지박을 엎어놓은 듯 아주 가깝게 느껴졌다.

"지 딸애가 선상님 속을 꽤나 끓이지요. 모두가 어미 없는 탓입니다. 아니, 아니지요. 지 탓이구만요. 한동안은 딸애의 어미도 산유화를 멋들어지게 불러 졎혔는디 말입네다그려."

사내는 숙명의 너울을 물씬 풍기기까지 했다.

모진 마음도 허물 것만 같은, 비장의 기법이라도 쏟아놓을 것만 같은 분위기는 오곡이 익어가는 내음으로 무너져 내렸다.

"선상님이 산유화에 얽힌 내력을 알고 싶어 한다는 것을 지도 진작부터 알고는 있었어요. 그런데도 여름이 다 지나가도록 선상님을 찾아뵙지 못 했으니, 이거 인사가 영 말이 아닙네다요."

그의 말은 내 마음을 저울질하듯 했다. 나는 예의적이긴 했으나 "그야 바쁜 일에 쫓기다 보면 누구나…" 하고 얼버무리기는 했다.

그런데 생각지도 않은 산유화의 실마리를 풀 수 있다는 기대감에 젖어 체면도 도둑맞을 수밖에.

사내는 한참이나 뜸을 들이다가 "저희 집안은 대대로 산유화를 전수받 아 이어 오는 가풍이 있었지요. 그 덕에 저도 산유화를 웬만큼 부를 수 있 습네다. 그런데도 이 즈음에 들어서는 옛날 같은 정취가 없어요. 세월 탓 인지 모르긴 하지만서도……" 하더니 말을 흐렸다.

세월의 연륜(年輪)이 왕 자(字)처럼 주름진 이마에 매달려 있는 사내는 전설 같은 이야기를 한 토막 툭 잘라냈다.

나는 딸꾹질마저 가로채며 사내를 채근하듯 응시했다.

바로 이 느티나무를 중심으로, 한 그루는 큰아기들과 새댁들이 원무를 그리며 메나리의 산유화를 메겼다고 한다. 또 한 그루는 총각들과 남정네 들이 무나리의 수유화로 받았다고 한다.

나리골은 산유화를 메나리로, 수유화를 무나리로 메기고 받았다. 메기 는 노래 산유화에 깃들인 구성진 여음, 청승맞은 가락은 단오절로, 한가 위 달밤으로 느티나무 아래에서 메아리쳤다.

느티나무는 메나리의 가락에 젖어 싱싱하게 자랐고 무나리의 육자배 기로 잎새는 더 더욱 무성했다.

나리골 사람들은 태어난 지연(地緣)으로, 시집 온 인연으로 누가 가르 쳐준 것도 아닌 귀동냥으로 풍월을 읊듯이 메나리를 익히곤 했다.

메나리는 소녀들이 부를 노래가 아니었다. 시집갈 큰아기들이나 비녀 없은 새댁들이 원무와 함께 들러리로 돌아가며 함께 불러야 직성이 풀린다. 달밤으로 한 무리, 또 한 무리, 강강술래처럼 손에 손을 잡고 돌아가며 큰아기들이 메나리를 메기면, 남정네들이 거나한 육자배기로 받는 무나리는 서쪽으로 기울던 달마저도 멈춰 서게 했다는…

이윽고 사내는 회한에 젖은 듯 말을 이었다.

"지금에 와서야 다 부질없는 일이 아닌가 배여. 시상이 변했으이, 인심도 변할 수밖에요. 굳이 눌 탓할 수도 없게 됐습네다."

"민속 붐이 일고 있는데, 후원을 받아 재현해 보시지 않고요?"

"재현이라니요? 말로야 쉽지만 다 부질없는 짓이여."

나는 사내의 우울함에 눌린 탓인지 그만 말문이 막혀 버렸다.

"보여 드릴 것이 있습네다. 저희 집으로 가시지요."

"밤도 깊었는데 폐나 끼치지 않을는지요?"

비록 말은 그랬으나 마음속으로는 안달이 들었다고나 할까.

"보여 드릴 것이 있습네다. 시간이 허한다면 가십시다."

사내는 부득부득 일어섰다. 나는 비단 요를 펼친 하얀 꿈을 놓치지 않으려고 사내의 뒤를 바싹 따라붙었다.

내가 사내의 방으로 들어서니 호롱불은 벼락에 콩 구워 먹고 전등 불빛이 세월의 앙금을 토해내는 방은 뜻밖에 정갈했다.

사내는 시렁 위에 덩그렇게 엎힌 고리짝을 들어 내렸다. 고리짝의 도배는 아이가 싸 발라 놓은 어눌한 똥색이었다.

사내는 소중한 물건이라도 다루듯 뚜껑을 열었다.

그는 속에서 빛바랜 두루마리를 집어 들었다. 불빛이 초벽에 웅크린 어둠을 한 움큼 물어뜯다가 혀를 날름 내밀며 두루마리에 앉았다.

"자, 선상님, 어서 펴 보시지여."

순간, 나는 어떤 환상을 서쪽 산에 걸린 그믐달처럼 고정시킨 채 두루마리를 펼쳤다. 늘 한번 보았으면 하고 짼했던 메나리의 수사도(水死圖), 이어 뒤늦게 꿈이 아닌 이 현실임을 깨닫고도 도깨비에 홀린 듯이 화지가 북 찢어지도록 그림을 응시했다.

저 멀리 보이는, 한없이 중압감을 자아내는 산 산 산. 푸른 물결은 금세라도 소용돌이치듯이 거센 탁류를 휩쓸어 올 것만 같은, 그리하여 수십 수백의 인명을 삼킬 듯한 분노로 어느새 꿈틀거렸다.

노한 물결은 둑에 서 있는 사람을 당장 채어갈 것만 같은 악마들의 몸짓, 먹장구름이 두리둥실 피어나는 하늘과 맞닿은 수면, 전면에는 아리따운 여인이 진솔 모시치마를 뒤집어쓰고 물로 뛰어들려는 찰나.

그런데 한창 꽃다운 여인의 등전에서 묻어나는 땅이 꺼질 듯한 회한, 체념이 응어리진 심연은 그대로 생동하는……

이상이 수사도에 담겨져 있는 그림의 내용이다.

흔히 볼 수 있는 전통적인 기법, 화제(畵題)와 그 격이 근본적으로 다른, 넘치는 기량과 필운(筆韻)이 넘실대는, 체험이 구현된 놀라운 경지를 이룬 실경 산수화였다.

그러기에 그 표현은 섬세하고 가냘프기 그지없으며 인정이 서려든 수택, 아쉬운 느낌마저 감도는 짜임새, 끝내 무명의 화공도 여성이기에 이런 미련을 저어할 수 없었던 문자 그대로 고졸(古拙)이었다.

수사도는 향랑투강수사도(香娘投江水死圖)란 원제와 향랑여초녀도(香娘與樵女圖)란 부제가 달린 가로 한 자 두 치에, 세로 넉 자 세 치의 두루마리인데 아호나 낙관이 없는 민화였다.

"그런디 말입네다. 선상님, 일자무식인 초녀가 이런 그림을 그릴 수 있었을까요? 아무리 생각해도 지로서는 믿기지가 않습네다."

"저도 그림에 대한 조예가 없어서 안목이래야 별 것도 아니지만, 첫눈에 보아도 그림 솜씨가 보통이 아닌 것만은 분명합니다."

"그림을 응시하는 선상님은 눈빛부터 달라 보입네다."

"전통적인 구성과 화법을 무시한 민화라고나 할까요. 그런데도 제가 지금껏 보아 온 민화하고는 어딘가 다른 것 같기도 합니다."

"그럴 수밖에 없겠지요. 일자무식인 초녀의 그림이니까요."

"그림을 입수하게 된 내력이라도 들려주셨으면…."

사내는 정적을 씹고 있었다.

내가 거듭 채근해서야 공허한 마음을 다잡아 지나온 과거를 실타래 풀듯 한 올 한 올 풀어냈다.

"지 당숙 되는 원당노인(元堂老人)으로부터 이 그림을 물려받으면서, 그림을 그리게 된 동기며 향랑의 행적을 들었습네다."

불빛이 사내의 주름진 이마에 매달려 묵은 과거를 일깨우자 나는 오금이 저려왔고 사내에게 압도당해 옴짝달싹할 수도 없었다.

"이 그림을 그린 초녀야말로 향랑이 물로 뛰어든 것을 두 눈으로 본 장본인이라 합네다. 그네의 구박받은 기구한 사연은 초녀에게도 한으로 맺혀 후세에까지 그림으로나마 전하려고 다짐했답네다."

사내는 여기서 일단 뜸을 들이었다.

초녀는 틈틈이 붓을 잡았다. 일자무식인 주제에 더구나 아녀자인 체신머리에 붓을 잡아 뭣에 쓸 거냐고 서러움도 많이 받았다.

또한 얽은 데다 째지는 가난으로 혼처도 나서지 않았다.

이도 저도 못해 처녀귀신이나 면해 보려고 나이가 차 후처로 들어앉기는 했으나 못생겼다고, 그림에만 매달려 사발농사만 짓는다고 갖은 구박끝에 동네방네 우사만 시키고 쫓겨났다.

그 뒤로부터는 만사 제쳐두고 오직 그림에만 몰두했다.

환갑을 맞이하던 바로 그해였다. 초녀는 평생을 바쳐 닦아온 기법으로 혼신의 힘을 다해 수사도를 그렸다.

그녀가 그림을 그리는 주위는 서광이 차일을 친 것만 같아 아무도 근접할 수 없었다.

그녀는 무슨 영험이 씌어 신들린 듯 혼신의 필력을 쏟아 한 여인이 물이 무서워, 아니 죄인만 여겨 물로 뛰어들지 못해 애태우는 얼굴에 진솔 모시치마를 씌움으로써 그림을 완성했다.

그림을 완성한 초녀는 몸져누웠다.

그녀는 끝내 일어나지 못한 채 영영 이생을 하직하고 말았던 것이다.

전해 오는 말에 의하면, 초녀의 얼이 그림 속으로 빨려 들어가고 남은 것은 빈 육체뿐이었다고.

사내의 이야기는 내가 일선의열도(一善義烈圖)란 현지(縣誌)를 훑어본 기록과도 대개 일치했다.

향랑은 남편의 환상으로 몸 둘 바를 몰랐다.

자나 깨나 남편의 환상이 구석구석 숨어 있다가 불쑥불쑥 튀어나왔다. 때로는 흉기로 변해 천정에 매달렸다가 곧장 떨어져 목에 박힐 것만 같은 가위에 눌려 지냈으며 신경이 극도로 쇠약해져 바람소리에도 놀라고 신발 끄는 소리만 들려도 가슴이 철렁했다.

아니, 촛불을 밝히고 앉았거나 방안을 서성거려도 독버섯처럼 돋아 올라 갈피마다 앙탈을 했다.

심지어 뒷간까지 따라와서는 은밀한 곳을 헤집고 깔깔대면 온몸이 바르르 떨려 나오던 똥마저도 저만큼 달아났던 것이다.

아니나 다를까. 출타했던 칠봉은 작부 같은 계집까지 대동하고 마당으로 들어서기가 무섭게 날벼락이 떨어졌다.

그는 닥치는 대로 살림살이를 집어 들고 향랑을 향해 냅다 던졌다.

밥상은 마당 가운데 내동댕이쳐져 외마디 소리로 박살이 났고 사발대접은 그녀의 얼굴을 스쳐 맞은편 벽에 부딪치자 신들린 화필처럼 물벼락으로 흩어졌다. 더욱이 굶주린 이리 떼 마냥 억센 주먹으로 향랑을 요절내다 못해 마루에 내동댕이쳤고 거품을 질질 흘리며 태질을 했다.

그런데도 화가 풀리지 않은 칠봉은 발악을 해댔다.

끝내 칠봉은 향랑을 마당으로 끌어내어 진흙탕에 처박고 발로 짓이겼다. 허옇게 내비치는 향랑의 속살은 핏빛으로 얼룩졌고 아미에서는 후줄근한 피가 수채화를 그리며 흘러내렸다. 옷은 드라큘라의 입처럼 피범벅이 되었다. 끝내 아이들이 개구리를 잡아 공중으로 힘껏 던지면 땅바닥에 떨어져 바르르 떨듯이 기척이 없었다.

"나가라는데두, 삼신할미 귀신이 썬 게여. 찰거머리처럼 악착스레 달라붙게. 나가 뒈질, 물에라도 빠져 뒈질……"

그런 가관은 세상에 도시 없을 성 싶었다. 어디서 어떻게 굴러 들어왔는지 따라온 계집마저 한통속으로 엉겨 붙었던 것이다.

"서방 하나 간수 못하는 년이 붙어 있긴 지금껏 왜 붙어 있어, 있기를. 이제부터는 내 서방이니까, 당장 꺼질러 나가여. 저 잘난 꼬라지를 보이기절복통하고도 남지, 남아."

계집은 향랑의 머리채를 움켜잡고 디딜방아를 찧어대자 머리털이 뭉텅 뽑혀 그네의 손에 들려 있었다.

머슴 지기는 남의 일처럼 구경만 하는 살판난 동네 사람들을 비집고 뛰어들어 향랑을 빼돌려 피신시켰다.

그런 연후에 막혔던 봇물이 터지듯 욱한 울분이 터졌고 계집을 진흙탕에 꼬다 박은 채 지근지근 밟아버렸다.

그 꼴을 본 칠봉은 분함을 참지 못해 눈알을 허옇게 뒤집어쓰고 지기를 다그쳤다. 패다 둔 장작으로 팽이를 치듯 후려치곤 했다.

지기의 온몸은 한 다발의 흑장미 꽃잎을 뿌려놓은 듯 피멍울로 얼룩졌다. 그는 웃는 듯한, 우는 듯한 종의 비애가 울컥 치받쳤다.

그것은 교미를 하려던 수캐가 강자에게 암캐를 빼앗긴 순간의 처절한 절규와도 같은 비애였으며 설사를 참고 참아도 끝내는 목구멍을 통해 올라와서 입으로 토할 것 같은 메스꺼움으로 넋을 잃은 것과도 같았다.

지기는 칠봉이와 계집을 엎어놓고 함께 짓이겨 버렸다.

그러자 소동은 삽시간에 임씨 문중으로 번졌다.

문중 청년들이 구름처럼 몰려왔던 것이다.

지기는 청년들에게 동네매를 맞았다. 이 사람 저 사람들로부터 뜸질을 당했다. 그는 정신이 가물거리다가 흰자뿐인 눈동자를 드러낸 채 하늘을 이불 삼아 쓰러지고 말았다.

그날 이후로 향랑은 어쩔 수 없이 시집에서 또 쫓겨났다.

시집에는 그림자도 얼씬할 수 없었다. 칠봉이 그녀의 그림자만 어른거려도 죽이려고 생거품을 해물어서였다.

향랑은 날이면 날마다 숫돌을 갈 때 나오는 잿빛의 물처럼 눈물이 어려 첫날밤의 악몽을 헹구어내곤 했다.

촛불은 나긋나긋한 원앙금침을 비추다가 봉황을 수놓은 병풍에서 침묵을 침전시키고 있었다. 한창 꽃다운 나이 열일곱. 그 나이에 맞는 신혼 초야는 한껏 부푼 꿈을 아로새기는 것이 당연했으나 향랑은 그럴 수 없었다. 차라리 두려움에 젖어들다 못해 공포로 찌들었다.

그것은 자기의 결혼이 기울어가는 가문을 부지하려는 마지막 안간힘으로 치러졌음을 너무나 잘 알고 있어서만은 아니었다.

하마나 고대하던 신랑은 밤중을 지나도 신방으로 들어서는 기미가 없었다. 시간이 지나면 지날수록 향랑은 초조하다 못해 안절부절못했고 몸은 화석처럼 그대로 굳어버릴 것만 같았다.

첫닭이 홰를 틀자 바깥이 소란해졌다.

사람들에게 떠밀려 신랑이라는 사람이 신방으로 처박히듯 굴러 들어왔다. 술로 주눅이 든 신랑, 그의 몽롱한 시선은 신부가 쥐구멍을 찾을 여유마저 주지 않았다. 신랑은 야수로 돌변해 있었다.

그는 거친 숨결을 몰아쉬며 족두리를 내팽개치고 옷고름을 북 찢었다. 무지막지한 손으로 저고리를 찢어 발리고 치마마저 발기발기 찢어버렸다. 그런 신방은 공포의 도가니라고나 할까.

병풍 속에서 촛불과 놀아나던 봉황이 그녀의 희디 흰 꿈을 무거리로 무너뜨리자 뼈를 깎는 아픔이 폭우로 쏟아져 내렸다.

갑자기 괴성이 진동을 했다. 결코 들어본 적이 없는 괴성이었다.

그런 괴성이 신방을 뒤흔들었다. 으흐흐 흐흑.

몇 번이고 괴성을 지르던 신랑은 아랫도리를 훌렁 벗어젖히고 신부에게 알몸을 들이밀었다. 한데 응당 달렸어야 할 부자지는 반쯤 잘려 나간 채 흉물이 억지 춤을 추며 하늘거렸다.

"이걸 보란 말여. 내빼고 싶지? 시집으로 내빼란 말여."

신랑은 선웃음으로 자지러들었고 으흐흐 하는 괴성이 그의 울먹한 목구멍 속에서 발발 기어 나왔다.

어린 시절, 칠봉은 개에게 부자지를 물어 뜯겼었다.

어려서는 아무 것도 모르고 자랐으나 철이 나면서부터 불구라는 자격지심이 중증으로 굳어져 괴팍한 성격과 함께 행동마저 개차반으로 포악해졌다. 돌변한 환경의 충격으로.

결혼이라는 거대한 장벽에서 헤어날 수 없는 불구, 더구나 먹음직스럽게 영근 과일과도 같은 신부를 앞에 두고 어찌할 수 없는 병신이라는 자학이 거대한 충동을 일으켰고 세찬 물결을 가르며 발작했다.

신부는 맨땅에 발가벗긴 채 내동댕이쳐졌다.

신랑은 신부를 타고 앉아 물고 뜯고 할퀴며 발악했다. 성도착중의 공연이랄까. 신랑의 광기는 새벽마저 밀어냈다.

신부는 찍 소리 한번 못한 채 소리 없는 신음만이 비눗방울처럼 공중으로 떠돌다가 사라져버렸다.

향랑은 생각하면 할수록 헛바닥은 진풀을 먹인 것처럼 푸석푸석했다.

하물며 그녀는 쫓겨나 남의 집 구석방에 틀어박혀 숨어 지내는 순간순간, 초점을 잃어버린 시선은 커졌다 작아졌다 했다. 더욱이 시집살이 삼년이 아물거려 오만간장을 도려내곤 했다.

향랑은 금지옥엽으로 자랐다. 그만큼 꿈을 먹고 자라났다고 할까. 그런데도 배울 것은 다 배우고 알 것은 남만큼 알고 있었다.

특히 시집살이 석 삼년은 귀 먹고 눈 먼 듯 참고 또 참아야 한다는 것쯤은 귀에 딱지가 앉을 정도였다.

죽어도 시집에 가 죽고 귀신이 되어도 시집 귀신이 되라는 돼 먹지 않은 말은 누누이 들어 못이 박혀버렸다.

곱게 자란 향랑은 첫날밤부터 헌 짚신처럼 소박맞은 천덕꾸러기가 되었으나 남편보다는 시집 식구들을 지성으로 섬겼다.

누가 지성이면 감천이라고 했을까. 칠봉에게는 먹혀들 리 없었다.

칠봉의 행패는 눈덩이를 굴리면 굴릴수록 커진다는 짝으로 하루도 뜸할 날이 없었다. 꼴뚜기가 뛰면 망둥이도 덩달아 뛰듯이 무슨 조그마한 반응이 있어야 하는데도 이건 향랑이 죽어지낼수록 혼자 북 치고 장구 두드리며 놀아났다.

날이 갈수록 향랑에 대한 칭송이 능남골에 자자하면 칠봉의 행패는 꼬리에 꼬리를 물고 일선 고을을 들먹였다.

이를 두고 보다 못해 임부순(林扶淳)은 아들을 불러 일렀다.

"내 보기엔 그럴 수 없이 착한 며늘아기다. 들어온 복을 어디가 못마땅해서 낮이고 밤이고 넌 행패를 부려. …아무리 데려온 식구라구, 그래선 못 써. 남의 이목이 두렵고 무섭지도 않아. 천벌을 받을 것이구만."

"……"

"그보다 착한 며느리는 눈 씻고 찾아도 이 고을엔 없다. 나무랄 데 없이 착한 것도 죄냐? 굴러들어온 복을 마다하고 찰 것까지야 없어. 내 말이 틀린 데 있나. 이잉, 꼬락서니하군…"

"아부진 그 년이 어떤 기집인 줄 알기나 해요. 밤마다 능글능글 비웃으며 절 조롱한단 말이오. 세상에 그런 독종은 없어요."

"독종이라니, 천벌 받을 소릴…"

"독종이잖구요. 지가 불군 줄 알고 성한 체하는 꼴이란, 나 참. 고런 년은 밤마다 주리를 틀어도 설치를 못해요."

칠봉은 내친 김에 향랑에게 가 매가 참새를 후리듯 했다.

향랑은 날이 새는 것이 원수만 같고 밤이 오는 것이 몸서리쳐졌으나 부모의 가슴에 한을 심지 않으려고 시집살이를 했다. 아니, 살아주었으나 더 이상은 도저히 감내할 수 없었다.

향랑의 몸은 불덩이 같았다. 온몸에 신열이 돋아 눈을 붙일 수 없었다. 독기 어린 칠봉의 서슬이 눈꺼풀에 매달려 바위처럼 짓눌렀고 식은땀을 줄줄 흘리며 며칠 밤을 지새웠다.

꼭두새벽에 물동이를 이고 들어서던 아낙이 "불쌍하기도 해라. 지기가 포졸에게 묶여 개처럼 끌려간다오." 하고 혀를 내둘렀다.

향랑은 또 가슴이 철렁 내려앉는 것만 같았다.

지기는 임씨 집안에 꼴머슴 적부터 들어와 종살이를 했다. 그는 부모의 진 빚을 몸으로 때우려고 팔려온 것이나 진배없었다.

머슴살이야 몸이 으스러져도 견딜 수 있었으나 칠봉의 노리개 노릇은 정말 하늘이 준 생명을 스스로 끊지 못해 살아가는 형벌이었다.

칠봉은 개에게 물어뜯긴 부자지를 대신해서 지기의 사타구니를 가지고 놀며 못 살게 굴었다. 심통이 났다 하면 지기의 사타구니를 꺼내놓게 하고 막대기로 두들기는 노리개의 대상이 되곤 했다.

칠봉은 아내를 맞이한 후에도 그런 버릇을 개에게 주지 못했다. 해서 향랑은 지기를 두둔하다 경을 친 적도 한두 번이 아니었다.

한번은 그랬다. 봄비가 추접스럽게 종일 질척였다.

지기는 그 비를 맞으며 가래질을 하다 날이 저물어 들어왔다.

그는 입은 것이 없어 마냥 턱을 떨었다.

향랑은 늦은 저녁이긴 했으나 오죽 떨었겠느냐 싶어 김이 무럭무럭 나는 국 한 그릇을 바쳐 지기 방으로 들여보냈다. 그로 인해 아닌 밤 홍두깨마냥 집안은 난장판이 벌어졌다.

칠봉은 뚱해 담쟁이덩굴처럼 향랑에게 엉겨 붙었다.

"이 화냥, 지기를 섬겨? 머슴 놈과 붙어먹은 재미가 어때?"

칠봉은 생트집을 잡고 향랑을 태질하며 족쳐댔다.

"머슴 놈과 배가 맞아? 달아날, 내빼서 같이 못 살아 안달하는 연놈들. 그래, 이 연놈들아, 지금 당장 도망가거라."

칠봉은 입에 담지 못할 악담은 침으로 튀었으며 허연 거품을 물어냈고 아내의 머리채를 낚아채 진땅에 곤두박곤 지근지근 밟았다.

향랑은 눈알이 뒤집혀 초저녁 하늘마저 밀어냈다.

"당장 나가 뒈질, 나무에 목을 매고 뒈질, 물에라도 빠져 뒈질, 저 뻔뻔스런 낯짝 좀 보래지. 저 년이 날 비웃고 있어. 죽어 뒈지면서도 조롱을 해대는 저 독종… 내 설치를 하고 말 것이야. 두고 보라지."

칠봉은 얼마나 식식댔으면 제풀에 힘이 쭉 빠져 버렸을까.

지기는 동네 굿을 지켜보며 가슴이 메어지는 듯했다.

그는 향랑 아씨가 오고부터 비로소 사람대접을 받을 수 있었고 사람 구실을 한다는 보람을 느꼈으며 아씨와 한 지붕 밑에서 한솥밥만 먹는다면 갖은 학대도 달게 받으리라 다짐했었다.

그만큼 아씨를 생각했다.

지기는 자기 탓으로 공연히 경을 친다고 가슴 아파하다 못해 서방님을 밀어내고 아씨를 피신시킨 뒤, 땅에 넙죽 엎드렸다.

"서방님, 절 때리시여. 동네 애들에게 매 맞으면 화풀이 했듯이 저에게 행패를 부리시오. 자, 절 때리시오."

"어어, 년 놈이 한패로 엉켜 붙어? 이놈, 재미는 지들만 보고, 어디다 큰 소리를 쳐, 이 노옴, 이 죽일 놈!"

"서방님, 벼락 맞아 죽을 소리요. 남들이 들을까 두렵소."

"얼라, 이게 어디다 훈계질이여."

칠봉은 그 꼬락서니에 기승을 더했다. 장작으로 패다 만 몽둥이를 들어 불나비처럼 춤을 추며 수도 없이 지기를 향해 날렸던 것이다.

임부순은 피해 있는 며느리를 불러 앉혔다.

"내 착한 널 두고 이 이상 두고 볼 면목이 없다. 당분간이라도 친정에 가 피신해 있거라. 워낙 불구라고 응석받이로 자랐으니… 이 모두가 자식 잘못 둔 내 죄다. 이 길로 친정에 가 있어. 내 조용해지면 인편을 보내 데려오도록 하마. 그리 알고 가거라."

"아버님, 죽어도 시집식구이온데 그리할 수는 없습니다."

임부순은 앙금을 실은 연륜을 실룩였다.

"듣기 좋은 소리에 지나지 않아. 친정에나 가 있거라. 이런 집안 망신도 한두 번이라야지. 낸들 어찌할 수 없어. 편을 들자고 해도 그 화풀이가 너에게 돌아가니 들 수도 없구. 그리 알고 가거라."

향랑은 부들부들 떨며 전신으로 오열했다. 급기야 눈자위에 안개가 서리다 못해 이슬이 피어 주룩 흘러내렸다.

그러자 이슬방울마다 어머니의 환상이 방울방울 매달렸다.

향랑은 저간의 집안사정을 너무나 잘 알고 있었다. 섶을 지고 불로 뛰어드는 심정으로 시집살이를 헤쳐 나가리라 다짐했었다.

그랬는데 시집을 쫓겨나 오도 가도 못하고 친정으로 들어섰다가 향랑은 어머니의 죽음을 낳는 불효를 저질렀다.

박자갑(朴自甲)은 들어서는 딸을 보고 성화를 끓였다. 딸을 본 순간, 자갑의 눈에는 초례청의 악몽이 되살아났던 것이다.

"그래, 시집살이 못해 쫓겨 와. 서까래에 목이라도 매어 당장 설치를 할 것이지, 오긴 왜 지발로 쫓겨 와."

당시 일선 고을은 상형곡(上形谷)에 뿌리를 내렸던 해양 박씨가 기울어지고 그 대신 구말 임씨가 대두했다.

이 두 문중은 서로 못 잡아먹는 앙숙이었다.

더욱이 신임부사 임한덕(林漢德)은 전날의 앙심이 음흉하게 들여다보이는 수작으로 박자갑에게 청혼을 들고 나왔다.

박자갑은 혼사문제로 말미암아 한다하는 뼈대 있는 집안으로서 그런 모욕은 없었고, 목숨을 부지하고 살아 있는 동안 치욕과 비탄이 점철되는 나날이 아닐 수 없었다.

"그래, 너만이라도 제발 하느라고 시집에서 쫓겨나지 말구, 살아 주기를 바랬는데, 이 꼴로 돌아오다니. 죽어도 시집에서 죽고 귀신이 되어도 시집 귀신이나 되지, 오긴 왜 와. 내 속을 이토록 끓여."

솔내 댁은 딸을 시궁창으로 쓸어 넣듯이 시집을 보내고 화병으로 몸져 누웠다가 남편의 역정에 정신이 번쩍 들었다.

"네가 우짠 일로 오나? 말이라도 속 시원히 털어 놓으라무나."

솔내 댁은 굽실도 못하는 몸을 이끌고 문지방을 내려서다가 마당으로 굴러 떨어졌다. 그 길로 한을 품고 그 한을 하늘에 뿜으며 운명했다.

집안은 당장 홍수가 할퀴고 지나간 뒤처럼 황량했다. 날마다 한숨이 나래를 퍼덕였고 밑 빠진 독처럼 한을 씹었다.

향랑은 한을 품고 죽은 어머니의 가슴에 못을 빼어 드리려는 아픈 마음을 쓸어안고 곱든 싫든 능남골 시집으로 들어섰다.

그랬는데 아니나 다를까.

이때다 하고 기다렸다는 듯 칠봉은 향랑을 냅다 걷어차고 태질쳤다.

"꺼질러 가더니, 왜 또 왔어? 빌어 처먹든지 뒈지든지 할 것이지, 오긴 왜 와. 날 비웃고 조롱하러 왔어? 그도 아니면, 지기 놈과 붙어 지내려고 왔어? 어디 변명이래두 해. 이 오라질…"

나이가 들고 철이 나면, 좀 수그러질 줄 여겼으나 칠봉은 뼈대만 더욱 굵어져 힘만 늘었으며 그의 행패는 풍선처럼 부풀어 가을 하늘을 붕붕 떠 돌아다녔다.

가을도 깊게 여물자 칠봉은 새로운 행패 하나가 늘었다.

일선 고을을 뻔질나게 드나들면서 술주정까지 달고 다녔던 것이다.

관아에 들어서면 한덕이 조카를 앉혀놓고 부추겼다.

"박자갑은 우리 집안과 철천지원수여. 그 복수를 해야 하네. 내가 뭣 때문시리 박씨 문중으로 혼살 정했겠나. 다 원수를 갚자는 게지. 자네 처를 구박 줘 쫓아내야 되네. 그래야 자갑이 놈, 신병 나 뒈지지. 그렇게만 해. 자넬 거두고 관기도 붙여주지."

일선의열도에도 삼촌인 임한덕이 사주했다고 기록해 놓았다.

그러나 그의 사주라기보다는 아리따운 아내를 사랑할 수 없는 불구에서 오는 자학과 자괴감이 심화되다가 마침내 중증인 조울증으로 인해 아내를 구박하고 학대하는 성도착증에 빠진지도 모른다.

몰론 이런 기록은 보이지 않으나 결혼과 더불어 의처증이 중증으로 굳어져 겉으로 나타난 것만으로도 짐작이 간다.

"하다 안 되면 거 있지 않는가. 외간 남자라도 들여보내란 말이여. 그렇게 해서 누명을 덮어씌우란 말이네. 자네 집에 머슴 있지 않는가. 그 머슴 놈과 배가 맞아 놀아난다고 소문을 동네방네 퍼뜨리게. …당장 목을 매지 않고는 못 배길 터이니…"

한덕이 표독스런 관기마저 붙여 그런 분란을 치르게 했던 것이다.

향랑의 마음속에서는 까마귀가 꺼우꺼우 울었고 때때로 칠봉의 독살스런 서슬에 주눅 들어 실신도 여러 차례 했다.

하루는 젖 먹던 힘을 다잡아 최후의 단안을 내려 시아버지를 만났다.

"아버님, 저 탓으로 집안만 우사시켜 뵈올 면목이 없사오나……"

향랑이 용건을 말하기도 전에 임부순은 선수를 쳤다.

"그런 말 할 것 없다. 내가 널 대할 면목이 없어. 자식 하나 잘못 둔 죄로 남의 귀한 자식 데려다 그 고생을 시켰으니. 하니, 이제라도 딴 마음 먹지 말고 마음을 고쳐 다른 데로 개가하도록 해라."

"아버님, 지아비가 있사온데 어찌 다른 데로 개가를 하라 하시오이까. 전 받들 수 없습니다. 저는 다만 제 자신이 박복한 년이라고 탓할 따름이옵니다. 그리고 이제나 저제나 지아비의 마음만 돌아서길 바랄 뿐입니다. 아버님, 못난 저의 소원을 저버리지 마셨으면 하옵니다. 다름이 아니옵고 아직 지아비는 나이도 어리고 철도 들지 않았다 여기오니, 동구 앞에 움막이라도 하나 지어주시면, 수절하다 지아비가 철이 들면 지아빌 지성으로 모시겠사옵니다. 움막 하나 지어 주시옵소서."

임부순은 갈증에 시달리다 못해 물을 한 바가지 들이키면, 물을 질질 흘리면서 마시듯이 땀을 뻘뻘 흘리며 말까지 더듬었다.

"마, 마음씨야 갸륵하다만, 나, 나이가 젊어."

"저의 마지막 소청이옵니다. 아버님, 움막이라도 지어 주신다면 평생이라도 혼자 살겠습니다. 제발 들어주세요."

임부순은 나락으로 떨어져 내리는 것 같았으나 연약해지려는 마음에 모진 채찍을 들었다. 그러는 그는 이마에 깊이 파인 연륜이 실룩이면서 입술을 꾹 깨물어 본의 아니게도 며느리에게 엄한 못을 박았다.

"나도 이제야 바른 말이다 마는 이 이상 곁에 두고 보는 것마저도 진절머리를 앓는 사람이여. 세상에 사람 하나 잘못 데려와 집안 망신을 이렇게도 하다니. 뭘 더 바라 움막을 지어 달래는 게냐? 더 이상 날 괴롭히지 말고 멀리 떠나가 살도록 해라."

향랑은 실낱같은 희망마저 천근 무게로 무너지는 것 같았다.

"오직 믿고 의지하며 살아온 분이 있었다면 아버님 한 분뿐이었는데 아버님마저도 그런 말씀을 하시다니…"

향랑의 말끝은 자지러들었고 바람 앞에 알몸을 드러낸 촛불처럼 체념을 울려낼 수밖에 달리 방도가 없었다.

계절의 속살이 어김없이 잡혔고 단풍나무 잎들이 연지를 찍자 가을바람에 멱을 감은 잎들마저 울긋불긋 성장을 했다. 더욱이 하얀 이를 드러낸 가을 기운이 저주연을 시샘하고 있었다.

길야은(吉冶隱) 저주연은 더없이 넓었다.

못가로 능수버들이 칭칭 늘어져 물빛은 푸르다 못해 검기까지 했고 물결은 바람 따라 출렁이었다.

한 여인이 둑을 따라 걸으며 하염없이 배회하고 있었다.

소복단장을 한 여인, 머리는 풀려 바람에 나부꼈고 얼굴은 핏기마저 가신 피투성이였다. 그녀의 얼굴은 덤덤해 보였으나 다만 미심쩍어 하는 기색으로 시선을 한 곳에 고정시킨 채 가슴을 쓸고 또 쓸었다.

그녀가 가슴을 쓸고 있는 바로 그 시각이었다.

어린 초녀(樵女)가 마른 나무를 한 짐 지고 둑을 지나가고 있었다.

여인이 초녀를 불러 지게를 벗어놓게 했다.

"초녀야, 네 나이가 몇 살이지?"

초녀는 의아해 하면서 시선을 늘어뜨렸다.

"네 나이가 몇 살이냐고 물었단다." 하고 재차 독촉해서야 마지못해 어린 초녀는 "열세 살입니다." 하고 대답했다.

"열세 살이라… 그건 그렇다 치고, 넌 어느 마을 뉘 댁 아이고?"

"……"

말없이 고개를 갸웃하기만 하는 초녀에게 향랑은 애원했다.

"내게 대답해 줄 수 없겠니? 어서 대답해 다오."

"저는 나리골에 사는 성씨 댁 딸입니다."

"내 고향과는 그리 먼 곳이 아니니 다행이다." 하고 한참 뜸을 들이다가 "너에게 한 가지 간절한 부탁이 있단다. 내 말 좀 들어줄 수 없겠니?" 하자 초녀가 고개를 끄덕였다.

여인은 살아온 시집살이 3년이 고체로 굳어져 가슴에 철각(鐵刻)을 새기는 한을 삼키고 삼켜 차분하게 말했다.

"나 죽은 후에라도 여한이나 없게 해 다오. 내 이제 물에 빠져 죽게 되면 상형곡 박 씨 종택에 알려만 주는 부탁이란다."

그러자 초녀는 무서워 벌벌 떨었다. 그녀가 정갈한 옷으로 갈아입었다고는 하나 상처투성이라 무서워하는 것도 당연했다.

"애야, 제발 무서워 말아 다오. 어린 너를 만났으니 내 망정이지, 남정네를 만났대도 말 못할 것이고, 큰 여인네를 만났더래도 못 죽게 말릴 것 아니냐. 그러니 이는 천행인데 제발 무서워 말아 다오."

초녀는 드러내놓고 사시나무 떨 듯이 벌벌 떨었다.

"제발, 그런 표정 좀 짓지 말고 내 말에 귀 기울여 다오. 내 징표 없이 죽으면 친정 부모나 시집식구들 남정네와 눈이 맞아 몰래 달아났다고 여기지 않겠니. 그것이 원통해서 이런 부탁을 하는 거란다. 넌 나이가 어리니나 죽는 것을 말리지 못할 것이고, 영리해 보이니 내 말을 들었다가 부모에게 전할 것이니, 이보다 다행한 일이 어디 있겠느냐."

향랑은 초녀를 못가로 데리고 갔다.

그녀는 저고리와 신을 벗어들고 "이것을 내 부모에게 전해 주어 내 죽은 것을 명백하게 해 다오." 하더니 노래를 한 가락 뽑기 시작했다.

노래를 다한 향랑은 물로 뛰어들려고 했다.

그러자 그녀는 무서워 달아나려는 초녀를 붙들고 애원했다.

"부탁이란다. 무서워 달아나지 말아 다오. 내가 너에게 노래를 가르쳐 줄 것이니 네가 외워 두었다가 이곳을 지나다니면서 메나리로 불러 다오. 그러면 나는 네가 온 줄을 알 것이며 물결이 빙빙 치솟아 돌거든 내 영혼이 너를 반기는 줄로 알려무나."

그녀는 노래를 구성지다 못해 청승맞게 불러 제겼다.

푸줏간의 전기 칼이 오가는 대로 썰려나오는 살점처럼 썰어지는 인생을 사각사각 녹였고 대패로 살을 밀고 다리미로 데려가며 과거를 하나하나 울어냈다. 인간 세상에서 우러나오는 것이 아닌, 천상의 세월 잃은 앙금을 낱낱이 쏟아놓았던 것이다.

어허로다 어허로라
산유화래 산유화라
이내신세 어이타가
영결저승 머나먼길
누굴바라 따라나서

저승길이 멀다한들
적삼들렁 초혼하는
물가인걸 저승길이
산유화래 산유화라
어허로라 어허로다.

별안간 주위는 구성진 여음으로 젖어들었다. 물결은 요동을 치고 능수
버들은 제 몸을 가누지 못해 휘청거렸다.

한 지아비만 지성으로 섬기라는 친정어머니의 가르침, 죽어도 시집 귀
신이 되라는 여인의 오직 이 한 길, 일부종사(一夫從事)에 희생물이 되어
스스로 목숨을 저버리지 않을 수 없는 향랑이었다.

그런 탓인지 그네의 창곡은 두서없다기보다는, 흩어졌다기보다는 운
명에 오히려 체념한, 아니, 아니, 아니었다. 고요하고 차분히 가라앉은 마
음에서 우러나왔다.

저 열반(涅槃)에 입적한 득도승의 경지에 이르렀다고나 할까.

무아경을 맴돌아 저류하는 음조는 여한을 빚어내고 설움을 빚어 흘러
나오는 산유화가 될 수밖에 없었는지 모른다.

어허로다 어허로라
메나리는 메나릴라
이내몸은 누구땜에
한도많은 설움빚어
이팔청춘 죽어가서
능수버들 가지마다
이내한을 자아내랴

산유화는 산유활라
무나리는 물나릴라
어허로다 어허로라

노래를 다한 향랑은 물로 뛰어들 채비를 했다. 그러다 몸을 고쳐 사리고는 "내 죽기로 작심을 했으나 물을 보니 죄인 같은 생각이 드는구나. 내차라리 물을 보지 않으리라." 했다.

순간, 그녀는 살아온 만큼의 피 빛 진한 생채기가 뼈를 썰었고 썰려 나온 뼈마디 마디마다 날카로운 쇠톱으로 갈아대었다. 그것마저도 이제는 진하고 뜨거운 액체에 씻겨 달관으로 돌변했다.

향랑은 진솔 모시치마를 훌렁 뒤집어쓰고 물로 뛰어들었다.

사나운 물결은 텀벙 소리마저 삼켜버렸다. 아니, 이제는 향랑마저 물결에 가세해서 밀려오고 있었다.

지기는 어금니를 악 물고 옥(獄)을 탈출했다. 그는 수소문 끝에 저주연을 찾아갔으나 향랑이 죽은 지 훨씬 뒤의 일이었다.

그 마음 어찌 말로 다할 수 있을까.

그는 침통에 젖어 못가를 한없이 배회했다. 그날도 그 다음날도, 그리고 또 다음날도…

지기는 못 가를 배회하다 어디론지 사라졌다.

"그런데, 들리는 뜬소문이 꼬리에 꼬리를 이어졌답니다. 보이지 않던 향랑의 시체가 지기의 정성으로 떠올랐다는 둥, 그녀의 묘를 손수 써 주었다는 둥, 지기도 향랑을 따라 물에 빠져죽었다는 둥, 꽤나 헛소문이 나돌았다고 하네. 그리고 메나리를 메기면 받아넘겨야 할 수유화의 무나리 가락은 후세 사람들이 지어 불렀을 게요."

언제 어디서부터 유래했는지 자세히는 알 수 없었으나 지기를 두고 수유화의 무나리가 불리어지기 시작했다.

향랑의 메나리에 이어 불리어진 수유화의 무나리는 누가 지어 부른 노래가 아닌, 어느 한 사람의 손으로 된 것은 더구나 아닌, 여러 사람들에 의해 여러 곳에 흩어져 저마다 자기 심미대로 불려졌다.

무나리의 노래는 겨울채비에 부산한 둥지에서 숨을 돌리다가 그 뒤로는 고을 사람들의 입과 귀와 가슴에 모락모락 피어올랐다.

어허로다 어허로라
낭아낭아 향랑아
시집살인 전생의죄
소박맞고 쫓겨나도
머슴사랑 뿌리칠까
종살인 한만빚고
향랑아씨 못내잊어
아씨따라 물귀되라
저리푸른 물만이
저전설 들려주나
수유화라 무나리라
어허로라 어허로다.

여행의 뒤끝

나는 1박 2일이지만 참으로 오랜만에 서울을 벗어나는 여행에 올랐다. 집에서부터 일상의 탈출을 생각하지 않은 것은 아니었으나 나름대로 핑계는 있었다. 초청강연회에도 응하고 며칠 전에 날아온 편지의 주인공을 만나려는 것이 이번 여행의 이유였다.

나는 서울을 벗어나자 기차 타기를 잘했다는 생각이 들었다.

떠나기 전에는 버스로 춘천을 거쳐 소양강댐에 도착, 배를 타고 인제 선착장에서 내려 또 버스로 한계령이나 미시령, 아니면 진부령을 넘어 간성을 지나 속초를 거쳐서 강릉에 가려고 했었다.

그러나 그 길은 내게 있어 추억이 서린 길이라 그 추억을 깨뜨리고 싶지 않아 취소했다. 그리고 비행기로 곧장 날아갈 수도 있었으나 그러면 여행의 진미를 놓칠까 그도 그만두었다.

기차를 탄 지도 세 시간, 온 것만큼 또 가야 할 것이다.

이제는 출발 직전의 설렘과는 달리 차창에 스치는 풍광마저 권태롭게 보였고 스쳐가는 무수한 산들까지 허망할 정도로 허전해 보였다. 그에 따라 마음은 그만한 무게에 눌려 있었다.

기차가 긴 터널 속으로 빨려 들어가자 맞은편 좌석이 내가 앉아 있는 차창에 와 비쳤는데 그곳에는 여자의 시원스런 눈이 떠 있었다. 나는 나도 모르게 아, 하고 탄성을 지를 뻔했으나 참았다.

왜냐하면 마음을 먼 데 팔고 있다가 아무 것도 아닌 맞은편 여자가 차창에 비친 것에 지나지 않음을 깨달았기 때문이다.

여자는 어깨를 약간 기울인 채 창가에 기대어 바깥을 보고 있었는데 내 옆 좌석이 아닌, 하나 건너 맞은편에 앉아 있었으므로 얼굴은 눈언저리만 비쳤다. 그런데도 인상이 매우 매력적이었다.

나는 고개를 통로로 돌린 채 여자를 몰래 지켜보았다.

시원스럽게 찌르는 듯한 눈, 그러면서 왠지 슬픔을 머금은 것만 같은 여자의 눈과 마주치자 그만 눈을 감아버렸다.

그리고 남의 여자를 몰래 훔쳐보다 들킨 것이 얼마나 쑥스러운 짓인가를 깨닫고 두 번 다시 눈길을 주지 않았다.

그랬는데 고운 목소리가 다가오더니 "저, 하지일 선생님 아니세요?" 하는 나긋한 목소리가 귀에 와 매달렸다.

나는 눈을 번쩍 뜨고 몹시 의아해서 반문했다.

"어떻게 제 이름을 아나요?"

"기차를 타고부터 선생님을 죽 지켜보았어요. 사람을 잘못 본 게 아닌가 하고 긴가민가했는데 눈이 마주친 순간, 확신을 가졌어요. 전 선생님을 직접 뵈었다기보다는 사진으로 봤거든요."

나는 기차에 오르면서부터 묘령의 아가씨와 함께, 아니 유부녀라도 함께 앉아 여행하는 행운이라도 잡았으면 하는 상상을 해 보지 않은 것은 아니었으나 너무나 뜻밖이라 적이 당황했다.

여행 탓인지 모르겠으나 여자의 눈은 슬프도록 아름다웠다.

나는 표정을 바꾸고 손등으로 차창을 가볍게 두드렸다.

"제가 나타나서 방해가 되었나요?"

"천만의 말씀, 아니, 아니오. 아닙니다. 그런 게 아니라…"

"함께 앉아서 여행했으면 하는데, 그래도 괜찮겠지요?"

"옆 좌석에 승객이 앉아 있는데 어떻게?"

"그런 것은 제가 알아서 하겠어요."

그녀는 명랑하게 받았다. 옆 좌석의 손님이 우리들의 눈치를 슬금슬금 본다. 여자는 옆 좌석의 손님에게 "손님, 죄송합니다. 저쪽 창가 좌석으로 가 앉아 주시겠어요?" 하는 말은 상냥했고 자연스러웠다. 그런 탓인지 모르겠으나 손님은 군말 없이 자리를 양보해 주었다.

"아, 이제 됐다. 선생님 곁에 앉아 여행하다니 꿈만 같아요."

그녀의 음성이 내게 다가와 달라붙는다.

나는 말할 수 없는 기대감으로 마냥 설레었으나 일말의 불안감을 떨쳐 버릴 수 없었다.

기차가 터널을 지날 때마다 여자의 윤곽이 차창에 비쳐 훔쳐보는 수고를 덜 수 있었고, 그것도 풍광의 흐름 속에 얼굴이 떠 있는 듯해서 투명했고 더욱이 신선하기까지 했다.

"선생님, 제가 누군지 궁금하지 않으세요?"

"궁금하지 않다면?"

"그럴 줄 알았다고요. 선생님의 소설을 애독하는 독자쯤으로만 알고 있으세요. 지금으로서는 그 이상은 곤란하니까요."

"참으로 깜찍한 아가씨군."

"선생님이 어떻게 생각하시든 전 상관없답니다."

"정말 상관이 없을까?"

"그렇지 않고요. 그건 선생님의 마음이니까요."

"불량한 아가씨로 생각해도 좋다는 투군."

"저야 그래도 전혀 상관없답니다."

그녀의 차가운 눈빛이 나도 모르는 사이 나를 휘감았다.

나는 그 눈빛을 몰래 훔쳐보는 순간순간, 불안한 마음보다는 오히려 꿈의 요지경을 들여다보는 듯한 착각에 빠지곤 했다.

작가에게 있어 독자라는 단어는 참으로 묘한 것이었다. 하물며 무명작가나 인기 없는 작가에게 있어 독자라는 단어 이상의 매력은 없는데도 나는 아직까지 고정 독자 하나 확보하지 못했다.

나는 지하철이나 버스를 타면 당연하게도 주변을 둘러보며 책 읽는 승객을 지켜보는 습관이 은연중 배어 있었다.

그런데도 승객들 손에서 내 책이 발견된 적은 없었다.

눈에 띄기라도 한다면 당장 내리게 해서 따끈한 커피라도 한 잔 대접하고 싶은, 아니 바닥에라도 넙죽 엎드려 큰절이라도 하고 싶은 마음이 간절한 데도 내 소설을 읽는 그런 독자는 눈에 띄지 않았다.

『조용한 눈물』이란 창작집을 내놓았을 때도 그랬고 이번『기파랑』은 매스컴도 탔고 선전도 했으나 이를 읽는 독자를 보지 못했다.

그런 심정이었으니 나는 독자라는 단어 하나만으로 아가씨에게 귀가 솔깃했다는 것이 사실일는지 모른다.

나는 여자와 대화를 나눌수록 불안한 마음은 가셔지고 그녀의 인상이 이상하리만큼 정갈하게 느껴졌다.

그녀는 고명딸로만 귀여움을 독차지한 것도 아닌 것 같은, 그러면서 인생의 그늘진 구석도 경험한 듯해서 친근감이 갔다.

나는 친근감이 들자 여자의 발가락 사이까지 정갈한 듯한 생각이 들어 여행 탓인가 하고 사뭇 의아해 하기도 했다.

내가 여자를 보면 볼수록 그녀의 옷 입음새까지 깜찍해 보였다. 단정히 차려입은 원피스였으나 허리띠만은 어울리지 않게 비싸 보여 그것이 되레 애처로움을 자아냈다.

여자는 신상에 대해 순순히 털어놓을 것 같지 않았으나 뜻밖에도 소설을 빌미로 해서 의문을 하나하나 풀어갈 수 있어 지루하지 않았다.

"선생님, 제 이름을 알고 싶지 않으세요?"

"말해 준다면 광영이지."

"소설가 선생님께서 광영이라고 하셨다."

"나로서는 정말 광영이오."

"그렇다면 좋아요. 윤지형이라고 해요. 나이는 스물둘이고요. 그러나 어떤 여자인지는 말하지 않을래요. 그래도 되겠죠?"

"칼자루를 쥔 것도 아니니까, 윤 양에게 맡겨야지."

지형은 학생일 수도 있었고 남자의 기분을 대충 알 수 있는 나이일 수도 있어 비로소 나는 안심했다.

나는 여자와는 별로 교제한 경험이 없어 불안했으나 우선 독자라는데 혹해 거리감을 쉽게 좁혔고 더욱이 지루한 여행 끝이라 동행처럼 가볍게 대할 수 있어 마음을 놓을 수 있었다.

"선생님, 솔직하게 말씀해 주세요. 제게서 어떤 느낌을 받았는지…"

"왠지 모르게 관심이 간다고 할까."

"선생님, 거짓말 아니세요? 거짓말하고 있지요?"

"다 알고 나면 상상할 맛이 없어지니까."

"역시 선생님은 작가다우시다."

새삼 나는 지형의 얼굴을 하나하나 뜯어보고 놀랐다.

그녀의 오뚝한 콧날은 왠지 모를 고독감이 깃들어 있는 듯해서 요염하기보다는 매력의 포인트였다.

양 볼은 싱싱한 물기를 머금은 듯해서 '저 여기 이렇게 앉아 있지 않은가요' 하고 속삭이는 것만 같았고 작은 입술은 다물고 있는데도 어항 속의 금붕어처럼 꼬물꼬물 움직이고 있었다.

그것도 착 감겨드는 듯해서 더욱 매력을 풍겼으며 약간 처진 것만 같은 눈썹은 올라붙지도, 내려앉지도 않은 채 그린 듯한 눈을 보듬고 있었다. 그녀의 얼굴에는 화장기라곤 없었다.

그런데도 화장기 없는 얼굴이 오히려 산색에 물든 듯 신선했고 길고 흰 목덜미는 애련해서 애처로움을 자아내고 있었다.

"난 여행할 때마다 기도하는 버릇이 있어요."

"어떤 기도인데요? 말해 주셔요."

"불행히도 옆에 뚱뚱한 여자가 앉았으면, 제발 잠이나 들지 말았으면 하고 기도하지. 잠이 들어 기대기라도 하면 너무 괴로우니까."

"저처럼 미녀가 앉았으면요? 어서요."

"하느님 아버지시여, 저를 시련에 빠뜨리지 마소서 하고 기도하지."

"야, 재미있다. 선생님의 유머는 너무 멋져요."

지형은 사뭇 우스워 죽겠다는 듯이 깔깔거렸다. 그러는 지형이 귀여워서 나는 얼굴을 빤히 들여다보았다.

"숙녀의 얼굴을 그렇게 빤히 보면 실례예요."

"미녀가 옆에 있으니, 웬 떡인가 싶어서…"

"아이 좋아라. 절 미녀라고 말씀해 주시니…"

기차가 터널을 나오자 무거운 산의 껍질을 터널 속에 벗어놓고 나온 듯 봉우리와 봉우리 사이로 푸른 동해를 토해놓았다.

머지않아 종착역에 도착할 것이었다.

기차는 바다를 끼고 달렸다. 바다와 산은 미묘한 앙상블을 이루고 있었고 산세는 칼로 다듬은 듯 뻗어 내리다가 곧장 바다로 빠져들고 있었다. 어쩐지 나는 비현실적인 기차를 타고 있는 듯해서 시간이나 거리감도 사라졌고 의지와는 상관도 없이 화물처럼 그냥 실려 가고 있는 듯한 방심상태에 젖어 버렸다.

단지 바퀴의 단조로운 굉음만이 파열음으로 다가왔다.

"선생님의 테마소설,『천년신비의 노래』중「저 자줏빛 바윗가에」를 감명 깊게 읽었어요. 선생님, 저충이 사랑한 수로부인처럼 그런 진실한 사랑을 받은 여성이 세상에 있을 수 있을까요?"

"세상 사람은 다 다르니까 온갖 일이 있을 수 있겠지요."

"저충은 선생님께서 만들어낸 인물, 맞지요? 수로부인은 선생님께서 상상하고 있는 구원의 여인상… 제가 틀렸나요?"

"물론 그럴 수도 있겠지."

"바다를 보고 문득 생각했어요. 수로의 사랑을 거절하고 사라진 저충의 표정, 지금 선생님의 표정이 그래요."

"그건 그렇지 않은데…"

"선생님은 너무 착해 보여요. 순진해 보이기도 하구요."

"지형이, 배고파요?"

"나이에 비해 작품은 노숙해 보이고. 선생님, 몇 살인지 맞추어 볼까요. 서른 둘, 아니면 셋? 그렇지요? 제 추측이 맞지요?"

"지형이, 나 기차 타고 있어요. 비행기 태우면 화낼 거요."

"제가 어디 잘못 말하기라도 했나요?"

"이 다음에 만나면 돋보기라도 선물해야겠군."

"말씀해 보세요, 네? 어서요."

"보기보다 나이가 많아요."

"거짓말 마세요. 총각이라고 해도 곧이듣겠어요."

지형의 눈은 정확했다. 남들은 나의 실제 나이보다 십 년 하나는 적게 본다. 그만큼 동안이었다.

지형이 갑자기 말이 많아졌다. 종점이 가까워서일까.

지형의 음성은 토막토막 끊어지면서 전심전력으로 살고 싶다는 그것을 증명이라도 하듯이 내게 매달렸다.

"선생님과 함께 오래오래 여행이나 했으면 좋겠는데…"

"아가씨, 꿈 깨시지. 종착역이 가까웠어요."

종착역을 앞두자 지형은 입술을 깨물기도 했고 심각한 표정을 짓는 듯도 했으며 눈에서는 수치심 같은 것이 머물렀다가 달아나곤 했다.

"뜻밖에 만나 즐겁게 여행했으니, 선물을 주고 싶군."

나는 일어서서 선반에 올려둔 가방을 내렸다.

가방 속에는 언제나 그랬듯이 저서 두어 권을 넣고 다녔다. 여행 도중에 마음이 통하는 사람을 만나면 주기 위해서.

나는 전국적으로 매스컴을 탄 『기파랑』이라는 향가 소설집의 결정판인 『천년신비의 노래』를 가방에서 꺼내어 '증 윤지형, 지은이'라고 써서는 서명과 날인까지 해서 그녀에게 건네주었다.

지형은 초롱초롱한 눈으로 받아 가슴으로 싸안는다.

"선생님, 이런 좋은 선물 받아도 될까요?"

"부담 갖지 마오. 주고 싶어서 주는 거니까, 그냥 받아 둬요."

지형은 눈에 물기를 달고 내게 제의했다.

"선생님, 저와 함께 설악산엘 가 주시겠어요? 호텔을 예약해 두었어요. 산을 가장 잘 볼 수 있는 전망 좋은 방으로요."

그녀에게는 이런 당돌한 면도 있었다.

그런 면이 내 마음을 들뜨게 했으나 우연히 같은 기차에서 만났을 뿐인데 꿈에도 생각지 못한 제의를 난 농담으로 돌렸다.

"사람은 오래 살고 볼 일이야. 데이트 신청을 다 받고…"

"처녀와 유부남이 데이트하면 안 되나요?"

"안될 거야 없겠지. 그러나…"

"선생님, 저와 함께 택시를 대절해서 설악산으로 바로 갈 수는 없겠어요? 제가 이렇게 두 손을 모아 소원을 한다면?"

어느 사이인지 모를 그녀의 눈에는 눈물이 그렁그렁 매달렸다.

"나도 내일 저녁때면 설악산에 도착할 거요. 그때 만나요."

"선생님. 저 나쁜 여자 아니에요."

"나 숙맥 아니오. 나도 그렇게 생각하고 있어요."

"그렇다면 잘 됐네요. 지금 우리 함께 설악산으로 가요, 네."

"내일 오전 중으로 강연이 있어요."

"선생님은 위선자예요. 스캔들이라도 세상에 알려지면 사회적으로 매장당할까, 그것이 두려운 거지요. 치사해요, 선생님은…"

"그렇게 몰아세우니 입이 열 개라도 할 말이 없군."

내 솔직한 심정은 깜찍하리만큼 사랑스런 지형과 헤어지고 싶지 않았다. 이런 기회란 인생에 두 번 있는 것도 아니다.

내일 오전 중으로 K대학에 초청강연이 있다고는 하지만 설악산으로 직행했다가 새벽에 택시로 온다면 불가능한 일도 아니었다.

더구나 나는 스캔들이 두려워서, 사회적으로 지탄을 받아 매장당하는 것이 두려워서도 아니었다.

모처럼 맞은 여행, 여자 때문에 호젓한 시간을 빼앗기는 것 같아 마음이 동하지 않았다는 것이 사실이었다.

기차는 역 구내로 서서히 들어서고 있었다.

기차가 멈추자 나는 말없이 일어나서 집찰구를 빠져 광장으로 나왔다. 광장에 우뚝하니 서서 지형이 쪽에 관심을 두기보다는 순지가 마중을 나왔는가 해서 주변을 두리번거렸다.

내가 주변을 두리번거리고 있는데 지형이 다가와서 말을 건넸다.

"선생님, 아까는 제가 무례하게 굴어 죄송했습니다."

"그래, 그렇게 생각했다니 고맙군."

"여행, 즐겁게 보내세요."

"나도 전적으로 동감이오. 덕분에 여행 즐거웠어요."

지형은 택시를 잡으러 갔다. 순간, 나는 마음이 왠지 서글퍼졌다.

기차 안에서 만났을 뿐인 지형에게 미련이라도 둔 것일까.

이럴 때 흔히 느끼는 헤어짐의 아쉬움일까. 그 사이, 지형이 이렇게까지 내 마음에 각인된 것일까 하는 의아심마저 들었다.

그때 지형은 택시에 오르다가 말고 달려오더니 "이 쪽지에 호텔과 방 호수가 적혀 있어요." 하는 말을 남기고 가버렸다.

순간, 내 마음은 온통 빈 듯했다.

아니, 손 안에 든 새를 놓쳐버린 듯 허전해서 순지를 만나지 못하면 설악산으로 줄행랑을 놓을까 하는 생각까지 들었다.

"저, 하 선생님 아니세요?"

또 다른 여자의 소리에 뒤를 돌아다보았다. 순지였다. 기억에 완전하지는 않았으나 여고시절의 앳된 모습은 여전히 남아 있었다.

"오, 순지. 아니, 오 선생이라고 해야 되겠지."

"선생님, 그 동안 안녕하셨어요? 그리고 어떻게 지내셨어요?"

"오 선생 덕분에 잘 지내고 있지."

"예나 지금이나 한결같으시다, 선생님은."

"그렇게 보아주니 고맙군."

"강릉에 오셨으니 이제부터 제가 알아서 모시겠습니다."

"오 선생의 안내를 받아도 될까?"

"될까가 다 뭐예요."

순지는 택시를 불러 경포대로 가자고 했고 나는 가는 길이니까 오죽헌(烏竹軒)부터 들르자고 했다.

기사는 백 밀러를 지켜보며 차를 몰았다. 택시는 곧장 시내를 벗어나 오죽헌 주차장에 차를 세웠다.

나는 순지와 경내를 돌아보다가 율곡(栗谷)을 낳았다는 고가에서 발길을 멈추고 순지를 돌아다보며 물었다.

"오 선생, 내 묻겠는데 태몽을 믿어?"

"그런 건 왜 갑자기 물으세요?"

"오 선생도 결혼을 하면 율곡 선생 같은 인재를 낳았으면 해서."

"아이 선생님도. 지금 그런 말씀을 하시다니, 부끄럽게."

"부끄러움을 타긴 예나 지금이나 여전하군."

나는 순지에게 신사임당(申師任堂)의 태몽을 들려주었다.

사임당이 시집온 지 얼마 되지 않아서였다고 한다.

집에서 종친회가 열렸다. 시집온 지 얼마 되지 않았으나 사임당은 종부였기 때문에 참석했다. 문중회의는 밤늦게까지 계속되었다.

사임당은 종일 음식마련에 피곤했던지 깜박 졸았다.

그런데 깜박 졸던 사임당은 벌떡 일어나 윗목에 있는 요강을 당겨 쏴하고 소피를 보는 것이 아닌가. 쉰 명이 넘는 사람들 앞에서.

문중 어른들은 오만상을 찌푸렸다.

그렇거나 말거나 사임당은 제자리로 돌아가 종전처럼 앉아서 회의의 진행을 지켜보았다. 그랬는데 웬걸, 사임당은 깜박 졸다가 일어나더니 또 요강을 당겨 소피를 보는 것이 아닌가.

문중회의는 당장 중단된 채 소동이 번졌다.

격앙한 문중 어른들은 종부를 순 쌍놈의 여식으로 맞아들였다고, 저런 종부를 두었다가는 종가가 멸문하리라고, 당장 종부를 친정으로 내쫓으라고 고래고래 소리치면서 흩어졌다.

사랑으로 물러난 시아버지는 고민이 아닐 수 없었다.

평소에는 그렇게도 예의 바르고 공손했던 며느리, 오늘따라 며느리의 행동이 괘씸했으나 무슨 사연이 반드시 있을 것이라고 되도록 마음을 너

그렇게 먹고 며느리가 밤 문안인사 오기를 하마나 기다렸다.

어느새 밤도 야심해지자 문 바깥에서 헛기침소리가 나고 며느리가 방 안으로 들어섰다. 시아버지는 자세부터 고쳐 앉았다.

며느리는 머뭇거리다가 밤 문안 인사를 드리더니 "아버님, 오늘 죽을죄를 졌습니다. 용서해 주셔요." 하고 몸 둘 바를 몰라 했다.

시아버지는 말없이 허튼 기침을 바투 토하기만 했다.

"아버님, 종친회가 한참 진행되는 도중에 깜박 졸지 않았겠어요. 그때 창공에서 청룡 두 마리가 떠돌아다니지 뭡니까. 놀라 깨어나 뒷간까지 가자니, 그새 청룡이 달아날 것만 같아 요강을 당겨 소피를 보는 소동을 일으켰습니다. 아버님, 제 무례를 용서하셔요."

시아버지는 옳거니 하고 무릎을 탁 쳤다.

"옳거니. 그래 맞아. 이는 필시 아들 낳을 태몽이렷다."

"……"

"그렇다면 두 번째에도 청룡이 나타났더냐?"

"그러합니다, 아버님."

"알았다. 아무 걱정 말고 몸조리나 잘해. 우리 장한 아가야."

신사임당은 온갖 문중의 비난과 냉대 속에서도 시아버지의 비호를 받아 율곡 형제를 낳았다는 태몽의 일화가 전해지고 있다.

"신사임당은 여성의 사표이기 전에 여걸이었지."

"그래요. 그런 배짱을 가진 여성이었으니 여걸임에 분명해요."

"결혼하면 순지도 그래 보라고."

"아이, 선생님도. 절 기 죽이는 소리만 하시니…"

우리는 오죽헌을 둘러본 뒤, 경포대로 향했다. 경포 호수를 스쳐 지나는데 저 멀리 동해의 푸른 물결이 다가왔다.

우리는 호숫가에 내려서 선교장부터 둘러보았다.

흔히 가장 빼어난 산세를 두고
수이불장(秀而不壯)하고
장이불수(壯而不秀)하며
역장역수(亦壯亦秀)하다*고
수식어를 동원해 입씨름을 해대나니.

인간이 빚어낸 솜씨로는
명택 중의 명택 선교장은
120칸의 대저택으로
50m의 일자형 행랑채와
500년생 소나무들과
앞에는 거울 같은 경포호.
일망무제의 동해까지 있어
관동 8경 제1경으로
럭셔리한 저택임을 아는 이 몇이나 될까.

　　　　　　　　　　　　　　　　　　　　　　　—시 「선교장」

* 빼어나나 지나치게 장엄하지 아니하고 장엄하나 지나치게 빼어나지 않으며
　장엄하면서 은근히 빼어나다의 의미

이어 호수로 갔다. 나는 호수를 보고 '저런'하고 한숨을 토하지 않을 수
없었다. 차 안에서는 흐린 유리창 탓으로 몰랐는데 막상 호숫가에 서서
보니 호수는 검게 흐려 있었고 밑바닥마저 감탕 빛이었다.
　저 송강(松江)이 노래했듯이, '십리 빙환을 다리고 고쳐 다려 장송 울한
속에 슬카장 펼쳤으니…'는 온 데 간 데 없고 잔뜩 흐려 있었다.

물이 거울처럼 맑다고 해서 경포라고 했다는데 이 무슨 망발인지 홍수 진 뒤의 향토 빛 그대로여서 실망하지 않을 수 없었다.

달이 뜨면 하늘에도 달, 바다에도 달, 호수에도 달, 술잔에도 달, 이렇게 달이 넷이라는데 호수의 달은 이미 사라진 지 오래였다.

되레 연민의 호수라는 게 제격일 것 같았다.

나는 호수를 보자 설악산으로 달려가고 싶은 충동이 일었으나 순지의 진지함에 주눅이 들어 겉으로 드러내지 않았다.

"선생님, 호수를 보고 실망하셨죠?"

"실망이라기보다는 오히려 연민이 생기겠는데…"

"저도 호수가 불쌍해 보여요."

"그래. 그렇다면 아직도 소녀티를 벗어나지 못한 게야."

"선생님, 우리 바닷가로 가요."

순지는 내 팔을 끌었다. 호수를 오른편에 끼고 키 큰 소나무들이 띄엄 띄엄 서 있는 솔밭을 지나 모래사장으로 나섰다.

동해는 서해보다도 맑고 투명했다. 모래사장의 모래알도 깨끗했다.

우리는 그런 바닷가를 산책했다.

밀려드는 파도소리는 그대로가 맑은 초록이었다.

호수에서 받은 실망감을 바다가 씻어주었다.

순간, 나는 바다로 곧장 뛰어들고 싶었다.

"선생님, 피서 철에 오셨으면 좋았을 텐데요."

"순지도 그런 생각을 했어. 나도 그런 생각을 했는데…"

"내년 여름에 꼭 오셔요."

"순지가 초청해 준다면 고려해 볼 수도 있지."

"거짓말, 선생님은 절 멀리 하시면서…"

"어떻게 내 마음 속을 그렇게 잘 알아?"

바닷가를 걷고 있는데 꼬마가 달려오더니 팔을 잡아끌었다.

"아저씨, 끝내주는 횟집 있어요. 값도 공짜나 다름없어요."

그러자 순지가 들어서 "활어도 있어?" 하고 물었다.

"없는 것 말고 다 있어요. 도다리 광어 우럭 등 팔팔 뛴답니다."

"없는 것 말고 다 있다?"

"그 말 재미있잖아요. 선생님, 이 꼬마를 따라갈까요?"

"그렇게 하지. 꼬마의 말이 재미있으니까."

꼬마는 우리를 전망 좋은 방으로 안내했다.

"선생님, 무슨 회를 주문할까요?"

"순지가 원하는 걸로."

나는 회를 좋아하지 않았으므로 별로 내키지 않았다.

"도다리나 광어회가 일미라고 해요."

"그렇다면 도다리회로 2인분만 시키지."

"술은요? 무엇으로 드시겠어요?"

"아무거나. 아니, 오 선생이 좋아하는 것으로 하지."

"저, 진으로 주세요."

나는 자리에 앉자 "오 선생!" 하고 불렀다.

"선생 소린 뺐으면 해요. 여고시절처럼 순지로 불러주세요."

"그럴까. 순지가 강릉에 온 지도 오래되었지, 아마."

"4년이나 됐어요. 이제 햇병아리 선생 겨우 면했는데요."

"그랬었나. 학교생활은 재미있고?"

"따분해요. 여학교라 그런지 따르는 학생도 없고요."

"지금쯤은 한창 열의를 낼 시기인데."

"전, 선생님만큼 인기가 없나 봐요, 선생님이 저희 학교에 오셨을 때는 정말 굉장했어요. 우상처럼 군림했으니까요."

"지난 일이라고 해서 마구 비행기 태우는 것 좋지 않아요."

"선생님의 별명, 기억하세요? 제가 지어 드린 것."

"기억나지. 베이비 티처라고 놀렸지."

"맞아요. 제가 얼마나 좋아했으면 그렇게 지었을까."

"내가 어린애로 보였나 부지."

"그건 그렇고요, 선생님, 저 지금도 예뻐요?"

"이젠 성숙한 숙녀인 걸."

"선생님한테 숙녀 소릴 다 듣고, 얼마나 좋아요."

그때 주문한 음식이 들어왔다. 회는 감칠맛과 씹힘 맛이 일미라고 할수 있다. 갓 잡은 탓인지 씹힘 맛이 별미였다.

"선생님, 한 잔 받으세요."

"나만 마시라고. 순지도 한 잔 하지."

"취하더라도 선생님이 계시니까, 안심이에요."

나는 술이 센 편은 아니었다. 그런데도 회와 함께 마시니 좀체 취기가 돌지 않았다. 순지의 주량은 보통이 아니었다.

"순지, 놀랬어. 언제 술을 그렇게 배웠지?"

"선생님을 만나면 한 잔 하려고 미리미리 배워 두었어요."

"술도 한 잔 할 줄 아니 결혼을 해도 되겠네."

"절 좋아하는 사람은 있지만, 제가 좋아하는 사람은 없어요."

"독신으로 살지 않을 바에야 더 나이 들기 전에 결혼해요."

"선생님이 중매 서 주신다면 고려해 볼게요."

"알았어. 내 힘써 보도록 노력하지."

"약속하셨지요. 숙녀가 되면 절 애인처럼 대해 주신다구요."

"내가 언제 그런 약속을 했던가?"

"선생님, 제가 잊기라도 했을까 봐요?"

그 순간, 주기가 얼결에 달아났는지 알 수 없었다.

내가 2학년 담임을 했을 때였다. 소설을 쓴답시고 문예반을 맡았었다. 그런데 인기가 없던 문예반에 너도나도 몰려와서 한 교실이 꽉 찼다. 해서 이런 핑계 저런 이유를 들어 인원을 제한하느라고 진땀을 흘린 적이 있었다. 그 중에서 귀여움을 독차지한 학생이 순지였다.

순지는 소설보다는 시를 보다 잘 지었다.

하루는 순지가 상담할 일이 있다면서 학생 편에 쪽지를 전해 왔다. 나는 의아해 하다못해 순지를 불러 상담실로 데리고 갔다.

순지는 앉기도 전에 눈물부터 펑펑 쏟았다.

나는 당황해서 이유를 물었으나 순지는 좀체 입을 열지 않았다.

"그렇게 고집 피우면서 말하지 않을 거야? 그러면 좋아요. 순지가 보기 싫어 이 학교 그만두고 딴 학교로 갈 테니까."

"전 어떻게 하라고 다른 학교로 간다고 하셔요, 선생님."

"그러니까 어서 말해 봐요. 어서요."

순지는 울어서 퉁퉁 부은 눈을 말똥말똥 뜨고 말했다.

"저, 오래 전부터 선생님을 사랑했어요."

나는 이런 일을 여러 번 겪었으나 그럴 때마다 당황했다.

"내가 어디 그리 잘난 데가 있다고?"

"잘 나지 않고요. 발바닥부터 머리끝까지 다 잘 났어요."

"좋은 것은 좋은 대로 간직하는 게야. 선생님은 아직까지 사랑한다고 고백한 여성이 없어. 물론 짝사랑은 했지. 몇 날, 몇 달, 몇 년을 두고 애를 태웠는지 몰라. 이제는 세월도 흐르고 나이가 들어선지 다 부질없음을 깨달았지. 순지가 날 사랑한다는 것, 이해할 수 있어."

"……."

"그런데 사랑은 상대가 받아주고 또 사랑을 받을 수 있는 그런 사람들의 사랑일 때, 아름다운 사랑 아니겠어. 순지 나이 또래는 가끔 사랑의 열병을 앓을 수도 있어. 그게 다 성장하고 있다는 아픔이고…"

"아니에요. 전 진정으로 선생님을 사랑해요."

"순지, 사랑하는 대상이 얼마나 중요한 알아. 순지가 나를 사랑한다는 것, 그것은 어디까지나 선생님이기 때문이야. 선생님이라고 사랑의 대상이 되지 말란 법은 없지만. 그러나 순지가 앓고 있는 사랑은 진실한 사랑일 수 없다는 그 점이야. 진지하게 자문자답해 보라고."

"선생님, 전 진실한 사랑이에요."

"진실한 사랑이라면 타인에게 함부로 말하지 않아요. 진실한 사랑은 마음속으로만 간직해야 아름다운 것 아닐까. 아름다운 사랑은 마음속에 고이 간직한 채 자기에게 충실해야 돼. 공부도 열심히 하고 좋은 학교에 진학도 하구. 해서 대학생이 되고 숙녀가 되었을 때도 오늘과 같은 마음을 지니고 있다면 그땐 내가 애인으로 상대해 주지."

"정말, 그렇게 대해 주시는 거지요?"

"약속을 하지. 그리고 순지를 유심히 지켜볼 테야. 얼마나 열심히 공부해서 좋은 학교에 진학하나 하고. 좋은 대학에 입학해서 다니다 나를 만나게 되면, 나 같은 거 초라하게 보여서 오히려 저런 선생 때문에 여고시절에 열병을 앓았다는 것, 아마 후회할 거야. 그러니까 어서 눈물을 거두고 집으로 돌아가도록 해요."

순지의 표정이 다소 밝아졌으나 엉뚱하게도 떼를 썼다.

"선생님, 절 한번만 안아주세요."

나는 은근히 화가 났으나 꾹 참고 "마음속으로는 열 번 스무 번도 더 안아줄 테니까, 이제 그만 돌아가요." 하고 또 달랬다.

"그러면 선생님의 손이라도 한번 잡아보고 갈래요."

순지는 생각보다 당돌한 면이 있었는지 나로서는 알 수 없었다.

나는 "그렇다면 내가 잡아주지." 하고 순지의 손을 꼭 쥐어주면서 하루라도 빨리 짝사랑이 식어 공부에 전념하기를 진정으로 바랐다.

그 뒤, 순지는 일주일이나 무단결석을 했었다. 해서 나는 가정방문을 가지 않을 수 없었다. 가정방문을 가자 순지는 선생님이 어떻게 나오시나 보려고 학교에 일부러 가지 않았다고 말을 하는 것이 아닌가.

"선생님, 왜 학교를 갑자기 그만두셨어요?"

"순지 같은 학생 때문에…"

"그런 사랑 속에 묻혀서 생활하셨으니, 좀 좋았어요."

"정말 그랬을까? 난 얼마나 괴로웠는데…"

"선생님이 그만두시고 학교가 발칵 뒤집혀졌었어요. 우리는 좋은 선생님 내보냈다고 이틀이나 동맹휴학을 했으니…"

"나도 나중에 들어서 알고 있어."

"교지를 편집하는데 투고된 글마다 선생님에 관한 글뿐이었어요. 선생님을 좋아한 학생들이 그렇게 많은 줄 알고 얼마나 질투를 했는지 몰라요. 그것도 누가 알까 마음을 졸이면서요."

"지나간 이야기는 이제 그만하지."

"선생님, 추억을 이야기하는데 즐겁지 않으세요?"

"추억에 젖을 만큼 나, 늙지 않았어요."

"선생님, 방을 예약해 뒀어요. 일어나세요."

모텔은 호수와 바다 사이에 끼어 있어 아담했고 신혼여행을 온대도 부족함이 없었다. 오른쪽 창으로는 호수가 보이는데 밤낚시를 즐기는 카바이드 불빛이 마치 반딧불 같았다.

맞은편 창으로는 밤바다가 그림자를 드리우고 있었고 저 멀리 고기잡

이하는 어선은 집어등을 달고 있었다. 꿈속 같은 바다였다.

"선생님, 먼 길 오시느라고 피곤하시죠?"

"피곤하긴. 나로서는 즐긴다고 즐기면서 왔으니까."

"그럼 우리, 바닷가로 나가 산책이나 해요."

밤바다는 파도가 치지 않아 한갓지고 조용해서 좋았다.

파도가 가볍게 찰싹이고 있었다.

우리는 수면을 따라 걸었다. 순지는 내 팔짱을 끼며 몸을 밀착시켰다. 달은 없었다. 차라리 달 없는 밤바다는 안성맞춤으로 몸을 감출 수 있었고 적당히 포옹할 수 있어 더욱 좋았는지도 모른다.

"선생님, 『첫사랑 동화』는 언제 쓰세요?"

"이번 가을에는 시작할까."

"주인공 무나라는 이름이 궁금해요. 무나는 누구예요?"

"무나는 순지 같은 여인이라고나 할까."

"거짓말 마세요, 선생님."

"내게도 7년이나 짝사랑을 안겨준 여성이 있었지. 아니 지금도 사랑하고 있다는 말이 진실이겠지. 그녀를 사모하다 못해 지은 이름이야. 달은 Moon, 나는 한자로 我, 달과 나, Moon我, 이를 되뇌다 보니 무나. 해서 무나는 내 구원의 여인상을 만들어낼 수 있었지."

"이름이 너무너무 예뻐서 질투가 났답니다."

"질투가 다 났다고? 그렇게 말해 주니 나로서는 고맙군."

"무나의 연인은 바로 선생님?"

"그렇다고 할 수도 있지. 자전적인 소설일 수밖에 없었으니까."

"그렇다면 저도 엑스트라쯤은 되겠네요?"

"마이너 캐릭터쯤은 될 거야."

"하루라도 빨리 『첫사랑 동화』를 사서 읽고 싶어요."

"그 소원은 들어줄 수 있을 게야. 내 약속하지."

"나오자마자 사 봐야지. 그리고 다른 사람에게도 권해야지."

"그럴 필요까지야 없어. 맨 먼저 서명해서 보내줄 거니까."

"제가 사서 보겠어요. 그래야 본전 생각이 나서 읽을 테니까요."

"고맙게도 독자 하나는 벌써 확보한 셈이군."

우리는 오래도록 밤바다에 취했고 그리고 방으로 돌아왔다.

"선생님, 옷을 벗으세요. 제가 걸어드릴 게요. 그리고 샤워하세요."

"목욕은 이따가 하지. 순지가 돌아간 뒤에나 하지."

"안 갈래요. 오늘밤은 선생님 곁에서 잘래요."

"굳이 돌아가지 않겠다면 내가 다른 여관으로 갈 수밖에."

"그래도 저, 돌아가지 않겠어요."

"순지는 어린애가 아니잖아. 얼토당토 않는 떼를 쓰다니."

"그러니까 돌아가지 않겠다는 거예요."

우리는 별 소득도 없이 가벼운 다툼을 했다. 그리고 나는 졌다.

그렇게 떼쓰는 데야 순지를 여성으로가 아닌 중성으로, 그것도 죽마고우로 여기고 하룻밤 정도야 못 잘 것도 없었다.

그런 생각이 들자 내 이기심 탓인지 모르겠으나 마음은 평온해졌고 나를 믿고 한방에 자겠다는 순지가 고맙기까지 했다.

나는 샤워를 하고 나니 피로가 한결 가신 듯했다. 내가 자리에 눕자 순지는 샤워하러 들어갔다. 물소리만이 살아 있었다.

호수의 잔물결소리와 바다에서 나는 거센 파도소리며 샤워하는 물소리가 하모니를 이뤄 귓가에 매달린다.

순지도 샤워를 하고 나왔다. 그녀의 물기 젖은 머리는 윤기가 초롱초롱 흘러 싱싱했다. 순지는 간단한 밤 화장을 하고 옆에 와 누웠다.

"내 소식은 어떻게 알았지?"

"서점에 들렀다가 선생님의 학위논문 저서를 발견했어요. 참, 늦었지만 학위 받으신 것 축하해요. 그때 알았으면 꽃다발을 준비해서 축하하러 달려갔을 텐데. 그리고 『조용한 눈물』도 읽었어요. 글 쓰시는 선생님이 한없이 부러워요. 향가소설인 『천년신비의 노래』는 아홉 번이나 개작을 해서 열 번이나 출판을 하다니, 선생님은 대단하셔요."

"나로서는 일생일대의 역작을 쓴다는 것이 지금에 와선 후회막급이야. 글을 써서 세상에 내놓는다는 것이 무섭다고 할까, 점점 두려워져."

"선생님은 좋은 작품 많이 쓰실 거예요. 전 그렇게 믿어요."

"그렇게 믿어주니, 나로서는 고맙군."

"솔직하게 말씀하시지 고맙다가 다 뭐예요."

"밤도 깊었으니 내일을 위해 자지."

나는 순지의 손을 꼭 쥐어주고 돌아누웠다.

그런데 옆에 누워있는 순지보다는 어찌된 셈인지 지형이 생각나 잠을 이룰 수 없었다.

윤지형은 하지일과 헤어진 뒤, 마음은 온통 허전해 있었고 택시를 타고 설악산으로 가면서도 흐르는 눈물을 주체할 수 없었다.

눈물은 왜 그렇게 흐르는지. 생을 포기하고 서울을 떠났을 때도 흘리지 않던 눈물이었는데 지금은 왜 흐르는 것일까.

흐르는 눈물이 과거를 한 방울 떨어뜨렸다.

지형이 대학 3학년 때였다. 친구 셋이서 설악산으로 등산을 갔었다. 활달하고 발랄했던 지형은 따르는 남자들이 많았다.

그 중에서도 설악산에서 만나 조직한 '호산7인그룹'이 있었다.

지형은 그들의 서글서글한 눈, 한없이 좋아 보이는 착한 인상에 이끌려 그녀 스스로 홍일점이 되었다.

그들은 간도 빼어줄 것 같이 다투어가며 잘해 주었다.

그랬는데 서울로 돌아오자 설악산의 그들이 아니었다. 서로 잘났다고 다투어가며 자기를 독점하려고 했고 단 둘이서만 만나려고 했다.

그것이 알려져 어처구니없는 죽음까지 몰고 왔다.

해서 극도의 정신착란중에 시달린 나머지 죽음까지 생각한 지형, 그런 죽음의 그늘에서 헤어나고자 설악산에서 만든 인연, 설악산에서 깨끗이 청산하려고 설악산을 향해 몰래 집을 빠져 나왔던 것이다.

지형은 기차를 타고부터 줄곧 생각했었다.

이런 마음을 누구에게라도 속 시원하게 털어놓고 싶었다.

그런데 그런 사람을 찾을 수 없었다.

그러다가 우연히도 소설가 하지일을 만났고 그와 함께 밤새 이야기라도 나눈다면 꺼져가는 생명에 한 줄기 서광이라도 비칠까 해서 유난히 수선을 떨었고 여자의 수치심까지 감추고 설악산으로 함께 가자고 애원했었는데 보기 좋게도 딱지를 맞았으니 충격이 겹쳤다.

지형은 주차장에서 내려 카운터로 가자 종업원이 굽실했다.

"저, 방을 예약해 놓았는데요. 안내해 주세요."

"손님, 몇 호실이지요?"

"아마, 304호 실입니다. 예약되어 있을 거예요."

"혼자 오셨습니까?"

"예. 혼자 왔어요. 그런 건 왜 물어요?"

"여자 손님 혼자는 곤란한데요."

"왜 여자라고 안 되나요?"

"좋게 봐도 여성 혼자서는 좀…"

"내일 아침에 애인이 오기로 했어요. 걱정 말고 주세요."

"그렇다면 몰라도, 며칠이나 묵을 예정입니까?"

"그런 것까지 묻고 그래요. 토요일 오전이면 떠나요."

비로소 종업원이 열쇠를 가지고 방으로 안내했다. 방은 전망이 좋았다. 권금성이며 만물상이 한눈에 들어왔다.

"저 아가씨, 필요한 것이 있으며 카운터로 연락 주세요."

앳되어 보이는 종업원은 수로 놓은 명찰을 정면으로 들이밀었다.

"어서 나가주세요. 필요하면 부를 테니까."

"그럼, 편안히 쉬세요."

지형은 등산복으로 바꿔 입었다. 비선대를 갔다 오자면 서둘러야 했다. 그들의 죽음을 부른 현장, 비선대를 꼭 보고 싶었다.

벌써부터 등산객들의 발길이 뜸해지기 시작했다.

지형은 앞만 보고 발길을 재촉했다.

왕복 두 시간은 족히 걸리는 등산길, 돌아올 때는 어두워지겠지.

그녀는 계속해서 앞만 주시하며 걸었다. 그녀의 눈에는 주위 경치가 들어올 리 없었다. 하산하는 사람은 늦게, 그것도 여자 혼자 등산하는 지형에게 이상한 눈길을 보냈고 수군댔다.

비선대에 가까워질수록 지형의 마음은 천 근 바위가 내리누르는 것 같이 무겁기만 했다. 바보, 바보, 죽다니, 바보야.

지형은 비선대 아래 멈춰 섰다.

까마득히 올려다 보이는 비선대. 어처구니없는 그들의 만용을 불러온 비선대는 지형에게 있어 비정 그것이었다.

이하수와 고영민은 내기를 했다. 그것도 비선대 암반타기였다. 누가 먼저 오르나 내기를 해서 승자에게 지형을 양보하겠다는.

해서 이하수와 고영민은 로프와 자일을 갖춰 비선대로 갔다. 그들은 암반 타기의 베테랑이었기 때문에 내기가 당연했던 것인지도 모른다.

그러나 승부는 오르는 데서 끝나지 않았다.

그들은 거의 동시에 정상에 올라섰기 때문이다.

이제는 내려가는 데 승부를 걸었다.

반쯤 내려왔을까. 그들의 위치는 누가 보아도 일직선이었다.

바로 그때 고영민이 먼저 암반타기의 수칙을 무시하고 쭉 미끄러졌고 그에 질세라 이하수도 뚝뚝 떨어졌다. 아차 하는, 극히 짧은 찰나, 이하수가 먼저 떨어졌고 고영민도 떨어졌다.

등산객들에게 발견되었을 때는 그들은 싸늘한 시체로 변해 있었다.

로프가 바위와 마찰을 일으켜 끊어져 있음이 뒤늦게 밝혀졌다.

남의 사생활을 까발리기를 주특기로 하는 주간지까지 만용이 빚은 암반타기라고 가볍게 다뤘다.

죽다니, 바보, 바보. 그런 바보가 세상에 어디 있어.

지형은 눈물로 범벅을 했고 범벅을 한 눈물을 달고 호텔로 돌아왔을 때는 9월 초순의 태양도 꼬리를 감춘 지 오래였다.

지형은 옷을 홀홀 벗었다. 그녀는 자기의 희고 탄력 있는 피부를 만지면서 옷을 하나하나씩 벗었다.

알맞게 부풀은 유방, 배꼽도 알맞게 들어가 있었다. 매끈한 다리하며 어디 하나 나무랄 데 없는 몸매를 취한 듯 들여다보았다.

무용으로 단련한 몸매도 죽어지면 흙이 되겠지.

지형은 욕실로 들어가 몸 구석구석을 닦고 닦았다. 죽음을 위한 마지막 향연(饗宴)을 즐기기나 하는 듯이.

지형은 욕실에서 두 시간은 족히 보내고 거울 앞에 서서 이리저리 몸매를 뜯어보았다. 갸름한 얼굴, 크다고만 할 수 없는 눈, 착 올라붙은 유방, 그 어느 것 하나 사랑스럽지 않은 데가 없었다.

지형은 엷은 화장을 간단하게 하고 로비로 전화했다.

"저, 담당 좀 보내주세요."

종업원이 올라왔다. 그는 뭐가 좋은지 입이 헤벌어져 있었다.

"호텔 안에 그릴 있죠? 저 좀 안내해 주세요."

지형은 종업원을 따라 그릴로 들어섰다. 손님이 없었다.

지형은 "그릴이 비었으니 원한다면 합석해도 좋아요." 하고 말했다.

"저야 손님을 모실 입장인데요." 하면서 입이 헤벌어졌다.

그녀는 "그렇다면 좋아요. 앉으세요." 하고 맥주를 시켰다.

맥주를 가져오자 종업원에게 술을 따르게 해서 그녀는 서너 잔을 거푸
비웠다. 종업원은 연신 입이 헤벌어져서 "아가씨, 술도 잘하십니다. 미녀
는 술도 잘하는 모양이지요." 하고 빈틈을 비집고 감겨 붙었다.

지형은 가벼운 옷차림이었다.

가슴이 탁 트인 그곳으로부터 술기운이 돌아섰고 그녀는 이를 느끼고
자리에서 일어섰다. 그녀는 술값을 지불하면서 팁도 얹어주었다.

지형이 계단을 내려오는데 다리가 후들후들 떨렸다.

그만한 술에 취할 까닭이 없는데 굶어서인지 숨결마저 가빠졌다.

아니, 그녀의 얼굴에는 핏기라곤 없었다.

종업원이 그녀를 부축했다.

휘청거리는 몸을 종업원에게 기댄 채 그녀는 방안으로 들어섰다.

"방에까지 안내했으면 돌아가지 않고 뭐하세요?"

종업원은 뒤통수를 긁적이며 돌아섰다.

지형은 "내일 다섯 시에 깨워 주세요. 잠이 들었다면 문을 열고서라도.
새벽의 설악산을 보고 싶으니까요." 하고 부탁했다.

지형은 혼자 남게 되자 고독감에 사로잡혔다. 그녀는 거울 앞으로 가
머리를 손질하고 얼굴을 매만졌다. 그리고 침대로 가 누웠다.

새벽 두 시가 지났으나 잠은 오지 않았다.

이하수와 고영민이 죽은 후 그녀는 내내 불면증에 시달렸다.

하지일이 준 『기파랑』에서 「왕생」편을 펼쳤다.

왕생, 왕생, 원왕생. 지형은 눈알이 아파 책도 읽을 수 없어 습관대로 잠을 자기 위해 핸드백을 열어 조그만 병을 꺼냈다.

하얀 알약. 한 알 두 알, 열 알을 입에 넣고 컵을 들고 삼켰다.

그리고 잠자리에 들었다.

평소보다 많은 약을 삼켰으나 잠은 오지 않았다.

지형은 다시 일어나서 조금도 두려움 없이 아주 자연스럽게 몇 알을 더 입에 털어 넣고 물을, 살아온 세월을 마시는 것 같은, 왠지 애절한 것 같은, 고통일 수도 비애일 수도 있는 그런 것을 함께 마셨다. 그리고 똑바로 누워 이불을 껴안듯이 끌어다 덮었다.

지형은 죽음을 실감하지 못했다. 생명이 변형되는 것 같은 두려움을 느끼면서 눈이 감겼다. 그것은 의지와는 전혀 상관이 없었다.

나는 지형이 생각으로 잠은 점점 달아났다.

막상 설악산행을 거절했을 때는 아무렇지도 않았는데 이제 와서 왜 절절하게 생각나는지 알 수 없었다.

옆에는 아내가 말했듯이 고2 인물이 저 정도라면 나중 큰 인물이 틀림없다고 입이 마르도록 칭찬한 순지가 있는데도 지형에게 끌려가고 있는 마음 때문에 그녀를 멀리 할 수 있었다.

지금이라도 부르면 달려올 것 같은, 해서 품에 파고들어 사랑을 속삭일 것만 같은 환영으로 잠을 자는지 마는지 아침을 맞이했다.

머리가 몹시 무거웠다.

순지는 아내라도 된 듯 "선생님, 간밤에 한숨도 안 주무시데요. 고민이라도 있으세요?" 하고 걱정했다.

"순지도 잠을 못 잔 모양이군."

"네, 그랬어요. 선생님 곁이라면 잠이 절로 들 것 같았는데…"

"한숨도 자지 않았는데 애들하고 씨름할 수 있겠어?"

"저보다 선생님이. 제가 잠을 방해했나요?"

"순지 때문이 아니니까. 쓸데없는 신경은 꺼라고."

그러자 순지가 들어서 재치있게 화제를 돌리는 것이 아닌가.

"시내로 들어가 해장국이라도 들면 나을 거예요."

나는 해장국집을 나오면서 순지에게 묵을 호텔을 알려줬다.

"대접을 잘 받았으니, 설악산에 오면, 내 한 턱 쓰지."

순지는 "내일은 토요일이라 수업이 별로 없어요. 한 시쯤이면 도착하고도 남을 거예요. 그럼 그때 뵙겠어요." 하고 가 버렸다.

나는 오전 중, 초청강연이 끝난 다음에 '작가와 독자와의 대화'에서 성의껏 답변했고 그들과 함께 점심을 먹었다.

점심을 먹은 뒤 곧장 설악산으로 가 룸을 정하면서 "304호실은 전망이 좋다는데 손님 있어요?" 하고 종업원에게 짐짓 물었다.

종업원은 "그 방 손님과는 어떤 사인가요?" 하고 되물었다.

"기차 안에서 만났어요. 설악산에 오면 찾아달라고 해서…"

"그 여자 큰일 낼 사람이에요. 간밤에 약을 먹었어요."

순간, 나는 홍두깨로 머리를 된통 얻어맞은 듯 머리가 띵했고 멍해지면서 한동안 정신을 차릴 수 없었다.

서 있던 건물이 내려앉은 듯 쿵했고 설악산의 흔들바위가 몸으로 굴러 떨어지는 중압감에서 좀체 헤어날 수 없었다.

온몸은 경련이 일어 발끝까지 덜덜 떨렸음은 물론이고 왠지 모를 회한이 심장을 한참이나 관통하고 있었다.

지형의 청을 들어 동행했다면 그런 일이 벌어졌을까.

"그래, 생명에는 지장이 없는지?"

"제가 어찌 그런 걸 다 압니까. 다행히 일찍 발견했기 망정이지 큰일 날 뻔했어요. 연락을 해서 구급차로 실어갔답니다."

"어느 병원으로 실려 갔소?"

"속초시 H병원이라든가요. 그 이상은 모르겠어요."

"부모에게 연락은 됐소?"

"서울로 연락을 했으니 지금쯤은 왔을 테지요."

"아, 그래요. 알았습니다. 고, 고맙습니다."

나는 택시를 타고 속초로 갔고 병실로 들어서니 그녀의 부모가 와 있었다. 점잖은 사람들이었다. 게다가 지형은 의식이 돌아와 있었다.

"선생님까지 예까지 다 오시고…"

나를 부모에게 소설가며 교수라고 소개까지 시키는 것이 아닌가.

그녀가 제 정신으로 돌아온 것을 알고서야 나는 마음이 놓였다.

"『천년신비의 노래에』에서 「찬기파랑가」를 소재로 쓴 「아아, 잣가지도 높아라」를 감명 깊게 읽었어요. 읽으면서 충담 같은 사랑을 받아봤으면 하고… 그런 사랑을 받을 수 있게 선생님께서 좀 도와주세요."

"……"

"선생님, 좋은 독자 만났다고 생각지 않으세요. 죽음을 눈앞에 두고도 선생님의 소설을 읽는 독자가 있으니 말이에요."

나는 지형이 너무 당돌해 보여 병실을 나와 곧장 호텔로 돌아와서는 그릴에서 양주를 주문해서 들이켰다.

둔재가 소설 때문에 청춘을 얼마나 우울하게 보냈는지.

소설가가 되자 이제는 청탁이 오지 않는 것을 비관했고 소설을 출판하자 초판마저 재고로 쌓이는 것을 절망해야만 했었다.

해서 인세라곤 땡전 한 푼도 쥐어본 적이 없었다.

나는 객실로 돌아왔으나 술이 취하기는커녕 정신만 말짱했다.

밤 내내 뜬눈으로 지새우며 나의 되먹지 못한 결벽증이 순지에게 얼마나 많은 죄악을 저질렀는지를 생각했다.

제대로 된 작가라면, 현장에 뛰어들어 체험도 하고 계집질도 하면서 스캔들에도 말려드는, 인생의 참맛 쓴맛을 겪어봐야 좋은 작품을 쓸 수 있다지 않는가. 그런데 넌 뭐야. 병신이다. 머저리다.

그러니까 무명작가를 벗어나지 못하지. 신춘문예에 몇 번이나 떨어지고 소재를 얻기 위해 베트남 전쟁까지 지원해서 소총소대의 저격수로 박박 긴 용기는 어디다 두고. 그래, 여자의 청 하나 못 들어줘. 그 흔한 박사며 학생들에게 개새끼 소릴 듣는 교수가 뭐 그리 쥐뿔 났다고. 스캔들에 말려들어 매장당할까 봐, 밥줄 끊어질까 봐, 소심한 주제머리에 소설을 써. 펜을 당장 꺾어버려라. 이 먹통 같은 인간아.

나는 절필할 동기를 찾았다. 그리고 오전 내내 호텔 방에만 틀어박혀 있었다. 종업원이 의아해서 확인까지 하고 갔다.

살아 있는 죽음이 있다면 어떤 것일까.

나는 아무런 생각도 나지 않으면서 살았는지 죽었는지 느끼지 못하는 그것이 살아 있는 죽음이라고 단정을 짓기까지 했다.

그렇다면 나는 살아 있는 죽음의 화신은 아닐까.

얼마나 시간이 흘렀는지 알 수 없었다. 나는 문을 두드리는 소리가 들렸으나 아무런 반응도 보이지 않았다.

그랬는데 문이 열리면서 순지가 들어섰다.

그녀는 단풍 빛깔의 등산복 차림에 밝은 얼굴을 하고 있었다.

"선생님, 점심은 어떻게 하셨어요?"

"오면 함께 먹으려고 기다리고 있었지."

"가세요. 저도 점심 전이에요."

순지는 내 오른쪽으로 오더니 팔짱을 자연스럽게 끼었다.

"뭘 좋아하시라나 모르겠네. 산채 비빔밥 드시겠어요?"

"순지가 원한다면 그렇게 하지."

"그런 대답이 어디 있어요, 재미없게시리?"

"어디 있긴. 여기 있지 않소."

우리는 식사 도중에 한 마디 대화도 없었다.

식사를 끝내고 우리는 신흥사로 들어서서 사찰 경내를 둘러보았다. 이어 사찰 뒤편에 조성한 부도군을 지나 울산바위 쪽으로 가다가 인적이라고는 하나 없는 호젓한 산 속으로 들어섰다.

"경포대에서 순지에게 죄를 지은 것 같아서 지금까지도 미안해."

"……"

순지는 당돌하다 할까, 오히려 나를 측은하게 여겼다. 아직도 순지의 축 젖은 음성이 메아리로 울려올 것만 같았다.

'저, 선생님의 마음뿐 아니라 몸까지 다 갖고 싶어요. 제 몸도 마음도 선생님께 다 드리겠어요. 이제 우리는 서로 주고받기로 해요. 그것은 선생님의 약속이었잖아요. 저를 애인으로 대해준다는 약속.'

그런데도 나는 순지의 청을 냉정히 거절했었고 남과 남, 여와 여의 밤을 보낸 것이 지형의 자살 미수극으로 밤새 후회가 되었다.

나는 전나무 숲이 우거진, 일직선으로 뻗어 올라 하늘을 이고 있는 곳에서 발길을 멈췄고 오래된 고목에 등을 기대고 순지를 넋 나간 듯이 응시했다. 그녀의 젖은 눈이 매혹적이었다.

나는 떡갈잎을 주워 모았다. 주워 모아서 요처럼 푹신하게 깔아놓고 순지를 눕혔다. 이어 그녀의 옷을 벗겼다.

산 빛을 받아 그녀는 화사했다. 백합의 구근이나 양파의 구근은 벗기면 벗길수록 하얀 껍질로 감싸 있듯이 그녀의 희고 싱싱한 피부는 희다기보다는 목덜미까지 아련하게 분홍빛으로 물들어 있었다.

내가 설악산에 발을 들여놓았을 때, 눈에 가장 먼저 띈 것이 흑싸리 단풍이었다. 그것이 가파른 산허리로부터 산 밑까지 만발해서 쏟아지는 가을볕을 받아 눈부시게 빛나고 있었다.

나는 흑싸리 단풍 같은 감정의 빛으로 야생동물이 교미를 하듯이 지극히 자연의 일부가 되어 바위가 아니고 나무가 아닌, 짐승의 본능으로 순지를 사랑했다. 순지는 연분홍빛을 아직까지 진하게 남겨두었다가 눈처럼 희고 고운 다리 사이에 떨어뜨렸다.

"이제 저도 결혼할 수 있을 것 같아요. 선생님 이외에 다른 사람도 사랑할 수 있을 것도 같고요. 저, 거짓말 아니에요."

그렇게 말하는 순지는 나 몰래 눈물을 꾹꾹 눌러 짜고 있었다.

"당연히 그래야 되겠지."

나는 좀 상기된 것만 같은 얼굴, 가슴이 뭉클하게 치밀어 오른 듯한, 해서 손이 떨리고 떨리던 손이 뜨거워지고, 이제는 가볍게 작별할 수 있는 그런 시간이 임박해 온 듯한 느낌이 들었다.

나는 순지를 애인으로 대해 주겠다는 한 번의 약속, 이를 실천으로 옮겼는데도 찡하게 얼어버린 회한에 젖어 설악산보다도 더 무거운 부담을 짊어지고 귀가하지 않을 수 없었다.

소녀신불

    나는 패전의 와중에서 소녀신불(少女身佛)을 대면하게 되었는데 정암 (靜庵)은 이를 두고 대자대비한 불은을 입었다고 했으나 내게 있어서는 숙명적인 기연(奇緣)이라고 할 수밖에 없었다.

    그러니까 1950년 늦은 봄, 간단한 훈련을 받고 동해안 광정 부근의 38 선 경비대에 배속된 것이 내 나이 스물, 그 나이였다.

    나는 배속을 받은 그날로 전방 초소에 투입되었다.

    투입된 지 이레째 되는 날이었다. 먼동이 밝아올 무렵이었다.

    난데없는 포성으로 여기저기서 울려 퍼져 어안이 벙벙해 있었는데 옆 초소에서 적이다, 적이 남침해 온다 하고 소리쳤다.

    적들은 탱크를 앞세우고 뒤를 보병이 따르며 38선을 돌파해서 벌떼같 이 밀고 내려오고 있었다.

    우리는 잠도 덜 깬 채 소총으로 응사했다.

    그러나 적의 탱크는 이를 비웃듯이 포신을 돌려 우리 진지를 향해 서너 발의 포탄을 퍼붓고는 유유히 남쪽으로 내려가는 것이었다.

    나는 총상을 입고 의식을 잃었다가 정오쯤 깨어나 보니 경계에 임했던 병사들은 숨져 있는데 주위는 언제 싸움이 있었냐는 듯 총성은 멎었으며 포성만이 남쪽에서 은은하게 들려오고 있었다.

나는 뒤늦게 상처를 살펴보았다. 대퇴부로 총알이 지나갔는지 바지에는 피가 흥건히 젖어 있었다. 대검으로 나무를 베어 상처 부위에 대고 응급처치를 했다.

나는 저 멀리 국도에는 붉은 별을 단 트럭이 꼬리를 이어 남진하고 있었기 때문에 되도록 국도를 피해 남하하기로 마음먹고 산 속으로 숨어들어 불편한 다리를 끌고 산을 탔다.

산 속을 헤매다가 방향을 잃기 일쑤였고 상처는 무리한 강행군으로 상처가 도져 고름이 질질 흘렀다. 게다가 먹을 것도 떨어져 올 수도, 갈 수도 없는 완전히 고립된 상황에서 며칠을 헤맸다.

산 속은 사람이 다닌 듯한 곳이 나서는가 하면 무성한 원시림이 앞을 가로막았다. 허름한 너와집이 더러 눈에 띄었으나 화전민은 꼬리도 잡을 수 없었다. 상처는 악화되어 통증이 심했고 허기진 창자를 움켜쥐고 헤매다 보니 몸은 지쳐 걸레 나부랭이가 되었다.

나는 가물거리는 시선을 들어 주변을 둘러보았다.

사람이 다닌 흔적은 드물었으나 오솔길이 하나 있었다. 나는 솜 같은 몸을 추스리고 오솔길을 따라 다리를 질질 끌며 하마나 걸었을까.

감각이 마비된 다리가 따끔했다. 발밑을 보니 팔뚝만한 독사의 꼬리가 군화에 밟혀 몸을 휘젓고 있었다.

조금 지나자 하늘이 노랬다.

아니, 새카맣게 보였다. 노란 것도 새카만 것도 보이지 않게 되면서 나무둥치 넘어지듯이 나는 나가떨어졌다.

얼마나 시간이 흘렀을까. 향 내음이 코끝에 맴돌았다.

나는 흠흠 하면서 내음을 맡았다. 멀리서 목탁소리인 것 같기도 한 소리가 희미하게 들려왔고 이제는 귀로 들을 수 있을 만큼 들렸다.

천장이 왜 저렇게 높을까. 저런 천장이 세상에 또 있을까.

나는 어리둥절해 있었는데 시간이 경과하자 물체가 눈에 들어왔고 알록달록한 색채는 뒤범벅이 되었다가 점점 고정되어 갔는데 색채는 바로 단청임을 뒤늦게 알아차릴 수 있었다.

나는 누운 채 주위를 살폈다.

정면에는 흔히 볼 수 있는 여래본존불이나 미륵불이나 아미타불이 정좌되어 있는 것이 아닌, 본존불 오른편에는 보지도 듣지도 못한, 불상이라고는 도저히 알 수 없는 등신불이 안치되어 있었다.

나는 본존불 앞에 누워 있는 것이 아닌, 불상이라고는 믿기 어려운, 그것도 의식이 점점 또렷해지자 내가 살았다는 생의 환희보다는 불상을 정면으로 대면한 순간부터의 느낌이긴 했으나 바로 그런 등신불의 면전에 눕혀져 있었던 것이다.

등신불은 부처님이 보리수 아래에서 정각(正覺)을 대오하면서 취했다고 하는 결과부좌(結跏趺坐)도 아닌, 한 쪽 다리를 밑으로 늘어뜨린 반가좌(半跏坐)도 아닌, 다만 두 무릎을 꿇고 있는 형상, 수도할 때 짓는 손가짐인 삼마지인(三魔地印)은 더구나 아니었다.

두 엄지의 끝을 맞댄 사람 손과도 흡사한, 두 손의 손가락을 서로 맞물려 끼고 합장한 손, 고개는 곧바로 세우고 등은 약간 구부러진, 입은 꽉 다문 채 간절히 기도하는, 너무나 앳된 소녀 같은 수줍음을 머금은, 보는 이로 하여금 가슴을 쥐어짜게 하는 듯한, 오히려 애절하고 애처로워 금동불이라기보다는 등신불(等身佛)로, 그것도 소녀의 형상을 그대로 옮겨놓은 듯했던 것이다.

"저건 불상도 아니야. 불상일 수도 없어."

나는 입 밖에 내어 계속 중얼거렸다. 한참이나 중얼거리고 있는데 목탁소리가 멎더니 누군가가 다가오는 것 같았다.

그러더니 "이제야 정신이 드십니까?" 하고 근심스럽게 내려다보는 것이 아닌가. 나는 일어나려고 했으나 몸을 움쩍도 할 수 없었다.

"괜찮습니다. 그대로 누워 계시지요."

"……?"

"소생한 것은 불은이고 소녀신불의 공덕이고요."

나는 비로소 독사에게 물려 의식을 잃어버린 것을 떠올리고는 "스님께서 절 구해 주셨군요." 하고 인사했다.

"불은이로소이다. 소승의 눈에 띄었기 망정이지 그렇지 않았으면 시주는 이 세상 사람이 아니었을 게요."

스님은 시주를 받아 돌아오는 길에 숲 속에서 의식을 잃고 쓰러져 있는 나를 발견했던 모양이다. 스님의 말에 의하면, 발견 당시만 해도 숨이 붙어 있어 사람이었지 송장이나 다름없었다고 했다.

죽어 가는 사람을 보고, 그냥 올 수도 없었고 데려온대도 살릴 방도가 없어 난감해 했다는 것이었다.

오직 소녀신불의 영험(靈驗)에 기대 보자는 신심으로 업어와 소녀신불 앞에 가지런히 눕혀놓고, 한편으로는 산속을 헤매어 약초를 캐다가 상처 부위를 치료하면서 소녀신불에 기도했다. 그렇게 지성으로 기도하기 이틀째 들어서야 차도를 보이기 시작했고, 다소 기대를 가지고 지성으로 염불하는 도중에 기척을 들었다는 것이었다.

"모진 목숨 질기기도 하지요."

나는 내가 살아났다는 것이 이적(異蹟)만 같았다. 스님은 불은이 깊으면 미물도 함부로 죽지 않는다고 했다.

"그건 그렇다 치고, 시주는 어인 일로 이 지경이 되도록 다치셨소?"

"스님은 북괴군이 쳐들어온 줄도 모르시오?"

"세상과 인연을 끊은 지 오래인 지라, 나무아미타불."

"아, 그러셨어요. 저 스님, 오늘이 며칠인지 아십니까?"

"아마 양력으로 칠월 초사흘일 겝니다."

"그러니까, 바로 이레 전, 북괴군이 남침해 왔어요. 저는 광정리 전투에 참가했다가 총 한번 제대로 쏘아보지 못한 채 부상을 당하고 본대에 낙오되어 이 지경에 이르렀고요."

"나무아미타불. 살생의 피비린내가 방방곡곡에 진동할 게요."

"준비 없이 당했으니 남쪽으로 밀리고 있을 것입니다."

"그건 그렇고, 시주의 성함이라도 좀…"

나는 신분을 밝히지 않아 생명의 은인을 대하는 예의가 아니라고 자책하면서 "하사, 이태동이라고 합니다." 하고 말했다.

"이태동, 이태동 시주라……"

"스님의 법명은 어찌 되시는지요?"

"법명이라 할 것까지야 없으나 신도들이 정암이라고 부르지요."

스님의 속명은 금지(錦枝)이고 성(姓)은 임이라 했다.

정암은 부엌으로 나가더니 미음 한 그릇을 들고 들어왔다.

"자, 정신이 돌아왔으니 미음이라도 좀 드시지요."

사나흘이 흐르자 나는 원기가 돌고 몸은 다소 회복되었다. 생각보다 회복속도가 빨라 정암은 놀라워했다.

그것은 젊음 탓이리라.

이제는 절간 출입도 했고 지팡이를 짚고 산책도 할 수 있었다.

하룻저녁은 저녁 예불을 끝내고 정암 스님과 마주했을 때, 나는 도시 살아 있다는 것이 믿기지 않아 스님에게 물었다.

"중상인데다 독사에게 물렸는데도 살아났으니 제게는 이적 같기만 합니다. 불은이라고 믿으려 해도 전혀 믿어지지가 않습니다."

"천만다행이었다고 할까. 확실하지는 않지만 독사가 물긴 물었으되 다친 다리를 물었으니 독이 몸에 덜 번진 듯하오."

"그렇다면 상처 입은 다리가 저의 생명을 건져준 셈이군요."

"그렇다고 할 수 있겠지요. 그러나 중상 입은 다리를 절단하지 않고 온전하게 회복되기까지는 불은이었소이다. 그것도 석존불의 영험이 아닌, 소녀신불의 효험이라고 믿고 있습니다."

"소녀신불의 영험이 이적을 가져다준 셈이라니…"

"나무아미타불, 관세음보살."

"저로서는 과문한 탓인지 몰라도 소녀신불이 있다는 것은 듣지도 보지도 못했어요. 그런 부처님도 있습니까?"

"그럴 거에요. …나무아미타불."

"고적암(孤寂庵)에서만이 받드는 부처님인가요?"

"아무 데서나 볼 수 있는 부처님은 아닐 게요. 우리 암자에서만 특별히 모시는 부처님이랄까. 시주가 살아나게 된 것도 소녀신불의 영험이지요. 앞으로 시주도 불은을 베풀어야 할 게요.

시주가 불은을 잊고 사악해지면 소녀신불이 노할 것이외다."

"이 암자에서만 섬기는 긴한 내력이라도……"

"있다마다. 이야기하자면 참으로 길지요."

정암은 소녀신불에 대한 내력을 담담하게 들려줬다.

그는 상원사 시주승으로 있다가 방한암(方漢巖) 선사의 불은을 입어 발암산 고적암에서 불도를 정진할 수 있었다.

고적암은 조그마한 암자인 데다 이엉으로 지붕을 인 탓으로 초라하기 그지없었고 찾아오는 시주도 없었다.

주지 청암(靑岩)은 입적이 가까워오자 암자의 살림을 맡겼다. 그는 화전을 일궈 청암 선사를 공양하며 수도를 게을리 하지 않았다.

청암 선사가 입적하자 그렇잖아도 심심산골이라서 사람의 발길이 뜸해 말할 수 없이 적적했으나 그럴수록 불도에 더욱 더 정진했다.

하루는 정암이 가을걷이를 끝내고 암자로 돌아가려는데 낯선 사내가 소녀 하나를 데리고 뜬금없이 나타났다.

그렇게 나타난 사내는 정암에게 대뜸 한다는 소리가 소녀를 맡아 불자로 삼든 말든 마음대로 하라는 것이었다.

"죄 많은 이 몸 밑에 둬 봐도 가르칠 것이 없어 생각다 못해 데려왔으니 스님께서 무조건 맡으시오."

정암은 사내의 눈빛에 압도되었다기보다는 소녀의 눈빛이 예사로운 눈빛이 아닌 것을 알고 가타부타 할 수 없어 그냥 있었는데 사내는 이를 승낙으로 알고 감지덕지하는 것이었다.

날이 저물자 정암이 저녁 예불을 끝내고 사내와 앉아 세상 돌아가는 이야기를 주고받는 사이, 소녀는 소록소록 잠이 들었다.

정암은 소녀가 잠들기를 기다렸다는 듯 물었다.

"무슨 사연으로 여식을 불가에 입적시키려고 합니까?"

"죄 많은 인생입네다. 죄 많은 아비 밑에서 배울 것이 무에 있겠습네까. 생각다 못해 아이를 데리고 염치없이 찾아왔습네다."

그러면서 과거를 한 자락 쏟아놓는 것이 아닌가.

사내 하나가 발암산 골짜기로 잠적했다.

행적을 숨겼기 때문에 그에 대한 신상은 확적히 알 수 없었으나 산 속으로 숨어들어 혼자 살아간다면 살인을 하고 피신을 했거나 그도 아니면 말 못할 한으로 똘똘 뭉쳐 있는 것만은 분명했다.

사내는 통나무로 집을 짓고 너와로 지붕을 이어 터전을 마련했고 개간 가능한 비탈이면 화전을 일궈 옥수수, 콩 등 잡곡을 거두어 들였다.

그는 그렇게 부지런히 일을 하며 사십이 넘도록 독신으로 살았다.

그 해 늦가을이었다.

수수를 거둬 집으로 돌아가고 있는데 여자가 불쑥 나타나 지게 목발을 잡고 "살려주세요. 그렇지 않으면 전 죽임을 당할 거예요." 하고 애걸하는데 갑자기 젊은이가 눈에 불을 켜고 달려들었다.

"남자라면 아녀자를 강압으로 옥박지르는 게 아니여. 내게 살려달라고 애걸하는 걸 본께 자네 기집이 아닌 것은 분명허이."

"뭐, 이런 새끼가 세상에 다 있어."

젊은이는 겁 없이 사내에게 대들었다. 사내의 나이 사십이라고 하나 체격은 우람했고 힘도 무던했다.

지게 작대기로 젊은이의 허리를 후려치면서 "나 이래 뵈도 살인에는 이골이 났으니께, 어여 가 봐." 하고 엄포를 놓자마자 젊은이는 대드는 기세와는 달리 대거리 한 마디 없이 산등성이로 달아났다.

그제야 여자의 얼굴을 보니 반반했다. 수컷의 애간장을 태우는데 부족함이 없는 얼굴이었다.

사내는 그네를 하룻밤만 재워주면 갈 데로 가려니 여겼으나 여자는 자고 나서도 돌아갈 생각은커녕 부엌일이며 찢어진 옷가지를 빨래를 해서 꿰매며 눌러 앉았다. 사내는 단칸방뿐이어서 난감했으나 싫증나면 돌아가겠거니 여기고 쫓아 보내지는 않았다.

여자는 밤마다 사내를 유혹했다.

그런데도 사내는 여자에게 좀체 손을 대지 않았다.

사내는 한 겨울 내내 남남처럼 한방에서 뒹굴다 못해 끝내 몸을 섞기는 했으나 정은 주지 않았다.

여인은 언약이라도 한 듯이 봄이 되자 밭에 따라 나가서 김매고 저녁에 돌아와 잠자리에 들기를 이태 만에 딸을 낳았다. 아이를 낳고부터는 둘의 생활은 물에 물탄 것 같은 생활에 생기가 돌았다.

몇 해가 지나 딸 하나를 더 두었다. 식구가 넷으로 늘었으나 부지런히 일만 해서 거두어들인 곡식으로 헛간이 부족할 정도였다.

막내딸이 다섯 살 들던 해 봄, 비가 오는 날이었다.

여자는 올 때처럼 흔적도 없이 사라졌다. 사내가 그런 낌새를 눈치 채지 못한 것은 아니었으나 굳이 주저앉히고 싶지도 않았다.

여자가 사라진 뒤에도 사내는 딸을 손수 키우며 전과 다름없이 살림을 꾸렸다. 큰딸이 열여섯, 둘째가 열 한 살 되던 해였다.

사내는 막내를 데리고 집을 떠나 고적암을 찾았다.

정암은 간절한 부탁을 받고 "맡아는 두겠으나 데려가는 것은 말리지 않겠소." 하고 나중을 생각해서 언질을 주었다.

사내는 돌아갈 때 시주를 듬뿍했다.

정암은 사내의 시주로 무너진 담장이며 바란 단청을 채색했고 암자를 정갈하게 정리하고 단장했다.

다행히도 소녀는 수족처럼 정암을 잘 따라주었다.

늦가을이면 사내가 다녀갔고 그때마다 시주를 했다.

삼 년이란 세월이 흘렀다. 정이 들었다고 할까.

정암은 소녀에게 희명(希明)이라는 법명까지 지어주었다. 날이 갈수록 희명은 불도의 예법에 익숙해졌고 총기가 뚝뚝 떨었다.

그는 나이 차면 비구니만 거처하는 암자로 보내리라 생각했다.

어느 날 꼭두새벽 무렵쯤이었다.

새벽 예불을 드리고 나자 "대 스님!" 하고 희명이 불렀다.

희명은 정암 스님을 대 스님이라고 불렀다.

"대 스님, 저에게 이틀만 말미를 주셨으면 합니다."

"갑자기 뭔 일로 말미를 달라고 해?"

"오래 되어 궁금해서 집에 다녀올까 합니다."

"그 먼 길을 혼자서 갈 수 있겠어?"

"스님, 아비 따라올 때 눈 여겨 길을 봐 두었습니다."

그제야 정암은 "그래. 그렇다면 서둘러 떠나거라." 하고 허락했다.

희명은 스님에게 합장하고 길을 떠났다. 그랬는데 이틀이면 다녀온다던 희명은 사흘이 되고 나흘이 지나도 돌아오지 않았다.

암자가 텅 빈 듯 지내다가 나흘째 되는 날이었다.

정암은 희명의 집을 찾아 나섰고 사내의 집으로 들어서니 새끼줄로 감나무에 매어진 채 축 늘어져 있는 희명이 눈에 띄었다.

그네의 얼굴은 온통 눈물로 얼룩졌고 눈물 젖은 때마저 말라 있었다.

"누가 이런 짓을, 나무아미타불."

정암은 희명을 멍석에 눕히고 물을 떠와 입술을 적셔 주었다.

희명은 오랜 시간이 지나서야 눈을 떴다.

눈을 뜬 그네는 대 스님 하더니 이내 눈을 감았다.

그 사이, 희명은 많이 변해 있었다. 얼굴은 푸석푸석했고 입술은 허옇게 터졌으며 흘린 피는 먹칠 한 듯 말랐다.

"희명, 도대체 어찌된 일이냐?"

정암은 보다 못해서 안타까워 물었다.

그러나 희명은 말을 하려 하지 않았다.

몇 번이나 재우쳐 물어서야 "아비와 언니가, 저, 저 방에…" 하고 물기 없이 울먹이기만 했다.

희명은 너무나 울어 눈물마저 메말라 있었던 것이다.

정암은 예감이 심상치 않음을 느끼고 희명이 가리키는 방문으로 다가가 문을 열었다. 그러나 문은 안으로 잠겼는지 좀체 열리지 않았다.

해서 몇 번이고 소리쳐 불렀으나 아무런 기척이 없었다.

정암은 도끼를 찾아 문지돌을 바수고 문을 땄다.

문을 따기가 무섭게 허연 김이 확 몰려나왔다.

푸른 솔가지가 벌겋게 익어 있는 틈새에 희명의 언니인 앳된 처녀와 사내가 가지런히 누워 있는데 이미 뻣뻣이 굳어 미라가 되어 있었다.

"이게 어찌 된 게야. 나무아미타불, 관세음보살."

정암은 자기도 모르는 결에 염불이 절로 나왔다.

"나무아미타불 관세음보살, 희명의 아비가 이런 끔직한 일을…"

희명은 대답 대신 고개만 한번 끄덕했을 뿐이다.

그네는 집이 궁금했을 때부터 어떤 예감을 감지했었나 보다. 그랬는데 집에 도착해 보니, 아비가 일을 저지르고 있었다.

아비는 대처에다 맏딸의 사윗감을 골라두고 혼인 날짜까지 받아왔다. 딸의 나이는 열아홉이다. 딸만 치우면 모든 것을 청산하고 미련 없이 홀홀 저 세상으로 날아갈 것 같았다.

그렇게 철석같이 믿었던 것이 그만 변고가 생겼다.

아비가 사주단자를 받아들고 얼큰히 취해 집안으로 들어서는데 딸은 공교롭게도 발작을 하고 있었다.

아비는 늘 밭에 나가 있어 딸의 발작을 보지 못했었다.

워이익, 끄르르 끅, 으그그그, 끄끄끄르륵, 끄윽, 으그그그 하는 짐승이 우짖는 소리인 것만 같은, 도깨비가 사람을 유혹하는 것만 같은, 사람이 죽어 가는 소리인 것만 같은, 기기괴괴한 소리를 내며 마당을 데굴데굴 구르고 있었다. 그러면서 으그그그, 끄끄끄으, 워이익, 꺼억 끅, 으그그 하는 소리를 냈고 두 눈은 허옇게 뒤집혀 있었다.

입에서는 거품을 부글부글 토해냈으며, 팔다리는 뒤틀려 새끼처럼 꼬여 있었고, 죽는 시늉마저 하고 있었다.

아비는 엉겁결에 달라붙어 연신 중얼대며 입에 물을 떠 넣는다, 녹두를 썹은 물을 입에 흘려 넣는다고 정신이 없었다.

한참 만에 딸은 목에서 내는 괴성을 그쳤고, 새끼처럼 꼬이던 팔다리의 경련도 멈췄다. 비로소 가쁜 숨을 몰아쉬었다.

정신이 돌아온 딸은 어이가 없어 벙벙해 있는 아비의 얼굴을 보자 고개를 떨어뜨렸다.

"불쌍한 것. 모두가 이 아비의 죄업이여."

아비는 가슴 섶이 훤히 드러난 딸의 젖무덤을 보고 고개를 돌렸으나 순간순간 하늘이 무너지고 땅이 꺼지는 절망감을 질겅질겅 씹었다.

"이 못난 아비의 죄업이 불쌍한 딸애에게까지 썬 게 틀림없어."

사내는 회한으로 눈물인지 콧물인지로 얼룩이 졌다.

도망간 딸 어미의 커다란 눈까지 확대되어 그의 앞에 어른거렸고 그리고 아비는 도망간 아내에게 퍼붓는 저주만은 아닌, 그 무엇에 홀려 딸의 병을 고치겠다고 어금니를 깨물었다.

어디서 어떻게 흘러 내려왔는지 알 수 없었으나 지랄병에는 객귀를 쫓고 청솔가지 김을 씌워야 낫는다는.

아비는 방안에 딸을 가둬두고 일을 서둘렀다.

서산마루 붉은 흙을 져다 집 안팎에 뿌렸다. 그것으로는 직성이 풀리지 않았던지 붉은 흙을 물에 타 문지돌이며 문짝하며 기둥에 칠했다.

이어서 청솔을 베어 집으로 날라다 방안 빼곡 채웠다.

팥죽도 쑤어 사립과 부엌하며 뒷간에 뿌리고 안방 문에도 발랐다.

아비는 딸에게 쑨 팥죽을 먹이고 청솔을 빼곡 채워 넣은 안방으로 데려가 방바닥에 눕혀놓고 "이렇게 해야 니 병을 고칠 수 있어. 이 길만이 니가 살고 내가 사는 길인 기여. 다 잘 되자고 하는 기여." 하면서 달래고는 방문을 처닫고 빗장을 지른 뒤, 빨간 칠을 한 대못을 박았다.

그때 희명이 집으로 들어섰다.

희명은 아비의 하는 일이 몹시 걱정되고 불안했다.

"아비요, 뭔 일을 그렇게 서두르셔요?" 하고 물었으나 아비는 눈이 뒤집혔는지 "넌 관여할 게 아녀." 하면서 묵살해 버리는 것이었다.

아비는 다만 쑨 팥죽을 딸에게 안겨 주며 말했다.

"너는 팥죽이나 먹고 있어."

그러나 희명은 배고픔에 비해 목에 걸려 넘어가지 않았다.

아비는 부엌으로 들어가 불을 지폈다.

생소나무 가지를 꺾어서 아궁이 가득 쑤셔 넣고 불질을 했다. 생소나무 가지에서 뿜어나는 연기가 아궁이 밖으로 꾸역꾸역 나와 아비는 눈물을 찔끔찔끔 짜며 불질을 하는데 온전한 정신이 아니었다.

보다 못한 희명이 "아비요, 아비요. 그러다 언닐 죽여요. 지발 그러지 마셔요." 하고 애원했으나 아비는 되레 희명을 끌어다 감나무에 새끼줄로 칭칭 동여매어 움쩍도 못하게 했다.

날마저 이미 저물었다. 밤은 소리 없이 깊어 갈수록 방안에서는 서서히 열기를 뿜어댔다. 청솔가지는 열기에 젖어 김을 뿜었고 방안은 김으로 질식되어 가고 있었다.

딸애는 시키는 대로 가지런히 누워 있었는데 점점 바닥이 달아오르자 가슴이 탁탁 막혀 숨을 쉴 수도 없어 일어나 앉았고 앉아 있다 못해 방바닥이 뜨거워지자 발을 동동 굴리며 몸부림쳤다. 아니, 방안을 이리 뛰고 저리 뛰며 제발 살려 달라고 몸부림쳤다.

급기야 딸애는 있는 힘을 다해 소리쳤다.

그럴수록 아비는 부엌에서 불질하며 지랄병보다 더한 발작소리를 듣고 "옳거니, 이제야 잡귀가 달아나는 가배. 그러면 그렇지 지 아무리 독한 객귀라도 붙어 날라." 하고 무릎을 탁탁 치면서 열을 올렸다.

어느 새 아비의 눈에서도 진물이 흐르고 있었다. 자신의 죄업을 저주하는, 도망간 아내를 미워하는 회한인지, 아니면 늙어 무력해진 자신의 비애인지 모를 눈물을 주룩주룩 흘렸다. 아비는 딸애의 처절한 절규를 듣다 못해 붉은 흙으로 두 귓구멍을 틀어막고 불질을 계속했다.

날이 붐 하니 밝아왔다. 그제야 아비는 객귀가 이제는 딸애에게서 내뺐겠지, 이맘쯤이면 딸애의 병이 나았겠지 하고 중얼대며 부엌을 나섰고 장도리로 박았던 대못을 빼고 문을 땄다.

못을 빼고 문을 열어젖히자 열기가 아비를 휘감았다.

열기에 빨려들 듯이 아비는 방안으로 들어서서 딸을 더듬으며 찾았다. 딸이 누워 있는 것을 두 눈으로 확인한 아비는 방문을 안으로 닫아걸고 딸애 옆으로 가서 가지런히, 참으로 가지런히 들어 누웠다.

희명은 정암 스님의 도움으로 아비와 언니의 장례를 치르고 암자로 돌아온 뒤, 물 한 모금 입에 대지 않고 부처님을 향해 무릎을 꿇고 간절히 기도했다. 극락왕생을 염송하는 것일까.

합장해 기도하는 희명에게는 하루가 다르게 범접할 수 없는 위엄이 차일을 쳐 정암도 가까이 다가갈 수 없었다.

이틀이 지나고 사흘이 흘렀다. 나흘, 닷새가 지나 엿새가 흘렀고 이레째 되는 날이었다. 희명의 주위에는 둥근 빛이 내려와 고리처럼 띠를 둘렀고, 아흐레 되는 날에서야 고리처럼 두른 밝은 빛이 사라졌다.

비로소 정암은 희명에게 다가설 수 있었다. 다가가 확인해 보니 그네는 이미 미라처럼 뻣뻣이 굳어 있었다.

그런데 이상한 일이 일어났다. 정암이 희명의 시신을 거두려 했으나 시신은 마룻바닥에 붙어 떨어지지 않았다.

그는 몇 십 리를 나가 사람을 데려와서 시신을 바닥에서 떼어내려 했으나 울력으로도 떼어낼 수 없었다.

정암은 이를 무슨 영험으로 여기고 그네를 법당에 그대로 놓아둔 채 살아 있을 때와 마찬가지로 예불을 드리고 공양했다.

그러기를 반년이 흘렀다.

하루는 어떻게 알고 험준한 산골을 찾아왔는지는 모르겠으나 경성 사는 대가의 마나님이 가마를 타고 내려와서 시주하고 불공을 드렸다.

대가의 마나님은 희명의 미라 옆에서 백일기도를 하고 신몽(神夢)까지 얻어 돌아간 지 열 달 만에 옥동자를 낳았다.

칠대 독자 손을 잇게 된 마나님은 그 불은으로 당대 유명한 장인(匠人)을 찾아 고적암으로 내려 보냈고 장인은 희명과 똑같은 불상을 만들어 본존불 오른편에 안치했다. 그것은 희명과도 같은 등신불로 등신불에 금칠을 한 소녀신불이었다.

정암은 본존불과 소녀신불에게 아침저녁으로 예불을 올렸다.

그렇게 백일이 지나자 정암은 눈을 의심했다.

미라처럼 굳어진 희명의 시신이 움직였다. 그제서야 정암은 거짓말 같게도 시신을 화장을 해 그 재를 암자 주변에 골고루 뿌렸다.

그런 일이 있은 뒤, 정암은 비로소 불법이 훤히 트이기 시작했다.

"소승은 소녀신불의 영험을 믿었기 때문에 시주를 업고 암자로 돌아왔고 소녀신불 앞에 눕혀놓고 기도했어요. 시주가 의식을 잃고 있는 내내 소녀신불의 눈에는 물기가 마르지 않았답니다. …그런 징후를 보고 소승은 시주가 살아날 줄 알았지요. 소승의 신심대로 소녀신불의 영험이 시주를 살린 게 분명하답니다."

정암은 반야바라밀다심경을 염송했다.

관자재보살(觀自在菩薩)이 깊이 반야바라밀다를 수행할 즈음, 오온을 조견하니, 모두 공이며 일체가 고액임을 헤아림이라.

사리자여, 색은 공과 다르지 않으며, 공 또한 색과 다르지 않으니, 공은 곧 색이오, 색 또한 공으로, 수·상·행·식도 이와 같으니.

사리자여, 이처럼 갖가지 법인 공상마저 생기지도 더럽지도 깨끗하지도 늘지도 줄지도 않느니. 이런 까닭으로 공 가운데는 색·수·상·행·식도 없고, 안·이·비·설·신(身)·의(意)도 없으며, 색(色)·성(聲)·향·미(味)·촉(觸)·법 또한 없고 안계(眼界)나 의식계도 없느니. 또한 무명(無明)도 없고 무명이 다함도 없으며, 노사(老死)도 없고 노사가 다함도 없으며, 고·집·멸·도 또한 없고 지(智) 또한 없으며 얻음도 없느니. 이로써 보리살타가 반야바라밀다에 의지하는 까닭은 마음에 거리낌이 없고 거리낌이 없는 까닭에 공포도 없으며 전도(顚倒)된다는 생각마저 멀리 해서 마침내 열반에 들었느니…

상처는 하루가 다르게 차도가 있어 구월로 접어들자 상처가 완전히 아물어 보행은 물론 뛰는데도 불편함이 없었다.

나는 몸이 회복되자 정암을 따라 아침저녁으로 예불을 올렸고 낮 시간은 암자를 산책하면서 건강을 회복해 가고 있었다.

중순이 지나면서 폭격기는 하루에도 몇 차례 북으로 날아갔다. 그러던 하루는 포 소리가 남쪽에서 들려왔고 또 이틀이 지나가자 포 소리는 북에서 내려왔다. 나는 떠날 때가 왔다고 생각했다.

새벽 예불이 끝나자 나는 "이제 때가 온 것 같습니다. 하루라도 빨리 본대에 복귀해야 되겠습니다." 하고 정암에게 떠날 의사를 비쳤다.

"그래야 되겠지요. 언제 떠나시렵니까?"

"이양 내친걸음이니 지금 당장 떠나는 것이 좋을 듯합니다."

"그렇게 빨리. 간다면 진부나 횡계로 빠져야 할 게요."

나는 정암에게 예를 다해 큰 절을 올렸다.

"신세만 지고 갑니다. 제가 살아서 돌아와 스님을 뵈올지……"

"불은이 깊으면 만나게 되겠지요."

"불은이 깊으면 만난다? 그럼 이만. 안녕히 계십시오."

정암도 합장을 하면서 "부처님의 가호가 함께 하시길. 나무아미타불, 관세음보살." 하고 보이지 않을 때까지 배웅해 주었다.

횡계를 목적지로 길을 나서 4번 국도에 이르렀다.

그곳에서 나는 동진하는 군 트럭에 편승을 했고 강릉으로 나와 주문진에서야 본대에 복귀할 수 있었다.

그때 소속했던 부대는 광정리까지 진격해서 일단 멈췄고 38선을 넘어 북진 여부는 상부의 지시에 따라야 했기 때문에 명령을 기다리고 있는 중이었다. 마침내 10월 1일, 학수고대하던 북진명령이 떨어졌다.

나는 선두에 서서 38선을 넘는 행운을 안았다.

승승장구해서 속초, 고성을 거쳐 원산까지 진격했고 곧 이어 함흥도 수중에 넣었다. 그리고 파죽지세로 몰아붙여 신흥을 지나 풍산, 갑산을 거쳐 혜산진을 목전에 두게 되었다.

11월 21일. 안계로 진입하자 뜻하지 않은 풍문이 나돌았다.

중공군 30만 병력이 압록강을 건너 이미 개마고원으로 침투했다는 미확인 정보가 입수된 뒤로부터 북진은 지리멸렬해졌고 급기야 서둘러 후퇴하기에 혈안이 되었다.

부대가 장평 호숫가에 이르렀을 때, 중공군과 첫 접전을 가졌다. 가진 화력을 다 퍼부어도 쓰러진 시체를 타고 밀고 오는 중공군의 인해전술에 재편성이 불가능할 정도로 아군은 패퇴했다. 그리고 명령에 의해 후퇴하기보다는 개인행동으로 도망치는…

나는 살아남은 대원 다섯과 행동을 같이했는데 11월로 들어서자 산야는 온통 눈으로 뒤덮였고 혹한이 몰아쳤다.

폭설과 혹한, 극심한 굶주림에 시달리면서 죽음의 행진을 계속하던 우리는 폭설 속에서 낙오된 병사 셋과 간호장교 하나를 생포했다.

생포했을 때는 처리문제로 고심했으나 일단 가는 데까지는 포로로 데려가기로 잠정적인 합의를 보았다.

그런데 간호장교가 끼어 있어 속도가 눈에 띄게 느려졌다.

이대로 가다가는 중공군의 포로가 될지도 몰랐다.

더욱이 일행 중 셋은 동상에 걸려 부축해야만 했기 때문에 포로를 감시할 수도 없었고, 인민군 둘마저 동상으로 다리를 절뚝였다.

나는 선임자로서 단안을 내리지 않을 수 없었다. 일행을 먼저 떠나보낸 뒤, 포로를 골짜기로 몰아넣고 M1을 난사했다.

간호장교가 내 다리에 매달려 애원했다.

"살고 싶어요. 전 빨갱이가 아니에요. 의용으로 끌려나와 도망칠 기회를 놓쳤어요. 제발, 죽이지 말고 데려가 주세요."

그녀의 음성은 공포에 절어 있었으나 슬플 만큼 고운 목소리, 높은 음향이 눈 위로 메아리치자 나는 의외로 당황했다.

북진할 때 남보다 앞서 전진하던 용맹은 어디로 달아났는지 모른다.

나는 "그래, 고향은 어딘데?" 하고 물었다.

"서울이에요. 동대문 밖 숭인동이라고. 여고에 다니다 끌려나왔어요. 부모님이 살아 계셔요. 외동딸을 둔 부모님이 있어요."

찌르는 듯한, 애처로울 만큼 눈이 아름다워 나는 눈을 감았다. 이어 눈을 떴을 때는 옷 하나 걸치지 않은, 눈보다 흰 알몸이 앞에 있었다. 그리고 백설보다 더 빛나는 여체가 애원했다.

"제 몸을 가지세요. 마음대로 다 하세요. 그 대신 절 살려만 주세요. 그리고 함께 절 남쪽으로 데려가 주세요."

그녀의 동작은 아주 익숙해 보였다.

그런데 애원에 비해 눈동자는 육체처럼 맑지 않은 차가운 빛을 띠고 있었고 커다란 눈동자 언저리는 눈과 볼이 겹치면서 이렇게 하는 데야 너

같은 게 살려주지 않고는 못 배기겠지 하는 눈빛, 그것이 백설에 반사되어 이제는 야광충처럼 자신 있는 눈을 하고 있었다.

나는 순간적이긴 했으나 그녀가 악마로 돌변했다고 느껴졌다. 악마는 난폭하고 거칠게 다루어야 한다고 생각하고 그녀에게 달라붙어 애무도 아닌, 성애는 더구나 아닌 배설을 하고 몸을 일으키자 그녀의 은밀한 곳에서 줄줄 흘러나온 붉은 피가 눈 위에 숱하게 흩어져 있었다.

그것은 처녀성이 처음 열릴 때 흘릴 수 있는 사내에게 가장 뿌듯한 기쁨을 주는 선혈은 분명 아니었다.

그 동안 숱하게 당해서 입을 대로 입은 그 상처가 도져 흘린 검붉은 피였다. 나는 알 수 없는 분노에 젖어 "그 몸을 가지고 살고 싶다니 도대체 말이나 돼." 하고 그녀를 향해 방아쇠를 당겼다.

그랬는데 나는 총소리가 사라지기도 전에 아차, 불은을 베풀어야 했었는데 하고 이내 후회했다.

나는 후퇴하는 절박한 상황 속에서도 그녀를 생각했다. 내가 그녀를 또렷이 생각해 내려고 조바심을 태우면 태울수록 그녀에 대한 초점은 점점 흐려져 희미했으며 그녀의 시원스런 눈이 떠오르면 본의 아니게도 소리치지 않을 수 없게 되었다. 더욱이 마음은 그녀로부터 한없이 먼 곳으로 달아나려고 해도 은연중에 그녀에게 끌려갔다.

그리고 그러한 환상 속에서도 "시주, 노파심에서 하는 말이외다. 시주가 불은을 잊고 사악해지면 소녀신불이 노할 것이외다."고 한 정암의 살아 있는 목소리에 놀라 문득 현실로 돌아섰다.

나는 그녀의 환상에 시달려 상처 입은 부위가 무감각해진 줄도 몰랐다. 비록 알았다고 해도 그런 절박한 상황에서는 별 수 없었을 것이다. 감각을 전혀 느낄 수 없을 정도로 동상이 매우 심각했기 때문이다.

아니었다. 상처 부위부터 서서히 썩어 들어가고 있었던 것이다.

나는 다리를 질질 끌며 흥남으로 퇴각했고 철수하는 함정에 올랐다. 부산으로 오는 함상에서 다리를 절단하는 수술을 받았다.

이어 부산에 있는 야전병원으로 후송되었고 그곳에서 퇴원과 동시에 제대를 했다. 응보일까. 인생살이는.

나는 고향으로 돌아와 며칠을 쉬고 고적암을 찾아 나섰다.

교통편이 없어 목발을 짚고 걷다가 차편이 있으면 얻어 타면서 그렇게 닷새 만에 고적암에 도착했다.

고적암은 전화로 불타 버렸고 폐허만 남아 있었다.

나는 잿더미를 뒤적였다. 소녀신불이라도 찾을 수 있지 않을까, 정암의 타다 남은 뼈라도 거둘 수 있지 않을까 하는 막연한 생각으로 타다 남은 서까래며 기와 조각 하나하나 살폈다.

시커멓게 탄 서까래며 기둥을 드러내고 재도 쓸었다.

나는 재를 쓸어내다 절간 맨 밑바닥에서 새까맣게 그을린 소녀신불의 시신을 찾아냈고 그 곁에서 타다 남은 뼈, 정암의 것임이 분명한 뼈를 주워 정갈하게 씻어서 양지 바른 곳에 묻고, 소녀신불은 깨끗이 씻어 찾기 쉬운 곳에 파묻어 두고 발길을 돌려 고향으로 돌아왔다.

나는 돌아오는 길로 머리도 깎고 법의도 갖춰 입었으나 한 쪽 다리가 없는, 목발을 짚은 어색한 중, 갈 데 없는 땡땡이중이 된 나는 도시 나일 수 없었다. 홀어미가 붙여먹고 살만큼 전답만 남겨두고 팔았다.

전쟁 중이었기 때문에 제값을 받을 수 없었다. 한 푼이라도 더 받으려고 흥정을 하다 보니 수만 평을 처분하는데 반년이 지났다.

나는 그 돈을 몽땅 가지고 발암산으로 들어갔다.

들어가서 암자를 재건했다. 불편한 몸으로 인부를 구하고 대목(大木)을 초청해서 공사를 시작했다. 기둥과 서까래는 발암산에서 그냥 베어 올 수 있어 쉬웠으나 기와는 백리나 나가 사 와야 했다.

그것도 우마에 싣고 와선 또 지게에 지고 나르는데 여간 힘든 일이 아니었으나 '불은을 잊고 사악해지면 소녀신불이 노할 것이외다.'고 한 정암의 말을 상기하면서 참고 견뎌냈다.

윤사월 초나흘.

마침내 긴긴 역사는 끝났고 고적암은 전보다 으리으리하고 웅장한 모습을 드러냈다.

나는 인부들에게 잔치를 베풀어 보답하고 돌려보낸 뒤, 재 올릴 공양 마련을 위해 아낙 둘에게 제 차림을 준비시켰다.

제 차림이 준비되자 나는 여래불과 소녀신불 앞에 공양을 가지런히 진설하고 정암과 함께 예불 올리던 그대로 재를 올렸다.

사흘 낮 사흘 밤을 단좌한 채 예불을 드리면서 소녀신불을 단 한 차례 바라보고는 더 바라보지 않았다.

아니었다. 바라볼 수 없었다.

재를 올리는 동안, 소녀신불의 눈에는 물기가 촘촘히 배어 있어 살아 숨 쉬는 것 같았는데 지금 소녀신불의 눈에는 총기라고는, 숨결이라고는 느낄 수 없는, 메마르고 건조해 죽어 있는 듯한 눈빛을 고개 들어 바라볼 자신이 없었기 때문이었다.

사흘째 되는 새벽, 먼동이 트려고 어둠이 지상을 휘감았다.

깜빡 졸다가 딱 타닥, 타는 소리와 메케한 냄새 때문에 얼결에 눈이 번쩍 떠여졌다.

눈을 번쩍 뜨고 보니 열어놓은 문마다 세찬 바람이 몰아치고 있었고 켜놓은 촛불은 언제 넘어졌는지 비단천의 탱화를 타고 천정으로 옮겨 붙어 활활 타오르고 있었다.

나는 불을 끄려고 하지 않았다. 불을 피해 달아나지 않았다. 그대로 합장한 채 앉아 타는 불을 바라보았다.

기와가 튀어 달아나고 불붙은 서까래가 천정에서 바닥으로 떨어져도 화석인 양 손끝 하나 까딱하지 않았다.

오히려 순간순간, 소녀신불의 법력(法力)이 내 몸으로 옮겨 앉아 미소마저 벙글 듯 안온하기가 그지없었다.

불은 하루하고도 반나절이나 탔다.

상어비인(傷魚卑人)

버스에서 내린 영태는 걸음을 멈추고 주변을 휘둘러보았다.

본 댐 축성공사로 산은 두 동강이로 잘라져 있었고 임시로 만든 가교 위로는 트럭이 먼지를 일으키며 질주하고 있었다.

영태는 이방에 온 듯 당혹감을 느꼈다. 2년 전, 영태는 이곳에서 수몰민들의 보상 문제로 항의를 했었다.

아버지가 죽은 지 한 달만의 일이었다. 그랬는데 당국의 미온적인 대처로 말미암아 항의는 농성으로, 농성은 기물파괴로 돌변했었다.

영태는 선두에 서서 닥치는 대로 파괴하다가 덜컥 끌려 들어갔었고 지금 그 죄 값을 치르고 나오는 길이었다.

영태는 서서 담배에 불을 붙였다. 해가 설핏 기울자 양지와 음지의 구별이 사라지고 바람만이 살아나 버석대고 있었다.

지금부터 영태는 용계리를 향해 큰 재를 하나 넘고 강을 가로질러 대여섯 마장은 걸어가야 할 것이었다.

그는 6년 동안이나 안동을 통학한 길이 왠지 낯설었다.

아니, 2년 동안이나 바둑판 하늘을 바라보고 살아 온 세월이 그의 걸음을 무디게 해서인지도 모른다.

영태는 뒤도 돌아보지 않은 채 질척이는 길을 걸어 재를 단숨에 넘고 강을 가로질렀다. 그는 강을 건너자 바른편 어깨에 맨 허름한 가방을 왼편 어깨로 옮겼다. 영태로서는 용계리를 찾아갈 이유도 없었다.

그곳에서 태어나 잔뼈가 굵었고 또한 부모의 뼈를 묻은 고향이었으나 지금은 피붙이 하나, 전답 한 톨 없기 때문이다.

그런데도 영태는 그냥 먹여주는 큰집에서 나오자 발길이 용계리를 향했다. 그것은 며칠 전 불알친구인 학지가 면회를 와 여대 노인의 말을 전한 때문만은 결코 아니었다.

열사흘 달이 구름 속에서 나와 얼굴을 환히 드러내자 벼를 거둔 다랑가지 논에서는 바람이 썰렁이고 있었다.

영태는 아는 사람을 만나면 제 편에서 고개를 돌려 피할 수밖에 없었으나 우선은 아는 사람이라도 만났으면 싶어 달빛 속에 묻혀 잰걸음으로 길을 재촉했다. 한 걸음에 언덕을 넘어섰다.

길은 내리막이 되면서 천변을 따라 돌아가고 있었다. 인가도 없는 천변에는 마른 갈대가 헝클어진 채 바람과 수작했다.

영태는 걸음을 얼마나 빨리 했던지 달빛 속에 은행나무가 드러났으며 은행나무 안골에 고향이 죽치고 있을 것이었다.

오늘 따라 은행나무마저 한없이 낯설어 보였다. 영태는 이방에 들어선 것만 같은 마음 탓이라 자조했다.

은행나무는 용계리의 당목(堂木)이었다. 언제 어디를 가 되돌아오더라도 마을 사람보다 은행나무를 보면 마음부터 놓였었다.

은행나무 밑에는 희미한 실루엣이 그림자를 드리우고 있었다.

그림자는 영태가 다가가도 움직임이 없었다.

영태는 실루엣에게 바싹 다가섰다. 은행나무 밑은 다른 그 어느 곳보다도 어두워서 한참만에야 사람을 알아 볼 수 있었다.

"저, 현수 할아버지 아니셔요? 어둠 때문에 미처 알아보지 못해서…"

그런데 여대 노인은 별로 놀라는 기색이 아니었다.

"오늘 아니면 내일쯤은 자네가 오리라고 나도 생각하고 있었다."

"제가 오늘 오리란 걸, 어떻게 아셨어요?"

"학지가 찾아와서 알려주더라. 이삼일 내로 나올 거라고."

"할아버지께서 절 기다리고 계셨군요."

"그 동안 고생 많이 했쟈?"

"젊은 놈이 고생이랄 거야 있니껴."

"자, 들어가세. 오늘 밤 안으로 긴히 서둘 일이 있어."

"무슨 급한 일이라도……"

"가 보문 알게 돼."

여대 노인이 앞서 걷는데 걸음은 건성으로 놀아났다.

"오래 살다 보이……"

여대 노인은 혼자 중얼거리며 낮의 일을 생각하며 혀를 찬다.

마을이 은행나무 보존문제로 들썩했다.

용계리도 여느 마을처럼 당목이 있었다. 마을로 들어서는 어귀에 7백
년이나 묵은 은행나무가 당목이다.

마을 사람들은 마을이 생긴 이래 안식을 찾는 신앙의 현장으로 은행나
무를 신처럼 떠받들었다.

따라서 수십 길 높이의 은행나무는 민심과 천심의 합일점으로, 마을 사
람들의 토속 신으로 섬김을 받았다.

효자는 효자 나름으로 나무에 올라가 손바닥을 비비며 부모님의 쾌유
를 빌었고 열녀는 열녀대로 소지(燒紙)하면서 징용에 끌려간 남편을 위해
정절을 지켰다. 또한 은행나무 스스로도 풍년을, 때로는 흉년을 예고해
주었고 난리와 평란을 점지해 주기도 했다.

당목 없는 마을로는 딸을 시집보내지 말라는 속담이 있다.

그런 탓인지 용계리는 당목인 은행나무 때문에 한국전쟁 중에도 인심이 각박했거나 좌우익으로 갈려 죽고 죽이는 패악(悖惡)이 없었다.

그뿐만이 아니었다.

은행나무를 중심으로 단오가 되면 그네뛰기, 유두날로는 머슴들의 호미 씻기, 한가위로 달맞이하며, 누구는 당목 아래에서 성인식을 베풀었고 누구는 책 씻기로 이곳에서 떡을 나눠먹는 마을 인심의 집합체, 세월이 흐를수록 은행나무에는 마을의 수십 수백의 신앙과 정서와 민속과 향수라는 열매가 주렁주렁 맺혀 있었다.

그랬던 것이 임하댐 건설로 사람과 마을뿐이 아닌 7백 년 묵은 은행나무마저 수몰위기에 놓이게 되었다.

그것도 몇 백 년이나 터전을 일구고 살아 온 마을 사람이 아닌 외지에서 온 한다하는 사람들이, 수몰위기로 쫓겨나는 사람들보다도 관심은 은행나무에 매달려 이전해서 보존하느냐, 아니면 제 자리에 둔 채 보존하느냐로 의견이 양분되어 고래고래 삿대질을 해댔다.

이전해 보존하자는 편도 일리가 있었다.

은행나무는 단지 마을의 수호신인 고목에 그치는 것이 아닌, 나무에 얽혀 보이지 않는 민속의 총합을 생각하면 돈으로는 도저히 환산할 수 없는 유산이며 이를 버려둔다면 이것이 선례가 되어 엄청난 유형무형의 문화 파괴행위가 잇달아 후세에 두고두고 지탄을 받는 죄업이 된다고.

이전을 반대하는 사람들의 입장에서는 하찮은 나무 하나 살리는데 거금 17억 원을 들일 필요가 어디 있으며 설혹 그 돈을 들여 살린다고 해도 물속이라 오래 살지 못하고 죽을 것이라는, 괜히 은행나무를 살리려다 아까운 세금만 낭비한다고 물을 싫어하는 수성을 들어 반대했다.

딴은 옳은지도 모른다.

은행나무는 높이가 40여 미터, 둘레는 어린이 열이서 팔을 벌리고 둘러서도 오히려 남는 양평 용문사 은행나무에 버금가는 크기인데 당목을 경운기가 겨우 드나드는 소로로 대형 트레일러를 끌고 와 실어낼 수도 없었고 트레일러를 끌어들이기 위해 길을 넓히는 데에도 수십억원은 족히 들어가고도 부족할 것이었다.

그렇다고 확장된 도로가 유용하게 쓰인다면 몰라도 물에 잠겨 흔적도 없이 사라질 것이었다.

해서 다른 곳으로 이전은 불가능하다는 판단이 서자 문화재 당국은 제자리에 두고 살리기로 했던 것이다.

댐에 물이 차면 은행나무 꼭대기까지 물이 들 터인데도.

이를 방지하자면 은행나무 주변에다 거대한 콘크리트 벽을 쌓아 물을 막자는 것이었다. 콘크리트 벽은 방수를 해서 물이 새어드는 것을 막을 수 있을지 모르나 땅속에서 솟아나오는 물은 어떤 수로도 막을 수 없을 것이었다. 물론 양수기를 설치해서 퍼낼 수는 있을 것이었다.

그렇게 하더라도 뿌리 부근의 물기는 도저히 제거할 수 없을 것이며 물을 싫어하는 은행나무는 수년이 못 가서 죽을 것이라는 나무 전문가의 의견은 묵살되었고 17억 원을 들이더라도 벽을 쌓아 보존해야 한다는 문화재 당국의 불도저적 의견을 꺾을 수 없었다.

여대 노인은 보상비의 많고 적음을 떠나 대처에 대토해 달라는 진정마저 묵살하는 당국의 처사를 두고 속이 상했다.

"흙 파먹는 우리야 굿이나 보고 떡을 먹는다손 치더라도 배알이 뒤틀려서 나 참. 사람은 칠십 평생, 은행나무는 칠백 년 아니, 앞으로 몇 백 년을 지탱할는지 모르니까 지당한 처사구만."

이태 후면 물 가두기를 한다고 군에서는 수몰지역 분묘이장 공고를 낸 지 반년이 지나자 이미 연고가 있는 분묘는 태반이 이장을 했으나 아직도 더러는 주인 잃은 분묘가 있었다.

군에서는 주인 없는 분묘를 두고 마냥 늑장을 피울 수 없어 공동묘지를 마련해서 이장을 한다, 인부를 사서 부린다 하고 시일에 쫓겨 일을 서둘렀다. 댐 부근에서 시작된 분묘이장은 열흘이 채 되기도 전에 도연폭포(陶淵瀑布)를 바라보는 용계리에서 일을 진행하고 있었다.

여대 노인은 이래저래 심기가 불편했다.

상모가 죽은 지 삼 년이 채 못 되어 이장을 서둘러서만이 아닌 여태껏 죽지 못해 고향에 눌러 지내면서 불알친구 상모의 이장을, 그것도 자식 하나 둔 것이 교도소에 들어가 있다.

연고 없는 묘는 공동묘지에 되나마나 옮겨질 것이 분명한데 오늘 밤 안으로 무슨 수를 써야만 험한 꼴을 당하지 않을 것이다.

여대 노인은 집안으로 들어서며 안방에다 대고 "속히 저녁상 하나 간단히 차려서 사랑방으로 내 오너라." 하고 일렀다.

"저 할아버지, 저녁 생각 조금도 없습니다."

"산 사람은 배를 채워야 하는 게야."

저녁상이 나왔다. 영태는 수저를 들다 말고 상을 물리었다.

"밤새 일을 해야 하는데, 많이 먹어두지 그래."

"할아버지, 저녁 생각 없다고 했잖습니껴."

"그렇다면 일어서세. 일을 서둘러야지."

여대 노인은 세워놓은 지게를 지고 집을 나섰다.

영태가 들어 지게를 짊어지려고 했으나 노인은 한 마디로 거절한다. 그리고 마을을 빠져 나오다가 학지를 불러 동행시켰다.

영태는 여대 노인의 숙엄한 분위기에 눌려 학지에게 고개만 끄덕이는 인사만 나누고는 마을 뒷산으로 올라섰다.

영태는 말하지 않아도 어디로 가고 있는지 알고 있었다.

아버지의 무덤을 찾아가는 것이었다. 아버지는 돌아가시기까지 선산조차 마련하지 못했었다. 해서 영태는 화장을 해 강물에 흘려보내기로 마음을 먹었으나 여대 노인이 들어 선산 한 톨을 내주어 묘를 썼었다.

초라한 무덤 앞에 여대 노인은 지게를 벗어서 눕혀 놓았다.

주변에는 이장을 하느라고 파낸 흙이 어지럽게 흩어져 있었다.

"영태, 보게나. 자네가 없었다면 아비 이장은 내가 벌써 했네. 아들이 감옥에서 곧 나온다는 데야 독단으로 처리할 수 없어 지금까지 기다렸네. 내일이면 인부를 동원해 파 옮길 게야. 해서 오늘 밤 안으로 이장을 서두르는 걸세. 암장은 밤이 제격이지."

영태는 노인의 마음 씀씀이에 눈물이 울컥 쏟아질 것 같았다.

"자식노릇 한번 못한 자식 때문에 할아버지께 폐를 끼쳐…"

"그런 소리할 것 없네. 다 산 사람 도리 아닌가. 주인 없는 산에다 암장을 한다고 섭섭하게나 생각 말게. 자네가 나중에 돈 벌어 선산을 마련해서 당당하게 이장하면 고인도 좋아할 게야."

"저 같은 처지에 어느 세월에요."

"쓸데없는 걱정 접어두고 일이나 서둠세."

괭이며 삽을 들고 봉분을 해체했다.

흙이 푸석푸석해서 일은 생각보다 쉬웠다. 땀이 내배기도 전에 괭이가 드러났고 관이 보였다.

"이제부터 조심해서 일을 해야 하니, 쉬었다 하세."

여대 노인은 이마에 밴 땀을 훔쳤다.

노인의 이마는 유난히 번들거렸다. 그것은 흉터 때문이었다.

달빛 속에서도 흉터는 징그럽게 보였다. 마을 사람들은 그런 흉터를 두고 여대 노루 잡듯, 상모 심부름하듯 하고 놀려댔다. 상모 있는 곳이면 여대가 있었고 여대 가는 곳이면 항상 상모가 따라붙었다. 자기 일을 하던, 남의 품팔이를 하던지 밥 먹는 것을 제외하고 늘 싸고돌곤 했다.

해서 장가들어서도 마누라를 끼고 잘 놈들이라고 빈정댔다.

그런데 하루는 여대가 지게를 지고 상모도 지게를 지고 나무하러 갔었다. 한 치 앞을 볼 수 없는 숲 속을 앞서 가던 여대가 덤불 속에서 잠자는 수노루의 뒷다리를 제풀에 놀라 잡았다.

여대는 노루의 뒷다리를 잡고 어쩔 줄 모르다가 뒤에 오는 상모를 불렀다. 그 틈을 타 노루는 남은 다리 하나로 여대의 면상을 냅다 차고 달아났다. 그의 이마에서는 선지피가 뚝뚝 떨어졌다.

여대는 뒤따라오는 상모에게 이마를 싸잡아 쥐고 "집에 급히 기 솜 좀 가져오너라. 어서 가져 오니라." 하고 죽는 시늉을 해댔다.

"솜은 갑자기 왜 가져 오라는 게야?"

"노루가… 아이고 이마야. 노루를 잡으려다, 아이고 이마야."

"그래, 그래, 알았다고. 내 날래 마을에 갔다 오지."

느려터진 상모는 마을로 내달렸다.

"상모 이놈, 발걸음이 왜 이리 더디여. 아이고 나 죽네."

이마를 싸잡고 신음하는 여대 앞에 상모는 "자, 죽창. 어데 노루 잡아 봐라." 하고 사냥할 때 쓰는 창을 내밀었다.

"이 빙신아, 누가 창 가져오라고 했어. 솜 가져오랬지."

"노루 잡는데 솜으로 잡는 병신이 어디 있어."

"아이고 이마야."

여대는 신음하는 상모에게 손을 내밀어 엉뚱한 수작을 했다.

"심부름 값."

그런 일이 있은 뒤, 그들은 별명이 하나 더 늘었다. 여대 노루 잡듯, 상모 심부름하듯 하는 놀림감이 꽁무니를 따라다녔다.

여대 노인은 "영태 들어 보게나. 자네 부친은 어려운 시대를 용케도 버텨 내면서 살아왔다네. 남들은 자네 부친을 팔푼이라거나 배냇병신 취급을 했으나 그의 깊은 속을 아무도 몰랐다네. 남들은 징병이다, 징용이다 하고 끌려갔으나 자네 부친만은 빠졌어." 하고 회고했다.

일제는 태평양전쟁에서 패전을 거듭하다 못해 조선 청년들을 징병으로 끌어냈다. 안동 지역도 예외는 아니어서 임동 지서 순사 둘이 상모를 징병으로 끌고 가기 위해 용계리로 숨어들었다.

상모는 논을 매다가 순사를 보고 달아났다. 그는 강을 건너 도연폭포 쪽으로 내달렸다. 순사 둘이 그 뒤를 죽어라 하고 쫓았다. 상모는 도연폭포를 굽어보는 절벽 위에서 걸음을 멈췄다.

그 틈을 타 순사는 독안에 든 쥐라고 여기고 덮치려들었다.

그러자 상모는 그 꼴에 순사 둘을 가지고 놀듯 위협하는 것이었다.

"이 이상 쫓아오면, 폭포 속으로 떨어져 나, 죽을 기오."

그런데도 순사는 상모를 덮쳤다.

자맥질했다 하면 3분이고 5분이고 물속에서 나올 줄 모르는 숨은 재주를 가졌기 때문에 다리 사이로 날렵하게 빠져 나와 "나 죽으면 당신들 책임지기요." 하고 스무 길 도연폭포로 뛰어들었다.

상모는 폭포 속으로 뛰어들어 자맥질하면서 하류로 오십여 보나 헤엄쳤고 갈대숲을 빠져나와 산 속에 숨어 있었다.

순사 둘은 시체라도 건지려고 했으나 허탕 치고 돌아갔다.

그랬는데 잠복 나온 순사에게 상모는 붙들려 임동 지서까지 끌려갔다. 지서 마당에는 그만 그만한 사람들이 줄지어 있었고 그보다 많은 가족들이 나와 눈물을 쥐어짜고 있었다.

순사가 끌려나온 사람들을 종대로 세우고 인원을 점검했다. 칼을 빼어든 순사가 "자, 앞에서 번호!" 하고 명령했다.

순사의 카랑카랑한 목소리에 비해 끌려나온 사람들은 콩깨묵 죽도 한 그릇 먹지 못해 기운이 하나도 없는 듯이 "하나, 두울, 서이, 너이, 다아앗,

여엇, 니일곱, 여어달, 아호…" 하고 질질 빼며 번호를 붙였다.

"이 조세기노 새끼들, 피죽도 못 먹었냐! 큰 소리로 번홋!"

"하나, 두울, 셋, 너얼, 다섯, 여엇, 일곱…"

"이노무 새끼들, 기합이 빠졌어. 다시 번홋!"

"한, 둘, 셋, 너얼, 닷, 여, 일, 여달, 아, 열, 열하, 열둘, 열서얼, 열넷, 열다, 열여, 열일, 열여, 열아, 스물……"

상모는 어떻게나 번호가 빨리 다가오는지 정신을 차릴 수 없었다.

그는 몇 번째인지 앞에서부터 머리수를 세다 보면 어느 새 자기 차례가 다가오고 앞사람의 차례가 다가오기도 전에 공연히 가슴이 두 근 반 서 근 반 떨려서 도저히 해낼 것 같지 않았다.

상모는 벌벌 떨다가 바로 앞 사람이 "쉰아호." 하면 덩달아 "쉰여얼." 하고 하늘이 무너지라 고함쳤다.

그와 동시에 상모는 군화 발에 채여 나둥그러졌다.

"이노무 조무래기 새끼, 여기가 마누라 치마폭인 줄 알앗!"

거듭해서 번홋 하는 불호령이 떨어졌다.

앞사람이 다급하게 "쉰아호읍."을 하자, 상모는 "쉰열." 하고 악을 썼다. 또 군화발이 날아들었다. 그는 영문도 모른 채 얻어터지기만 했다.

보다 못해 또 다시 번호를 외쳐서 앞 사람이 "쉰아호읍."을 하면, 상모는 "쉰열." 하고 땅이 꺼지라고 고함쳤다.

"이 새끼, 배냇병신 아냐."

순사는 개머리판으로 상모의 어깻죽지를 내려쳤다.

보다 못한 사람들이 이구동성으로 항의하듯이 변명했다.

"팔푼으로 소문 났시더. 났시더, 팔푼으로…"

"상모는 배내빙신으로 지금까지 장가도 못 갔시더."

매몰찬 순사는 사람들의 변명에도 막무가내로 "번홋."하고 외쳤다.

그때마다 상모는 매를 맞아 피를 흘리며 쉰 열을 수없이 반복했다. 그런 병신 짓을 해서인지는 모르겠으나 상모는 늘씬하게 얻어터진 반면에 배냇병신으로 알려져 징병에서 빠질 수 있었다.

"그때 맞아 평생 허리 한번 펴 보지 못했네."

담배 참이나 쉰 뒤, 또 일을 시작했다.

여대 노인은 하얀 장갑을 끼고 관 뚜껑을 열어 젖혔다. 그는 영태더러 창호지를 펴게 하고 뼈를 찾아내어 건네면서 싸게 했다.

그러는 여대 노인은 서툴거나 어색하지 않았다.

도공의 손에서 자기가 빚어져 나오듯 자연스런 손놀림이었다.

그때 학지가 "오른팔 뼈가 없는데요?" 하고 의아해 물었다.

"스스로 좌수라고 했으니 오른팔이 없을 수밖에."

여대 노인은 당연하다는 듯이 말했다.

"……?"

"그것도 홧김에 손을 날린 게야."

밀고 밀리는 무렵이라 수류탄이 흔했든지 마을 청년들은 수류탄을 주워 도연폭포 속에 마구 까 넣었다. 상모로 보아서는 문전옥답이 날아갔고 평생 가꿔온 과일밭이 달아나는 아픔을 느꼈다.

물 속 바위틈의 잉어와 붕어는 부레가 터져 떠내려갔고 쏘가리와 사촌인 꺽지는 허연 배를 드러내고 벌렁 누웠고 메기는 수염이 잘린 채 물 위를 떠돌아다녔고 자라란 녀석은 물 밖으로 나와 네 발을 하늘로 향한 채 죽어 있었다.

바위 틈새에 있는 고기 집들은 다 깨어져 버렸고 낯익은 고기들이 죽어버린 폭포 속은 아무리 무주강산(無主江山)이라지만 그에게는 과일밭도 채소밭도 아니었다.

상모는 홧김에 술을 퍼먹었다. 그리고 수류탄을 가지고 도연폭포로 갔다. 에라, 모르겠다. 하고 난생 처음으로 수류탄을 깐 폭포에 집어넣었다. 그는 폭발음과 함께 정신을 잃고 나가 떨어졌다.

파편 하나가 날아와 오른팔을 찢어놓았다. 해서 남들도 아닌 상모 스스로가 좌수라고 자처했던 것이다.

"자네 어른은 좌수에 걸맞게 진짜 좌수 노릇도 할 위인이었어. 오른팔을 잃고도 상어비인(傷魚卑人)이라고 했으니… 그런 어른이 자네도 알다시피 팔을 잃은 뒤 고기 잡는 일을 질색으로 여긴 게야."

"저는 고기를 잡다 혼도 많이 났어요. 전, 그럴 때마다 아버지만 원망했었는데, 이제 듣고 보니 이해가 되는데요."

"지게를 지고 따르게. 고인을 모셨으니 조심해서 걷게나."

여대 노인은 앞서 걸었다. 영태는 마른땅만 골라 걸었다. 산등성이로 올라서자 여대 노인은 지게를 내려놓게 했다.

"바로 이 자리가 몇 번이나 내 올라와 봐 둔 터네."

여대 노인은 상모의 무덤자리로 평생 채소밭이며 과일밭으로 가꿔오던 도연폭포를 굽어보는 언덕에 마련해 뒀던 것이다.

"달도 웬간히 기울었으니 서둘러 끝내세."

땀을 뻘뻘 흘리며 흙을 파 들어갔다.

광을 마련할 필요도 없었다. 한 길만큼 팠을까.

창호지에 싼 뼈를 하나하나 풀어 사람의 형체대로 밑바닥에 가지런히 놓고 고운 흙을 골라 뿌리고 삽질을 했다.

"봉분을 만들 필요성까지야 어디 있겠는가. 되레 암장한 것이 들통 나기 쉬우니까 말일세. 그 대신 곧은 소나무나 한 그루를 심어 두세. 세월이 지난 뒤에 찾아오더라도 쉽게 알아볼 수 있게."

그들은 평탄작업을 한 다음 여기저기서 떼를 떠다 심고 대충 밟은 뒤에 적당한 크기의 소나무를 캐어 심자 이장은 끝난 셈이었다.

여대 노인은 자리를 펴서 놓고는 간단하나마 제사상을 차렸다.

상이래야 기껏 소주에 명태포, 사과에 배가 하나, 밤이 전부였다.

"이장을 끝냈으니, 잔을 붓고 절을 두 번 하게."

영태는 여대 노인이 시키는 대로 잔을 붓고 절을 두 번 했다.

여대 노인도 잔을 붓고 절을 하더니 눈물이 그렁그렁했다.

"영태, 자네 나중 명당자리로 꼭 이장하게."

여대 노인은 수건으로 눈을 닦으면서 만감에 사로잡힌다.

그 중에서도 한 가지 일만은 잊히어지지 않았다.

"남들이 보기엔 어수룩했어도 어른은 대쪽 같은 면이 있었어."

상모는 손재간이 남달랐다. 그의 손을 거쳐 갔다 하면, 채반이고 광주
리고 매끈하게 새 물건이 되어 있었다.

그런데 그 어떤 재간보다도 상모에게는 물가에서 자라서인지 자맥질
은 아무도 따르지 못했다.

자맥질을 했다 하면 3분이고 5분이고 물속에서 고기를 잡아냈다.

상모가 즐겨 자맥질하는 곳은 도연폭포였다. 도연폭포 속으로 자맥질
했다 하면 못 잡아오는 고기가 없었다.

상모는 늘 자랑했었다.

"도연폭포는 문전옥답이여. 내게는 채소밭도 되고 과수원도 되지."

그의 말을 그대로 옮긴다면, 잉어나 붕어는 땅바닥에서 물이끼를 뜯다
가 나 여기 있소 했고, 쏘가리나 꺽지는 바위 틈새에 붙어 피라미를 기다
리다가 나, 여기 대기하고 있소, 했다.

메기는 수염을 길게 드리우고 뱀장어는 흰 배를 허옇게 내보이며 나 여
기 대령하고 있은 지 오래외다 했고, 자라란 놈은 물 밖에 나와 눈과 코빼
기를 내밀며 나 잡아 잡수소 하는 데야 잡지 않을 수가 있겠냐고.

해방이 된 이듬해 여름이었다.

군수가 유지들을 대동하고 도연폭포로 야유회를 나와 폭포 옆 송정(松亭)에 자리를 마련하고 둘러앉았는데 사람들로 들끓었다.

수행원들도 많았으나 구경꾼들이 보다 많았다.

군수 영감은 기생의 지화자도 좋았고 유지들의 입에 발린 아첨도 좋았으나 낙동강 중에서도 가장 맑고 깨끗하다는 도연폭포로 나들이를 나와 명물인 쏘가리며 메기 회를 먹지 못해 서운해 했다.

이를 눈치 챈 유지가 상모를 데려오게 했다.

유지는 정자 아래 대령하고 있는 상모더러 "자네, 군수영감 대접하게 고기 좀 잡아 오게." 하자 그는 뒷머리를 긁적이다가 "맨입으로 어디 되나요." 하고 퉁명스럽게 응수했다.

"허허, 누가 자네더러 맨입으로 잡아 달랬나."

"그렇다면 얼마짜리로 대령할 깝쇼?"

"저런 고연놈 같으니. 얼마짜리라니. 고기도 잡지 않고 금부터 하려 들다니. 여보게, 잡아다 놓고 금을 하게."

"지도 나름대로 계산이 있수다. 잡은 고길 물에 되돌려 넣을 수도 없고, 그렇다고 무턱대고 잡다가는 씨를 말릴 테고. 더욱이 모자란다고 해서 두 번 잡으러 뛰어들기는 싫으니 말입니다."

"손님 수 헤아려 잡아 오게. 값은 달라는 대로 주지."

"그럼, 좋디더. 팔뚝만한 메기하고 다리만한 쏘가리로 댓 마리 잡아서 먹기 좋게 대령하겠시더."

상모가 도연폭포 속으로 들어간 지 채 한 시간도 못 되어 주안상이 들어왔는데 커다란 쟁반마다 아가미를 벌렁거리는 메기며 쏘가리가 놓여 있었다. 고기를 잡아 기고만장하는 상모를 두고 사람마다 군수영감 알기를 우습게 여긴다고 끼놈 하고 째려보고 노려보았다.

누구보다도 임동 면장이 나서며 불끈해서 상모를 욱질렀다.

"자네가 우리를 회롱하자는 겐가, 정말 그런 것인가?"

"회롱하다니요? 감히 어느 안전인데요."

"고기를 잡은 채 상에 올리면 어떻게 먹을 수 있어?"

"뭔 소리를 하는 기요? 지는 요, 잡은 채로 올린 것은 아닌디……"

상모는 의미심장한 미소를 지었다.

"여보게, 가져가 회를 쳐오게. 그래야 먹을 게 아닌가?"

상모는 짐짓 젓가락을 집어 들고 능청을 떨었다.

"자, 어르신들 잡숴 보이소."

"점잖은 사람이 어디 먹겠는가. 자네나 먹게."

"그럼, 먼저 실례하겠니더."

상모는 상에 오른 고기에 젓가락을 갖다 댔다.

좌중은 상모의 솜씨에 감탄을 자아냈다.

젓가락이 닿기도 전에 고기는 꿈틀하고 움직였고 껍질이 훌훌 벗겨지며 속살을 허옇게 드러냈으며 보기 좋게 썰려 있을 뿐만 아니라 먹기 좋게 회를 친 살코기가 드러났기 때문이었다.

상모는 고기 한 점을 집어 회고추장에 듬뿍 묻혀 입에 넣고 먹성 좋게 씹었다. 군수영감에 앞서 교자상에 올린 음식을 먼저 먹는 능청을 떨었으나 그 누구도 나무라는 사람이 없었다.

술좌석이 무르익었다. 기생의 지화자 소리가 도연폭포를 압도할 때까지 상모는 그 흔한 술 한 잔도 얻어걸리지 못했다.

그것은 군수영감보다도 회를 먼저 먹은 능청이 얄미워서였다.

상모는 이제나 저제나 하고 연신 눈을 껌벅이고 있는데 좌중의 한 사람이 못마땅해 했던지 그에게 대놓고 빈정거렸다.

"이 자리에선 공술이라곤 없네. 시라도 한 수 지어야 하는 게여. 시 짓지 못한 사람은 술잔이 없네. 그러니 시라도 지어야 하네."

"그럼, 벌주라도 없니껴? 그러지 말고 한 잔만 주기오."

"시도 짓지 못하는데 벌주가 어디 있어."

"그럼 좋니더. 지도 시를 지으면 술을 주니껴?"

"그야 지당하지. 지어 보게. 자네 주제에 어디 짓겠는가?"

"내 문자 속은 모르니끼, 받아 쓰이소. 부를시더."

"자신만만해 하니, 어디 어떤 문자가 나오나 두고 봄세."

야유가 섞인 음성이 뒤따랐다.

그는 눈을 지그시 감았다가 뜨면서 "문은 문인데 좌로 보나 우로 보나 임금일세." 하고 첫 구를 읊조렸다.

"무슨 자, 무슨 잔고? 다시 한번 들어봄세."

"문자 속이나 들었다는 사람이 그것도 모르시더. 문은 문인데 좌로 보나 우로 보나 임금 군이란 말이니더."

"자네, 언문 섞어 지었구나."

"언문 넣어 지으면 안 되는 기오?"

"問은 問인데, 좌로 보나 우로 보나 임금 君이라. 그 다음은?"

"문은 문인데, 문 안에 구가 들어 앉았시더."

"問은 問인데, 門안에 口가 들어갔다. 무슨 뜻인고?"

"지가 당신들을 가르쳐야 직성이 풀리는 기오?"

상모는 종이에 물을 問을 쓰고 그 한가운데다 선을 내리그었다. 그리고 선을 중심으로 해서 좌로 보아도 君, 우로 보아도 君, 어디로 보아도 임금 군이니 임금이 될 상이라고 능청을 떨었다.

누군가 허참 그렇고만 하고 혀를 차며 감탄했다.

"그건 그렇다 치고, 그리고 다음 구는?"

"問은 問인데, 남의 門 안에 입(口)을 들이밀었으니 거지요, 밥 좀 주시오 하는 거지 신분을 못 벗어나겠다는 뜻이니더."

"남의 대문 안에 입이 들어갔으니 거지라, 옳거니!"

갑자기 좌중에서 무릎을 탁 치는 소리가 났다.

어떤 사람은 무릎을 거푸 치더니 "장원일세, 장원이야. 자네가 언문 섞어 장원했네." 하고 해프닝을 연출했다.

상모는 그러거나 말거나 대접을 들고 앞으로 쑥 내밀었다.

"자, 이제 한 잔 따르기나 하기오."

"……"

그는 유지가 따르는 술도, 면장의 술도 받지 않았다. 군수영감이 따라 주는 술을 받아 단숨에 마셔 버리고 또 잔을 썩 하니 내받았다.

"뱃심 하나는 대단했지. 그 일을 두고 한동안 화제가 됐었네. 그렇다고 세상 물정을 모른 것도 아니었다네. 자네 부친은 살생의 죄의식도 지녔고 업보의 무서움도 안 사람이야. 자네 부친이 아침을 자시는 것을 자네는 보지 못했을 걸세. 그 까닭이 있었지."

하루아침은 상모가 지례(知禮)에서 돌아오고 있었다. 돌아오는 길에 상국란(上菊蘭) 마을에서 바우 노인을 만났다.

"자네 아침은 얻어먹고 오는가?"

"그게 말이라고 하니껴. 얼큰하게 한 잔 했니더."

상모는 보란 듯이 되레 능청을 떨어댔다.

"자네는 그래, 어디서 해장을 했는가?"

"해장은 무슨 해장을 했다고…"

"내 보니끼, 해장을 하고도 남음이 있음세."

"아, 글씨요. 고망 소를 지나는데 방구 위에 앉았던 자라란 놈이 모조리 물속으로 숨더라. 기놈들이 물속으로 숨으면서, '저 상모 때문에 내 조부도 죽고 부모도 죽고 자식도 다 죽었제. 시상에 흉측스럽기 이를 데 없는

놈.' 하고 욕하는 것 같아 해장을 널부르지게 안했능기오.”

“알기는 아네그랴. 내 모르는 줄 알았는데.”

“세상에 나 아니면, 어느 누가 욕으로 해장을 걸차게 하겠능교.”

“며칠 굶어도 배고픈 줄 모르겠네.”

“그럴시더. 앞으로 내 아침을 굶을시더. 두고 보이소.”

상모는 그 길로 죽을 때까지 아침을 먹은 적이 없었다.

영태는 일어서서 노인에게 큰절을 올렸다.

“할아버지, 오늘 일은 두고두고 잊지 않겠습니다. 고맙습니다.”

“자네가 고맙다고 할 것 없어. 다 산 사람의 도리이니…”

“안녕히 계십시오, 어르신.”

“시장할 터이니, 늦은 아침이나마 한 술 뜨고 가지.”

“아닙니더, 어르신. 그냥 가겠니더. 그럼, 강녕하십시오.”

영태는 노인과 헤어져 곧장 하류로 내려갔다.

강을 건너 도연폭포 쪽으로 갔다. 그는 도연폭포를 한눈 아래 굽어보는 바위 옆에 우뚝 섰다. 도연폭포는 물이 적을 때는 폭포였으나 큰물이 지나면 폭포의 흔적도 찾아볼 수 없는 폭포였다.

폭포를 에둘러 나가는 큰 흐름과 폭포 사이에는 산이 하나 있었고 그 산 위에는 소나무 한 그루가 폭포 위로 가지를 드리우고 있었다.

상모 노인은 왼손 하나로 그것도 노인답지 않게 그 나무에 올라가 폭포 위로 드리운 나뭇가지에 걸터앉아 앉은자리 베기를 했었다.

바로 임하댐 공사가 시작되고 수몰민의 보상 문제가 마무리되면서 보상비가 찔끔찔끔 나올 무렵이었다.

상모 노인은 보상비 수령을 단호히 거절하고 안동을 드나들면서 시장을 만나거나 군수를 만나 좌우 대토를 강력히 주장했다.

그러나 그 주장이 받아질 리 없었다. 시가 이상으로 보상해 주었으며 정부로서도 하는 데까지 다했다는 것이었다.

상모 노인은 매일 군청 앞에서 좌우 대토 실현하라는 피켓을 들고 연좌 데모를 했다. 그때마다 직원들에 의해 차에 태워져 용계리로 돌아올 수밖에 없었다. 더욱이 늦게 둔 자식을 믿고 대학까지 보냈었는데 그 자식 놈마저 운동권에 말려들어 퇴학까지 당하고 집에 와 놀고 있었다.

속이 상한 노인은 아들을 데리고 삼십 년이나 얼씬도 않던 도연폭포로 갔다. 그는 아들을 폭포 앞에 세워놓고 나무에 올라 가지에 걸터앉았다. 걸터앉은 안쪽에 톱질을 해댔다.

"영태 너, 이제 니 애빌 지켜 봐. 너 톱질을 하더라도 못난 애비처럼 앉은자리 안쪽에다 톱질은 해선 안 돼. 내 시상을 헛살지 않았다면 이것을 깨달은 점이니끼. 시상에 제일로 조심하고 삼갈 것도 앉은자리 베는 것과 조금도 다르지 않아. 어디 시상에 나 말고 앉은자리 베기 하는 못난 사람 또 있다더냐. 나 하나로 족해."

그는 정색하듯이 슬금슬금 톱질을 하다가 가지가 찌이찍 찌익 하고 부러지면서 폭포 속으로 떨어져 죽음을 맞이했던 것이다.

여대 노인이 들어 그의 무덤을 평생 채소밭으로 과일밭으로 가꾸어 오던 도연폭포를 굽어보는 언덕에 썼었다.

이제 영태는 마을 사람들을 원망하거나 탓하지 않았다.

마을 사람들은 용계리가 댐 공사로 유례없는 수해를 입었을 때, 영태에게 찾아와 마구 충동질해댔었다.

모든 피해의 원인은 댐 공사의 가(假)물막이 때문이라고, 집단으로 항의하러 가는데 선두에 서 달라고 했다.

영태는 주동이 되어 선두에 서서 마을 사람들을 이끌고 댐 공사장으로 가서 항의하면서 기물을 파괴했었다.

그때는 영태, 잘한다고 박수를 쳤었는데 당국이 강력하게 대처하고 그를 교도소에 집어넣자 단 한번도 면회 온 사람이 없었다.

영태는 아버지가 앉은자리 베기 하던 소나무로 가서 톱질을 해 넘어뜨렸다. 다시는 앉은자리 베기를 하지 않으려는 듯이.

달은 서산에 걸려 있었다. 영태는 달빛 그림자를 골라 밟으며 도연폭포를 떠나 정한 곳도 없는 대처를 향해 어둠 속으로 사라졌다.

그가 사라진 자리에는 달빛 그림자만 휑뎅그레 남아 있었다.

*1993년, 말도 많던 용계리 은행나무는 19억 원을 들여 지상 30여 미터로 들어 올렸고 도연폭포는 물이 차 흔적도 없이 사라졌다.

제2부
중편소설

헌내리 사람들
조용한 눈물
하얀 두더지
세상에서 가장 오랜 시간에 걸쳐 쓴 편지

해설/ 숙명적 비애와 삶

현내리 사람들

벌써 20년도 더 지난 일이지만 그 당시 나는 현내리(縣內里)에 간 적이 있었다. 현내리는 강원도 고성군에 있는 최북단 마을인데, 내가 그 마을을 찾아가게 된 것은 르포기사로 소개된 휴전선 남방한계선 안에 위치한 마을인 명파리(明波里)를 찾아보기 위해서였다.

그때는 여러 가지 제약이 있어 들어가지 못한 채 헛걸음만 했었다.

그런데다 뜻밖의 봉변까지 당했었다.

나는 주민에게 어디로 가면 더 북쪽으로 갈 수 있느냐고 물은 것이 수상한 사람으로 낙인이 찍혀 신고를 당해 곤욕을 치렀다.

무궁화 잎에게 연행 당했고 지서로 끌려가 신분증을 제시했는데도 제복은 개인택시를 대절해서 뒤쫓아 온 비용도 나올 것 같지 않았던지 나를 본서로 넘겨 버렸다. 해서 나는 본의 아니게도 정보과로 끌려가 구금상태로 몇 시간 갇혀 있다가 결국 서울로 비상전화를 해서 신분이 확실함을 조회한 다음에야 밤늦게 풀려날 수 있었다.

나는 이래저래 맨입에 키니네를 씹어 먹은 것 같이 기분을 팍 잡쳐 여행을 포기하고 돌아왔었다.

그리고 10년도 더 지나서였다. 나는 재차 현내리에 갔었다.

지금은 주민등록증을 제시하고 안보교육관에서 교육만 받으면 누구나 남방한계선을 넘어 통일전망대로 가서 북녘 하늘을 바라볼 수 있다.

나는 교육을 받고 통일전망대로 들어가다가 남방한계선 초소에서 교육확인증을 주기 위해 잠시 지체하게 되었는데 누구나 무심코 보아 넘기기 쉬운 녹슨 철조망으로 우연히 눈이 갔다.

휴전선 남방한계선 바로 10미터 지점, 이 땅의 행정력이 미칠 수 있는 최북단, 묘비도 없는 초라한 무덤이 내 시선을 끌었던 것이다.

그것도 7월 말 경이었는데 벌써 벌초까지 끝낸 무덤, 한동안 가슴이 뭉클했었다. 그리고 돌아오는 길에 어떤 노인을 만났는데 노인의 첫인상은 너무나도 강렬했었다. 나는 우리 시대의 또 다른 신화를 보는 듯해 한동안 주눅이 들었고 깊은 인상을 안고 돌아왔었다.

이제 이 글은 무명의 글쟁이로서 그 노인에 대한 지나온 삶을 몇 년에 걸쳐 찾아내어 얽은 이야기거니와, 이야기를 하기 전에 나는 저간(這間)의 사정을 독자에게 미리 밝혀둔다.

지루하게 달려온 버스가 진부령(陣富嶺)을 넘어서서야 나는 현내리에 가고 있다는 것을 실감했고 동시에 몸이 저려왔다.

그런 느낌은 현내리를 갈 때마다 한결같았다.

나는 중학교 때부터 서울로 유학을 온 뒤로 방학하는 다음 날이면 어김없이 고향으로 달려갔었다.

그 이유는 서울생활에 적응하지 못한 탓도 있었으나 고향이 짠한 데다 언제라도 할아버지 품안에 들고 싶은 끈끈한 정 때문이라고 할 수 있었다. 그것도 떠나기 전날 밤은 뜬눈으로 밝히고 새벽이 되기가 무섭게 마장동으로 달려가 버스에 올라앉으면 간밤에 안달했던 마음과는 달리 현내리로 가고 있다는 사실을 느끼지 못했다가도 진부령을 넘어서기만 하면 고향에 가고 있다는 현실에 온몸이 저려오곤 했었다. 내 나이 서른이 넘었는데도 현내리를 가고 있는 심정은 달라지지 않았다.

창 바깥으로 스쳐 지나가는 단풍은 말뿐이지 화려하게 치장했던 옷들은 벌써 겉말라 버려 우중충했고 그런 탓인지 등산복 차림의 관광객이 없는 버스 안은 썰렁했다. 지금쯤 서울서 함께 타고 온 사람들은 태반이 내렸고 인제나 원통에서 탄 사람들이 좌석을 차지하고 앉았다.

버스는 산을 감고 소라고둥 같은 급한 구비를 수없이 돌아 나와 집 한 채도 없는 진부리로 들어섰다. 진부리는 마을이 있었다는 흔적만이 남아 있을 뿐 집도 절도 없는데 최초로 할아버지를 생각나게 하는 비석이 도로변 잡초 속에 묻혀 있었다. 그것은 다른 것이 아닌 향로봉지구전적비로 젊은이들의 피 흘린 비석이었다.

할아버지는 늘 말씀하셨다.

"향로봉전투 덕분에 우리가 이만큼이래도 북으로 올라와 살 수 있었던 게야. 하기야 고향을 지적에 두고 안타깝기 그지없긴 하지만. 현내리에 살 수 있게 된 것만도 얼마나 다행인지."

그런 탓으로 할아버지는 숱한 세월을 가슴앓이로 살아왔는지 모른다.

내가 집안으로 들어서면 할아버지는 말씀하셨다.

"비싼 차비 들여 뭣땜시리 왔어?"하고 큰절을 올리자마자 나를 데리고 집집을 찾아다니면서 알고 있는 사실인데도 "이놈이 내 손자라네. 서울서지 할비가 보고 싶어 방학하는 다음날로 달려왔다는 게야. 인사를 해야지. 이 어른이 내가 말하던 늘 옛날 송도진리서 함께 산 치일네라구, 이 할비하구는 옆집에 살았어. 어서 마루로 올라가 큰절로 인사를 하거라." 하고 막무가내로 데리고 다니면서 인사를 시키셨다.

그러시는 할아버지는 손자가 대견해서가 아닌 듯했다.

고향 사람을 한 사람이라도 잊게 할 수 없다는 아니, 자라는 손자에게 고향을 잠시도 잊게 할 수 없다는 비장함이 서려 있었다.

"이 댁은 포외진리에 살았던 덕칠네라고, 너도 들어서 알고 있을 게야. 이 할비하군 한 마을에서 자란 불알친구나 진배없어."

할아버지는 송도진리 누구누구 댁이며 포외진리 거시기며 뭐시기하는 집하며 쉰 여 호수를 두루 돌아다니며 일일이 인사를 끝내야 나는 할아버지 손에서 풀려날 수 있었다. 당시만 해도 나는 할아버지가 한없이 원망스러웠다. 열 시간이 넘게 비포장도로를 털털거리며 달려온 손자를 쉴 짬은 그만두고라도 데리고 다니면서 인사를 시키는 것이 마치 코뚜레에 멍에를 지고 밭이랑에 처음 들어선 송아지가 죽을 둥 살 둥 모르고 뻗대는 것처럼 내심으로 불만이 팽배했었다.

그랬던 것이 내가 할아버지를 진정으로 이해하게 된 계기는 6.3사태로 조기방학이 되어 고향에 온 바로 그때였다.

나는 현내리가 고향이라고 했으나 실은 내가 태어난 곳이 아니라 내가 자라면서 초등학교를 다닌 곳이었다.

그런 현내리인데도 할아버지는 현내리를 제2의 고향으로 치부해 두고 태어나 살았던 고향으로 돌아갈 수 있는 절체절명의 지점처럼 생각하고 계셨다. 그런 탓으로 나는 시간이 남아돌기도 했으나 할아버지를 이해하겠다는 생각으로 현내리에 애착을 가지게 되었다.

현내리의 일흔 가구 중에서 쉰 가구가 바로 송도진리(松島津里)와 포외진리(浦外津里)에 고향을 둔 사람들이었다.

인간이 저지른 악행 중에서 고향을 두 동강이로 만든 악행보다 더한 악행은 세상에 도시 없을 것이다. 남방한계선 바로 안에 포외진리를 옭아매고 북방한계선 바로 안에다가는 송도진리를 묶어둔 채 그 한가운데를 군사분계선인 휴전선, 세계 어느 지도에도 나와 있지 않은, 경도도 위도도 없는 인위의 선이 매정스럽게도 두 마을을 갈라놓았다.

현내리 사람들은 군사분계선 안, 그것도 지금 살고 있는 이곳 현내리로

부터 삼십 리 거리도 채 못 되는 송도진리나 포외진리가 대부분 고향이다. 태어나 살았던 고향을 군사분계선 안에 두고 사는 셈이다.

일체 오갈 수는 없어도 아가의 비애처럼 바라볼 수 있는 곳, 법이 허용하는 최대한 북쪽까지 올라와 마을을 형성했다.

그리고 통일이 되면 누구보다도 먼저 고향에 발을 들여놓을 수 있다는 비원을 짊어지고 살아가고, 아니 살아주고 있었다.

지금 버스는 재를 완전히 벗어나 평탄 대로를 달리고 있었다. 나는 몸에서 힘을 빼고 있었으므로 버스의 덜컹거림에 몸을 그대로 맡기고 있는 셈이었다. 버스의 덜컹거림이 현저하게 줄어들었다.

차창 바깥에서는 바다 냄새를 담은 바람이 달려와 나의 드러난 살갗을 사정없이 긁어놓더니 맞은편 좌석으로 달려갔다.

"선생님, 창을 좀 닫아주실 수 없겠어요?"하는 해맑은 목소리가 반 수면상태에 있는 나를 흔들어 깨웠다.

이어 그 목소리는 10월 말의 햇볕과 아직도 추위에 낯선 사람들의 살갗은 스쳐보지도 않았다는 천진스러움은 물론 지금 버스가 달려가고 있는 길을 에워싼 채 산줄기 저쪽 끝에는 바다가 있다는 갯내음, 그런 모든 것들과 이상스럽게도 한데 어울려 나를 엄습했다.

나는 건너편 좌석으로 눈을 던졌다.

그 좌석에는 햇볕의 신선한 밝음과 살갗에 탄력을 주는 공기의 저항을 받은 것 같은, 아니 해풍에 섞여 있는 소금기와 같은 아가씨가 화사한 미소를 머금은 채 나를 바라보고 있지 않는가.

나는 나도 모르는 결에 차창을 닫고 말았다.

"미안해요. 저 때문에 신선한 공기를 쐬지 못하게 돼서요."

이번에는 저음의 가수 같은 목소리가 다가와 내게 매달렸다.

"아, 아니, 천만에요. 저도 닫을까 말까, 생각하고 있었습니다."

"그만 일로 얼굴을 붉히시고, 순진도 하셔라. 선생님은 초행이 아니신가 봐요. 눈빛이 그렇다는 것을 말해주고 있답니다."

아가씨는 방긋 미소 지으면서 말했다.

"현내리라면 제게는 나고 자란 고향이나 다름없습니다."

"아, 고향이셔요. 그러시다면 조용한 장소 정도는 알 수 있겠네요. 가끔 산책을 즐길 수 있는 장소가 있으면 더욱 좋겠고요."

그렇게 말하면서 그녀는 비어 있는 내 옆 좌석으로 자리를 옮겼다.

"언뜻 보아도 댁은 현내리가 초행으로 보입니다."

"네, 맞아요. 저로서는 생전 처음이에요."

"차림새로 보아 놀러 가는 것 같지는 않고…"

"네, 그래요. 놀고 있는데 갑자기 발령이 났지 뭐예요. 해서 부랴부랴 달려오느라고 마음의 준비조차 마련하지 못했답니다."

그녀는 갑작스런 환경의 변화에 불안을 느끼는 듯했다.

"저, 초임이십니까?"

"네, 그래요. 선생님은 고향이시니까 좀 도와주세요."

"도와주긴요. 현내리에 가면 곧 정이 들 텐데요. 안개 속에서 생활하다 보면 모든 것을 망각하게 될 테고요."

"남은 걱정돼 죽겠는데 낭만적인 말만 하시네요."

"사실을 알려주었을 뿐입니다."

현내리는 대한민국 최북단 마을이라는 유명세 이외에도 명물은 있었다. 화진포(花津浦) 해수욕장을 비롯한 주변 일대의 해안 경관, 휴전선 부근에서 잡히는 명태, 오징어 등 해물, 오염되지 않은 청정해역에서 따는 미역, 해삼이 유명했으나 임자 없는 안개는 정말 일품이었다.

아침마다 잠자리에서 일어나 바깥으로 나오기 무섭게 현내리는 지척을 분간할 수 없는 안개에 흔히 휩싸이곤 했다.

안개는 동해 바다에서 피어올라 서서히 현내리를 감싸고 태백연봉에서 용트림을 한 채 아침을 맞이한다.

안개는, 금강산의 줄기가 뻗어 내린 골짜기마다 용트림을 한 안개는 무명 장인이 빚어 만든 무아의 작품을 연상케 했다. 그것도 단순한 작품이 아닌 현내리의 배후에 자리한 산들을 보이지 않는 먼 곳으로 유배시켜 놓은 것 같은 그런 안개였다. 해서 현내리의 안개는 마치 이승에 한을 품고 매일 밤 찾아오는 여귀(女鬼)의 입김과도 같았다.

여귀의 입김과도 같은 안개, 때로는 입석리(立石里) 앞 백바위마저 삼키고 멀리는 해금강을 집어삼키고 그것으로도 부족해서 가끔은 바다 속으로 노인들을 유혹하기까지 했다.

그런 안개는 해가 중천으로 떠오르고 바람이 바다 쪽에서가 아닌, 산맥 쪽에서 불어와 안개를 바다로 밀어 넣기 전까지는 노인들의 나약한 힘으로는 어떻게 해 볼 수도 없었다.

거대한 성벽과도 같은 안개는 가까이 살고 있는 사람들마저 멀리 떼어 놓았다. 생각은 할 수 있어도 접근할 수 없는 고향과도 같은 안개, 현내리의 안개는 9월말부터 11월 중순까지가 절정기였다.

이때 만나는 안개는 애타게 북녘을 부르게 했으며 그런 안개를 두고 현내리 사람들은 망각을 모르는 사신이라고 불렀다.

바다에서 피어오른 안개도 일품이다.

"전임자가 죽었다나 봐요. 바다에서 익사체로 발견됐대요. 덕분에 일자리를 얻어 가는 길이지만 왠지 불안해요. 절 좀 도와주세요."

그녀는 불안을 내세워 계속 말을 걸어왔다.

"제가 도울 일은 아마 없을 겁니다."

"누군가 곁에 있다는 것만으로도 위안이 될 수도 있잖아요."

"돈 드는 일도 아니니 생각해 보겠습니다."

"아이 좋아라. 이젠 됐어요. 불안감이 다소 가신 듯합니다. 저, 이금지 (李錦枝)라고 해요. 현내 초등학교에 발령을 받아서 가는…"

"아, 그렇습니까? 제 모교입니다. 반갑습니다."

"그러셔요. 이런 우연도 다 있다니…"

"천유일(千唯一)이라고 합니다. 후배들을 잘 부탁드립니다."

그러자 기다렸다는 듯이 금지는 서슴없이 손을 내밀었다.

그녀는 구김살 없이 자랐는지 무척 발랄했다.

나는 나를 만나고 싶으면 현내리에서 북쪽을 잘 볼 수 있는 집, 천대희 (千大熙) 노인 댁을 찾으라고, 그것도 당분간이라고 단서를 달았다.

버스는 속초와 갈라서는 삼거리를 지나 초도리를 앞두고 있었다.

대진, 거진을 지나면 현내리로 들어설 것이었다.

"바다가 보이네요. 전, 동해 바다는 처음 봐요."

그녀의 말은 정감이 뚝뚝 떨었다.

그러나 그것은 바다가 아니었다. 화진포다. 바닷물에 휩쓸려 내려온 사 빈(砂濱)으로 석호(潟湖)였다.

"처음 보는 사람들은 흔히 바다라고들 하지요. 그러나 그것은 바다가 아닌 호수로 화진포라고 합니다. 동해안 최북단에 위치한 화진포 해수욕 장이 바로 호수 곁에 붙어 있습니다."

"아, 그러셨어요. 전 그런 줄도 모르고 그만……"

말끝을 흐리면서 그녀는 시무룩했다.

나는 보기가 딱해 "시간이 있으면, 한번 안내해 드리리다." 하는 말을 했고 그녀는 "세상에 고맙기도." 하며 이내 밝은 표정으로 돌아섰다.

나는 이금지 때문에 잠시 현내리를 잊고 있었다.

그렇다고 해서 현내리라는 절체절명의 쇠사슬에 매여 살았다는 것은 아니다. 남들이 부러워하는 직장을 그만두고 오퍼상이라도 경영해 볼까 하는 지금에 이르러 그 어느 때보다도 현내리를 생각했고 가지가지 생각 중에도 그것도 할아버지를 잊어본 적이 없었다.

10.26사태로 경악과 당혹의 아침을 보내고 정오가 가까워 올 무렵, 전보 한 통이 날아들었다. 그것은 할아버지로부터 온 전보였다.

'유일할비위독니할비가'.

할아버지가 위독하다는 것은 거짓말일 것이었다.

할아버지는 이번 사태로 서울엔 온통 난리가 난 줄 알고 손자를 안전한 현내리로 불러 내리고자 해서 친 전보였던 것이다. 그런데도 나는 전보를 받은 즉시 달려오지 않을 수 없었다.

나는 태어난 지 얼마 되지 않아 어머니를 잃었다. 그것도 일제 징용에 강제로 끌려갔다가 붉은 물이 든 아버지 때문이라고 철이 난 뒤 알았으나 나는 아버지를 원망하지 않았다.

아버지는 해방이 된 바로 이듬해, 붉은 별을 달고 고향에 홀쩍 나타났었다. 그런데 그렇게 금실이 좋다던 아버지는 어머니와 잠자리를 함께 하려 하지 않았다. 아버지는 할아버지의 성화에 못 견뎌 하룻밤 잠자리를 함께 했을 뿐 영원히 등을 돌렸다.

그것이 내가 태어난 계기가 됐지만.

어머니는 인근 동네뿐이 아닌 백리 바깥까지 처녀 좋다고 소문이 자자했었다. 결혼도 아버지 편에서 죽네 사네 매달려 겨우 성사된 혼인이었다. 그랬는데도 아버지가 어머니를 소박했다는 데 대해 나는 지금도 이해가 되지 않았다. 다만 어머니는 지주의 딸이라는 흠뿐. 해서 출세에 지장이 따른다는 핑계는 있을 수 있었다.

내가 어머니의 젖 맛을 알 무렵, 아버지의 어깨에는 별이 번쩍였고 바지에도 붉은 금테 줄이 번지르르했다.

아버지가 고문관으로 모시고 있는 로스께 소좌 동무는 어머니에게 눈독을 들였다. 그런 눈치를 챈 아버지는 소좌 동무에게 어머니를 강제로 안겨주었다. 어머니는 불같은 아버지의 성화를 견디지 못해 소좌 동무와 한방에 든 다음날 아침, 백바위 바닷가에서 퉁퉁 부은 시체로 떠올랐었다. 그로부터 할아버지의 한숨 소리는 집안을 침몰시켜 갔다.

할아버지는 6.25 한국전쟁으로 국군이 북진을 했을 때였다.

이번에는 피난을 가지 않고 산 속에 숨어 지내다가 마을로 돌아와 치안대를 조직해서 잔당소탕에 앞장을 섰었다.

국군이 후퇴하자 그들을 따라 울진인가 하는 곳까지 두 번째 피난을 갔었다. 재차 북진했을 때는 휴전과 더불어 남보다 먼저 한 발이라도 고향이 가까운 현내리로 들어와 발을 붙였던 것이다.

나를 키운 사람은 할아버지였다.

버스는 현내리로 들어섰다. 현내리는 시멘트 기와와 슬레이트 지붕이 넘어가는 석양을 등져 우중충한 모습을 드러내고 있었고 갯내음이 버스 안으로 달려들었다가 이내 물러났다.

현내리는 텅 비어 있었고 사람들은 멍청히 처마 밑에 앉아 있었고 아이들은 기우뚱거리며 늘어진 그늘 속을 걸어가고 있었다.

석양의 노을만이 바다 위에서 끓었고 살아 있는 것이라곤 파도 소리뿐 정적 속의 현내리는 어둠을 뱉어내고 있었다.

나는 버스에서 내려 언덕을 향해 올라갔다. 바다에서 피어오른 안개가 땅바닥에 누워 있다가 걸음을 옮길 때마다 다리로 감겨들었다.

바다에는 어선의 집어등이 드문드문 나타났고 그것도 자욱한 안개 때문에 점점 빛을 잃어가고 있었다.

"어서 온나. 오늘은 안 오는 줄 알고 돌아서려는 참이었다."

그러는 그 분은 할아버지였다. 오후 내내 정류장을 내려다보며 손자가 나타나기를 기다렸다가 마중을 포기하고 돌아서는 길이었다.

"할아버지, 위독하시다더니, 웬 일로 예까지 마중을 나오시고."

"너를 내려오라고 해 놓고선 방안에 누워 있을 수 있어?"

"그렇다고 해도 집에 그냥 계시지 않으시고 나오셨어요."

"그래, 시국은 어떻게 돌아갈 것 같으냐?"

"시간이 흘러 봐야 사건의 전모가 드러날 것 같습니다."

"국부를 시해하다니 말세인 게야."

할아버지가 언덕까지 마중을 나온 적은 전에도 있었다.

바로 7.4 남북공동성명을 북쪽에서 일방적으로 파기하고 비방이 재개되었을 때였다. 뜻밖에도 '유일할비위독니할비가'하는 전보가 날아들어 근무 중인 나를 당혹케 했었다.

나는 만사 제쳐두고 현내리로 달려갔었는데 위독하시다는 할아버지는 언덕에서 기다리고 계셨다.

할아버지는 달려오는 나를 보시더니 "통일될 가망이 영영 사라진 건 아니겠지" 하고 절망에 가까운 신음을 토해냈었다.

"어디 그렇게 쉽게야 통일이 되겠습니까? 지금껏 속고 속아 가면서 살아 오셨잖아요. 또 속고 살 수밖에요."

"또 속아? 내 이 나이 되도록 속고 또 속고 살아왔는데, 또 속아?" 하는 할아버지의 음성은 의외로 절망적이셨다.

저녁상을 물린 할아버지는 물었다.

"나도 이제 정신이 깜박깜박 한다. 올 해 네 나이가 몇이냐?"

"새삼스럽게 나이를 다 물으시고. 서른셋 아닙니까?"

"네 할비 나이는 알고 있는 게야?"

"할아버지 연세를 모른대서야 손자 된 도리라 할 수 있겠습니까?"

"일흔아홉, 많이도 산 게지."

"할아버지, 오늘따라 참 이상하시다. 뭣 때문에 그러셔요?"

"이상하긴 뭐가 이상해. 나로서는 일흔 들고부터 나이타령을 한 셈이야. 그로부터 아홉 해가 흘렀으니, 이제 죽어도 좋을 나이인 게야."

할아버지는 청승맞음과는 또 다른 무자비한 청승맞음을 포함하고 있었고 소리 없는 절규를 내포하고 있었고 안으로만 앓던 가슴앓이를, 아니 현내리의 짙은 안개에 짓눌려 있었다.

"내게 소원이 하나 남아 있다면 내 대(代)의 숙명을 너에게만은 물려주고 싶지 않다는 것인디… 그것마저 뜻대로 되지 않는구나."

"할아버지는 또 그런 말씀을……"

"그래, 이제는 결심이 섰어? 서둘러 결혼을 하고 현내리를 아주 떠나거나 이민이라도 가서 살겠다는 작심 말이여?"

"할아버지, 그런 말씀은 이제 접어두시지요."

"고얀 놈! 내 이때까지 아득바득 살면서 모은 재산, 다 누구 탓이야? 너를 이 현내리에서 아니, 이 땅에서 내보내고 싶은 이 할비의 마지막 소망 때문이었어. 그래, 넌 그런 내 뜻을 알고 있는 게야?"

"건, 저도 알고 있습니다."

"알면서도 이제까지 차일피일해?"

이때 윤덕구(尹德九) 노인이 집안으로 들어서며 "유일이 왔다면서?" 하고 방으로 들어와 아랫목에 앉는다. 할아버지 편에서보다는 노인 쪽에서 나를 손녀사위로 점 찍어두고 있었다.

"할아버지, 그 동안 안녕하셨어요?"

나는 큰절을 했다. 할아버지에게도 하지 않은 큰절이었다.

"서울엔 온통 난리가 났다매? 시상 어떻게 돌아가고 있는지…"

노인은 땅이 꺼지는 한숨을 내쉬었다.

나는 두 노인의 한숨에 압도당해 방을 나왔다.

어디를 가겠다고 작정한 것은 아니었다.

벌써 안개는 허리까지 올라와 있었다. 언덕을 오르고 있는데 "오빠 왔어?" 하고 귀에 익은 목소리가 다가왔다.

그녀는 윤영혜(尹榮慧)였다.

할아버지인 윤덕구 노인과 살면서 내 할아버지를 친 할아버지처럼 따랐고 할아버지도 손자며느리인 양 각별한 정을 쏟고 있었다.

"그래, 반갑다. 물론 영혜도 잘 있었겠지?"

"전혀 소식도 없다가 갑자기 웬일이셔요?"

그녀는 자기가 전보를 쳤으면서도 타인처럼 묻고 있었다.

"시간이 남아돌아서…"

"오퍼상을 경영하신다더니, 어떻게 됐어요?"

"지금 물색 중인데 아직 찾지 못했어."

나는 일류대학을 졸업하고 소위 엘리트로 대기업에 특채되었다.

그런데도 내구연한(耐久年限)이 5년도 못 된다는 아니, 기업주의 일방적인 희생만 강요하는 소모품이 되지 않기 위해서 밤낮으로 뛰어다녀 6년 만에 과장으로 승진하긴 했다.

나는 그런 생활에 환멸을 느껴 안면을 터 둔 거래처를 상대로 오퍼상이나 차려볼까 해서 회사를 그만두고 놀고 있었기 때문에 쉽게 현내리행을 단행할 수 있었던 것이다.

"그래 학교생활은 재미있고?"

"그저 그래요. 코흘리개를 다루는 솜씨가 는 것밖에는. 오늘, 오빠를 만나면 할 말이 아주 많을 것 같았는데…"

"그래. 그렇다면 귀가 즐겁겠군."

"하지만 지금은 말 안…"

영혜는 말꼬리를 감췄다.

안개는 점점 피어올라 밤이 아니래도 십 보 밖이 보이지 않았다.

영혜가 자연스럽게 내 팔짱을 끼었다. 그리고 말없이 입술을 깨물었고 코끝을 발갛게 물들였다.

나는 그녀의 허리를 감았다. 그녀는 움찔하다가 가만히 있었는데 우리 둘 사이의 틈만큼 갯내음을 달고 온 바람이 새어나가고 있었다.

우리는 밤이면 술도 파는 다방으로 들어가 맥주를 마셨다.

"이런 데서 뵙다니, 선배님 언제 오셨어요?"

하더니 젊은이 하나가 다가와 합석했다. 그는 이학구(李學九), 모교인 현내초등학교에서 교편생활을 하고 있다.

"윤 선생님도 함께 계시네요."

학구는 영혜에게 인사했으나 그녀는 들은 체 만 체했다.

"이군, 오랜만인데. 자, 우리 합석을 하지."

"선배님, 선배님 같은 분이 고향에 내려와 사셔야 하는데…"

"그런 뚱딴지같은 소린 그만두지."

"이곳 주민들은 언제부터인지 하나씩 둘씩 현내리를 떠나가고 있습니다. 벌써 아이들이 반으로 줄었어요. 이런 상태가 지속된다면, 머지 않아 현내리가 텅텅 빌 것 같습니다, 선배님."

"이군, 그렇게도 심각해?"

"심각하다가 다 뭐예요. 우리 같은 젊은 또래가 고향을 지키지 않으면 누가 지켜주겠습니까, 선배님?"

"이군의 열성은 지금도 알아줘야 해."

"열성은요. 아닙니다. 선배님이나 할아버지가 하시던 사업을 이어받으실 겸 이 판에 현내리로 내려오시지요?"

"자넨 내가 고향에 내려와 살아야 속이 후련하다는 말투군."

"그런 뜻이 아니라 하도 안타까워서요."

"안타깝다니, 무슨 뜻이야?"

"80년도의 고성군 통계를 봤어요. 75년도에 비해 농가 호수가 2백여 가구 줄고, 인구는 3천3백여 명 감소됐더군요. 수산 인구도 2천여 명 줄었고요. 그런데 현내리는 더해요. 휴전선 안에 고향을 둔 실향민들이 쉰 여 가구였는데 이제는 스무 가구도 남지 않았어요. 그러니 우리 같은 토박이가 마음이 탈 수밖에요."

"그건 조국 근대화에 따른 필연적인 부작용이 아닌가?"

"현내리는 조국 근대화와는 다른 이유가 있습니다."

"그건 어떤 이유에서?"

"고향을 지척지간에 두고 바라만 보는 신세에 이제는 넌덜머리가 났다고 할까요. 뭐 그런 것이 있습니다."

"그래. 전혀 뜻밖인데…"

"현내리 사람들이 불쌍해요. 선배님 같은 좋은 분이 내려와 살면서 실향민들의 구심점이 됐으면 해요."

맥주의 거품 맛이 십리나 달아나고 있었다.

밤은 깊지 않았는데 마을은 접경지대답게 긴장감이 돌았고 해서 그 어느 곳보다도 현내리는 살벌했다.

어디서인지 개 짖는 소리가 유난히 크게 들렸고 안개 낀 바다에서는 뱃고동 소리가 늘 마을을 뒤흔들어 놓았다.

드문드문 박혀 있는 집들에서는 불빛이 하나 둘 죽어가고 있었다.

우리는 일어섰다. 학구가 먼저 떨어져나갔다.

나는 언덕길로 올라섰다. 언덕에 올라서면 산봉우리들이 남북으로 이어져 있는 것이 보였으나 지금은 안개 속에 묻힌 채 잠들었다.

"전 안개가 짙은 밤이면 혼자 산책을 해요."

"고상한 취미를 가졌군."

"고상한 취미라니요? 아니에요."

그녀는 강하게 반문하고 나서 걸음까지 멈춘 채 실토했다.

"그건 바로 북녘 하늘이 보이지 않아서예요. 늘 안개 속을 걷다보면 민통선 가까이 다가가 있거나 나도 모르는 사이, 바닷가 철조망에 붙어있는 제 자신을 발견하곤 놀란 적이 한두 번이 아니었어요."

"영혜는 안개만 들먹이니 안개가 그렇게도 좋아?"

"그래요. 전 안개가 좋아요. 안개가 끼지 않은 날의 현내리는 온통 북녘 하늘뿐이어서 질식할 것 같아요."

나는 안개 같은 소리가 싫어서 말머리를 돌렸다. 그것은 갈수록 심각해지는 그녀의 말에 거부감을 느껴서인지도 모른다.

"영혜도 이젠 결혼해야지?"

"저도 노처녀 소릴 듣기 싫어 결혼하고 싶어요. 그렇다고 상대방이 플로포즈하지 않는데 혼자 결혼할 수도 없고…"

상대방은 나를 두고 하는 소리였다.

나는 뚱하게 말했다.

"이군이 있잖아. 오늘도 영혜의 눈치만 살피고 있던데?"

"그래요. 이 선생이 추근추근 달라붙어요. 그러나 할아버지 말씀도 있고 한 데다 이렇게 오빠도 곁에 있는데 어떻게…"

"날 의식하지 말구, 이군이 좋으면 결혼해요."

"사람은 한없이 착하지만 꽉 막힌 것 같아요. 그런데다 현내리를 떠나면 죽는 줄로만 아는 터주 대감노릇을 자처해서 싫고요."

영혜는 말해놓고도 스스로 우스웠던지 깔깔거렸다.

갈림길로 들어섰다. 우리는 헤어져야 했다.

나는 안개비에 젖어 "안녕. 내일 또 만나." 하고 인사했다.

"집까지 바래다주세요. 이 길은 너무 적적해요."

그녀는 조금 떨리는 소리로 말했다. 그것은 거짓말이었다.

혼자서도 민통선까지 산책했다는 것으로 보아 알 수 있었다.

나는 무섭다는 말에 속아 주는 체하면서 그녀의 손을 잡고 기슭을 내려서자 나는 전혀 낯선 여자와 걸어가고 있는 듯한 착각을 느꼈다.

아니, 그녀가 무섭다고 떨리는 목소리로 내게 연기했을 그때부터 나는 이 여자를 안고 싶다는 생각을 하고 있었다.

내가 낯선 여인을 상대했던 것처럼 전혀 부담감 없이 그녀에게 욕정을 풀고 싶었다. 그리고 낯선 여자를 훼손했던 것처럼 지금 곁에서 걷고 있는 그녀를 사정없이 깔아 문대고 싶었다.

그러나 나는 그렇게 할 수 없었다. 그것은 안개 때문이었다. 안개가 몸에 달라붙어 욕정을 죽이고 있었다.

"오빠, 지금 무슨 생각?"

그녀는 내 속을 여행이나 한 듯이 물었다.

나는 수음하다 들킨 양 열없어했다.

언젠가 여름밤이었다. 멀고 가까운 바다에서 뱃고동 소리가 처량하게 들렸을 때, 아직도 앳된 여고생인 영혜를 훼손하고 싶었던 기억이 문득 떠올랐다. 뱃고동 소리가 태백연봉에 부딪쳐 청명하고도 맑은 소리로 변하고 나의 머리 위에서는 수많은 별들이 반짝이는 밤하늘이 시야를 흐리게 하면서 청각의 이미지가 시각의 이미지로 돌변하는 기이한 자연현상이 말초신경을 자극했는지 모른다. 그리고 그것이 어째서 내 감정을 뒤죽박죽 만들었는지 지금도 알 수 없었다.

그렇다고 해서 밤하늘에서 금방이라도 쏟아져 내릴 것 같은 별들이 왕창 떨어지는 것도 아니었고 뱃고동 소리가 해안에 부딪쳐 소라껍질 같은 소리로 돌변하는 것도 아니었는데, 나는 별을 보다가 그녀를 보았고 뱃고동 소리를 듣다가 그녀의 숨결을 엿듣는 차이는 있었다.

별을 쳐다보다가 뱃고동 소리를 듣다가 아니, 별이며 뱃고동 소리를 세고 있으니 그녀가 전혀 다른 세상에 있는 것처럼 느껴졌다.

해서 나는 앞으로는 결코 그녀를 가까이 할 수 없다는 것을 깨달았을 때, 불현듯 그녀를 훼손하고 싶은 생각이 들었던 것이다.

그런데도 나는 끝내 일정한 거리를 두고 서서 멍하니 홀린 채 가슴이 터질 것만 같아 손끝 하나 까딱할 수 없었다.

"이제 들어가 봐. 할아버지가 기다리고 계실지도 모르잖아."

"제 방에 들렀다 가요, 오빠."

"아니 됐어. 오늘은 그냥 가지. 내일도 있으니까."

"오빠!" 하는데 나는 그녀의 말을 뒷전으로 흘리면서 안개가 사정없이 다리로 휘감겨드는 고갯길을 걸어 집으로 돌아왔다.

할아버지는 밤이 깊었는데도 주무시지 않고 나를 기다리고 계셨다.

내가 들어서는 기척을 알아채고 "할 말이 있으니, 이리 좀 건너오너라." 하고 당신의 방으로 나를 불러들이는 것이었다.

방으로 들어서니 방바닥에는 서류뭉치가 놓여 있었다.

"거기 편안히 앉아라. 나도 이제 갈 준비를 해야지. 내 나이 이제 일흔 아홉, 망팔(望八)인 게야. 험한 세상, 많이도 살았어."

할아버지는 과거를 돌이키려는 듯 지그시 눈을 감았다.

천대희 노인은 여든 평생을 일별했다.

한없이 고달팠던 기나 긴 생애, 같은 나이 또래에 비해 수십 배나 인생을 길게, 그것도 더디게 살아온 것이었다.

몇 번이나 뒤바뀐 세상, 수많은 고통과 굴욕을 참아내면서 오직 핏줄 하나만 믿고 살아오지 않았던가.

다만 기나 긴 생애 중에서 길지 않았던 단 하나의 삶, 그것은 자기의 빚을 손주 녀석에게만은 물려주지 않으려고 무진 애를 쓴 것뿐.

그로 인해 그는 손주를 중학교 때부터 객지로 유학을 보내어 현내리를 의도적으로 잊게 했고 그것도 핏줄이 그리워 방학 때마다 고향에 내려오는 것을 그 다음날로 돌려보냈었다.

그런 반면에 자기에게 주어진 운명의 삶은 피하려 하지 않았고 그렇다고 정면으로 부딪쳐 헤쳐 보려고도 않으면서 그저 주어진 삶을 끝까지 포기하지 않은 채 살아왔다.

"이 서류는 땅 문서고, 이건 선박소유 문건. 이건 네 앞으로 된 통장이고, 나머지는 이 장부에 모두 기재돼 있어."

"할아버지, 전 그런 건 필요 없습니다."

"할비 생각해서 그럴 것 없다. 뭐 그리 대단한 것도 아니다."

"이것 때문에 절 불러 내리셨어요?"

"그렇다고 할 수도 있지. 모든 것을 내 손으로 처분해서 현찰로 주려고 했었는데 내 손으로 직접 처리할 수가 없었어. 네가 처리해서 사업에 보태든가 알아서 해. 나이를 먹으면 죽을 때를 알아."

할아버지는 단호하게 한 마디로 잘라 말했다.

나는 그 순간, 비애를 느꼈다. 이 세상에서 피붙이라고는 전혀 없는 천애 고아 같은 서글픔에 사로잡혔다.

그런데 이상한 일이었다. 오퍼상을 경영하자면 수 없이 돈이 들어가는데도 할아버지의 유산이 조금도 반갑지 않았던 것이다.

"윤 노인이 안달하는 게야. 영혜와 결혼할 생각은?"

할아버지는 바튼 기침을 토하셨다.

안개가 문틈으로 새어 들어와 할아버지의 기침을 부채질했다.

근래에 보기 드문 짙은 안개였다. 농무(濃霧)가 은밀한 곳까지 파고들어 눅진거리고 있었다.

"할아버지는 모르시겠지만 저보다 영혜를 좋아하는 청년이 있어요. 영혜와 같은 학교에 근무하는 저, 이학구라는 선생 말입니다."

"그래, 넌 그 애가 싫다는 게야? 싫으니까 결국 그런 소릴 하지."

할아버지는 끝내 벌컥 역정까지 내셨다.

나는 할아버지의 눈치를 살피면서 조심스럽게 응대해야만 했다.

"할아버지, 제가 언제 싫다고 한 적 있습니까?"

"그런데 왜 지금껏 차일피일을 해, 사내자식이라는 게."

"사람에게는 배필이 따로 있다고 생각합니다."

"네 뜻이 그렇다면 할 수 없지. 오히려 잘 된 게야. 이제야 실토다만 넌 대처 사람과 결혼을 해. 그리고 현내리를 떠나. 내가 널 중학교 때부터 서울로 유학 보낸 이유도 다 그런 데 있었어. 방학 때만 되면 내려온 너를 매정하게 올려 보낸 것도 그런 뜻이 있었던 게야. 내 윤 노인에게는 잘 말해 놓겠다. 밤도 깊었으니, 건너가 자."

천대희 노인은 눈을 감고 누웠으나 좀체 잠을 이룰 수 없었다.

이제는 다른 미련은 다 제쳐두고 자신에 대한 연민만이 남았는지 과거가 울컥울컥 치받쳐 올랐다. 딴에는 주어진 여든 생애를 무던히도 고향을 그리워하면서 살아왔다고 생각했다.

한때 천대희도 행복한 삶을 살았다고 할 수 있었다. 그랬던 것이 맏이인 일석이 징용에 끌려가고부터 생활은 뒤죽박죽이 되고 말았다.

천대희는 조상들의 산소를 돌아보면서 자기를 이처럼 가혹한 운명의 고리에 얽매이게 하는 죄를 지었는가 하고 반성했다.

그리고 다음에 온 거대한 쇠사슬, 공산주의 앞에서는 개개인의 삶이란 그 자체부터가 상대적으로 무력해질 수밖에 없었다.

해방이 되고 한 해가 지나도록 아들은 돌아오지 않았다. 해서 홀로 된 며느리의 눈치를 보며 조상들의 무덤을 찾는 발길이 잦았었다.

그러던 어느 날 갑자기, 이제는 죽었다고 치부해 두었던 아들 녀석이 회오리바람처럼 불쑥 나타났다. 그래 살아서 돌아온 아들은 기쁨은커녕 구름 한 점 없는 하늘에서 영문도 모르게 떨어진 날벼락이었다.

그 날벼락은 도대체 아비 어미도 없는 동무뿐이었다.

천대회는 조상 탓도 누구 탓도 하지 않았고 그로부터 선영을 찾지도 않았다. 지금의 손주인 유일을 얻은 기쁨이 채 가시기 전, 며느리의 시신을 손수 치워야 했던 참극을 당했고 그리고 아내마저 화병으로 누워 앓는 아픔을 몸소 겪어야 했던 것이다.

그런 것은 그래도 다소 약과라고 할 수 있었다.

전쟁이 나 고향마저 빼앗기고 남으로 피난 가야 했던 참담한 시기, 피난시절 아내마저 잃고 그 뼈를 지고 다니던 지난날의 공허, 언젠가는 아내의 뼈뿐 아니라 자기의 뼈마저도 선영 발치에 묻겠다는 소박한 꿈마저 이데올로기는 용납하지 않았다.

그렇게 허탈해 하는 천대회, 하찮은 희망마저 여지없이 꺾이고 말았고 북진을 거듭하던 국군은 드디어 발이 묶인 채 고향 송도진리를 바로 코앞에 두고 역사의 거대한 수레바퀴인 휴전선이라는 허울뿐인 외세가 발길을 옭아매었으나 천대회는 용케도 견뎌냈다.

어떻게 보면 가상할 정도의 여든 생애였다.

그런 삶으로 조상 탓도 아닌, 운명의 저주 탓도 아닌 맨주먹 알몸의 사슬에 정신을 묶어두고 수복지의 최북단인 현내리로 들어와 살아 왔다. 그렇게 모질게 살아온 생애, 고향을 밤낮으로 바라볼 수는 있었으나 갈 수 없는, 그리고 바라보는 것만으로도 족하다고 늘 생각했다.

7.4 남북공동성명을 북쪽에서 일방적으로 파기했을 당시, 살아 고향에 가겠다는 희망이 일거에 물거품이 되었을 때도 정말 잘 참아냈다.

그것은 순전히 아내 때문이었다. 자기는 비록 살아 고향에 갈 수 없다고 하더라도 죽은 아내만은 한 발이라도 고향 가까이 묻어주고 싶다는 처절한 몸부림이 있었기에 가능했을 것이다.

울진 피난시절에 병약한 데다 먹지 못해 아내, 아내의 시신을 화장을 했다고 했으나 살짝 살만 태워 뼈를 지고 다녔었다. 그러다가 북으로 올라와 현내리에 정착하고부터는 한 발이라도 북쪽 가까운 곳으로 무덤을 이장하려는 무언의 항거로 삶을 살아낼 수 있었다.

민간인으로서는 민통선의 접근은 거의 불가능했다. 해서 민통선 바로 코밑에 아내의 무덤을 이장하기란 만용에 가까웠다.

그런데도 그 일을 천대회 노인은 해냈던 것이다.

폭우가 쏟아지는 날, 그는 아내의 무덤에서 큰 뼈만 대충 추려 민통선으로 접근했다. 그리고 남방한계선 바로 코밑, 철조망에서 10여 미터 거리에다 도둑고양이처럼 아내의 무덤을 썼다.

그 밤 따라 폭우가 치고 뇌성벽력은 멈추지 않았었다. 물속에 이장을 한 셈이었으나 그래도 마음은 흐뭇했다.

그를 도운 사람이 윤덕구였다. 생명의 위험을 무릅쓰고 추진했던 이장, 그는 돌아와 한 달이나 몸져 누웠었다.

그리고 군 당국에 탄로 날까 3년이나 발길을 뚝 끊었었다.

지난해에야 처음으로 벌초를 하러 갔었다. 무덤이라기에는 너무나 초라한 무덤, 봉분은 야트막해 몇 년이 지나면 흔적도 없이 사라질 것만 같았다. 해서 지게로 흙을 져다 봉분을 돋웠다.

그렇게 고향의 쇠사슬에 얽매여 살아왔으나 손자에게만은 고향의 사슬에서 풀려나 자유로운 삶을 살기를 얼마나 바랐던가.

유일아, 너만은 고향을 잊고 살아야 한다.

여울 같은 잔잔한 흐름이 노인의 전신에 흘러들고 있었다.

모두가 기존의 숙명이란 굴레에서 벗어나 자유롭게, 그리고 다음 순간의 운명은 스스로 개척할 수밖에 없다는 새로운 정감이 솟았다.

정감 속에서 천대회 노인은 무엇에도 구애되지 않는 순수한 자기 자신

의 의지를 결정했다. 이제 나는 가야 한다는, 아니 덧없이 흐르는 여울 같
은 감동에 젖어 노인은 잠 속으로 들어섰다.

내가 방으로 들어와 눕자 접경지대의 통금 사이렌이 길게 여운을 끌고
있었다. 그것은 뜻밖의 굉음이었다. 모든 사물이 사이렌 소리에 빨려 들
어갔다. 그것도 이 세상에 아무 것도 남기지 않겠다는 듯이.

그런데 갑자기 소리가 바다 속으로 가라앉고 내 사고만이 되살아났다.
할아버지의 한 마디 한 마디가 심장에 덜컥덜컥 떨어졌다.

정말 돌아가실 때가 돼서 그런 소리를 하시는 것일까. 지금 할아버지는
죽어가고 있는 것인지도 모른다는 생각이 들었다.

나는 잠이 오지 않았다. 예닐곱 시간이나 덜컥거리는 버스에 시달리며
달려온 피곤도 잠을 몰아오지 못했다.

어둠 속에서 담배를 찾아 피워 물었다. 나를 우울하게 만드는 유령들을
담배 연기 속에 묻어버리려고 담배를 뻑뻑 빨아댔다.

담배 연기인지 안개인지 모를 유령이 잠을 방해했다.

멀리서 야간작업하는 어선의 뱃고동 소리가 길게 여운을 끌고 지나가
자 두 시를 알리는 괘종시계 소리가 들렸고 잠을 이루지 못하는 사이, 네
시를 알리는 괘종시계 소리가 굉장히 크게 들렸다. 이어 통금해제 사이렌
소리가 힘을 잃고 여운만 남겼다.

그때 이금지가 생각났다. 그녀와 섹스라도 해서 아이를 만들어야겠다
는 엉뚱한 수작을 떠올렸다. 해서 달덩이 같은 증손자라도 할아버지 품에
안겨주는 꿈이라도 꿨으면 싶었다.

나는 베개를 가지고 할아버지 방으로 건너가 나란히 누웠다.

그제야 간신히 잠이 든 모양이다.

그런데 실은 잠을 자는 둥 마는 둥 하다가 안개가 발발 기는 소리에 잠
에서 깨어났다. 벌써 기침한 할아버지는 기다리면서 뒷짐을 지고 마당을

거닐었다. 내가 방문을 열어젖히기도 전에 할아버지는 "어서 나오너라. 함께 갈 데가 있어." 하고 대문을 나서는 것이었다.

조금만 사이가 벌어져도 안개 때문에 할아버지가 보이지 않다. 나는 연신 할아버지의 발자국 소리에 귀를 기울이면서 뒤를 좇았다.

언덕을 올라섰고 이번에는 언덕을 내려섰다.

할아버지는 더 이상 갈 수 없는 지점에 서서 보이지도 않는 운무의 북녘을 향해 시선을 고정시킨 채 화석처럼 한동안 우뚝하니 서 계시기만 했다. 고향 송도진리를 바라보고 있으리라. 할아버지는 그대로 굳어져 망부석(望夫石)이 아닌, 망향석(望鄉石)이 된 것 같았다. 할아버지가 서 있는 곳에서는 농무가 무럭무럭 피어올랐다.

"얘야, 네 할비가 서 있는 바로 이곳이 내가 묻힐 곳이다. 이미 지관을 불러 자리는 봐 두었다. 내가 죽으면 이곳에 묻어라." 하시는 할아버지의 음성은 어느 때보다도 가라앉아 있었다.

"조석으로 와서 밥을 지어주는 할미 있지. 포진 댁이라고? 그 할미에게 부탁해서 이미 수의(壽衣)까지 마련해 뒀다. 그리고 조합장에게 부탁해서 꽃상여도 맞춰 뒀어. 다만 증손자를 내 품에 못 안아 봐서 한이다만 그게 어디 내 힘으로 되는 일이더냐."

"……"

"조상에게 진 빚을 갚을 만큼 갚았으니, 이제 미련이라곤 없다."

"……"

나는 감상이나 연민에 젖어 살 나이도 아니었으나 할아버지의 말 한 마디에 연민이 솟고 왠지 서글퍼졌다. 유언 같은 할아버지의 차분히 가라앉은 음성에 주눅이 든 탓만은 아니었다. 기실은 할아버지를 위로할 말을 완전히 상실한 채 사어 같은 말만이 입안에서 맴돌았다.

서울생활의 각박함 속에서도 달변으로 먹고 살았는데 왜 이 순간만은 말이 만들어지지 않는 것일까. 고향에 내려와 질식할 것만 같은 안개 속에서도 허전함을 전혀 몰랐었는데 나는 할아버지의 돌변한 태도에 왜 꿀 먹은 벙어리 신세가 되었는지 알 수 없었다.

나는 깊은 밤, 악몽으로부터 깨어나 아직도 쿵쿵 내닫기만 하는 심장의 고동을 억제하지 못해 안달하듯이 안으로 안으로만 떨고 있었다.

"이 무덤은 송도진리에 살았던 당숙의 무덤인 게야. 나보다 열 살은 위였지. 다섯 해 전에 돌아가셨어. 고향타령만 하시더니…"

할아버지는 서른도 넘는 무덤을 일일이 설명했다.

모두가 송도진리와 포외진리를 고향으로 둔 사람들의 무덤, 고향을 지호지간에 두고 북녘을 바라만 보다가 망향의 한을 달래다가 죽은 사람들의 원혼이 묻힌 무덤이었다.

"이제 내 나이 또래도 몇 안 남았어. 우리 또래가 죽으면 송도진리는 망각의 세계로 사라질 게야. 그렇다고 우리 적 불행을 후손들에게 물려주긴 싫어. 우리대로 족하니께. 니 할비로 족해. 넌 아예 고향을 멀리 떠나가 살아라. 외국 이민이라도 가서 고향을 잊고 살아. 그게 이 할비의 유언인 게야. 알아들었어!"

할아버지가 서 있는 곳에서 북으로 고개를 돌리면 송도진리의 하늘이 한눈에 잡힌다. 산과 산이 어우러져 들판과 골짜기를 뱉어놓은 채 남과 북으로 해안을 따라 긴 들이 이어져 있는 바로 곁에는 푸른 모포를 드리운 것 같은 동해 바닷가가 그림처럼 누워 있다.

골짜기를 뒤덮은 관목 숲 너머로는 험한 바위가 짐승처럼 누워 있고 그 뒤로는 손을 담그면 손마디가 끊길 것 같은 차디찬 남강, 금강산에서 흘러내리는 남강이 세월을 잊은 채 오늘도 흐르고 있다.

하얀 파도가 허연 거품을 마구 토해내는 백바위는 예나 지금이나 변함없이 험한 거품을 뿜어대고 있었다.

송도진리와 포외진리의 한가운데 위치한 송도(松島), 아니 솔섬은 지금도 철이 되면 백로가 찾아와 둥지를 틀고 새끼를 치고 있다.

해가 태백 산마루에 걸리면 들판의 이편에 지어졌던 그늘이 서편 산허리로 그림자를 드리우는 것마저도 예나 지금이나 같았다.

해송이 우거진 곳에서 조금만 눈길을 북으로 돌려도 보이지 않는 오욕의 날개며 영겁의 들판하며 지금은 그 누구도 들어갈 수 없는 송도진리가 아련한 시야 속에 들어왔다.

아니, 지금은 폐허뿐 잡초에 묻혀 포성과 피를 토하고 남과 북으로 오고 간 오욕의 나날들이, 인간이 인간을 박해한 철면피보다 더한 명분이, 치욕스런 인위의 선이 마을 한가운데를 사정없이 잘라서 철조망을 겹겹이 드리우고 있었다. 그리고 그 뒤로는 꿈에도 잊을 수 없는 금강산과 해금강이 아련하게 다가왔다.

이런 정경이야 지금은 누구나 들어가 볼 수 있는 통일전망대에서 송도진리 쪽을 바라본 북녘의 정경이 된다.

그러나 현재 현내리에서는 마음뿐이지 산이 가로막혀 있어 볼 수도 없었고 더욱이 안개 때문에 북녘 하늘조차 보이지 않았다.

"할아버지, 할머니 묘는 어디로 이장하셨습니까?"

안개 때문인지도 모르나 나는 할아버지의 아픈 곳을 짚었다.

"넌, 그런 것까지 알 필요 없다."

"제가 할아버지의 손자이듯이 할머니의 손자도 됩니다."

농무가 할아버지의 얼굴을 휘감는 것을 보고 나는 말을 아꼈다.

"……."

그리고 한참이 지난 뒤에야 결심을 바수고 말했다.

"저도 이제는 알아야겠습니다. 어서요, 할아버지. 가르쳐주세요."

"넌, 알 필요가 없다니까 그러네."

"알아야겠습니다, 할아버지. 말씀해 주십시오."

할아버지가 겉으로는 그렇게 말하고 있으나 속으로는 은근히 손주를 자랑스럽게 여기고 있는지도 모른다.

"가르쳐주십시오. 전 알고 싶습니다."

"니 고집에 내가 또 져 주랴?"

"고집의 문제가 아닙니다. 어머니의 무덤도 모르는데 할머니의 무덤도 모른다면 손자 된 도리라고 할 수 있겠습니까?"

"……"

"가르쳐주세요, 할아버지."

"내 또 지지."

할아버지의 고집은 옹고집이라고 소문이 났으나 내게 있어서만은 그 고집을 내세운 적이 별로 없었다.

어미 없이 자란 손자가 불쌍하기도 했으나 그보다는 손자에게서 자기의 분신을 보는 듯해 모든 것을 양보하면서 살아오셨다.

"조상의 묘를 찾겠다는 데야. 남방한계선 초소는 알고 있을 터?"

"네. 알고 있습니다."

"바로 초소 부근에 있어. 여기서 가자면 초소 바로 오른쪽, 남방한계선 철조망에서 10여 미터 거리에 있어. 봉분도 제대로 갖춰 있지 못해. 무덤이라는 표시만 나게 했을 뿐이야. 폭우가 쏟아지는 한밤에 윤 노인과 둘이서 몰래 쓰느라고 봉분을 짓지도 못했어. 그리고 지금껏 군 당국이 허락을 하지 않아 벌초를 하는데 많이도 언쟁을 했었지. 앞으론 벌초쯤이야 허락을 받고 쉽게 하게 될 날이 올 게야."

"그래야 하겠지요, 할아버지."

무덤은 한때 통일 전망대를 가자면 안보교육중을 제시하기 위해 잠시 지체했던 데가 그곳이다. 군 초소 바로 오른쪽, 녹슬고 허술한 철조망 바로 곁에 무덤 같지 않은 무덤이 하나 있었다. 그것도 관심을 가지고 유심히 지켜보아야 무덤인가 싶은 무비명(無碑銘)의 초라한 무덤, 이 글을 쓰게 된 직접적인 계기가 된 무덤이 거기 하나 있었다.

"이제 와서 생각하니 봉분을 짓지 못한 것이 후회돼."

할아버지는 당신이 돌아가시면 무덤을 돌보지 못할 것을 생각하고 그런 소리를 하는 것인지도 모를 일이었다.

"저도 그쯤이라고 짐작은 하고 있었습니다."

"정말, 그랬었어?"

"네, 할아버지. 제가 누구 손자입니까"

늦은 아침을 들고 있는데 영혜가 뛰어 들어왔다. 그녀의 눈은 휑덩그레한 눈물까지 주렁주렁 달고 있었다.

내가 "눈물까지 흘리고, 무슨 일 생겼어?" 묻자, 영혜는 "할아버지께서…… 차, 참변을 다, 당하셨어요. 그것도 트럭에 치어 도, 돌아가……흑, 흑흑."하고 말을 잇지 못했다.

나는 사태를 짐작했다. 그녀를 부축해 사고현장으로 달려갔다.

안개 속에서 사람들의 웅성대는 소리가 들렸다.

현장에는 군 트럭이 서 있었고 수명의 푸른 제복이 사고를 수습하고 있었다. 탑승 장교인 듯한 제복이 사고의 원인을 안개 탓으로 돌렸다.

"죄송합니다. 도대체 안개 때문에 앞이 보이지 않아 생긴 사고였습니다. 이곳 현내리의 안개는 정말 살인적입니다."

이번에는 사병이 나서서 말했다.

"이런 살인적인 안개는 군대생활 3년 만에 처음입니다."

바퀴에 깔려 죽은 시체에는 가마니가 덮여져 있었다.

나는 가마니를 들고 시체를 확인했다. 그저께만 해도 멀쩡했던 윤덕구 노인, 머리는 북을 향했고 손은 북쪽 하늘을 가리킨 채 참혹하게 쓰러져 있었다. 나는 장교에게 대들 듯이 항의 아닌 항의를 했다.

"이렇게까지 사고를 낼 수 있습니까?"

"죄송합니다. 안개가 워낙 짙게 깔려 앞을 볼 수도 없는데다 언덕을 내려가는 길이라서. 이른 새벽에 사람이 걸어가고 있으리라 생각이나 했겠습니까? 시계 제로지대의 사고였습니다."

윤덕구 노인은 근 두 달이나 안개 때문에 고향 하늘을 바라보지 못해 살아 있어도 살아 있는 것이 아니었다. 노인의 유일한 낙은 새벽에 일어나는 길로 뒷산에 올라 고향 하늘 쪽을 바라보는 것이었다.

특히 10월 들고부터 고향 하늘을 바라보는 대신 7번 국도로 나가 북을 향해 질주하는 군 트럭을 지켜보는 것으로 낙을 대신했었다.

오늘 새벽에도 잠결에 집을 나왔다.

집을 나와 국도로 올라섰고 트럭마저 나타나지 않자 민통선, 인간의 법이 허용한 최대한 북쪽까지 걸어가다가 아이러니하게도 다른 차도 아닌 보급 수령중인 군 트럭에 치어 참변을 당했다.

할아버지는 말이 없다가 끝내 한 마디 했다.

"니 할비 죽은 것보다 더하니거. 네가 들고 장례를 치러."

이삼년 전까지만 해도 현내리 사람들은 남의 초상을 내 일처럼 들고 했으나 지금은 사람이 없어 썰렁했다.

그들은 통일이 되어 고향으로 돌아가겠다는 희망을 잃고 현내리를 아예 떠나버렸거나 아니면 포외진리와 송도진리에서 잔뼈가 굵은 사람들은 이미 땅에 묻혔거나 해서였다.

지금껏 실낱같은 희망에 고리를 걸어둔 채 아직도 현내리를 떠나지 못한 사람들은 빠짐없이 모여들었다.

현내리에 사는 실향민들은 마지막 가는 사람을 가장 화려하게 보내는 미풍을 은연중 조성하고 있었다. 그것은 생전에 고향에 가지 못한 대신,

죽어 저승에 가는 길만은 성대히 보내주자는 비원(悲願)에서 자연발생적으로 생겨난 미풍, 그렇게 해서 조직한 것이 상여계(喪輿契)였다.

그 어느 고장보다도 화려하게 상여를 치장했고 그것도 꽃상여로 꾸며 선소리도 구성지게 묘지로 향했다.

상주 없는 초상집에 이학구가 들어 모든 일을 들고 했다. 그는 기특할 정도로 일을 능숙하게 처리했다.

학교에서 나온 문상객 가운데 이금지도 끼어 있었다. 금지는 영혜를 만난 지 사흘도 되지 않았으나 둘 사이는 이미 친숙해져 있었고 학구와 더불어 초상집에서 밤을 새우며 영혜를 위로하고 다독거려 주었다.

노인은 꽃상여를 타고 청승스런 선소리꾼의 인도를 받으며 안개비가 촉촉이 내리는 속에 북녘이 잘 보이는 언덕에 묻혔다.

가장 슬퍼한 사람은 손녀인 영혜가 아니라 할아버지였다.

할아버지는 나이답지 않게 닭똥 같은 눈물을 꽃상여에 뿌리며 마지막 가는 길을 끝까지 따랐고 봉분 짓는 일까지 일일이 간섭했다. 그러면서 소리 없는 절규를 묻었는지 모른다.

나는 노인의 죽음을 계기로 금지와 급속도로 가까워졌다.

일주일이 흘러갔다.

그 동안 나는 금지를 네 번 만났다. 두 번은 내 편에서 그녀의 자취방을 찾아갔고 두 번은 그녀 편에서 찾아왔었다.

나는 찾아가서 현내리의 숙명을 들려주었다.

그런데 그녀는 유독 나의 신상에 대해 여러 가지로 캐물었으나 나는 내 신상에 대해 별로 이야기하지 않고 말을 아꼈다.

그런데도 그녀는 사설탐정을 고용이나 한 것처럼 나의 신상에 대해서 자세히 알고 있어 나는 내심 놀라지 않을 수 없었다.

나는 이곳 현내리에서 신동 소리를 들으면서 초등학교를 졸업했고 서울로 유학을 가 명문 중·고등학교를 졸업하고 명문 대학에 들어갔으니 흔히들 남들이 부러워하는 KS마크의 전형이라고 할 수 있었다.

또 경제학과를 수석으로 졸업한 것도 알고 있었다. 더욱이 외국으로 유학의 문이 활짝 열려 있었으나 스스로 포기했다는 것도 알고 있었다. 그것도 할아버지께서 외국으로 나가 영영 돌아오지 않기를 바란다는 것을 알고 그만두었다는 것까지 알고 있어서 나를 당황케 했다.

할아버지는 자기만으로 고향에 얽매여 사는 것이 족하다고 생각하고 있었고 손자 녀석에게까지 고향에 얽매여 살게 할 수 없다는 비장한 각오로 내가 어릴 적부터 외국유학을 준비하고 있었는지도 모른다.

나는 그런 할아버지가 영 못마땅해 했었다. 할아버지가 고향을 못 잊어 하듯이 나 또한 할아버지를 따라 고향을 못 잊어 하는 그런 할아버지의 손자가 되고자 해서였다.

할아버지는 내가 국비 유학시험에 합격하지 않았더라도 외국유학을 보낼 만한 충분한 경제력을 가지고 있었다. 할아버지는 발동선 세 척의 선주, 만여 평의 전답, 거기다가 어업계까지 소유하고 있었으니 현내리의 유지인 것만은 분명했다.

이금지는 내 실연까지 알고 있어 얄밉도록 깜찍했다.

내게도 학부시절에 사귄 여자가 있었다. 그랬는데 그녀 스스로 나를 버리고 미국으로 떠나 버렸다.

한때 유행이었던 유신 통치에 신물을 느끼고 너도나도 이민 붐이 한창일 때였다. 그 여자는 나와 함께 미국으로 유학을 가 아예 그곳에 눌러 사는 것이 나와 사귀는 목적이었다.

그러나 내가 유학을 포기하자 철저하게 실리로 돌아섰던 것이다.

나는 그로부터 마음의 상처를 입고 여자를 멀리했었다.

금지는 나와 영혜가 장래를 약속한 사이나 다름없다는 것도 알고 있었다. 그런데 내가 영혜를 의도적으로 멀리 하고 있다는 것이며 그 틈을 타이학구가 그녀에게 접근하고 있다는 사실까지도 털어놓았다.

금지는 내 마음을 떠보려고 그런 말을 하는지 모른다.

"선생님, 외지에서 온 선생은 동네 청년들의 밥이라면서요?"

"외로우니까, 그럴 수도 있겠지요."

"전 외롭지 않아요. 그런데도 제가 무너지고 있다는 생각을 하게 되니 어쩌지요?" 하고 당돌하게 나왔다.

나는 "밤도 깊었으니, 돌아가겠습니다." 하고 자리를 피해 일어섰다.

나는 할 일도 없으면서 막연히 현내리에 머물고 있었다. 그렇게 머문 것은 할아버지 때문이었고 또한 이금지 탓도 있었다.

나는 모처럼 늘어지게 잠을 잤다. 그런데 누가 찾아와 방문을 노크했다. 뒤 번 노크소리를 들어서야 방문을 열었다. 이금지가 와 있었다.

"주무시는데 깨워서 어쩌지요?"

"일어나려던 참이었습니다. 들어오세요."

"아니에요. 됐어요. 토요일 오후가 돼서 할 일도 없고 일전에 하신 말씀이 생각나서 찾아왔어요. 저, 선생님, 화진포를 안내해 주시겠다던 그 말 잊지 않으셨지요?"

"그런 걸 다 기억하시고. 나는 그냥 해 본 소린데."

"누구 말씀인데 잊겠어요. 오늘은 안내를 받고 싶어 왔어요."

"기꺼이 안내하겠습니다."

나는 세수를 하고 대충 옷을 걸쳤다. 그녀는 내 행동 하나하나를 재미있어 하며 지켜보고 있었다.

나는 옷을 대충 걸치자 "숙녀를 기다리게 해서 미안해요. 자, 가시지요." 하고 말했다.

우리는 현내리를 빠져나와 한적한 길로 들어섰다.

어느새 나는 그녀와 어깨를 나란히 하고 걷고 있었다.

벼를 거둬들인 들판은 안개가 주인이었다. 그 주인은 낮은 구름이 되어 산허리에 걸려 있었고 안개 없는 산은 스산했다.

"저 선생님, 제 말을 오해하지 말고 들으세요. 이 선생이랑 윤 선생한테 선생님에 대해 제가 궁금한 것 등을 물어봤어요."

나는 "그래, 뭐라고들 합디까?" 하고 반응했다.

"뭘 가장 관심 있게 물어봤을 것 같아요?"

그녀가 되레 반문했다. 그리고 그녀는 걸음을 멈춘 채 내 얼굴 표정을 유심히 살폈다. 나는 전혀 짐작이 가지 않았다. 해서 심각한 얼굴을 하고 있는데 그녀는 키들키들 웃고 있었다.

나는 무안을 당한 것 같아서 "왜 웃지?"하고 물었다.

"그만한 일로 표정이 굳어져요?"

나는 내친 김에 개구쟁이 같은 얼굴을 만들어 보였다.

"현내리에 관심이 있는지 물어봤어요."

"이거 되게 실망했는데…"

나는 을씨년스런 들판을 향해 쓴웃음을 지었다.

"접경지대인 현내리가 마음에 들었어요. 항상 긴장감이 돌고 그러면서 가슴을 쥐어짜는 듯한 분위기도 마음에 들었고요."

나는 그녀의 말하는 입모습을 지켜보다가 "그들이 뭐라고 했소?" 하고 본의 아니게도 언성을 높였다. 그녀는 눈을 찔끔하더니 "현내리를 떠나가고 싶어 안달이라고 그런 말도 들었어요." 하고 대답했다.

"그래요. 그리고는? 그 말 뿐이던가요?"

"전혀 예상 밖의 일도 알았고요."

이금지는 이제 웃음기마저 거두고 심각한 얼굴을 일부러 만들면서 커다란 눈으로 내 눈치를 살피는 것이 아닌가.

해서 나는 그녀와 보조를 맞추기 위해 일부러 보폭을 줄이었다.

그런데도 그녀는 아이처럼 나를 따르고 있었다. 나는 그녀의 손을 잡았다. 그녀는 섬직 하더니 내 손을 빼치었다. 좀 더 세게 그녀의 손을 움켜잡았다. 이번에는 빼치지 않았다.

"저, 이 선생, 예상 밖의 사실이란 뭐요?"

그녀는 좀체 입을 열지 않아서인지 그저께 밤에 찾아갔을 때와는 달리 전혀 낯선 여자처럼 느껴졌다. 가까이 바다가 보이는 길을 걸으면서 나는 잡은 손에 힘을 주었다. 그제야 그녀가 입을 열었다.

"선생님과 윤 선생을 결혼시키려 했던 일."

"누가 그러던가요? 윤 선생, 아니면 이 선생?"

"윤 선생이 다 말해 줬어요."

"해서 좀체 말을 하지 않았었군."

"그런데 지금은 그게 아니라고 했어요. 선생님을 다만 오빠로만 생각하겠다고요. 할아버지께서 돌아가신 후 마음이 변했다나요. 현내리가 싫어졌었는데 현내리가 좋아졌고, 현내리를 좋아하던 그를 싫어했었는데 이제는 이 선생이 좋아져서 결혼하고 싶다고 그랬어요."

"듣던 중 반가운 소린데…"

"유일 씨는 질투를 느끼지 않으시는군요?"

"질투라니요?"

"그래요. 전 둘 사이가 너무 다정해 보여서 질투를 느꼈어요."

거울보다도 잔잔한 화진포가 앞길을 가로막고 있었다. 그녀는 호수를 바라보고도 질투를 느낄 것 같았다.

화진포는 호수라기보다는 모를 내기 위해 물을 가두어놓은 무논이라는 게 제격이었다. 호수 위로 바둑판처럼 논둑만 표시해 놓으면 경지정리가 제대로 된 무논 같이 호수는 거울처럼 잔잔했다.

"윤 선생이 그랬어요. 선생님을 좋아한다면 중매를 서겠다고."

"그런 생각이 있었다면 프러포즈를 했겠지."

"정말 그렇게 해 주시겠어요?"

"이거, 뭐 무서워서 농담도 못하겠군."

호수 건너편에는 절경이 한 군데 있다. 그곳에는 이름만 들어도 치가 떨리는 별장이 있었던 것으로 보아 절경임은 분명했다.

그러나 지금은 출입이 통제되어 있어 그 누구도 들어갈 수 없다.

"어째서 호수에는 보트 하나 없지? 있다면 선생님을 태우고 노를 저어 건너갈 수도 있을 텐데, 왜 없을까?"

"호수 같은 소리. 건너가기 전에 물에 빠질 거요."

"저 이렇게 나약해 보여도 노 젓는 데는 자신 있답니다. 제가 나서 자란 곳이 호반의 도시, 바로 춘천이거든요."

"그래도 빠질 거야. 가다가 보트가 뒤집힐 지도 모르니까."

"선생님은 애들처럼 짓궂으셔."

"애들처럼 금지를 졸졸 따라 다닐 거야."

그러자 그녀는 매력적인 윙크까지 만들어 보였다.

"우리 바닷가로 나가 모래 위를 걸어요."

금지는 내 손을 잡아끌었다. 나는 어쩔 수 없이 바닷가 어디를 가나 철조망이 있었는데도 해송 숲속으로 그녀를 데려갔다. 가까이는 푸른 바다가 넘실넘실 달려들고 있었다.

이금지는 하얀 손수건을 꺼내어 모랫바닥에 깔고 앉았으나 나는 옛날 나의 어린 시절로 되돌아가 모래에 털썩 주저앉았다.

사방은 너무나 적적해서 파도소리 이외에는 어떤 소리도 들리지 않았다. 태고의 정적에 고립되어서였을까.

나는 어색하다 못해 몸은 그대로 굳어버렸고 무슨 말을 해야 할지 몰라 말이 좀체 만들어지지 않아 조바심이 일었고 긴장되어 불안감이 몰려오고 있었다. 그 순간, 나는 은밀한 수색 중에 누군가가 오발이라도 해서 적막을 깨뜨리지 않으면 심장이 파열할 것 같은 그런 다급한 마음이 되어 그녀의 조바심을 하나씩 깨뜨리기 시작했다.

바다에서 게 한 쌍이 모래밭으로 기어 나오다가 나의 짓거리를 훔쳐보고 슬금슬금 빼치더니 저만큼 달아나다가 큰 집게발 하나를 들어 나를 향해 손짓하고 있었다.

내가 그녀를 유린한 것은 순전히 할아버지 때문이라고, 달덩이 같은 증손자를 안겨주고 싶었기 때문이라고 애써 자위했다.

이금지는 내 힘을 이기지 못해 일을 당하고 훌쩍훌쩍 눈물을 짜고 있었는데 나는 게가 기어와 붉은 물이 몇 방울 떨어진 손수건을 물고 바다로 향하는 것을 바라보는 여유마저 가질 수 있었다.

그녀는 아직도 눈물을 달고 "저 나쁜 여자지요?" 했다.

나는 고개를 좌우로 흔들면서 "아니." 하고 부정했다.

"선생님이 절 버려도 난 울지 않을래요."

"왜 그런 소리를 하지?"

"처녀도 아니고 아이도 못 낳을지 모르니까요."

그것은 거짓말이었다. 흔히 여자가 일을 당하고 나면 불안에 떠는 그런 심리에서 나온 자학에 가까운 자기비하에 지나지 않았다.

손수건이 거짓말임을 말해주고 있었다. 파도가 거품을 산더미처럼 달고 와 수건을 끌고 가던 게를 덮쳤다.

그 바람에 손수건은 게의 손아귀에서 벗어났다.

이를 보고 그녀가 속삭이듯 "선생님!" 하고 불렀다. 나는 그러는 그녀의 밉지 않은 얼굴을 뚫어지게 바라보았다.

그녀는 뚱하게도 "선생님, 저 밉지요?" 하고 말하는 것이 아닌가.

"뭔 소릴 갑자기 그렇게 해. 밉기는 왜 미운데?"

"남자들은 일을 끝내기가 무섭게 여자를 거들떠보기조차 싫어한다면서요. 그 말, 어떻게 생각하세요? 어서 말해 봐요."

"아니."

"아니 밖에 할 말이 그렇게 없어요?"

"아니."

그녀가 그러는데도 나는 또 아니라고 말하고 있었다.

"자꾸 그러심, 선생님을 미워할 거예요."

"그런다고 해도 나로서는 어쩔 수 없습니다."

우리 둘의 머리 위에서 갈매기 한 마리가 선회하다가 손수건을 놓치고 바다로 가는 게를 향해 곧장 내리꽂히고 있었다.

"저 게가 불쌍해. 갈매기 좀 쫓아주세요."

"그냥 두고 보지. 어떻게 하나."

나는 뒤늦게 화제를 돌렸다.

"금지, 이제 우리 사이, 거짓말하지 않기로 하지."

"거짓말을 하지 말자고 하시면서 또 거짓말을 하시네."

"난 거짓말이 아니라고 했는데도 또 우겨?"

"그러시는 선생님은 또 거짓말을 하고 계시면서."

그녀는 언성을 높여 말했다.

"정말, 거짓말 아니래도 그렇게 우기기야?"

"그러시는 선생님은 지금도 여전히 거짓말을 하시면서 그래요."

"우리 이제부터, 말다툼 같은 것 하지 말기로 합시다."

"저야 좋아요. 원한다면 그렇게 하셔요."

"날씨가 너무 차니까."

나는 내 입술을 추위로 파랗게 질린 그녀의 입술에 덮고 손수건을 주워 속주머니에 깊이 찔러 넣었다. 그리고 금지에게 손을 내밀어 그녀의 손이 잡히면 좀 더 세게 잡아주고 그녀를 가까이, 아주 가까이 끌어당겨서 안아주기로 마음먹었다.

그러나 이금지에게 사랑한다는 말은 하지 않았다.

사랑한다는 그 말은 곶감을 말려 두었다가 겨우내 하나씩 빼어먹듯이 아끼고 아껴 가면서 두고두고 말하리라 다짐했다.

나는 바닷가를 떠나면서 그녀의 입술을 새삼 도둑질했다. 나는 그녀는 이제 자장에 든 쇠붙이라고 생각했으나 의외로 완강했다.

헤어질 때, 이금지가 먼저 말했다.

"다시는 화진포엔 안 갈래요."

"아마 자주 가게 될 거요. 먼저 가재면서 보채지나 마시지."

"그래도 난 안 갈래요."

"그래. 그렇다면 나로서는 끌고 갈 수밖에 없지."

금지를 바래다주고 집으로 돌아오니 이학구가 기다리고 있었다.

"어딜 이렇게 늦게까지 다녀오십니까?"

"생각할 것이 좀 있어서 산책을 좀 했습니다."

"저, 선생님, 윤 선생님을 만나 보셨어요?"

"아, 아니. 나로서는 굳이 만날 이유가 따로 있는 것도 아니고…"

나는 매우 당황했고 그는 망설이다 입을 떼었다.

"선배님께 상의할 일이 있어서……"

"내게 상의할 일이 있다니?"

그 말을 하는 그는 소년처럼 얼굴이 달아올라 있었다.

"저어, 윤 선생님께 처, 청혼을 했으면 해서요."

"영혜를 무척 사랑하나 부지?"

"그래요, 선배님. 제 편에서 처음부터 영혜를 좋아했었어요."

"그렇다면 청혼을 하지. 지금도 늦지 않은 것 같은데…"

"선배님이 마음에 걸려서 망설이고 있었어요."

그는 조심조심 내 눈치를 살피면서 뜸을 드리다가 말했다.

"내게 그런 신경을 쓸 것까지야 없어."

"선배님께 그런 소릴 들으니 이제야 마음이 후련합니다."

"영혜를 행복하게 해줘야 해?"

"고맙습니다, 선배님. 다음에 또 뵙겠습니다."

그는 방으로 들어오지도 않고 곧장 되돌아갔다.

나는 안개에 휩싸여 잠자리에 들었다. 그러나 현내리가 나 같은 작은 몸뚱이 하나 정도 품을 만한 공간도 허용해 줄 것 같지 않은 불안에 휩말려 잠이 오지 않았다. 나는 잠이 오지 않아 담배를 피워 물었다. 빨지도 않는 담배는 입술을 태울 듯이 타 들어갔고 담배 연기 때문에 눈물을 찔끔거리며 몸을 이리 뒤척이고 저리 뒤척였다.

나는 잠이 오지 않는 이유를 알 수 없었으나 영혜를 생각하면 잠이 달아났고 금지를 생각하면 잠이 쏟아졌다.

나는 할아버지가 깨워서야 눈을 떴다. 해가 중천을 배회하고 있었다.

"오늘은 올라간다더니, 웬 늦잠을 자?"

나는 호흡부터 멈췄다. 그리고 조심스럽게 말했다.

"할아버지, 넘겨준 서류, 한 달만 맡아주세요."

"건 왜 갑자기, 넘겨준 걸 내가 맡으라니?"

"이유는 묻지 마시구요, 할아버지."

"난 모른다. 넘겨준 것으로 내 할 일은 끝낸 게야."

할아버지는 단호하게 못질을 했다.

나는 할아버지의 근접할 수 없는 위엄에 눌려 불안한 예감을 가지고 버스에 올랐다. 그리고 버스에서 할아버지에게 편지를 썼다.

그것도 할아버지가 주신 서류를 가방에 넣고 그 가방을 깔판으로 해 덜컹거리는 버스 안에서 뒤틀린 글씨로 할아버지께 편지를 썼다.

　인사 줄이옵고.
　제가 직접 말씀을 드리지 못하고 떠나와서 죄송합니다. 이번에 올라가면 할아버지를 서울로 모시든가, 아니면 제가 추진하던 사업을 포기하고 현내리로 돌아와 할아버지와 함께 살든가 양단간에 결정을 하겠습니다. 할아버지께서는 겉과는 달리, 마음속으로는 제가 돌아와 현내리에 살기를 바라고 계시다는 것을 누구보다도 저는 잘 알고 있습니다. 저는 그 누구도 아닌 할아버지의 손자니까요. 제가 만약 현내리로 돌아가면 할아버지께서 한때 즐겨 타시던 어선을 타고 먼 바다로 나가 고기를 잡으면서 송도진리, 할아버지의 고향을 잊지 않겠습니다.
　제가 태어난 곳이기도 하니까요. 그리고 제 대에 고향에 가지 못하면 할아버지의 증손자들에게는 꼭 가보라고 일러두겠습니다.
　지금 할아버지의 증손주가 잉태되고 있는지도 모릅니다. 할아버지, 한 달입니다. 제발, 한 달만 기다려주십시오.

　난 쓴 편지를 읽고 또 읽었다. 원통을 지나면서 부치려고 했으나 버스가 마구 흔들린 탓인지 글씨가 너무나 조악했다. 비포장도로를 달리는 버스가 덜컹거려 글씨는 굼벵이가 기어가는 듯했다. 그대로는 도저히 부칠 수 없었다. 나는 편지지를 찢어 창을 열고 힘껏 던져버렸다.

조용한 눈물

유난히 비가 많이 내린 그 해, 서울의 봄이 국가야 망하던 말든, 국민이야 죽든 말든 권력에만 혈안이 된 정치군인들에 의해 무참히도 좌절되었을 때, 나는 또 다른 의미의 죽음을 경험하게 되었다. 어머니의 정선 아라리와도 같은 한이 덕지덕지 매달린 죽음이 그것이었다.

아버지와 어머니의 죽음 사이는 30년이라는 긴 세월이 가로놓여 있었으나 어머니의 영혼을 고향으로 모시기 위해 발길을 뚝 끊은 땅, 꿈길에도 가고 싶지 않은 고향을 찾아가게 되었던 것이다. 그것은 어머니가 운명하시기 전부터 예정된 것이나 다름없었다.

아내는 출근하는 나를 가로막더니 "어머님이 오늘 아침 따라 이상해요. 결근하면 안 되나요?" 하고 눈치를 살폈다.

나는 "당신, 내 처지를 몰라서 물어?" 하고 언성을 높였다.

아내는 "아니까, 애원하잖아요." 하고 이내 수그러든다.

어머니는 지난 해 10월부터 시름시름 앓기 시작하셨다.

그랬던 것이 겨울이 가고 봄이 오고, 이 여름에 들어서는 더하거나 덜하지도 않은 채 자리에 누워 계시기만 했다.

"제발 부탁이니, 출근하지 마세요."

"그렇게 쉽게 어머님께서 돌아가시겠어? 당신만 믿고 출근할 테니까,

무슨 낌새라도 있으면 연락해요. 사환에게 부탁해 놓을 테니…"

나는 신을 신으려고 방을 나와 현관으로 내려섰다.

내 성질을 누구보다도 잘 아는 아내는 어쩔 수 없었던지 "출근하더라도 시간마다 집으로 전화 주세요." 하고 단념한다.

"그야 그렇게 해야지."

집을 나서자 장대같은 비가 주룩주룩 내렸다.

나는 우산을 가지러 집으로 되돌아가 어머니를 한참 동안이나 지켜보았다. 어머니는 표정 하나 없으셨다. 잘 다녀오겠다고 새삼 인사했으나 언제나 그랬던 것처럼 말씀 한마디 없으셨다.

비는 물지게로 져다 붓듯이 쏟아졌다.

80년의 봄을 무참히 도륙한 하늘이 장마철도 지난, 늦여름 들어서도 비를 쏟아놓았다. 그것도 하루가 빠한 날이 없었다.

하늘 어딘가에 구멍이 뚫려도 되게 뚫린 모양이었다. 그로 인해서 저온과 냉해가 한반도의 남쪽을 뒤덮고 있었다.

나는 버스를 타기도 전에 옷이 흠뻑 젖었다.

우산을 받쳐 들었으나 손에 든 무거운 봉투 탓으로 비를 고스란히 맞은 셈이었다. 봉투 속에는 며칠 밤을 새워 가며 수정한 학위논문 원고가 들어 있었다. 심사위원들의 지시대로 고치고 삽입했으며 그것도 오늘 중으로 지도교수의 최종 승인을 받아 출판사로 넘겨주지 않으면 기일 안에 인쇄된 논문을 제출할 수 없었다.

교무실은 기말시험으로 부산했다.

나는 수업계 선생에게 시험 감독을 앞쪽으로 돌려달라고 해서 2교시 감독을 끝내고 교무실을 나서는데 "윤 선생님, 전화 받으세요. 댁인가 봐요." 하고 사환 아이가 나를 불러 세웠다.

나는 가슴이 철렁 내려앉는 것만 같았고 오늘 따라 수화기 속에서는 아내의 다급한 목소리가 먼 나라에서 들려오는 듯했다.

"나야. 어머니에게 무슨 일이 생겼어?"

"당신이세요? 지금 곧장 집으로 오세요. 어머님이 운명하실 것 같아 불안해서 견딜 수 없어요. 어서요!"

"대학에 들렀다가 곧장 가겠소."

"당신은 남의 일처럼 말해요? 자기 엄마가 운명하는데도…"

"알았다니까, 그리 알고 있어요."

나는 말은 그랬으나 송수화기를 놓는 손이 마구 떨렸다. 제 정신이 아니었다는 게 사실일는지 모른다.

그것은 발걸음이 말해 주고 있었다.

집으로 곧장 달려가던 발길이 어느 새 대학으로 향했고 대학으로 가던 발길은 집을 향해 달려가고 있었고, 그리고 급기야 캠퍼스 안으로 들어가고 있는 자신을 발견하고 경악하지 않을 수 없었다.

심사를 끝낸 원고, 지도교수의 승인을 받아 출판사로 넘기기만 한다면, 일을 당하더라도 초고가 나올 때까지 시간은 충분히 있으니, 기일 안으로 논문을 제출할 수 있었다.

해서 학위를 받는 조건으로 내정되어 있는 대학으로 진출할 수 있다는 조급한 마음에서 집보다 대학으로 발길을 향하게 했는지도 모른다.

지도교수 이 박사는 성격이 깐깐하기로 소문이 나 있었다.

"내가 지시한 대로 보완해 왔어?"

"네. 지시한 대로 했습니다."

"어디 보세. 지시대로 고쳤는지…"

지도교수는 보완한 원고를 일일이 검토하고 항목 별로 조목조목 따지면서 지적해 나갔다. 시간은 한없이 지체되었다.

나는 지도교수의 목소리를 뒷전으로 밀어낸 지 오래였다.

아내의 다급한 목소리만이 이명(耳鳴)으로 남아 울어대고 있었다.

내가 건성으로 대답하고 있는데 날벼락이 떨어졌다.

"이것도 뜯어고친 게야, 윤군?"

"······."

"윤군, 삽입하라고 한 내용이 이것뿐인 게야?"

"네, 선생님의 지시대로 보완했습니다."

"기대 이하야. 윤군 정도라면 보다 좋은 논문을 쓰리라고 기대했었는데, 정말 실망이 커."

지도교수는 내 기부터 꺾었다. 이럴 때는 대꾸나 변명보다는 침묵이 보다 현명하다는 것을 알고 있었으나 조급한 마음에 불쑥했다.

"선생님, 논문이 형편없다면 다음 기회로 미루겠습니다. 전 지금, 어머님께서 운명하실 지도 모른다는 연락을 받았습니다. 논문 같은 것은 안중에도 없습니다. 지금 집에 가야 합니다."

"이것도 논문이라고 두고 가겠다는 게야?"

"선생님, 논문이야 다음 기회도 있지 않습니까?"

"저 고집, 자네는 고집이 탈이야."

"······."

나는 아예 입을 틀어막았다.

그때 전화벨이 요란하게 울렸다. 지도교수는 송수화기를 집어 들더니 "나, 이형준입니다. …아, 네. … 그렇습니다. …아, 알겠습니다. 곧장 댁으로 가도록 하겠습니다." 하더니 수화기를 놓았다.

"윤군, 속히 집으로 가 보게. 방금 자당께서 운명하셨다고 연락이 왔어. 속히 집으로 가 보게."

"방금 선생님, 뭐라고 하셨어요?"

나는 울음이 치받쳤다. 지도교수에게 눈물을 보이지 않으려고 자제하면 할수록 흘러내려 외면을 하지 않을 수 없었다.

"논문은 두고 어서 집으로 가 봐. 나머진 내가 수정해서 출판사에 넘길 테니까. 서 있지만 말구, 어서 가 봐."

나는 어떻게 해서 집에 왔는지도 모른다. 눈물인지 빗물인지 모를 물을 흠뻑 뒤집어쓰고 집안으로 들어선 것만은 분명했다.

아내는 생각보다 침착했다.

아무도 없는 집에서 운명을 혼자서 지켰고 숨이 완전히 끊어진 것을 확인하고는 고운 솜으로 속광(屬壙)까지 끝낸 뒤, 다리는 쭉 펴고 팔은 가지런하게 가슴 위에 얹어놓고 두 손을 묶고 있었다.

나는 시신 위에 엎어져 통곡했다. 눈물을 모르고 자랐는데 어디서 그렇게 눈물이 쏟아져 나오는지 알 수 없었다. 자식 하나 믿고 30년을 살아오신 어머니, 어머니의 마지막 가는 길을 지켜보지 못한 불효자식이라고 자책하는 눈물, 그런 진한 눈물을 주체할 수 없었다.

해도 지지 않았는데 비 때문일까. 어둠이 찾아왔다.

"그만 울어요. 섧게 운다고 어머님이 살아나실 것도 아니잖아요. 그만 울고 정신을 차려서 일을 치를 준비나 해요."

내가 아내를 위로하기보다는 아내가 나를 위로했다.

아내는 알릴만한 데는 알렸고 장의사에도 연락을 했다.

가까운 친척이라곤 없는데 재당숙이 제일 먼저 달려왔다. 들어선 길로 윤춘석은 죽은 이의 혼백부터 불러들였다.

평소에 즐겨 입으시던 당신의 적삼 깃을 잡고 뜰로 내려서서 거실을 향해, 선비 댁 복, 복 하고 세 번이나 어머니의 택호를 부르고 들어와 무명천으로 시신을 덮었다.

이어 나를 향해 곡을 하라고 일렀다.

윤춘석은 곡이 끝나자 밥 세 그릇, 짚신 세 켤레, 동전 세 닢을 채반에 담아 대문 앞에 갖다놓았다. 이어 굄목 두 개를 흰 종이로 싸더니 고인의 머리를 남쪽으로 향하게 해서 상판에 올려놓았다.

그는 임시로 묶은 끈을 풀어 팔 다리를 주물러 바르게 펴더니 얇은 옷을 접어서 머리를 괴고 흰 종이로 어깨와 정강이, 무릎의 윗부분을 묶는데 다리를 단단히 묶고 나서 사방침을 발바닥에 대어 서로 일그러지지 않게 한 뒤에야 병풍으로 가렸다.

나는 이런 절차를 밟는 동안 물끄러미 보고만 있었다. 호상을 맡을 사람도 없어 재당숙이 상례를 도맡아 처리했던 것이다.

"지금부터 평상복을 벗고 상복으로 갈아입도록 하게."

나는 재당숙의 말에 따라 외출복 그대로 있는 옷을 벗고 하얀 홑두루마기를 걸쳤다. 그리고 소매를 걷어 왼쪽 팔이 드러나게 했다.

아내도 머리를 풀고 옥양목 치마저고리로 바꿔 입었다.

날은 완전히 어두워졌다. 손님이 많이 있어 부산한 것도 아니었다.

초상집답게 청승맞은 빗소리가 빈소를 지켰다.

밤이 이슥해서야 생각이 났던지 아내는 "내 정신 좀 봐. 어머님께서 당신에게 주라는 것이 있었는데 깜박 했어요." 하고 장롱 속에서 창호지로 만들어진 봉투를 꺼내놓았다.

어머니는 선비댁이라는 택호답게 글이 좋았다.

어머니는 동네 사돈지란 사돈지는 도맡아 썼다. 사돈지를 쓸 때는 문장이 매끄럽고 물이 흐르듯이 자연스러웠다.

그런 소문 탓인지 글을 받아 가려고 다투어 찾아오는 사람이 많았다. 더욱이 글을 모르는 이들이 읽어달라고 가져온 사돈지를 읽어주는 청아한 목소리는 듣는 이로 하여금 탄성을 자아내게 했다.

나는 눈에 익은 궁체로 내리쓴 어머니의 달필을 대하고 보니 나도 모르는 사이에 어릴 적 기억이 떠올라 새삼 눈시울이 붉게 달아올랐다.

유서의 서두는 '애기 아빠 보게'로 시작되어 있었다.

폐일언하고.

내 죽으면 화장을 해서 한강 물에 뿌릴까도 생각했었다.

그러나 생각 끝에 고향, 그것도 네 애비 옆에 쌍분으로 묻히고 싶다. 네게는 알리지 않았으나 이미 묘역을 조성해서 가묘로 치장해 두었다. 무실천 서방에게 연락만 하면 알아서 다 처리해 줄 것이다. 30년이나 고향 발길을 뚝 끊은 너에게 이런 유언을 남기는 것이 가슴 아프다마는 수구초심(首邱初心)인 걸 낸들 어쩔 수 없구나. 살아생전에 네 애비 곁에 있어 보지 못한 한을 죽어 저 세상에서나마 씻어볼까 한다.

그리고 염(殮)은 상례에 어긋나나 애비가 직접 해라. 그리 흉 잡힐 것도 없을 게다. 염을 할 때는 아무도 접근 못하게 하고.

내 추한 몸을 아무에게도 보이고 싶지 않다.

끝으로 30년이나 저주하고 살았던 고향, 이제부터라도 늦지 않았으니 자주 걸음걸이해서 네 애비 무덤을 돌 보거라. 너도 이제 어른이 되었으니, 악몽을 씻을 수 있는 나이가 아니던가.

에미가

나는 어머니의 유서를 읽으면서 새삼 치를 떨었다.

30년 전, 내 나이 아홉 살 때 목격한 악몽이 생생하게 되살아나 바로 앞에 있는 사람을 후려칠 듯이 분노로 일그러졌고 마음은 고약하다 못해 속이 메스꺼워 토할 것만 같은 신물이 올라왔다.

나를 지켜보던 아내가 "당신, 갑자기 왜 그래요? 저녁 먹은 게 체한 것 아니에요?" 하고 물었을 정도였다.

"내게 말 시키지 마. 말라고, 알았어!"

나는 분노를 삭이느라고 볼을 실룩였고 어금니를 깨물었다.

어머니의 시신 앞만 아니었더라도 30년이나 잠재해 있었던 나의 분노가 발작했을는지도 모른다.

춘석은 내 표정이 어느 정도 정상으로 돌아서자 눈치를 슬금슬금 살피면서 상회에게 물었다.

"수의는 마련했겠지? 깔끔한 분이니까, 마련해 뒀을 게야."

"꼼꼼한 어른이신데 어련히 마련해 뒀을까요. 장농 깊숙이 갈무리해 두셨는걸요. 그것도 몇 해 전부터요."

"워낙 빈틈없는 어른이라 당신 손으로 다 지어놓았을 게야. 더 볼 사람도 없으니 지금 염을 하세. 수의를 꺼내놓게."

아내는 장농 속에서 수의를 꺼내놓았다.

결이 너무 고운 비단으로 지은 수의였다. 수의를 지은 비단은 30년 전, 6.25가 나기도 전에 어머니가 누에를 치고, 고치로 손수 실을 자아서 베틀에 걸어 짠 바로 그 비단이었다. 그 비단을 간수하느라고 어머니는 피난길에서 자식마저 잃을 번했었다.

어머니는 귀한 살림은 제쳐두고 비단 다섯 필만 달랑 이고 고향을 등졌고, 그 후 그것을 신주단지 모시듯 했다가 내가 결혼할 때, 한 필은 함을 지는 멜빵으로 사용한 것이 기억에도 새로웠다.

나머지 세 필은 간수했다가 수의를 지은 것이 분명했다.

그만큼 어머니는 가시면서도 빈틈이 없었다.

윤춘석이 들어 일을 갑치기 시작했다.

"내가 염을 하려 했더니 고인의 당부도 있고 허이, 상주가 직접 하게. 내 문 밖에서 하나하나 챙겨서 들여보낼 터이."

나는 손을 씻고 몸을 단정히 한 뒤, 깨끗한 솜과 알코올을 준비했다.

먼저 물을 떠다가 머리를 감기고 빗질을 했으며 검은 댕기로 머리를 묶었다. 손과 발도 정갈하게 씻어주고 손발톱을 깎아 준비해 두었던 주머니에 넣었다. 심의(深衣)를 펴서 고인을 안치한 후, 남은 부분으로 고인을 덮었다. 그런 다음, 나는 심의 속을 더듬어 입었던 옷을 벗기고 알콜 묻힌 솜으로 몸을 깨끗이 닦아냈다.

나는 진땀을 줄줄 흘리면서 수의를 입혔다. 힘이 들어서라기보다는 정성이 부족할까 마음을 쓴 탓이었다.

재당숙이 시키는 대로 물에 불린 참쌀을 버드나무 숟갈로 세 술이나 시구(屍口)에 넣은 뒤, 수의를 입히기 시작했다.

속살로부터 속곳과 적삼을 입혔고 바지저고리 순서로 입혀 드리는데 나는 못 볼 것을 보고 말았다.

심의 속에서 옷을 입혔기 때문에 일이 서툴렀다. 더욱이 이미 굳은 팔이며 다리를 들어 옷을 입히기란 쉽지 않았다.

조심하느라고 하긴 했는데 심의가 벗겨지고 말았다. 해서 유언에서 남긴, 손수 염을 하라는 우려를 범하고 말았던 것이다.

그것이 나를 경악케 했다. 그것은 은밀한 곳에 위치해 있는, 보기조차 끔찍한 흉터였으며 그리고 두 개의 사랑스런 젖무덤이 아닌 열십자로 찢겨진, 아직도 너덜너덜한 상처를 보았기 때문이다.

되살아나는 악몽에 시달리다 시신에서 멀찍이 떨어져 있었는데 "이제 염은 끝낸 게야?" 하고 춘석이 물었다.

나는 간신히 "……제, 소, 손으로, 여, 염을 할 수 없습니다." 하고 여전히 몸을 떨어대고 있었다.

"고인을 본 게로군. 자네를 낳아준 어민데, 뭘 그러는가? 속히 끝내지 않구. 어서 마무리 짓게." 하고 춘석은 영문도 모르고 재촉이었다.

나는 한참이나 뜸을 들이다가 재당숙의 독촉에 마지못해 치마를 입히고 신을 신겼다. 그리고 허리띠를 매고 겹두루마기를 입혔다.

이제는 누가 들어온대도 시신을 보일 염려는 없었다.

그제야 윤춘석이 방으로 들어서며 "어디, 염이 제대로 됐는지 보세." 하고 하나하나 점검했다. 그리고 시키는 대로 잘 되었던지 "수고했네그려. 제법이네. 이제 바깥에 나가 땀이나 말리게. 나머지 소렴은 내가 도맡아 함세." 하고 나를 방에서 밀어내는 것이 아닌가.

그는 비단 천으로 만든 띠로 다리며 장딴지하며 허리를 묶고 두 손을 가지런히 해서 함께 묶은 다음에야 염을 마쳤다.

윤춘석은 살아생전에 어머니를 만나면, 당신의 염은 내가 손수 해 줌세 하고 농담 삼아 말했었는데, 이제 그 말을 실천했다고 생각했는지도 모른다. 그리고 나를 돌아보더니 "옛날처럼 옛법 그대로 절차를 따를 수도 없으니 일단 두건만 쓰고 곡을 하게나." 했다.

나는 마음과는 달리 건성으로 곡을 했다.

아내는 함께 산 정이 유난했던지 섧게 울었다. 남들은 고부간이 아닌 모녀간으로 알만큼 고부간의 사이는 유난히 좋았었다.

그리고 아내가 성질이 괴팍한 나와 살 수 있었던 것은 오로지 어머니의 숨은 힘이라고 할 수 있었다.

그랬으니 아내는 더욱 섧게 울 수밖에 없었는지 모른다.

"이제 그만 울게. 운다고 해서 사람이 되살아날 리도 없어."

윤춘석도 아내의 울음을 제지하며 눈물을 글썽이었다.

어머니와 재당숙 사이는 촌수를 떠나 각별히 정을 두고 지내는 사이였다. 어머니와는 동갑내기로 자네니 내니 하고 허물없이 지내는 사이였고 아버지가 만주로, 북해도로 오입<무단가출>을 다녔을 때도 어머니는 그를 의지하며 믿고 살았었다.

윤춘석은 영좌(靈座)를 만들고 영정(靈幀)을 써서 시신을 모시는 것으로 입관을 끝냈다. 이어 입관을 끝낸 관은 비단 홑이불로 싸고 비단필로

땋은 끈으로 여덟 마디를 내어 묶고 병풍을 둘러쳤다.

대렴을 끝낸 윤춘석은 "손수 마련한 수의를 입고 가니 저 세상에 가서는 복 받으실 게야." 하고 땀을 닦았다.

새날이 밝았는데도 비는 여전히 내리고 있었다. 이렇게 비가 오다가는 천구(遷柩)나 천광(穿壙)에도 지장을 받을 것이 분명했다.

상식(上食)을 끝내고 나니 손님이 하나 둘 들었다.

나는 손님이 오면 앉아 있다가도 일어서서 곡을 했고 빈소 밖에서 입곡(入哭)이 끝나면 정식으로 조문인사를 나누었다.

친가 쪽으로는 가까운 친척이 거의 없기 때문에 처가에서 처남이며 처당숙이 와서 세세한 일까지 들고 했다.

한 분 계시는 이모가 와 섧게 울었을 뿐 상가는 쓸쓸했다.

오후가 되어서야 상가답게 동료 직원이며 연락이 닿은 친구들이 몰려와 부산했고 고 스톱 판이 벌어져 초상집답게 시끌벅적했다.

그런데 매우 다행스런 것은 제자들이 찾아온 것이었다.

그들은 조문을 끝내자 생각지도 않은 청을 했다.

반장을 했던 정군이 "선생님, 이런 말씀을 해도 될는지 모르겠습니다. 운구는 저희에게 맡겨 주셨으면 해서요. 예의에 벗어나지 않는다면 청을 들어 주셨으면 합니다." 하고 운을 뗐다.

"그런 궂은일을 자네들이 하겠다는 겐가?"

"네. 이미 상의하고 왔습니다."

"그랬어? 말만 들어도 고맙기 그지없네."

춘석이 들어 극구 동조했다.

"지금 세상에 이렇게 반가울 수가 있나. 마지막 가는 고인의 천구를 앞길이 구만리 같은 어린 학생들이 하겠다니……"

정군이 춘석을 보고 간청하다시피 했다

"할아버지, 저희들은 여덟 명으로 짝을 지어 이렇게 찾아왔습니다. 늘 존경하는 선생님에게 다소나마 힘이 되어 드리고자 해서요. 집 안에서의 운구뿐 아니라 장지까지 따라가서 하관까지 도와 드리려고 검은 넥타이에 흰 장갑까지 준비했습니다. 할아버지, 허락해 주세요?"

"이렇게 나오는 데야 남의 손 빌릴 것 없네. 젊은이들이 친구를 하겠다는 데야 쌍수를 들어 환영할 일이 아닌가."

"할아버지, 허락해 주셔서 고맙습니다."

춘석의 허락이 떨어져서야 비로소 제자들은 희색이 돌았다.

장례일은 새벽부터 일을 서둘렀다. 다행히도 비가 멎었다.

상식을 끝내자 제자들이 달려들어 빈소에서 관을 운구해 영구차에 실어 재여(載轝)를 끝냈고 발인제를 지낸 후 출발했다.

나는 혼백사진을 아홉 살 난 아들 일상에게 들려 맨 앞자리에 앉혔다. 영구차에는 친지들을 태웠고 전세를 따로 낸 관광차에는 제자들이며 동료 교사와 친구들을 태웠다.

하관은 오시(午時)였다. 지금부터 멀고 먼 북망(北邙), 고향의 선산을 향해 빗길 속을 달려가야 했다.

비는 발인시만 잠시 멎었다가 차가 출발한 뒤부터 줄기차게 퍼부었다. 먼 산은 물론 가까운 산마저 비안개로 온통 희뿌옇다.

차는 삼양동 산비탈을 미끄러져 내려와 시내를 벗어났고 잠실을 지나 성남시로 들어섰다. 이제부터는 새로 뚫린 길을 따라 터널을 벗어나면 광주를 뒤로 하고 3번 국도를 따라 남하할 것이었다.

출발한 지도 한 시간은 지났다. 차안이 조용해졌다. 이틀 밤이나 잠을 설친 탓인지 사람들은 고개를 모로 꼬고 잠들어 있었다. 살아 움직이는 것은 엔진소리뿐, 엔진소리마저 빗속을 뚫고 사라졌고 사라진 틈바구니를 비집고 빗소리만이 농탕치고 있었다.

나는 혼백사진을 떨어뜨린 채 잠들어 있는 일상이의 젖혀진 고개를 바로 잡아주고 혼백사진을 주워 내 무릎 위에 가지런히 올려놓은 뒤에서야 시선을 창 바깥에 고정시킬 수가 있었다.

그러자 흐릿한 차창을 통해 시야에 들어오는 것이라곤 희뿌연 비안개 뿐이었고 그것마저 차창 밖 비안개와 어우러져 초점마저 흐려놓았다.

그와 동시에 희뿌연 비안개 속에서 과거 하나가 흐느적이었다.

더욱이 흐릿한 차창에 엉겨 붙었다가 이따금 떨어지는 빗방울마다 과거의 기억을 하나씩 달고 나를 조롱했다.

나는 떨어지는 빗방울 하나마다 시선을 고정시킨 채 하나 둘 셋 넷 다섯……서른 서른하나 서른 둘……아흔하나 아흔둘 ……일백 하고 세는 사이, 의지와는 상관없이 눈이 절로 감겼다.

한국전쟁! 우리 집의 6.25사변 발발은 아버지의 밥상이 마당 한가운데서 박살이 나는 쨍그랑 소리로부터 시작했다.

그때 내 나이 아홉 살이었다. 지금 아들 일상이가 할머니의 혼백사진을 들고 아버지의 고향을 가고 있듯이 나 또한 어머니의 양산 하나만 달랑 들고 영문도 모를 피난길에 올랐었다.

7월도 초순이었다. 피난을 가기 이틀 전만 해도 갯논에 나가 두벌 논을 매고 늦게 들어와서 저녁상을 받아 막 먹으려드는데 맏형의 뒷바라지를 하러 서울로 따라갔던 누나가 마당으로 불쑥 들어섰다.

남숙은 혼이라도 나간 듯 제 정신이 아니었다.

"서울엔 빨갱이가 쳐들어와 난리인데 피난 준비 안하고 뭐해요?"

"뭐, 뭣이 빨갱이가 쳐들어 왔다구?"

아버지는 너무나 당황해 들고 있던 수저를 떨어뜨렸다.

"난리가 난 줄도 모르고 있었어요?"

"그래. 네 오빠는 함께 내려오지 않은 게야?"

"오빠는 저보고, 먼저 고향에 내려가 있으라고 했어요. 사태를 봐서 서울을 몰래 빠져나오겠다구 하면서요."

"어쩌구 저째? 사태를 봐서 빠져 나온다고? 그걸 말이라고 해. 그놈이 미쳐도 단단히 미친 게야. 그 따위 소릴 해? 그런 놈을 두고, 네 혼자 살겠다고 피난을 나와? 멱살이라도 잡아끌고 올 것이지. 그래, 혼자 도망쳐 와? 이년아, 죽어도 한 구덩이에 죽지, 오긴 왜 와?"

당장 눈앞에 있는 밥상이 마당에서 놀아났다.

남숙은 마루에 앉으려다 말고 뒷마당으로 달아났다.

아버지는 한숨을 꺽꺽 내쉬었다.

연방 줄담배를 피워댔다. 이제 자식 하나는 잃은 것이나 다름없다고, 자식을 서울로 유학 보낸 것이 한없이 후회되었다.

윤태후는 젊은 시절부터 만주로 일본으로 떠돌아다니면서 방랑생활을 했었다. 그러다가 나이 서른이 넘어서야 고향에 발을 붙이고 자식 하나에 오로지 마음을 의지하며 살아왔다.

그는 일제 말기, 서릿발 같은 저들의 눈초리 속에서도 땅에 묻어두었던 쌀을 꺼내어 한 손에 두 말씩이나 들고는 밤차로 서울에 잠입해서 아들에게만은 이밥을 먹였었는데 이제 그런 아들을 잃게 되었으니, 도무지 허탈해서 갈피를 잡을 수 없었는지도 모른다.

머슴인 천석출이 "영태 어른, 서울에 남았다고 해서 다 죽을라고요. 이젠 진정하시고 피난 갈 준비나 하셔야지요." 하고 달랬다.

"자식을 적지에 버려두고 피난을 가? 그것도 나만 살겠다고 피난을 가? 일 없네. 자네나 어서 피난 가게."

"영태 어른, 나머지 식솔도 있지 않습니까?"

"일 없어. 자네나 피난 가라니까."

나는 아버지의 눈치만 살피다가 누나가 걱정되어 슬금슬금 꽁무니를 빼 뒷마당으로 갔다. 뒷마당에는 감나무 두 그루가 할아버지의 아버지 적부터 아름드리 뿌리를 드러낸 채 우뚝 서 있었다.

남숙은 감나무 둥치에 앉아 홀짝홀짝 짜며 하소연했다.

"아버지는 해도 너무해. 아들만 자식인가? 이유라도 들어보고 야단을 쳐도 쳐야지. 나흘이나 굶으며 죽을 동 살 동 부모 밑이라고 찾아온 자식을 그래, 그렇게 다그칠 수 있어요?"

"내, 그 심정 다 안다. 그만 그쳐. 아버지는 천성이 으레 그러려니 여기고 배운 네가 참아야지, 이제 와서 어쩌겠니?"

"그래도 그렇지요? 딸자식은 자식이 아닌가 뭐?"

"네가 이 어미 속을 몰라서 그래?"

"아니까 이러고 있지요."

어머니는 좀체 눈물을 비치지 않았는데 눈물까지 보였다.

어머니는 열여섯에 시집와 그로부터 눈물로 시집살이를 했다. 층층시하라고 하더라도 그런 시집살이는 세상에 없었다.

재처도 아닌 세 번째 처로 들어온 시할머니는 살 세고 거센 데다 손이 귀한 집안에 아들 넷을 낳아준 유세가 대단했는데 특히 손자며느리가 마음에 들지 않아 생트집을 잡았다. 조금이라도 눈에 거슬리면 머리채를 쥐고 흔들었고, 시어머니는 시어머니대로 시집살이하랴, 시어미 노릇하랴 그런 북새통에 끼어 시집살이를 한 어머니였다.

시아버지도 어머니와 마누라 틈바구니에서 이러지도 저러지도 못한 탓인지 되레 일없이 나들이를 나갔다 하면 술이나 퍼먹고 집안에 들어서면서부터 버릇이 돼 버린 마룻바닥을 들어낸다, 구들장을 파낸다 하고 술주정으로 하루가 빤한 날이 없었다.

그렇다고 해서 고된 시집살이를 남편이라고 알아줄 리 없었다. 오히려 할머니의 고집스럽고 미련스런 성질을 닮아 살 세고 거센 데다 고부간에 말다툼만 났다 하면, 마누라의 머리채를 잡고 마당에 팽개쳤다.

그때부터 어머니의 속병은 중증으로 굳어졌다. 안으로 안으로만 골병이 든 가슴앓이, 그런 가슴앓이는 남편이 땅을 몰래 팔아 만주로 오사카로 오입을 다녔던 10년 가까이 곪을 대로 곪았었다.

그런 탓으로 누나와 나는 10년 터울이 되었다.

시할머니는 시할머니대로 손자며느리를 보고, 남편 하나 치성 못해 저러고 다닌다고 어머니를 달달 볶았고, 시어머니는 시어미대로 남편 하나 집에 잡아두지 못한다고 덜덜 볶아댔다.

해서 어머니는 택호가 선비댁, 해서 선비댁답게 무던히도 참고 참으면서 살아온 인고의 세월이 되고 말았던 것이다.

어머니는 자식들에게 매라도 들고 혼낼 일이 있어도 "너들 아니래두 내 가슴 속에는 바위만한 망치가 휘젓고 다녀 살아도 오래 못살 텐데, 니들까지 어미 속을 끓여서야 어디, 이 어미가 하루라도 마음 놓고 살겠니?" 하고 매를 들다가 그만 뒀다.

울고 보채는 자식에게 젖 한번 마음 놓고 물리지 못했고 옷가지 하나를 빨아 입히는데도 시할머니의 눈치를 살펴야 했다.

그리고 귀한 자식을 두고도 어른 앞이라 얼러보지도 못했다.

그런 어머니였으니 남숙이 모를 리 없었다.

"이 어미를 봐서도 눈물을 거두어라. 이제 밥이나 묵자. 나흘이나 굶고 오느라고 오죽 시장했겠어? 눈물이나 닦아."

어머니는 치맛자락으로 남숙의 눈물을 닦아주었다.

그제야 남숙은 어느 정도 진정되었다.

"엄마, 미안해. 나, 밥이나 줘. 그것도 많이많이."

"그래야지. 이 어미를 생각해서라도 많이 먹어야지."

"그래요. 엄마, 배고파 죽겠어요. 어서 주세요."

남숙은 밥상을 당겨놓고 허겁지겁 먹었다. 밥알이 입안으로 들어가는지, 코 안으로 들어가는지 보이지 않았다. 어머니는 밥을 먹는 것을 지켜보면서 아들이 걱정되어 안달했으나 내색하지는 않았다.

남숙이 밥을 다 먹었는데도 어머니는 상 치울 생각을 하지 않았다.

"많이 먹지, 그것만 먹고 마는 게야?"

"배가 너무 고프니까, 오히려 먹히지 않아요."

"물에 말아서라도 먹지, 왜 남겨?"

"엄마, 내 발 좀 볼래? 다 불어 텄다."

남숙은 신을 벗었다. 양말 밑창은 아예 달아나 없었고 남은 것이라곤 물집이 터져 피가 엉긴 발바닥뿐이었다.

"나, 독하지? 이런 발로 몇 백리를 걸어왔으니."

"독하기는. 대견하기만 한데."

"그런데 엄마, 오빠는 머리가 어떻게 된 모양이야."

"오빠에게 무슨 말버릇이냐?"

"내가 못할 말을 했어? 이 난리에 오빠는 엄마보다 애인 생각을 더하니까 그렇지. 엄마 미워 죽겠어."

"네 오빠에게 애인이 있었다니, 무슨 소리냐?"

"엄마는 잠자코 들어보기나 하세요."

남숙은 27일 저녁에서야 북괴군이 38선을 넘어 물밀듯이 서울로 진격하고 있다는 소문을 듣고 피난을 서둘렀다.

그랬는데 오빠는 집을 나간 지 3일이 지나도록 나타나지 않았다.

종래 깜깜무소식이었다가 28일 아침나절에야 눈이 풀어져 지친 몸으로 집에 들어섰다. 남숙은 들어서는 오빠를 다그쳤다.

"피난은 갈 거예요, 말 거예요? 앉아 죽으려고 작정했어요?"

"나 두고 너 먼저 내려가라. 난 할 일이 있어."

"할 일은 무슨 할 일. 여자 때문이지요?"

정태는 9월 졸업을 앞두고 있었는데 졸업은 핑계에 지나지 않았다.

이렇게 대책 없이 내려갔다가는 영영 졸업을 놓치는 것이 아닌가 하고, 그것이 걱정되어 사태의 추이를 지켜보겠다는 것이었다.

그런데 실은 그게 아니었다. 정태는 남숙이 몰래 여자를 사귀고 있었다. 그랬는데 6.25사변이 발발하던 아침이었다.

그녀의 행방이 묘연했다. 그렇지 않아도 사상 때문에 의견 충돌이 잦았던 정태는 그날 알 만한 데는 다 찾아다니면서 그녀의 간 곳을 수소문했고 그렇게 행방을 찾아 이틀이나 쏘다녔는데도 알 길이 없었다.

"오빠가 가지 않으면 나도 가지 않을래."

"난 남아서 할 일이 있다는데도 그러니. 한강 다리가 폭파되었다는 소문이 있으니, 마포나루로 나가서 도강을 해."

"나 혼자서는 안 갈래. 오빠와 함께 갈래."

"어서 서둘러라. 시간이 지날수록 도강하기만 어려워져."

"오빤 엄마가 불쌍하지도 않아?"

"잔말 말고 짐이나 간단히 챙겨. 난 기회를 보아 서울을 탈출할 테니까. 가서 엄마에게는 무사히 있다고만 말해."

"오빤 여자 때문에 남으려는 거지?"

"날 기다렸다가 피난 가겠다는 생각은 추호도 마라. 나, 지금 나가면, 언제 돌아올지도 모르니까. 당장 내려가거라."

그 말을 끝으로 오빠는 횡 하니 나갔다.

남숙은 미아리 쪽에서 들려오는 포 소리에 놀라 입은 옷 그대로 집을 나섰다. 그녀는 노량진 쪽으로 발길을 향하다가 피난민 대열에 떠밀려 원효로 쪽으로 밀려났다가 간신히 강변에 도달했다.

강변은 사람들로 뒤엉켜 수라장이 되어 있었다.

남숙은 사람들에게 떠밀려 하류 쪽으로 밀려갔으나 배를 얻어 타기란 하늘의 별따기보다도 어렵다는 것을 알았다.

강 위에 떠 있는 배마다 사람 동산을 이뤘고 심지어 강을 헤엄쳐 건너다가 빠져죽는 사람도 눈에 띄었다.

남숙은 벌떼처럼 뱃전에 달라붙어 가던 사람들이 배 채로 물속으로 가뭇없이 사라지는 지옥의 한마당에 그만 아연했다.

해서 도강을 포기하고 돌아서려는데 총소리가 귓전을 찢었다.

돌아다보니 군인 셋이 총을 들고 달아나는 배를 향해 당장 배를 돌리지 않으면 죽여 버린다고 총을 쏘아대고 있었다.

사공은 겁을 집어먹고 배를 돌려 강가로 다가왔다.

군인 셋이 잽싸게 물로 뛰어들어 배로 접근해 갔다. 남숙도 덩달아 물로 뛰어들어 그 배를 향해 헤엄쳐 갔다.

그녀는 군인 덕분으로 간신히 배 꽁무니에 매달려 강을 건널 수 있었다. 남숙은 강을 건너 영등포로 갔으나 피난민 홍수로 기차를 탄다는 것은 엄두도 낼 수 없었다.

그녀는 수원까지 걸었다. 수원역에서 하룻밤을 새우고, 새벽녘에야 출발하는 객차 위에 올라탈 수 있었다.

객차 위에 올라앉아 대전까지 올 수 있었고 대전서부터는 줄곧 걸어 김천을 거쳐 나흘 만에 겨우 집에 도착했던 것이다.

"그래, 죽을 고생했다. 이 꼴 난 집 찾아오느라고…"

"그래도 엄마가 있어 우리 집이 좋은 걸. 엄마만 없었으면 죽을 고생을 하며 집에 오지도 않았어요."

"못난 어미 생각해 줘서 고맙다."

"우리 엄마가 어디가 못났어요. 제게는 하늘같은 분이신데…"

"답답해서 묻는데, 네 오빠는 무사할 수 있겠니?"

"엄마, 그걸 제가 어떻게 알아요, 이 난리에?"

"오빠만은 무사해야 내가 살 텐데…"

윤태후는 밤새 속을 끓이다가 무슨 바람이 들었던지 새벽부터 피난준비로 설치면서 가족을 달달 볶았다. 집안 살림을 숨겨두기 위해 두지 밑을 종일 파내고 가구를 옮겨 차곡차곡 쌓은 뒤, 입구를 흙으로 틀어막았다. 그리고 속히 마르라고 불을 때어 밤새 말렸다.

두엄자리는 파서 간장독과 항아리를 묻었다. 이제 남은 것은 새끼 밴 돼지와 개뿐. 개는 두고 피난을 가더라도 살아남을 수 있겠으나 돼지는 굶어죽거나 피난민들이 들어와 잡아먹을 것이 뻔했다.

피난민들에게 좋은 일을 시킬 바에야 차라리 잡아 돼지 다리 하나라도 가져가자고 천석출을 시켜 돼지를 잡았다.

돼지를 잡아 배를 가르니, 산달이 가까운 아홉 마리의 새끼가 아직도 살아 꿈틀댔다. 나는 새끼가 불쌍해서 고개를 돌려 버렸는데 누나는 콧물까지 흘리면서 불쌍타고 징징 짰다.

서둘러 잡은 돼지고기로 국을 끓였으나 아무도 입에 대지 않았다.

동네 사람들에게 가져가라고 했으나 피난 가기에 바쁜 사람들이 가져갈 리도 없었다. 평소에는 먹을 것이 없어 배를 곯았는데 어디서 음식들이 쏟아져 나오는지 알 수 없었다.

어머니는 밤 내내 썩을 염려가 적은 미숫가루다 과다 강정을 장만했고 바로 곁에서는 아버지가 촛불을 밝히고 먹을 갈았다.

먹을 간 뒤, 장농 깊이 갈무리해 둔 창호지, 지방을 쓸 때만 사용하는 종이를 꺼내놓고 가위로 하나하나 자르더니 글씨를 썼다.

그것은 피난을 가긴 가도 아들이 돌아왔을 때를 생각한 부정(父情)의 안타깝다 못해 다급한 징표라고 할 수 있었다.

우리는 지금 무을을 향해 가니 그곳 네 고모 집으로 찾아오라는 둥, 선산읍으로 가니 외가로 오라는 둥, 그곳에도 없다면 낙동강을 건너 대구로 와서 7월 보름 정오, 달성공원 정문에서 기다리겠다는 둥, 주로 피난 가는 방향을 알리는 장소나 시간이었다.

그런데 어떤 것은 얼토당토아니했다. 밀양을 거쳐 부산으로 갈지 모르니, 팔월 보름 영도다리에서 달이 뜰 무렵에 만나자는 것이며, 구월 초하루 해가 뜰 무렵 부산진역 앞에서 기다리고 있겠다는 것도 있었다.

글씨를 쓰자, 이제는 등불을 들고 다니면서 벽이란 벽, 기둥이란 기둥에는 다 붙이고 나머지는 감나무에 붙이는 것이었다.

그렇게 서둘렀는데도 날이 밝자 황소 등에 비단이며 식량을 싣고, 그러고도 남은 짐은 지게에 지고 집을 나섰다.

가족들은 하나 같이 집을 나서서 돌곳이를 돌기도 전에 연신 발길을 멈추고 뒤를 돌아다보았다. 나는 피난이 무엇인지 전혀 알지 못한 채 어머니의 손을 잡고 미지의 세계로 이끌려갔다. 손에는 어머니가 아끼는 양산 하나를 달랑 들고 달라지는 환경에 눈을 돌렸다.

나는 아홉 살이 되도록 고향 마을을 떠나본 적이 없었다.

그런 탓인지 피난이라는 것은 한없이 즐거운 것이라고, 이렇게 먹을 것도 많고 전에 볼 수 없는 어머니의 나에 대한 각별한 관심이며 모두가 내 세상인 양 여겨졌다.

그러나 햇살이 퍼지고 기온이 올라가자 지쳐 버렸다. 이십여 리를 걷기도 전에 발등이 부어올랐고 만사가 귀찮아져 어머니의 양산마저 내동댕이치고 생떼를 부렸다. 그랬는데도 아버지가 나에게 혼을 내거나 어머니가 꾸중을 하지 않았다. 오히려 머리를 쓰다듬어 주었다.

선산으로 빠지는 신작로로 나서자 피난민의 대열이 줄을 이었다.

이제는 사람을 구경하는 새로운 소일거리가 하나 늘었다.

무을을 지나 언시 고모 집에다 짐을 풀었다. 고모집도 피난 준비로 눈코 뜰 새 없이 바쁘게 움직이고 있었다.

어머니는 비단 필이며 귀중품을 골라놓고 천석출을 불렀다.

"천 서방, 영태를 딸려 보낼 터이, 영태를 데리고 이 짐을 제 친정인 화송에 갖다놓아 주겠어요? 수고스럽지만 부탁해요."

"누구의 부탁도 아니고 마님의 부탁인데 당연히 그렇게 해야지요."

"그러면 믿고 맡길 테니 수고 좀 해 줘요."

어머니는 지쳐 쓰러져 있는 나를 부르더니 "넌 천 서방을 따라 화송 외가에 먼저 가 있어. 내 뒤따라 갈 테니까." 하고 말했다.

"나 싫어. 엄마와 함께 있을래."

"먼저 가 있으면 엄마도 뒤따라 가. 어서 떠나거라."

나는 가지 않으려고 떼를 썼으나 아버지가 눈을 부릅뜨는 데야 생떼도 소용없어 눈물을 찔끔 짜면서 천석출을 따라나섰다.

마치 소가 도살장에 끌려가듯이 따라나서는 것을 본 어머니는 눈깔사탕 하나를 숨겨두었다가 내 손에 집어주었다.

나는 사탕을 입에 넣고 빨면서 뒤를 따랐다. 천석출의 걸음은 빨랐다. 짐을 한 짐이나 지고도 거침없이 내닫았던 것이다.

나는 종종걸음을 쳤다. 신작로로 나섰다.

어디서 그렇게 많은 사람들이 몰려나왔는지 피난민들로 넓은 길을 메웠다. 석출은 사람 물결을 잘도 헤치고 갔다.

나는 그를 놓치지 않으려고 종종걸음을 치다가 인파에 떠밀려 끝내 그를 놓치고 말았다. 울고불고 소리쳐도 거들떠보는 사람이 없었다. 인파속에 고립된 채 밀려가는 대로 휩쓸려갔다.

얼마나 휩쓸려갔는지 모른다.

총을 든 순경들이 길을 가로막고 피난민들을 신작로에서 밀어냈다. 이제는 피난민들의 물결이 신작로에서 밀려나 논둑으로 천방으로 떼 지어 몰려갔다. 나는 신작로를 벗어나 천방으로 들어서는 후미진 곳에서 낯익은 짐을 발견했다. 머슴이 지고 가던 짐이 그곳에 버려져 있었다. 반가워서 뛰어갔으나 그는 온 데 간 데 없이 사라진 뒤였다.

나는 꼼짝하지 않은 채 천석출이 나타나기를 기다렸다. 그런데 머슴은 한낮이 기울고 오후가 설핏해도 나타나지 않았다.

나는 기다리다 못해 오던 길을 되짚어 사람 그림자라곤 하나 없는 신작로를 따라 무턱대고 걸었다. 얼마 걷지도 않았는데, 앞쪽에서 지척을 뒤흔들며 우람한 물체가 다가오고 있었다.

나는 그만 겁을 덜컥 집어먹었다. 오금이 달라붙어 발길도 떨어지지 않았다. 신작로가 꽉 차게 달려오는 것은 탱크였다.

탱크에게 길을 터주기 위해 피난민을 신작로에서 몰아낸 것이었다.

나는 캐터필러에 발등이 망가질 것 같았으나 어리석게도 논둑으로 내려설 줄을 몰랐다.

탱크의 여진으로 턱이 붙었는지 어쨌는지 모르겠으나 지척을 울리는 진동으로 온몸을 떨어대면서 탱크를 하나하나 헤아렸다. 하나 둘 셋 넷……열하나 열둘 열셋 열넷…… 탱크의 대열은 끝이 없었다.

탱크를 세다가 깜박 하는 바람에 세던 수를 잃어 버렸다.

그것은 탱크에 탄 군인 때문이었다.

키가 전봇대만한 아니, 밀가루를 바른 것 같은 하얀 피부에 파란 눈의 군인, 하물며 먹물을 뿌려놓은 것 같은 새카만 피부에 이빨만 하얀 군인을 보고 혼이 나갔다는 게 사실일지 모른다.

그때, "영태야!" 하고 부르는 소리를 들었다.

얼떨결에 돌아다보니 아버지였다.

아버지는 천석출로부터 영태를 잃었다는 소식을 듣고 신작로를 따라 찾아 나섰고 탱크 때문에 길을 갈 수 없게 되자 자전거를 둘러매고 논둑으로 급히 오다가 신작로 가에 붙어 서 있는 나를 발견한 것이었다.

아버지는 논둑에서 뛰어내리더니 나를 안아 둑 위에 올려놓고 울어 땟국물이 마른 얼굴부터 훔쳐 주었다. 이어 자전거에 태워 탱크가 지나간 길을 되짚어 고모 집으로 되돌아왔다.

어머니는 나를 보자 눈물부터 글썽이며 피난길에 하나 남은 아들마저 자기 때문에 잃을 뻔했다고 끌어안고 뺨을 비비며 눈물을 흘렸다.

윤태후는 자식을 잃었다 찾는데 하루를 허송한 것을 벌충이라도 하려는 듯 저녁을 서둘러 먹게 했다. 그리고 한때 금을 캐다가 폐광이 된 침침한 굴속으로 가족들을 몰아넣었다. 난리가 끝나 집으로 돌아갈 때까지 이곳에 틀어박혀 꼼짝도 말라는 것이며, 비행기 소리만 나도 굴 입구에는 얼씬도 하지 말라고 신신당부했다.

아버지는 걸을 수 있는 남자들만 모아놓고 재촉했다.

"강을 건너는 피난민 속에 빨갱이 선발대가 끼어서 건넌다는 소문이 파다해. 더구나 강 저쪽에서는 피난민들이 건너오지 못하도록 총을 쏘아댄다는 게야. 그러니 대가족을 데리고 강을 건널 수도 없으니 쓸데없는 여자들은 남겨두고 남자들만 짐을 챙겨 떠날 준비를 해. 남자라도 살아남아야 대를 이어도 이을 수 있으니 서둘러."

어머니는 "어린 영태는 어쩔라우?" 하고 걱정되어 물었다.

"당신이 데리고 있어. 어려서 길을 걸을 수도 없으니…"

"어린 자식이야 죽든 말든 당신 혼자나 살아남구려."

"먼 길 떠나려는데 여편네가 나서길, 왜 나서?"

아버지는 삼촌이며 사촌들을 보고 "어서 떠날 채비를 해여. 이 밤에 도강을 해야 다부동을 거쳐 대구로 빠질 수가 있어. 서둘러라." 하고 들볶아대서야 밤중을 지난 시각에 길을 떠날 수 있었다.

어머니는 제 자식보다도 조카들을 더 위한다고 불평을 늘어놓았는데 동이 트기도 전에 아버지는 굴속에 돌아와 있었다.

나는 잠결에 두런두런 이야기하는 소리를 들을 수 있었다.

그 무렵부터 나는 깊은 잠에 떨어진 기억이 거의 없었다. 지금도 불면 중에 시달리는 것이 그때 비롯됐는지 모른다.

아버지는 데리고 간 친척들을 결사적으로 도강을 시키고 왕복 백여 리 길을 걸어왔는데도 전혀 지친 기색이라곤 조금도 비치지 않았다.

나중에 어머니를 통해 들은 이야기이다.

아버지는 서울에 남아 있는 아들이 혹시라도 고향을 찾아왔다가 가족들이 피난 간 것을 알고 얼마나 실망할까 그것이 걱정되어 도강을 포기하고 되돌아 왔다고.

나는 종일 굴속에서 한 발도 나오지 못해 갑갑해서 죽을 지경이었다. 굴 입구에 있다가도 비행기 소리만 나면 당장이라도 폭탄을 떨어뜨리는 양 굴속 깊이 숨기까지 했다.

참으로 지루한 하루 하루였다. 해가 지기도 전에 주먹밥을 한 덩이씩 안겼다. 이어 아버지는 비장한 결심이라도 한 듯이 "죽더라도 가족이 한 구덩이에 죽자. 죽을 바에야 고향에 가 죽자. 그래야 조상에게 면목이라도 서지." 하고 짐을 챙겨 고향으로 떠날 채비를 서둘렀다.

그러나 다른 친척들은 따라나설 생각조차 하지 않았다. 해서 올 때와는 달리, 우리 가족만이 단출하게 길을 나섰다.

신작로를 벗어나 샛길로 들어서서 고향으로 발길을 재촉했다. 논인지 밭인지 모를 길을 걸었고 가영산 기슭을 타고 산길을 더듬기도 했다.

낮이라고 해도 낯선 길인데 달도 없는 캄캄한 밤이라서 어디가 어딘지 모른 채 길만 재촉했다.

산태배기 재를 넘을 때는 늑대가 울부짖느라고 밤하늘이 찌룽찌룽 했다. 나는 오금이 달라붙어 어머니의 치마폭에 바싹 매달렸다.

그런데도 아버지는 앞만 보고 길을 재촉했다. 그 사이 아들이 돌아와 있을지도 모른다는 안타까움 때문이었을까.

날이 붐해지면서 고향 뒷산이 시야에 들어왔다.

나는 뒷산을 보자 눈물이 울컥 솟아올랐다. 어머니도 누나도 발길을 멈추고 뒷산을 바라보고 한참 동안이나 서 있었다.

나는 집을 향해 냅다 달렸다. 집에 도착해 보니 집안은 홍수가 할퀴고 간 뒤끝처럼 황량했다. 며칠 집을 비운 사이, 피난민들이 자고 갔는지 솥을 걸어 불을 땐 흔적하며 마당에 소를 매어 쇠똥이며 구석구석이 더럽혀져 있었다. 그리고 두엄 위에 소를 매어놓은 탓인지 군데군데 푹푹 꺼져 있었다. 꺼진 곳은 항아리 뚜껑이 깨져 주저앉은 탓이었다.

이를 보고 어머니는 "이를 어째? 올해는 간장이며 된장은 다 먹었네." 하고 매우 안타까워했던 것이다.

가족이 힘을 모아 항아리를 들어내고 보니 독마다 쇠똥이 둥둥 떠 있었다. 어머니는 독마다 쇠똥을 덜어내고 된장을 퍼냈다.

된장은 쇠똥이 묻은 부분만 덜어내어 그대로 먹을 수밖에 없었고 간장은 떠다니는 쇠똥을 건어내고 가마솥에 부어 종일 달였다.

저녁 늦게 두고 간 개가 나타나 내게 매달렸다.

몸에 그을음을 한 개, 눈곱이 덕지덕지 달라붙은 개, 그 꼴은 말이 아니었으나 나는 반가워서 끌어안고 볼을 비비고 뺨을 맞췄다.

이튿날부터 어머니는 간장을 달인다, 집안을 정리한다 하고 바빠서 일손을 놓을 틈도 없었으나 아버지는 집안일을 거들기커녕 지게를 지고 휭하니 나가서는 밤이 이슥해서야 돌아오곤 했다.

고향에 돌아온 지 사흘째였다. 그날의 해도 여느 때와 다름없이 서산으로 기울고 있었다. 어머니는 일을 하다가도 이미 습관이 돼 버린 시선을 동구 밖으로 돌렸다. 거기에는 이제라도 아들이 불쑥 나타나주지 않을까 하는 기대감이 늘 깃들어 있었다.

아니나 다를까. 청년 하나가 언덕을 올라 마을을 굽어보고는 급히 달려오는 것이 눈에 띄었다.

어머니는 직감으로 그것이 아들이라는 것을 알고 물 묻은 손으로 뛰어갔다. 나도 뒤따라 달려갔었는데 다리를 절뚝거리며 다가오는 청년은 전에 보던 말쑥한 형이 아니었다. 입고 있는 옷은 해져 거지나 다름없었고 몰골은 핼쑥한 데다 광대뼈가 튀어나와 있었다.

어머니는 그런 아들을 보자 눈물을 펑펑 쏟으며 끌어안았다.

"얘야, 어서 오너라. 이렇게 반가울 데가…"

"어머니도 이 난리에 무사하셨군요."

형은 눈물을 쏟았다. 나도 괜스레 눈물이 쏟아졌다.

"이렇게 무사히 나타나줘서 어민 정말 고맙다."

"오면서도 피난을 갔으면 어쩌나 하고 걱정을 했었는데 두엄자리에 소가 매여 있는 것을 보자 눈물이 어떻게나 치솟던지. 소를 보고 피난 가지 않으셨구나 하고 생각했습니다."

"그랬었어? 그래 고생했다. 어서 방으로 들어가자."

"아버지는 피, 피난 가셨어요?"

"아니다. 피난을 가긴 갔었는데 지금은 집에 계신단다."

"남숙인 무사히 도착했고요?"

"그래. 우리도 피난을 갔다가 그저께 돌아왔어."

"그러셨어요. 하마터면 못 만날 뻔했네요."

"이 모두가 조상 신주 음덕이시지."

정태는 애인의 행방은 알지 못하고 서울에 갇히게 되었으나 북으로 간 동창이 불쑥 나타났는데 그의 도움으로 통행증을 교부받고 광나루를 건너 서울을 탈출할 수 있었다. 광주를 거쳐 이천, 충주, 수안보, 연풍, 새재를 넘어 문경, 점촌, 상주를 거쳐 이레 만에, 그것도 발바닥에 물집이 생겨 터지면서도 참고 견디며 걸어서 고향에 도착할 수 있었다.

남숙이 내려온 뒤, 모처럼 사람이 사는 집 같았다.

나는 밤이 되자마자 일찍 잠이 들었으나 가족들은 형과 함께 저간의 이야기를 하느라고 짧은 여름밤을 하얗게 새웠다.

아버지는 온 지도 얼마 되지 않는데 자식 걱정으로 안달했다.

"네가 와서 반갑기는 하다만 피신을 해야 할 게야. 빨갱이가 들어올까 모두들 전전긍긍하고 있어."

"토굴에서 숨어 지내지요. 석 달만 숨어 지내면 될 겁니다."

"전쟁이 하루 이틀로 끝날 것 같지가 않아."

"곧 유엔군이 밀고 올라올 것 같은 예감이 드는데요."

"유엔군이라고 해서 별 수 있을라고?"

"두고 보세요, 아버지."

"산 속에 숨어 지낸다고 해도 지방 빨갱이가 문제야. 이 지방 사정을 속속들이 알고 있으니 조심해야 돼."

"남이 보았을지 모르니 피난 가는 체하고 산 속에 숨어 지내지요. 길에는 인민군이 득시글거리니 피난 가기도 틀렸습니다."

"해서 가족들도 몰래 토굴을 파놓긴 했는데."

"잘 하셨습니다, 아버지."

"앞날이 어떻게 될지, 짐작이나 할 수 있어야지…"

"이곳도 머잖아 인민군이 인민위원회를 조직할 겁니다."

"그렇게 되고도 남아. 하는 짓들이 모두 환장을 했으이. 세상이 바뀌었다고 설쳐대니, 허참. 세상은 말세야, 말세."

아버지와 형이 함께 산으로 올라갔다.

그리고 주로 해가 끌까닥 넘어가서야 내려왔는데 그날따라 일을 일찍 끝냈는지 아버지와 형은 점심참이 지나 산에서 내려왔다.

나는 버릇처럼 동네 입구를 지켜보고 있었다.

그랬는데, 키가 전봇대만한 아니, 탱크 위에서 기관총을 잡고 사람을 잔뜩 째려보던 사람과 같은, 눈이 파란 군인 둘이 우리 집을 향해 오는 것을 보고, 겁에 질려 소리쳤다.

그 바람에 누나는 두지 밑으로 숨는다고 법석을 떨었다.

어머니마저 두지 밑으로 숨은 뒤였다.

형이 나서며 "걱정할 것 없어요. 전투에서 낙오된 병사인가 봐요." 하고 그들에게 다가가 알아들을 수 없는 말을 주고받았다.

한참 쏴알라대더니 그들을 안내해 마루로 걸터앉게 했다.

나는 이때처럼 형이 위대하게 보인 적은 없었다.

"어머니, 배가 고프다는데 뭐 먹을 것 없어요?"

"식은 보리밥이 있긴 한데."

"저들이 먹을까. 내 가서 수박이나 둬 덩이 따오지."

아버지는 수박밭으로 갔고 수박을 따 와서 칼로 쪼개었다.

미군 둘은 수박의 붉은 부분만 베어 먹고 버리면서 수박 두 덩이를 먹어 치우더니, 지도를 꺼내어 한 지점을 짚으며 "선산, 선산." 하는 것이었다. 형이 알아듣고 걱정 말라고 안심시켰으나 세워놓은 M1을 집어 들더니 땡큐를 연발하며 일어섰다.

형이 붙들어 앉히더니 "프리스, 듀유 웨이트 포 어 모우언트." 하고 무슨 소린지 모를 말을 하자 멈칫했다.

형은 방으로 들어가더니 영문학과를 다녔는데도 콘사이스며 필기도구를 가지고 나와, 말로 하다가 뜻이 통하지 않았던지 콘사이스를 뒤적이고 노트에 글씨까지 써 가며 장시간 대화를 나누기까지 했다.

나는 신기하기만 해서 그들을 멀뚱히 서서 사뭇 지켜보았다.

미군들은 고개를 끄덕이기도 했고 좌우로 흔들기도 했다.

형은 다음과 같은 말을 했다고 뒤에 말했다.

이미 적군 선발대가 이곳을 지나간 지 이틀이나 된다. 당신들은 적지에 낙오되었다. 그대로 가다가는 이방인이라 금방 적의 눈에 노출되어 죽게 된다. 당신들의 앞길이 걱정이다. 우리는 당신들이 가다가 잡혀죽는 것을 그대로 두고 볼 수 없다. 우리가 생명의 위협을 받더라도 당신들을 숨겨 주겠다. 숨을 장소는 있다. 그곳에 숨어 있으면 먹을 것은 우리들이 책임 지겠다. 숨어 있다가 미군이 진격하면, 그때 합류하라. 그러면 개죽음만 은 면할 수 있다. 두 달이다. 두 달만 숨어 있어라.

미군 둘은 의견이 다른지 격렬하게 말다툼을 했다.

그러다 한쪽이 수그러들었다.

나는 그들이 남기로 했는지 아니했는지 알 수 없었으나 형은 그들을 데 리고 고갯길로 올라가서 선산으로 가는 지름길을 가르쳐줬고 산태배기 재까지 바래다주고 오겠다면서 함께 갔다.

형은 날이 어두워진 뒤에도 돌아오지 않았다.

난리가 난 뒤로 인심은 하루가 다르게 변해 갔고 어쩌다 마주친 사람마 저 등을 돌렸다. 아이들은 아이들대로 멀찍이 길을 비켰고 어른들은 어른 들 나름으로 돌아섰다. 그리고 밤이 되어도 불을 켜지 않았다.

마당에 둘러앉아 모깃불을 놓기는커녕 방안에 틀어박혀 문을 닫고 있 어도 더위를 잊고 살았다.

키 큰 나라 코 큰 병정이 눈에 파란 불을 켜고 나를 잡으려고 따라다녔 다. 나는 도망가려고 마구 발버둥을 쳤으나 오금이 붙어 발이 떨어지지 않았다. 파란 불이 다가와 나를 잡더니 밧줄로 꽁꽁 묶어 그들의 토굴로 끌고 갔다. 나는 끌려가면서 소리치려고 했다.

그러나 입은 실로 꽁꽁 꿰매 놓은 듯 벌어지지 않았다.

토굴은 아버지와 형이 파놓은 바로 그 토굴이었다.

나를 토굴로 몰아넣더니 파란 눈이 다가와 커다란 코로 목을 눌렀다.

숨이 막혀 캑캑 헛기침을 토해냈다.

"애가 자면서 헛기침을 다하지?"

나는 조금도 움직일 수 없었다. 가위눌린 탓일까. 오줌까지 쌌으니.

그런데 잠에서 깨어나 보니 어찌 된 셈인지 형이 돌아와 있었다.

짙은 어둠 속에서 형과 아버지가 이야기를 도란도란 나누다가 내가 뒤척이는 것을 보고 하던 이야기를 중단하는 것이 아닌가.

"당신, 기침까지 다하고, 감기 들린 것 아니에요?"

아내의 걱정하는 소리에 눈을 떴다. 잠이 들었었나 보다.

"감기는 무슨 감기, 기침한 것 가지고."

나는 고개를 조금 흔들었다.

윤춘석이 들어 "휴게소가 앞에 있는데, 손님들 요기라도 좀 시켜야지."
하고 돌아다보았다.

"아저씨, 무엇으로 대접할까요?"

"비가 오니 따듯한 국물이라도 있는 게 좋겠지."

"아침도 굶었는데 국밥이 어떨까요?"

"시간이 없으니 우동으로 통일하게."

비는 여전히 내리고 있었다. 영구차는 이천을 지나 휴게소에 들렀다.

나는 사람들을 차에서 내리게 해 늦은 아침이나마 들게 했다.

우동과 국밥을 시켜주고 소주도 한 잔씩 따라 주며 권했다.

나는 기사에게 불고기를 대접하면서 "하관이 오시로 예정돼 있으니 그때까지 도착할 수 있었으면 해서요." 하고 부탁했다.

"빗길이라 속도를 낼 수도 없고 허이. 어쨌든 가는 대로 가보긴 하겠소. 그러나 시간에 대기는 아무래도 어려울 것이오."

"어쨌든 시간 안에 꼭 닿아야 해요."

"차가 말을 하지, 저야 무슨 말을 하겠습니까."

기사 특유의 배짱을 내밀었다.

"그러지 마시고 꼭 도착하도록 해 주세요. 예정시간에 맞춰 하관하고 못하고는 기사님에게 달렸습니다."

나는 지폐 두 장을 주머니에 찔러주었다.

"이화령을 넘을 때 조금만 더 찔러 주시우. 차가 고장만 나지 않는다면야 도착할 수 있을 게요."

"도착해 봐서요. 예정된 시간에 하관만 한다면야."

도랑마다 황토물이 흘러 넘쳤다. 윤춘석이 차에 오르며 "원, 젠장 맞을 날씨하군. 이렇게 비가 오다가는 물속에다 하관을 하겠어." 하고 누구 들으라고 하는 소리가 아닌 혼잣말로 투덜거리는 것이었다.

나는 차에 올라 아들을 옆에 앉혔다.

"아버지 고향은 멀기도 하지?"

"응, 아빠. 얼마나 더 가야 해? 많이많이 가야 해?"

"앞으로 세 시간 정도는 걸릴 거야."

"그렇게 멀어, 아빠 고향은?"

"그래. 그만큼 아버지의 고향은 멀단다."

나는 그렇게 말하려고 한 것은 아니었는데 나도 모르게 은연중에 그런 말이 불쑥 튀어나왔던 것이다.

내게 있어 고향은 한없이 멀고 저주스런 땅이었다.

일상이와 똑 같은 나이 아홉 살 때, 나는 보아서는 결코 아니 될 끔찍한 변고를 목격하게 되었고 자라서 군에 입대한 나이가 스물아홉, 베트남전쟁에 차출되어 눈뜨고는 볼 수 없는 참변을 수없이 겪었었다.

전자는 이국의 병사로 인해 가족이 내 눈앞에서 절단 당하는 비극을 직접 눈으로 보았다면 후자는 베트콩에게 전우가 생포되어 살 껍질이 벗겨진 채 죽은 차이랄까. 또한 전자는 아홉 살 때 목격한 것이라고 한다면 후자는 스물하고도 아홉, 병사로서 직접 경험한 차이는 있었다.

이 둘의 목격과 체험은 20년이라는 세월이 가로놓여 있었으나 전자의 끔찍한 변이 후자의 체험으로 인해 나의 오랜 방황에 종지부를 찍었다. 그리고 10년 뒤, 내 나이 서른아홉 살, 80년 5월 광주 민주화항쟁, 진정한 민주주의로 가는 도도한 흐름 속에서 누군가가 대가를 치른 또 다른 의미의 죽음을 목격하게 되었던 것이다.

그것은 20년, 그리고 10년의 세월이란 간격은 있었으나 공교롭게도 아홉수의 마(魔)가 끼어 있었다.

이제 30년 전의 유일한 증인인 어머니마저 돌아가시고 고향 선영에 모시기 위해 빗길을 달려가고 있다.

차안은 자리를 찾아 앉느라고 잠시 소란했다가 속력이 가해지면서 조용해졌다. 나는 이슬이 뿌옇게 서린 차창을 손바닥으로 닦아내고 바깥을 주시했다. 비안개가 낮게 내려앉아서 시야를 가렸기 때문에 스쳐가는 변화에 무료감이 느껴졌고 차창에 매달렸다가 차의 요동에 따라 불규칙적으로 떨어지는 물방울을 멍하니 지켜보고 있었다.

작던 물방울이 점점 확대되어 갔고 그것마저 잠시잠깐 사이 조그맣게 줄어드는 환상에 사로잡혔다. 그것은 시선을 한 곳에만 오랜 동안 고정시키고 있어서 눈동자가 흐린 탓도 있었다.

그런 크고 작은 물방울마다 끔찍한 추억을 하나하나 그려 넣었다.

나는 진땀을 뒤집어쓰고 잠에서 깨어났다.

가위에 눌려 가슴이 마냥 두근거렸으나 칠흑 같은 어둠 때문에 깨어난 것을 아무에게도 들키지 않았다. 그것은 불행인지 다행인지 지금도 알 수 없다. 아버지와 형이 이야기하는 소리를 우연히 듣는 순간, 내가 겪어야 할 끔찍한 변고는 예비가 되어 있었는지도 모른다.

"일은 그래, 계획대로 다 되었겠지?"

"네, 아버지. 아버지께 말씀드린 대로 했습니다. 지방 빨갱이들을 속이기 위해 산태배기 재를 넘어갔다가 날이 완전히 어두워진 뒤에야 되돌아와서 동굴에 숨겨두었습니다."

"누가 알기라도 하는 날에는 우리 가족이 절단 나."

"잘 알고 있습니다. 우리 가족이 위험하다고 우리를 도우러 온 이국 병사의 뻔한 죽음을 두고 볼 수도 없지 않습니까?"

그리고 침묵이 흘렀다. 그런 침묵을 아버지가 깨뜨렸다.

"탄로 날 것을 대비해서 대책도 세워놓아야 하지 않겠니?"

"위험하다 싶으면, 가영산을 넘어 갑장산으로 달아날 생각입니다. 너무 걱정하지 마십시오."

"잘 생각했다. 이제는 운명에 맡길 수밖에."

다부동은 상주에서 김천으로 나가는 3번국도, 청리에서 옥산으로 향하는 중간지점에서 1km쯤 골짜기로 들어가 있었다.

마을 바깥에서 보면 마을이 있을 것 같지 않은 산 속으로, 천연의 피난처였고 마을로 들어가는 길만 없으면 처음 찾아오는 사람은 발길을 돌리기 십상이었다. 그리고 마을 뒤의 가영산은 높이가 7백여 미터로 사람이 은신하기 안성맞춤이었다.

산줄기를 따라가면 그보다 험준한 갑장산과 맞닿아 있어 산 속으로 숨어들면 어느 골짜기에 숨었는지 찾아내기란 불가능했다.

정태는 방학으로 고향에 오면 뒷산을 오르곤 했다. 그는 방학 내내 산에서 지낼 만큼 산을 좋아했다. 골짜기 구석구석 발길이 닿지 않은 곳이 없었고 해서 미군을 숨겨주기로 했는지도 모른다.

"비상식량도 숨겨둬라. 내가 숨긴 것만으로는 부족할 게다."

아버지는 어머니에게 성화를 끓이어 미숫가루다 감자다 볶은 밀이며 쌀을 둬 짐을 져다가 이미 숨겨둔 지 오래였다.

"아버지가 숨긴 것을 제가 아는 동굴에다 옮겨 두겠습니다."

"이제 곧 날이 샐 터이, 조심하면서 어서 올라가 봐."

"벌써 그렇게 되었어요?"

"남의 눈에 띄기라도 하면 큰일 나. 네가 온 것이 마을에 알려지기라도 한다면, 지방 빨갱이들이 끌어내려고 환장할 터."

"네, 알았습니다. 저, 천 서방 있지요? 그자를 돌려보내거나 어디로 떠나보내세요. 영태에게도 알리지 마시구요."

"알았으니 어서 가래도. 얼른 서둘러."

형은 이내 돌아갔다.

나는 오줌통이 차서 터질 지경이었으나 영태에게는 알리지도 말라는 형의 당부로 자는 체하면서 참느라고 오줌을 잘금잘금 쌌다.

어머니는 막내가 요새 안하던 짓을 하니, 원기가 부족하다면서 밥그릇이 수북하도록 밥을 담아주었다.

그러나 나는 숟갈은 들어보지도 않은 채 집을 나섰다.

아버지와 형에게 결국 따돌림을 받았다는 소외감에 젖어 산 속에서 종일 나오지 않았다. 배에서 꼬르륵 소리가 나고 창자가 쓰리다 못해 아파와서야 집으로 내려왔다.

그랬는데 그 사이 집안은 무섭게 변해 있었다.

나는 생전 처음 빨갱이를 보았다. 옷을 벗고 있어서 빨갱이라고 한 줄 알았는데 그게 아니었다. 그들도 옷은 입고 있었다.

그것도 내가 부러워하는 옷을 입고 있었다. 어깨에도 붉은 별, 모자에도 붉은 별, 바지에는 붉은 줄을 옆으로 댄 그런 옷을 입고 있었기 때문에 어린 눈에도 국군과는 구별할 수 있었다.

그런 사내를 중심으로 붉은 완장을 팔에 두른 낯익은 사람들이 죽창을 손에 들고 집 안팎을 서성이고 있었다.

그리고 대청마루에는 용안인민위원회란 붉은 천에 흰 글씨로 내리쓴 현수막이 걸려 있었다. 30여 가구 중에서 마당이 넓은 탓으로 우리 집을 징발해 동인민위원회가 접수한 모양이었다.

가족들은 헛간으로 밀려났다.

그 길로 아버지는 병을 핑계 삼아 드러누워 식음을 전폐했고 어머니와 누나는 북에서 내려온 팔과 다리에 금테 줄을 댄 붉은 별에게 매달려 조석으로 비위를 맞추느라고 허리를 펼 틈도 없었다.

그랬으니 음식을 날라다 준다는 것은 상상도 못했다.

윗마을에서 나온 붉은 완장을 찬 사내가 나타나 아버지를 끌어내어 인민재판에 회부하려는 것을, 어머니가 손이 닳도록 빌고 붉은 완장을 찬 천석출이 들어 극구 옹호했다.

그러나 금테 줄은 표정 하나 바꾸지 않았다. 어머니는 빌다 못해 두엄 자리에 매여 있는 집채만한 황소를 끌어내려, 이 황소를 가져가고 그 대신 저 양반을 살려달라고 매달렸다.

그제야 금테 줄은 황소를 끌어내라고 눈짓했다.

붉은 완장을 찬 사람들이 황소를 끌어내어 도랑으로 끌고 가더니 따발총을 들어 황소의 머리를 정통으로 쏘았다.

한 발을 맞은 황소는 우움 하고 울음소리만 낼 뿐 쓰러지지 않았다. 두 발을 맞고도 황소는 네 발로 버티고 서 있었다.

우리 집 황소는 총알을 세 발이나 맞았는데도 여전히 버티었다.

네 발 째에야 으음 하는 신음소리와 함께 쿵 하고 넘어졌다. 그렇게 해서 죽은 황소가 아버지의 목숨을 건진 셈이라고 할까.

나는 분명히 보았다. 소도 죽을 때 눈물을 흘린다는 것을. 우리 집 황소가 분명 눈물을 달고 옆으로 쓰러진 것을 눈으로 똑똑히 보았다.

나는 눈물을 흘리며 산으로 들어가 얼마나 울었는지 모른다.

하루가 가고 이틀이 지났다. 아버지의 한숨소리는 날로 깊어갔다. 형에게 음식을 날라줄 수 없는 한숨소리였다. 나도 덩달아 안달했다.

나는 저녁에 어머니를 보고 엉뚱한 투정을 했다.

"엄마, 나 배고파. 밥 많이 해서 줘."

"네가 배고프다니, 내일은 해가 서쪽에서 뜨겠다."

"하여튼 엄마, 밥 많이 해."

어머니는 평소보다 많은 쌀을 일어 밥을 지었다. 나는 밥 한 톨 입에 대지 않았고 옷을 입은 채 잠자리에 들어 잠을 청했다.

그러나 어떻게 하면 사람들 눈에 띄지 않게 밥을 싸서 형에게 갖다 주나 하는 생각이 나서 눈알은 말똥말똥하기만 했다.

나는 가족들이 잠든 것을 확인하고 부엌으로 들어가 그릇에 담아 가다가는 소리가 날 것 같아 밥과 반찬을 보자기에 쌌다.

준비를 끝내고 바깥을 살펴보니, 완장 찬 보초가 피씩 졸고 있었다. 해서 나는 도둑고양이처럼 집을 빠져나와 산으로 내달렸다.

나뭇가지에 살이 스치는 것도, 산 속 어딘가에서 울부짖는 늑대 울음소리도 무섭지 않았다. 멀리서 보아둔 동굴을 향해 내달리기만 했다. 침이 마르고 목안이 깐깐할 때까지 달리고 또 내달렸다.

나는 동굴을 멀리 볼 수 있는 지점까지 가서야 달리기를 멈췄다. 달리기를 멈추고 가쁜 숨을 쉬며 누군가가 따라오지 않았나 하고 얼마 동안 숨어서 뒤를 살폈다. 그런 다음, 입구로 조심스럽게 다가갔다. 숯까막골 동굴은 자연동굴이기 때문에 웬만한 눈썰미로는 찾을 수 없었다.

나는 목소리를 죽여 "형아!" 하고 불렀는데 조금 있더니, "영태 목소리 아냐." 하고 형은 몹시 당황해 하며 모습을 드러냈다.

"형, 나 밥 가지고 왔어."

"네가 어떻게 알고 여기를 찾아 왔니?"

"내가 오면 왜 안 되는데?"

"안 되는 건 아니지만. 아무도 따라오지 않았겠지?"

"나, 아무도 몰래 왔어. 뒤를 살피면서."

"넌 여기 있어. 내 살피고 올게."

형은 동굴을 나가더니 한참 만에 돌아와서야 "이제 됐으니, 안으로 들어가자." 하고 나를 동굴 안으로 데리고 들어갔다.

굴 한쪽에는 촛불이 가물거리고 있었다.

"미스터 스미스, 마이 영 부러더."

그제야 나를 끌어안으며 미군에게 소개시켰다.

"오우, 예스. 아이 노우 유어 부러더."

스미스는 내가 누구라는 것을 이미 알고 있었을 것이다.

그가 수박을 먹을 때, 그의 곁에 붙어 있었으니까.

"분명히 무슨 일 있었지? 어서 말해 봐."

"응. 우리 집에 빨갱이가 진을 치고 있어. 동인민위원회란 천을 내걸고 우리 집을 독차지했어. 그런데 금테 줄을 두른 붉은 별이 병을 핑계로 누워 있는 아버지를 끌어냈는데, 엄마가 황소를 내주어 괜찮았다. 우리 소 굉장히 세. 총알을 세 방이나 맞고도 쓰러지지 않았다.

… 네 발이나 맞고 쓰러졌는데 나, 막 울었다."

"그래. 그런 일도 있었어?"

내가 "응." 하자 형은 머리를 쓰다듬어 주었다.

"나도 이미 알고 있었어. 아버지가 오시지 않기에 몰래 마을로 내려가 봤어. 앞으로는 어떤 일이 있어도 내게 오지 마라. 알아들었어?"

"들킬까, 못 오게 하는 거지, 형?"

"그래. 가족이 몰살을 당할 수도 있어."

"밥이나 먹고 보자기나 줘. 아무도 몰래 가져다 놓아야 하니까. 엄마까지도 몰래. 누나까지도 몰래 왔으니까."

"그래 알았다. 생각보다 똑똑하네. 내 빨리 먹고 주지."

미군은 맨밥도 잘 먹었다. 나는 먹은 그릇을 보자기에 챙겼다.

"집 근처까지 데려다 줄게. 날 따라와."

"따라오지 마. 혼자 가는 것이 빨라."

나는 형과 헤어졌는데 형은 어느 새 뒤따라왔다.

손에는 미군이 지녔던 총을 가지고.

어머니는 아침에 찬밥이 없어진 것을 알고 소스라치게 놀랐다.

난리 통에 도둑이 든 것 같지는 않았던 것이다.

나는 저녁이 되자 어제처럼 밥 좀 많이 하라고 보챘다.

어머니는 어제 저녁보다 밥을 더 많이 해서 반찬과 함께 삼베 보자기에 싸 선반에 올려놓았다.

나는 밤중쯤 부시시 일어나는데 누가 다리를 잡아당겼다.

어머니였다. 그대로 주저앉았는데 어머니는 시렁에 올려놓은 이불을 내려 나를 이불 속으로 끌어당겼다. 어머니는 솜이불을 꼭꼭 뒤집어 쓴 채 "너, 지금 어디 가는 게야?" 하고 다그쳤다.

"나, 똥이 마려 뒷간 가."

"거짓말? 어제 밤에도 나간 것 알고 있다."

"……"

나는 어머니도 몰래 형한테 갔다 온다는 것이 이렇게 들키고 보니 더할 수 없이 불안했다. 어머니에게 들켰다면 다른 사람들에게도 눈에 띄지 말라는 법도 없다. 정말 쌤통, 쌤통일 수밖에 없었다.

"내가 밥과 반찬은 이미 싸서 선반 위에 올려놓았다. 남의 눈에 띄지 않도록 극히 조심해서 다녀와야 한다."

"응, 엄마. 걱정 안 해도 돼."

나는 집을 생쥐처럼 빠져나와 산 속으로 들어서서 얼마 걷지도 않았는데 "너, 영태 아니니?" 하고 형이 불러 세웠다.

형은 벌써부터 집 근처에 와 동태를 살피고 있었던 모양이다.

나는 형에게 몰래 밥을 날라다 주고부터 외톨이가 되어 갔다. 어쩌다 사람을 마주치기라도 하면 겁부터 집어먹었다.

그래서 나는 뒷마당 감나무 밑에서만 틀어박혀 지내면서 매미소리를 듣다가 잠자는 버릇이 생겼고 그 무렵부터 잠을 자다가 가위에 눌려 깨어나는 일이 빈번해졌으며 공연한 바람소리에도 놀라고 내 그림자만 보고도 놀라는 일이 하루도 빠한 날이 없었다.

오늘따라 매미소리가 이상했다. 어제와 같은 매미소리는 아니었다. 매미소리도 난리가 나기 전에는 맑고 시원했는데 어딘가 맹했다.

나는 그런 매미소리를 들을 때마다 가슴이 철렁 내려앉았다.

맹한 매미소리를 떨쳐버리려고 귀를 후비다 못해 귓구멍을 틀어막았으나 매미소리는 떨어져 나가지 않았다.

나는 매미소리를 떨쳐버리지 못해 안달하다가 눈을 떴다. 눈을 번쩍 떴는데도 매미소리는 귓전에서 여전히 울어대고 있었다.

"망할 기집애 같이……"

나는 그제야 알 수 있었다.

외숙이란 년이 어머니가 보이지 않는 틈을 타 뒷마당으로 기어 들어왔고 어디서 잡았는지 매미를 내 귀에 대고 장난질을 하고 있었다.

요즘 들어 외숙은 제 아비 따라 우리 집에 발길이 잦았다.

그네는 나보다 네 살이나 위였다. 얼굴이 곱상해 밉지 않았다. 제 어미를 닮아 꼬리를 치고 다닌다는 소문이 돌았고 어머니는 그런 외숙이 나를 데리고 노는 것을 질색했다.

"기집애가 남자 자는데 기어 들어와서 장난질이야?"

"꼴에 그래도 사내 꼬투리라고?"

"어쭈, 기집애가 어디 다 대고 말끝마다 꼬박꼬박 대꾸야?"

나는 주먹을 쥐고 때리는 시늉을 했다.

"때리려면 요길, 요길 때려."

외숙은 산딸기보다도 더 붉은 볼을 내 코밑까지 디밀었다.

그러자 어머니한테서 늘 맡는 냄새와는 다른 얄사한 것과는 다른 또 다른 체취를 맡고 아랫도리가 간질간질하기까지 했다.

해서 쥐었던 주먹을 슬며시 폈다.

제 아비가 동인민위원장이 되더니 간덩이가 부었구나.

그렇지 않아도 외숙은 엉뚱한 데가 있었다.

난리가 나기 바로 전이었다.

나는 달이 너무도 휘영청 밝아 마당에서 혼자 그림자밟기 놀이를 하고 있었는데 언제 마당으로 숨어 들어왔는지 외숙이란 년이 내 손목을 잡고 고샅으로 끌어내는 것이 아닌가.

"내가 좋은 구경 시켜줄게, 같이 가자?"

"나, 싫어. 엄마가 알면 나 되게 혼나."

"무슨 사내가 늘 엄마 핑계니?"

"그래도 안 가. 너하고는 아무 데도 안 가."

"잠깐이면 돼. 같이 가자."

"그래도 안 가, 이 기집애야. 난 안 간다고."

"정 그렇다면 나만이 아는 비밀을 네게 보여준대도 안가?"

"어쭈, 이 기집애가 오늘따라 성가시게 해."

말은 그랬으나 나는 호기심이 동했다.

"나만 아는 비밀이다. 날 따라오면 네게도 보여 주지."

"너만 아는 비밀이라는 것도 있어?"

"여기 있지. 내 눈 안에."

"그래도 난 안 가. 안 간다고, 이 기집애야. 니 혼자 가라."

"네게만 보여준다잖아. 어서 따라와."

나는 결국 외숙의 꼬임에 넘어가 따라나섰다. 내가 그녀를 은근히 좋아했나 보다. 어머니의 눈을 피해 늘 붙어 지내면서 장난을 치고 돌아다녔으니 말이다. 그랬으니 따라나섰지.

네게만 보여준다는 데 혹해 따라나설 리 만무했다.

외숙이 내 손을 잡았다. 나는 뿌리쳤다. 이번에는 손목이 아프도록 꼭 잡는다. 해서 뿌리칠 수도 없었다.

외숙은 대낮에도 아이들이 무서워 멱을 감으러 가지 않는 큰내 깊이 모를 웅덩이 있는 데로 나를 데리고 갔다.

나는 무서워 턱이 달달 떨어댔다.

"나, 무서워. 그만 돌아가자."

"바보. 사내가 뭐 그리 무섭다고 그러니?"

"달 밝은 밤이면 처녀귀신이 큰내 웅덩이 속에서 나타나 총각들을 끌고 물로 들어간다는데 넌 무섭지도 않아?"

"야학 선생이 지어낸 거짓말이다. 난 다 안다."

"넌, 그런 것까지 어떻게 아니?"

"야학 선생을 졸졸 따라다녀서 안다, 왜?"

"어쭈, 제법인데. 못된 기집애."

해방 바로 이듬해였다. 어디서 어떻게 굴러 들어왔는지 모르나 동네 처녀들보다도 예쁜 처녀가 마을로 들어와 야학을 열었다.

그녀는 자기를 이선지라고 소개했고 못 배운 불쌍한 사람들을 위해 돈은 일체 받지 않고 글을 깨우쳐 주러 왔다고 했다.

동네 어른들은 이렇게 마음씨 고운 처녀가 글을 가르쳐 주겠다는 데 혹해 다투어 자식들을 야학에 보냈다.

심지어 다 큰 총각들도 글을 배우러 다녔다.

그녀는 열성적으로 글을 가르쳤기 때문에 동네 인심은 자연스럽게 그녀에게로 돌아섰다. 그러자 이선지는 이 집 저 집 초대되어 대접을 받았다. 나중에는 동네에서 돌아가면서 식사대접을 했다.

그렇게 4년 동안, 마을 사람들은 자식을 가르쳐주는 것에 대한 고마움 때문에 그네의 말이라면 무조건 따랐다.

웅덩이 부근에 도착하기도 전, 외숙은 쉿 하더니 내 입을 손바닥으로 막았다. 나는 그 바람에 가슴이 철렁했다.

우리는 웅덩이가 내려다보이는 숲에 몸을 숨기고 숨소리를 죽였다.

정말 웅덩이에는 귀신 한 쌍이 나타난 모양이었다.

주위는 죽음 같은 고요가 잠식하고 있었다.

바람 한 점 없었다.

나는 무서워 침이 꼴깍 하고 목에 걸려 넘어가지 않았다. 구름 속으로 들어갔던 달이 얼굴을 배시시 내밀자 밀담을 나누는 형체가 분명히 드러났다. 하늘에는 유성 하나가 남쪽으로 달려간다.

나는 들키면 어쩌나 하고 긴장되어 가슴이 뻐근했다. 외숙은 손을 부르르 떨다가 침을 꼴깍 삼켰다. 나는 침을 꼴까닥 삼켰다.

나는 그것이 남자와 여자의 차이라고 생각했다.

이윽고 사내가 일어섰다. 사내의 얼굴은 달빛 그늘이 져 볼 수 없었다.

여자도 몸을 일어섰다. 달빛이 여자의 얼굴을 더듬었다. 그 순간, 나는 밀담을 나누는 그들로부터 못 볼 것을 보고야 말았다. 여자가 누구라는 것을. 여자는 야학 선생, 이선지가 틀림없었다.

사내가 오른손으로 여자의 등을 토닥토닥 두드리면서 속삭였다.

"동무, 수고가 많았소. 혁명과업을 완수할 시기가 도래했소."

"지금이 바로 결정적 시기란 말인가요?"

"그렇소. 분발해 주기 바라오. 건투를 빌겠소."

바람소리 때문에 중간 중간 말소리가 끊기긴 했으나 이따금 주워들은 것은 김일성 장군이니, 남반부 해방이니, 조선인민공화국이니 하는 생소한 말들뿐이었다. 그러다 보다 분명하게 들리는 것은 사내가 "이 동무, 혁명과업은 차질 없이 완수하기요." 하는 것이었다.

그러더니 사내는 서산 자락으로 사라졌고 선생도 발길을 돌렸다.

인적이 뜸한 웅덩이 부근이 저들의 내밀한 접선장소였나 보다

비로소 나는 정신이 들어 내달렸다. 외숙이 "영태야! 잠깐만 나 좀 봐." 하고 불러도 뒤도 돌아보지 않은 채 내달렸다.

며칠 뒤, 야학 선생이 사라졌다고 동네가 떠들썩했다.

사라진 바로 그날 밤이었다. 열맷 명의 순경이 마을을 포위한 채 수색해서 동네 남정네를 끌어내어 줄줄이 묶어 끌고 갔다.

갑자기 동네는 때 아닌 울음바다로 돌변했다.

열흘이 지나자 끌려갔던 사람들이 하나 둘 풀려나 되돌아오긴 했으나 전쟁이 발발하자 풀어놓은 그들을 재차 잡아들여서 용문산인가 어디인가로 끌고 가서 골짜기에 몰아넣고 사살했다는 소문이 돌았다. 당시 동네에서는 집을 비운 사람들만이 죽음을 면할 수 있었다.

모두가 나서서 사람을 찾아다닌 끝에 용문산 골짜기, 이름도 없는 계곡에서 사체를 무더기로 찾아냈다.

해서 마을은 졸지에 과부 동네가 되었다. 같은 날 제사 드는 집만 해도 작은 동네에서 예닐곱 집이 되었으니까.

내가 그녀를 따라 큰내 웅덩이에 갔다 온 뒤로는 외숙이 지나가는 그림자만 보여도 지레 가슴이 철렁해서 숨어 버리기 일쑤였다.

하루는 뒤뜰에서 혼자 놀고 있는데 그녀가 몰래 접근하는 바람에 어쩔 수 없이 맞닥뜨렸다. 그녀는 다가오더니 따라오라는 시늉부터 했다. 그래도 내가 시큰둥하니까 "네게만 알려줄 비밀이 있다. 그것도 아주 중요한 비밀, 그러니 날 따라와." 하고 옥박지르듯이 말했다.

"그래도 너하고는 아무 데도 안가."

"니네 형에 관련된 일인데도?"

그 말에 나는 가슴이 철렁 내려앉는 것 같았다.

이 계집애는 내가 밤마다 집을 몰래 빠져나와 산으로 간다는 것을 알고 큰소리치는지도 모른다는 생각이 스쳐 지나갔다.

그녀는 야학 선생의 밀회를 안 것으로 보아 그럴 가능성이 있었다.

외숙은 낮이고 밤이고 잘 쏘다녔다. 그런 그녀를 두고 사람들은 귀신이 씌었는지도 모른다고 쑥덕이곤 했다.

"이 기집애야, 그런 소리로 날 끌어내려고?"

"그래. 그러니 날 따라오기나 해."

외숙은 내 손 잡고 산 속으로 데리고 갔다. 나는 형이 숨어 있는 반대 방향이어서 마음이 놓였다.

외숙은 후미진 숲 속으로 들어가더니 나를 바짝 다가앉혔다.

"너, 웅덩이에 갔을 때, 기억나?"

이 기집애가 또 수작하는구나 하고 나는 얼굴부터 붉혔다.

"너, 이 선생 알아, 몰라? 알 테지."

"그것도 모를까 봐, 이 기집애야."

"넌 모르고 있었지. 어제 이 선생이 우리 집에 나타났다."

"그래. 그게 사실이니? 사실대로 말해 줘라."

나는 순간 꽈리처럼 눈이 똥그래졌다.

외숙은 자기 아버지가 야학 선생, 아니 군당여성동맹위원장에게 굽실거린다는 것은 말하지 않았다.

"이 선생이 우리 아버지와는 친하니까 자주 만난다."

"너네 아버진 동인민위원장인가 뭔가 하니까."

"나 엿들었다. 여맹이 하는 소리를."

나는 너무나 긴장되어 입술이 바싹 타 들어갔다. 난리가 터지자 수없이 죽어간 사람들이 떠올랐다.

외숙은 내 마음을 떠보려 했던지 좀체 말을 하려 하지 않았다. 그럴수록 나는 안달득달 온몸이 달아올랐다.

"무슨 소린데? 빨리 빨리 말해. 이 기집애야."

"앞으로 내 말 두고두고 잘 들으면…"

"그래, 들을게. 다 들어줄게. 빨리 말해."

"앞으로 내 잘 들을 수 있어?"

"그래. 약속할게, 잘 듣는다고."

"정말이지? 요전처럼 달아났다가는 그냥 두지 않는다."

"달아나지 않을게. 나 달아나지 않아."

외숙은 몇 번이나 다짐을 받고 또 받아서야 말을 했다.

"니네 형이 서울서 내려왔다는 소문은 들리는데 사람은 보이지 않는다면서 사람을 풀어 찾으라고, 아버지에게 명령했다."

"그게 언젠데? 언제야? 어서 말해."

"바로 그저께. 해질 무렵이었어."

나는 외숙의 말에 그만 잔뜩 주눅이 들었다.

"나, 다 알고 있다. 네가 보고 싶어 니네 집을 기웃거리다가 네가 밤마다 몰래 집을 나가는 것을 내 두 눈으로 똑똑히 봤어."

"무슨 소리야? 망할 기집애 같으니…"

"그런데 걱정 마. 내가 널 좋아하니까. 고자질은 안 해. 그리고 너도 조심해야 되겠더라. 나한테까지 들키다니, 맹추 같이…"

나는 형한테 알릴 일이 당장 걱정이었다. 지금 달려가서 알릴 수도 없고 마음이 타고 타더라도 밤을 기다릴 수밖에 없었다.

마음이 타 안달복달하는데 못된 계집애는 남의 속도 모르고 손을 내 사타구니에 집어넣고 고추를 만지작거렸다.

나는 외숙의 미끼에 걸려들어 이제는 싫고 좋고가 없었다.

"요런 고추는 귀엽기는 해도 쓸모가 없다."

나는 속으로 쌤통, 쌤통을 되풀이하며 해가 기울기를 기다렸다.

지루하기만 하던 해가 서쪽으로 기울었다.

나는 못된 계집애의 젖가슴을 세게 쥐어박았다. 그녀는 아프다고 죽는 시늉을 했다. 그 틈을 타 나는 산을 내려왔고 집을 향해 내달렸다.

그런데 마당으로 들어서기도 전에 가슴이 철렁하고 무너져 내렸다. 집 안은 온통 벌집을 쑤셔놓은 듯 발칵 뒤집혀 있었다.

어디서 그렇게들 몰려왔는지 어깨에 붉은 별을 단 빨갱이들이 집을 에워쌌고 떼거리로 몰려든 사람들로 발 드밀 틈도 없었다.

나는 사람들 다리 사이를 빠져 뒷마당으로 갔다.

세상에 그럴 수는 없었다.

언제 코 큰 사람들이 잡혀왔는지 감나무에 묶여 있었고 하물며 땅바닥에는 아버지와 형마저 두 팔이 등 뒤로 묶인 채 처박혀 있었고 어머니와 누나도 끌려와 손이 묶인 채 무릎을 꿇고 있었다.

하늘이 무너지고 땅이 꺼진다는 천붕지괴(天崩地壞).

순간, 세상이 캄캄 칠흑이 된 것 같이 아무것도 눈에 들어오지 않았다. 단지 엄마를 소리쳐 부르면서 어금니를 깨물었을 뿐.

"이 반동노무 아 새끼, 이놈도 한데 묶어서 함께 처단해."

바지에 금테 줄을 박은 붉은 별이 사내에게 명령했다.

사내는 이웃 마을에서 지원을 나왔는지 매우 낯이 설었다. 나는 그 사내의 우악스런 손에 붙잡혀 감나무에 묶인 채 광란을 떨어대는 지옥의 살인현장을 생생하게 지켜보는 비극의 방관자로 출연했다.

어린 눈에도 그것은 인간도살장, 그것이었다.

"여맹 동무, 동무의 투쟁에 경의를 표하오. 이번에도 당과 수령에게 충성을 다하기요. 그래야 전의 과오를 씻을 것이오."

금테 줄이 들어 여맹에게 처단을 단호하게 명령했다.

야학 선생, 이선지는 밀파된 간첩이었다. 그것도 과오를 저질러 숙청 직전에 남파된 것임이 비로소 드러났다.

나는 야학을 이틀인가 다니다가 그만두었는데 그것은 공부를 하다가 자리에 앉은 채 오줌을 쌌기 때문이었다. 너무나 수줍어한 나머지 변소에 간다는 말도 못했었다. 야학 선생은 친절하게도 머리를 쓰다듬으며 격려해 주었는데 그랬던 그때의 눈길이 아니었다.

여맹은 눈에 불을 켜고 쌍심지까지 세워 "이집의 머슴 출신인 천동무가 맡아 시행하시오. 어릴 때부터 노동을 착취당한 그 복수를 이 기회에 하시오." 하고 당차고 간덩이 크게 명령했다.

그러나 천석출은 미적미적 시간을 끌었다.

"천 동무, 그러다가는 당신도 반동으로 몰아 처단하겠소."

어리석기만 하던 천석출은 "반동이 뭔지는 모르겠으나, 착한 사람을 죽일 수는 없소." 하고 우직스럽게도 버텼다.

금테 줄이 끼어들어 소리쳤다.

"이노무 싸끼도 반동이야. 날래 완장을 떼어내고 함께 처단하기요."

여맹은 붉은 완장을 찬 사람들을 닦달했다.

천석출도 묶이어 땅바닥에 내동댕이쳐졌다. 그의 팔에는 영문도 모른 채 채워졌던 붉은 완장마저 달아났다.

여맹은 미군이 입고 있는 국방색을 북북 찢었다. 뽀얀 가슴의 털이 석양에 반사되어 빛났다. 여맹은 미군과 정면으로 마주섰다.

그녀의 머리는 미군의 가슴에도 미치지 못했다.

나는 미군의 표정이 어땠는지 정면이 아니어서 볼 수 없었다.

금테 줄이 하늘에 대고 권총을 두어 발 발사했다.

그러자 여맹은 사람이기를 포기한 듯 표변했다.

그녀는 죽창을 집어 들고 이렇게 본때 있게 사람을 찌르라는 듯이 미군의 가슴을 마구 찍어댔다. 피가 튀어 여맹의 얼굴을 적셨다.

이선지는 입술에 묻은 피를 손으로 문지르고는 완장을 찬 사람들을 빙 둘러본다. 그녀는 전신을 떨어대며 고조되는 숨결에 따라 좀 더 바싹, 좀 더 세게 하고 팔에 힘을 주어 사내를 끌어안던, 아니 죽음과도 같은 파열하는 신음소리와 더불어 진저리를 치고, 거친 숨을 내쉬며 사내를 한사코 잡아당기던 그날 밤과는 달리 표변해 있었다. 달이 너무나 밝아 저고리를 입는데 드러난 젖무덤을 손으로 가리며 수줍어하던 것과는 전혀 다른 모습을 하고 있었다.

세상에 변해도 저렇게 변할 수 또 있을까.

완장을 찬 사람들은 피를 본 뒤끝이라 개미떼처럼 미군 병사에게 달라붙었다. "윽, 흐윽!" 하는 단말마를 남기고 병사는 죽어갔다.

나는 순간마다 눈앞에서 번쩍 번갯불이 일고 사람들이 뽀얗게 흩어지는 착각에서 좀체 헤어날 수 없었다.

미군 병사는 숨이 끊어졌는지 움직임이 없었다.

죽음보다 더 지독한 침묵이 흘렀다. 이어 아버지와 형을 처형했다. 아버지와 형은 최후의 순간까지 조용하고 담담하게 죽어갔다.

한편에서는 광란을 연출하는 표정들의 집단이라면 다른 한편은 냉엄할 만큼 무표정해서 그들의 분노를 오히려 돋웠다.

잔뜩 얼어 있는 내 가슴에 냉정할 만큼 차디차게 와 박히던 영상, 영원히 지워질 수 없는 영상이 되어 뇌리에 꾹 처박혔다.

여맹은 쓰러져 뒹구는 시체마다 방아쇠를 당겼다.

요란한 총성이 여러 번 울려 퍼졌다. 총성은 메아리가 되어 되돌아와 내 가슴에, 심장에 덜컥덜컥 떨어졌고 뜨거운 핏물 같은 눈물을 눈에서 주룩주룩 흘러내리게 했다.

나는 어디에 숨어 있던 용기가 불쑥 솟아 나왔는지 알 수 없었다.

"씨팔 놈들아, 죽여라, 죽여. 다 죽여라. 나까지 죽여라."

나는 여맹의 쭉 빠진 다리를 물고 늘어졌다.

하자 나는 누군가의 발길에 차여 나가 떨어졌다. 그들은 누이마저 죽창으로 죽여 놓고 어머니에게 달라붙었다.

저고리며 치마를 찢어놓고 희디 흰 알몸을, 젖무덤부터 죽창으로 찌르기 시작했다. 이어 국부를 사정없이 찔렀다.

그들은 살인을 하는 것이 아니라 죽이는 것을 즐기면서 살해했던 것이다. 저 살판난 눈, 눈들. 그런 광란이 내게도 다가올 것이었다.

나는 눈을 감지 않았다. 두 눈을 똑바로 뜨고 지켜보았다.

들려오는 저 소리, 광란의 소리, 소리. 광란의 소리에 뒤섞여 짚 소리가 다가와 귀에 박혔다. 짚에서는 레닌모를 쓴 사내가 뛰어내렸다.

그는 사람들을 헤집고 광란의 현장으로 들어서서 피투성이가 된 채 고개를 늘어뜨린 어머니에게로 다가서는 그의 눈은 분노로 이글거렸다.

"이 분은 바로 내 이모요. 내가 이모 댁에 숨어 이렇게 목숨을 건졌소.

혁명과업의 숨은 공로자란 말이오. 이제 알겠소?"

레닌 모는 어머니의 이질인 오달석이었다. 6. 25가 나기 전, 사상문제로 우리 집에 와서 2년을 숨어 지냈었다.

나는 그 형과 봄이면 진달래꽃을 꺾고 산나물을 뜯었다. 감꽃이 피면 꽃을 주워 목걸이도 만들었고 가을이면 산에 올라 밤도 주었다.

그랬던 형이 어느 날 갑자기 사라져 버렸다.

그런데 오달석이 현장에 나타나지 말았어야 했다고 어머니는 두고두고 입버릇처럼 입에 달고 살았다.

어머니는 지프에 실려 읍내로 가 생명을 건질 수 있었다. 오달석이 광란을 떨어대는 살인현장에 나타났기 때문에 나도 살 수 있었고 법 없이도 살 수 있는 천석출도 죽음 직전에 살아났다.

그렇게 해서 어머니는 육체적인 생명은 건질 수 있었는지 모르나 정신적인 생명은 갈가리 찢어져 이 세상 것이 아니었는지도 모른다.

차가 이화령을 오르는지 목쉰 소리를 털털 냈다.

윤춘석은 기사에게 한 마디 말했다.

"이래 차를 느리게 몰다가는 오시에 장지에 도착하지도 못하겠어. 기사 양반, 차 좀 더 빨리 몰 수 없는가?"

"차도 재를 알아본다고요. 재가 워낙 험해서 속도를 내기란…"

"옛날에 비하면 고속도로요. 꿍꿍이속이 있는 게 아니오?"

"꿍꿍이 속이라니요?"

"엇다, 나중 술이나 한 잔 하시우."

윤춘석은 지폐 두 장을 기사의 바지주머니에 찔러주었다.

아내도 두 장 내놓자 속도는 눈에 띄게 달라졌다.

윤춘석이 웃으며 "요새 장의차도 돈을 아는 모양이여. 돈을 찔러주자

속도가 달라졌어." 하자 기사가 능글맞게 되받아 응수했다.

"그야 당연한 것 가지고 그러니껴. 호상인지 악상인지도 안답니다."

"그건 그렇다 치고, 기사 양반, 어서 갑시다."

윤춘석은 거듭 거듭 재촉했다.

비는 여전히 주룩주룩 내리고 있었다. 오르는 재의 왼편으로는 바위를 절개해서 길을 넓힌 곳마다 물줄기가 폭포수처럼 흘러내렸고 재 밑은 운무에 묻혀 아무 것도 보이지 않았다. 보이는 것은 뿌연 비안개뿐이었다. 재를 넘어서면 문경, 고향도 머지않았다.

사람들은 잘 만큼 잤는지 차안이 소란해졌다. 어깨를 툭툭 치면서 한담도 늘어놓았다. 서너 시간이나 빗속을 달려왔는데도 피로를 잊은 모양이다. 문상객들은 하관하는 것만 보고 되돌아갈 사람들이었다.

재를 넘어섰다. 재 넘어 문경이 한눈 아래 굽어들었으나 보이는 것은 비안개뿐이어서 영구차는 공중에 붕 떠 날아가는 듯한 착각을 느끼게 했다. 비구름은 바로 코앞까지 다가왔다가 차가 가는 바람에 흩어지곤 했다. 앞 유리에 부딪쳐 부서지는 빗발이 제법 세차다.

차는 재를 벗어났는지 시원스럽게 달렸다.

왼쪽으로 문경새재 도립공원을 뒤로 하고 차는 달렸다. 이런 속도로 달린다면 도착해서 하관할 때까지 시간적인 여유가 있을 듯했다.

윤춘석이 천만 뜻밖에도 엉뚱한 말을 건넸다.

"영태 자네, 30년만의 고향 걸음이 아닌가?"

"……"

"30년만일 게야. 나도 피난을 갔다 와서 안 일이네만은."

"아저씬 지금에 와서 그런 이야기를…"

나는 당숙이 못마땅해서 말을 가로막았다.

그는 집안 어른들 중에서 살아남은 사람, 그는 야학에 아들을 보낸 죄로 난리가 나기 전 본서로 끌려갔었고 갖은 고문 끝에 무혐의로 풀려났었다. 무혐의로 풀려났다고 했으나 실은 그게 아니었다.

그는 이종 되는 사람이 본서의 형사로 있었기 때문에 덕을 톡톡히 본 셈이었다. 당시는 경찰 끄나풀만 있어도 웬만한 죄인은 풀려날 수 있었다. 그리고 풀려난 지 얼마 되지 않아 6. 25가 터지고 풀려났던 사람들이 재차 끌려가 용문산 이름 없는 골짜기에서 떼죽음을 당했을 때, 그는 장인 제사에 참석하느라고 집을 비웠기 때문에 죽음을 면할 수 있었다. 그리고 그는 누구보다도 어머니를 좋아했었다.

그는 어머니를 사랑한 것이 분명했다.

아버지가 오입으로 집을 비우면 그가 와서 어머니를 달래고 위로했다. 그것은 어머니로서는 피할 수 없는 숙명인지도 모른다.

나중에는 어머니가 사시는 이웃으로 이사까지 왔었으니까. 그런 탓인지 부부싸움이 끊이지 않았다.

"고인을 모시고 가는 길이니 어떻게 생각나지 않겠어. 자네 모친은 그 변을 당하고도 생명을 부지했으니 대단한 양반이었네."

"아저씨, 그만해 두시지요."

"마을을 떠날 때는 두 번 다시 발걸음을 안 할 것 같더니, 그래도 매년 한번씩 다녀갔으니 정말 무던한 어른이셨어."

어머니는 병원을 나온 그날로 짐을 챙겼다. 다른 살림은 다 두고 두지 밑에 숨겨둔 비단 다섯 필을 꺼내어 천석출에게 지게 해서 무엇에 쫓기듯 허겁지겁 고향을 등졌던 것이다.

그날도 비가 억수 같이 쏟아졌었다. 옥산을 거쳐 김천으로 나와 보따리 장사를 했다. 상처가 덜 아물어 어머니는 밤마다 끙끙 앓았다.

김천에서 일 년이나 살았을까. 어머니는 고향을 되도록 멀리 떠나려 했던지 서울로 올라 왔다. 나는 서울로 올라와서야 초등학교에 입학을 했는데 다른 아이들보다 네 살이나 나이가 많았다.

어머니는 자리가 잡히면서 한복집을 차렸는데 솜씨가 곱고 바느질이 꼼꼼하다고 소문이 번지고부터 생활하는데 어려움은 없었다.

그런 반면에 나는 점점 문제아로 성장했다.

어머니가 나만 보살펴 주는데도 나는 살이 오르지 않았고 칼날 같은 성질만 살아 사사건건 말썽을 피웠다. 나 자신도 그런 이유를 알 수 없었으나 밤마다 악몽으로 시달리기 때문이 아닌가 생각된다.

나는 뒤척이다가 잠만 들었다 하면 어느 사이, 괴뢰군이 나타나 나를 죽이려고 따라다녔다. 따라다녀도 한바탕 신나게 싸우지도 못하고 도망만 다녔고 그것도 오금이 붙어 달아나지 못하고 용만 쓰다가 잠이 깨거나 목이 졸려 숨도 쉬지 못하다가 깨어나기 일쑤였다. 그렇게 나는 꿈에서 깨어나면 온몸은 진땀으로 흥건하게 젖곤 했다.

그런 꿈 뒤에는 좀체 잠이 오지 않아 맨송맨송한 눈으로 아침을 맞이했다. 그러면 나의 하루는 성깔로부터 시작된다.

어머니는 아들이 기가 부족해서 헛꿈을 꾸고 도깨비가 나타난다고 생각하고 기를 돋우기 위해 한약을 대놓고 달여 먹였다.

그러나 좋다는 한약도 소용이 없었다.

언젠가 밤중이 지나서야 겨우 잠이 들었었나 보다. 폐광 속에서 길을 잃고 헤매고 있었는데 어디서 우리 집 뒤뜰의 감나무만한 구렁이가 나타나 아버지를 단숨에 삼키고 어머니를 삼키려 했다.

나는 어머니를 삼키려는 구렁이에게 이불 홑청을 꿰매는 큰 바늘을 집어 들고 달려드는 구렁이를 마구 찔러댔다.

구렁이의 두 눈을 찌르고 찔렀는데도 어떻게 된 셈인지 구렁이는 피를 철철 흘리면서도 내게로 달라붙어 다리부터 감고 올라오더니 코앞에서 징그러운 혀를 널름 내밀며 한꺼번에 나를 삼키려들었다.

겁결에 나는 바늘로 구렁이의 눈을 찔러댔다.

그랬는데도 구렁이는 나를 한입에 삼켰다.

나는 구렁이 입 속으로 빨려들면서 "악, 으악!" 하고 마구 소리쳤다.

어머니는 밤늦게까지 바느질을 하고 있다가 내가 소리를 치는 바람에 기겁을 해서 흔들어 깨웠다. 잠을 깨는 순간, 장딴지가 뜨끔했다.

어머니의 저고리 앞섶에 꽂혀 있던 바늘이 빠져 장딴지에 꽂혀 있었던 것이다. 해서 바늘을 빼내는 아픔보다도 꿈이 무섭고 싫어 그냥 악을 쓰며 울어댔다. 그런 버릇으로 밤중마다 잠에서 깨어나 악을 쓰며 울어댔으니 살이 붙을 리 없었던 것이다.

어머니는 남의 설빔 준비로 며칠 밤을 새웠다.

그런 밤이면 어머니 곁에서 계집애처럼 헝겊을 가지고 놀았다.

그날 밤도 늦게 잠이 들었었나 보다. 미닫이 쪽이 얼른거리더니 붉은 물감을 얼굴에 칠한 귀신이 나타나 내 목을 덥석 끌어안았다.

나는 목이 막혀 소리칠 수도 없었다.

그때 미닫이가 환해지면서 창살이 또렷또렷 비쳤다.

날이 밝았으니 이제는 귀신도 날 놓아주고 달아나겠지 해서 참고 견디고 있는데 귀신은 달아나기는커녕 윗도리와 아랫도리가 따로따로 떨어진 새로운 귀신이 나타나 합세해서 목을 눌렀다.

나는 기겁을 하고 이불을 뒤집어썼는데도 귀신은 이불 속으로 파고 들어와 내 가슴 위를 타고 앉아 목을 눌렀다.

숨이 막히다 못해 "으악!" 하고 소리쳤다. 어머니가 깨워 눈을 떴는데도 귀신들은 방안에 가득했다.

"엄마, 여기도 귀신, 저기도 귀신, 귀신 천지야."

나는 있는 울음을 다 터뜨렸다. 어머니는 "세상에 귀신이 어디 있다고.

마름질해 늘어놓은 옷감인데." 하고 나를 끌어안고 울었었다.

초등학교 5학년 때였다. 어머니가 소환되어 학교에 온 적이 있었다.

나는 방과 후까지 남아 복도에서 무릎을 꿇고 벌을 서고 있었는데 생각지도 않은 어머니가 교실로 들어섰다.

어머니는 내가 말썽을 부려 학교에 불려온 것이 이번만이 아니었다.

담임선생은 여자였는데 화가 나 뿌루퉁한 얼굴을 하고 있었다. 어머니는 "또 잘못을 저질렀군요." 하고 고개조차 들지 못했다.

"당장 데려가세요. 전, 댁의 아들을 가르칠 능력이 없습니다."

담임선생은 얼굴을 붉히며 내가 한 짓을 일일이 말했다.

그 무렵 3반의 어떤 소녀를 알게 되었다.

나보다 세 살이나 아래인 소녀는 어머니보다 더 예뻤다. 나는 문제아로 소문이 났는데도 소녀 앞에서는 양처럼 온순했다.

소녀는 나를 다른 아이들처럼 대해 주었다.

나는 그런 소녀를 만날 때마다 귓밥이 화끈거렸고 폐결핵 환자처럼 핏기 없는 흰 볼이 마냥 달아올랐다.

나는 소녀를 만나면 무슨 말을 할까 하고 하루 종일 그것만 생각했었다. 만나서 이런 저런 이야기를 하고 헤어질 때는 다음 약속을 받아내기 위해 어떠한 조건도 받아들였다.

그리고 다시 만날 기대감과 희열에 젖어 약간 떨리는 손으로 소녀의 손을 잡았다놓는 기쁨은 이 세상에 그 무엇과도 바꿀 수 없었다.

그런데 소녀와 두 달이나 관계를 유지했을까.

어느 날 소녀는 약속한 장소에 나오지 않았다.

나는 이제나저제나 하고 흰 볼을 붉게 물들이면서 기다렸다.

그러나 소녀는 끝내 나타나지 않았다.

다음날부터는 시간이 끝날 때마다 소녀의 반으로 가 창가를 기웃거렸다. 소녀는 다른 소년과 정답게 이야기하느라고 노는 시간에도 운동장에 나오지 않았던 것이다. 나는 심장이 얼어붙었는지 서 있기만 했다.

기집애, 어디 두고 보라구. 내가 그냥 두지 않을 거니까.

셋째 시간이 끝나는 타종소리가 울리기 무섭게 소녀의 반으로 달려갔다. 소녀가 나오고 있었다. 나는 소녀의 뒤를 도둑고양이처럼 밟았다.

소녀는 변소로 갔다. 이때 외숙이 불현듯 생각났다. 그녀는 내 손가락을 잡고 그녀의 그곳을 만지작거리게 했었다. 외숙이 생각나서만은 아니었다. 소녀의 은밀한 곳을 보고 싶었다. 쌤통.

나는 소녀가 들어간 변소를 확인하고 얼른 변소 뒤로 돌아갔다. 변소 뒤에는 분뇨를 퍼내기 위해 만들어진 네모진 틈이 있었다. 그 틈 안에서 �솨 하고 오줌 누는 소리가 들렸다.

오줌 누는 소리가 별나게 크다고 생각하면서 손거울을 꺼내어 네모진 틈 안으로 들이밀었다.

당시 이런 짓궂은 놀이가 우리들 사이에 유행하고 있었다.

나는 흥분과 호기심으로 젖어 주시했는데 거울에는 위가 또렷이 비쳤다. "어? 굉장히 큰데. 아니, 털도 있다." 하고 중얼거렸다.

그리고 한 건 했다고 홍얼대며 거울에 묻은 오줌을 닦고 있는데, 갑자기 귓밥이 찢어지는 아픔을 느꼈다.

뒤돌아보니 담임선생의 화난 얼굴이 거기에 있었다.

아차, 소녀가 들어간 변소가 아니었구나.

당장 불똥이 튀었는데 그런 불똥은 결코 볼 수도 없을 것이었다.

"이놈은 벌써부터 나쁜 짓만 배워 가지고…"

담임선생은 붉으랴 푸르랴 해서 귓밥을 잡고 교무실로 끌고 갔다.

그리고 사정없이 뺨을 후려치기 시작했다.

뺨의 살이란 살은 다 달아나고 뼈만 남는 통증을 느꼈다.

담임선생은 때리다 지쳤는지 맞은편에 앉아 있는 남자 선생에게 나를 넘겨 대신 매타작을 하게 했다. 그러고도 화가 풀리지 않았던지 교무실에서 의자를 들게 하는 벌을 세웠다.

방과 후에는 교실로 끌고 가서 벌을 세우고 반장을 시켜 학부형까지 소환했던 것이다. 나는 복도에서 벌을 서고 있었기 때문에 어머니가 담임선생에게 어떻게 용서를 빌었는지 알 수 없었다.

나는 담임선생의 엄포에도 불구하고 그 후에도 계속해서 학교를 다녔다. 지금도 담임선생이 교실을 나서는 어머니를 배웅하며 오히려 상기되어 얼굴을 들지 못하던 기억이 지금도 남아 있다.

그 뒤, 중학교 때도 퇴학을 여러 번 맞을 뻔했으나 용케 졸업을 하긴 했으나 고등학교에 들어가서도 말썽은 끊이지 아니했다.

끝으로 하나만 더 첨가하기로 하자. 고 3, 2학기 들어 퇴학처분을 당해 어머니가 학교에 온 적이 있었다.

그날은 죽어도 싫은 체육시간이었다. 체육 선생은 학생들을 운동장에 집합시켜 놓고 반장으로 하여금 인원보고를 하게 했다.

나는 차려 자세에서 기우뚱했다. 현기증이 나서 더 이상 서 있을 수 없었기 때문이었다. 그랬는데 체육선생이 다가와 "이 새끼야, 이게 차렷 자세야?" 하고 다짜고짜 뺨을 후려쳤다.

그것도 한번이 아닌 다섯 번이나.

나는 성질이 나서 너 같은 개새끼는 선생도 아냐 하고 달려들었다. 그러자 체육선생은 손이고 발이고 동원할 수 있는 것은 모조리 동원해서 때렸다. 더 이상 당하고만 있을 수 없었다.

같이 치고받았다. 운동장은 때 아닌 때에 구경거리가 생겼다.

급우들이 뜯어말렸다. 나는 학생부로 끌려갔다.

담임선생이 와서 무릎을 꿇고 빌라고 했다. 나는 한 마디로 거절하면서 오히려 그 같은 개새끼는 선생도 아니라고 악을 썼다.

담임선생은 야구 방망이를 집어 들고 후려 쳤다. 나는 사정없이 내리치는 담임선생의 매는 저항 없이 받아들였다.

마침내 직원회의에서는 격론 끝에 퇴학처분이라는 결정이 내려졌다.

반대하는 선생은 단 한 사람, 담임선생 혼자뿐이었다.

어머니는 담임선생과 오랜 시간 이야기했다. 그리고 일어나 교장 선생을 한번 만나 뵙게 해 달라고 부탁했다. 담임선생이 어머니를 교장실로 안내했다. 교장실로 들어간 어머니는 좀체 나오지 않았다.

나중에는 담임선생과 나까지 교장실로 불려갔다.

어머니의 눈자위는 울어서 퉁퉁 부어 있었다. 그런 어머니는 누구 앞이든 상관하지 않고 저고리를 벗기 시작했다. 교장이 있고 젊은 담임선생이 지켜보는 앞에서 어머니는 저고리를 벗고 홑저고리까지 벗었다.

교장 선생은 당황했고 담임선생도 어쩔 줄 몰라 했다.

나는 어머니가 팍 돈 것이 아닌가 하고 눈을 모로 뜨고 어머니를 째려보았다. 어머니는 속옷까지 벗었다.

순간, 나는 찰나적이긴 했으나 경악으로 부들부들 떨었다.

나만이 그런 것은 아니었다.

교장 선생도 담임선생도 한동안 경악에서 깨어나지 못하는 것 같았다. 어머니에게는 당연히 있어야 할 젖무덤은 온 데 간 데 없고 세상에 그렇게 흉측스러울 수 없는 상처, 이리저리 찢겨진 상처만 처참하게 남아 있었다. 죽창으로 마구 난도질당해 너덜너덜한 흉터, 당시로서는 의료시설이 갖춰져 있지 않은, 병원이라고 할 수 없는 병원에서 응급조치의 치료만 받았으니 정형수술은커녕 생명을 건진 것만도 다행이었으나 제때 꿰매지 못해 제멋대로 아문 상처는 문자 그대로 너무나 흉물스러워서 꿈에 나타날까 무서웠다. 나는 그제야 알았다.

무서운 꿈에서 깨어나 어머니 품으로 파고들어 젖을 만지려고 하면 한사코 뿌리친 이유가 바로 여기 있었구나. 그리고 어머니는 그때부터 여성이기를 포기하고 살았는지도 모른다.

때때로 바느질을 하다가 무릎을 세우곤 했었는데 그럴 때마다 우연히 보게 되는 어머니의 대퇴부는 바늘로 쿡쿡 찔러놓은 것 같은 무수한 상처가 보였는데 그것은 인고의 상처로 과거를 잊기 위해서였고 6. 25의 비극이 생각나면 가차 없이 당신의 손으로 바늘을 대퇴부에 찔러 잊으려고 몸부림을 쳤던 것임을 나는 뒤늦게서야 알 수 있었다.

나는 눈물을 왈칵 쏟았다.

"제가 이 지경이 되는 것을 저 애가 지켜보았으니, 정신인들 온전하며 정상적으로 성장할 수 있었겠어요? 어디 그뿐인가요. 저 애 앞에서 제 남편이 죽어갔고 아들이, 딸이 죽어 나갔어요. 이 점을 고려해서 퇴학만은 재고해 주실 수 없을까요? 부탁합니다."

어머니는 소리 없는 눈물을, 조용한 눈물을 흘렸다.

은밀한 곳까지는 차마 보여줄 수 없었던 모양이다. 심한 상처가 제대로 아물지 못해 오줌을 눌 때마다 오줌줄기가 사방으로 흩어져 엉덩이는 물론 속곳이가 흥건히 젖까지 했으니 말이다.

어머니는 조용히 교장실을 나섰다.

자식을 위해 당신의 치부를 남 앞에 서슴지 않고 드러낸 어머니, 어머니와 함께 돌아오며 나는 지고한 모성애에 한없이 눈물을 흘렸다.

흔히 이상체험반응(異常體驗反應)에 대한 심리학은 대충 세 단계로 나누어 설명하고 있다.

쇼크와 은사망상(恩赦妄想)의 단계, 무감각과 무관심으로 상징되는 단계, 심리적인 잠함병(潛函病)의 세 단계라고 할 수 있다.

이러한 단계는 충격과 고뇌의 앙분상태(怏忿狀態), 포기와 더불어 한없는 가존재(假存在)의 지속, 갑작스런 해방으로부터의 충격으로 표현할 수 있다. 이런 이상체험반응에 대해 내 어릴 적의 체험이 어떻게 적용되고 구체적으로 어느 단계에 속하는지 알 수는 없었으나 삶의 실체를 통해 정상인으로 되돌아오기에는 꽤 오랜 시간이 걸려야 했다.

나는 어머니의 치욕을 무릅쓴 희생 덕분으로 퇴학이 취소되어 졸업장은 손에 쥐게 되었으나 성적은 바닥을 헤매어 어머니의 소원인 대학은 발도 붙일 수 없었다.

그래서 대학에 진학하는 대신, 막노동판이라도 나가서 돈을 벌어 어머니를 돕겠다는 엉뚱한 생각으로 조그만 공작소에 직공으로 들어갔으나 그 꼴에 뭐 따진다고 적성에 맞지 않아 한 달 만에 그만두고 재수를 하기 위해 학원을 다녔다. 재수를 하는 일 년은 교장실에서 본 어머니의 흉측한 상처, 젖무덤이 없는 끔찍한 흉터를 떠올리며 공부를 했고, 그런 탓인지 대학에 들어갈 수 있었다.

그것도 남들이 부러워하는 명문 대학을. 이때가 어머니로서는 생애 가장 행복한 순간이었을 것이 분명했다.

국문과에 입학하게 되었는데 국문과를 선택한 것은 어머니 때문이었다. 그리고 소설가가 되어 어머니에 대한 글을 써서 후세에 남기겠다는 오직 그 꿈 하나로 대학을 다녔으나 글재주가 메주인 내가 소설가가 된다는 것은 한낱 꿈으로 끝날 수밖에 없었다.

그 무렵부터였을 것이다.

나는 어릴 때의 이상체험반응이 도지기 시작했다. 만학에 가까운 그 나이에도 정신적 동면에서 깨어나지 못해 또 방황하기 시작했다. 해서 베트남 전쟁이 한창일 때, 도피수단으로 군에 입대했다.

그것은 어머니를 또 한번 실망시켜 드리는 일이었다.

스물여덟, 그 나이에 졸병생활은 고달팠다.

나는 70년, 3월 군대생활 15개월 만에 베트남 전쟁에 지원을 했으며 오읍리로 가서 재교육을 받았고 '가시는 곳 월남 땅 하늘은 멀더라도' 가사처럼 사지를 향해 조국을 등지게 되었다.

나는 부산항을 벗어날 무렵에야 갑판으로 나와 멀어져 가는 조국 강산을 마지막으로 바라보며 단 한번 눈물을 흘렸다. 그것은 살아서 돌아와 어머니를 볼 수 있을까 하는 눈물이었다.

교체병력을 실은 수송선은 5박 6일 항해 끝에 나트랑항에 도착했다. 하선 즉시 GMC에 실려 닌호아로 향했다. 가는 길목은 전쟁을 하고 있는 나라라는 그런 모습은 찾아볼 수 없었다.

주요한 길목마다 군이 주둔해서 경계를 하지 않은 것은 아니었으나. 백마 1진이 진주할 때 와장창 당했다는 닌호아, 그곳을 지날 때 긴장이 되었다. 청룡부대가 일차 훑고 지나간 뒤에 백마 1진이 진주했다.

그런데 베트콩은 사이공과 하노이로 연결되는 철도 주변, 마을과 민간인을 방패막이로 진주하는 한국군을 무차별 공격했다.

해서 한국군은 어쩔 줄 모르고 당황했다. 보이는 것은 민간인들뿐, 베트콩은 보이지도 않는데 박격포며 총알이 비 오듯이 날아왔다.

처음은 당하기만 했으나 나중에는 민간인이고 뭐고 사정없이 날려 버려서야 혈로를 뚫을 수 있었다고 한다.

사령부에 도착, 병사들을 분류해서 각 부대로 인솔했다. 나는 도깨비부대로 갔고 그곳에서 3대대 1중대로 낙착되었다.

신병의 눈에는 모든 것이 낯설었으나 낯선 것을 하나하나 경험해 가는 데 따라 고참의 관록이 붙어갔다.

자매 마을의 경계에 투입되었을 때는 마을로 들어오는 적보다는 내부의 베트콩을 감시하기 위해 집집의 동태를 감시하는 데서 베트남 전쟁의 성격을 이해하게 되었고 조금 전만 해도 펄펄 살아 있던 전우가 고꾸라지는 작전에서 생의 분명한 실체를 실감했다.

소대장은 작전을 나갈 때마다 짧은 훈시를 통해 "우리가 웃으면서 작전에 나가듯이, 돌아올 때도 웃으면서 돌아오자. 각자 건투를 빈다!" 하고 하나 같이 무사귀환을 염원했었다.

나는 그것이 무슨 뜻인지 알지 못했으나 우리 중대가 베트콩에게 왕창 나가고 초죽음이 되어 베이스로 귀대해서야 깨닫게 되었다.

그것은 한 사람도 희생자 없이 귀대하자는 뜻임을.

해가 바뀌고 2월 들어 대규모작전을 전개했다.

병사들은 적을 만나면 편하고 만나지 못하면 오히려 죽을 고생을 한다는 작전, 우리 중대가 그 꼴이었다.

중대의 베이스가 위치한 지점부터 그랬다. 중부 베트남에서 가장 높다는 혼헤이산, 백두산보다도 정확히 1천2백 미터나 더 높았다.

산의 정상 부근은 항상 구름이 끼어 있어 맑은 날에야 아스라이 올려다 보이는 정상은 바위뿐, 사령부 쪽을 향한 깊은 골짜기에는 베트콩의 연대 본부가 자리 잡고 있었다.

그런데도 아직까지 작전을 실시한 적이 없는 골짜기 입구에 중대의 베이스가 있었다. 그랬으니 나고 드는 베트콩을 감시하기 위해서 한시도 경계를 소홀히 할 수 없었다.

베트콩 연대 본부가 있다는 골짜기는 사면이 바위로 둘러싸인 천연의 요새였는데 우리 중대는 골짜기 깊숙이 수색하기 위해 헬기를 타고 무명 계곡, 8백 고지에 랜딩했다.

작전 첫날은 전개만 하고 매복으로 들어갔다. 그리고 작전 이튿날부터 본격적인 수색작전으로 돌입했다.

중대가 8부 능선을 내려섰다.

그때, 기분 나쁜 총성이 울렸다. 칼빈소총 총소리였다. 우리는 M16만

소지했는데 칼빈소총 총소리가 났다는 것은 베트콩이 쏜 것이었고 그와 동시에 우군 하나가 쓰러졌다는 것을 의미했다.

아니나 다를까. 첨병이 총을 맞고 그 자리에 쓰러졌다.

중대장은 곧바로 부대를 능선 반대쪽으로 부대원을 철수시켰다. 철수시킨 다음 항공지원을 요청을 한 뒤, 조금 지나자 팬텀 편대가 날아와 미사일을 발사하고 로켓포를 날리자 아름드리 바위가 튀어 하늘 높이 날아올랐다가 소나기처럼 쏟아졌다.

연대 택(임시 지휘소)에서는 직사포를 쏘아댔고 포대에서는 155미리포를 날려 보냈다. 하루 종일 포격과 폭격을 퍼부었다.

그 밤은 조명이 명멸하는 하늘을 지켜보면서 밤을 새웠다.

날이 새자 아리랑 바가지(C레이션을 따서 먹는 것)를 하고 08시를 기해서 중대 3개 소대를 수색작전에 투입시켰다.

첨병 소대가 7부 능선을 가장 먼저 내려섰다.

그때였다. 적 동굴 발견! 하는 첨병의 외마디 소리가 들렸다.

소대원들은 긴장되어 입술이 바싹 탔다. 이때가 견디기 가장 힘든 시간임을 대원들은 알고 있었다.

소대원들이 각개 약진으로 포위망을 구축하고 전진했다.

이어 드르륵, 드륵. 연발로 갈겨대는 총소리며 수류탄까지 작렬했다. 탄창을 갈아 끼우는 둔탁한 소리도 끊이지 않았다.

대원들은 사방으로 나 있는 출구로 접근해서 M16을 난사했고 M60 사수는 간단없이 사격을 퍼부었다.

본격적인 전투가 시작되자 긴장은 어느 사이엔가 달아났다.

대원들은 달포 전에 왕창 당한 전우들에 대한 복수에 젖어 베트콩을 하나도 놓치지 않으려고 민첩하게 움직였다.

피아간 사격이 멎고 죽음보다 무서운 적막이 엄습했다.

소대원들은 상황판단을 하고 동굴로 잠입했다. 대원들은 사살한 시체를 확인하고 작대기를 거뒀다.

나는 시체를 확인하다가 온전한 시체가 하나도 없다는 데 새삼 경악했다. 눈알이 툭 튀어나온, 귀에서는 피가 흘러내리다 끈끈하게 굳어버린, 혀를 빼문 채 나가떨어진, 항문 주변에는 오물이 질펀한 시체들.

그제야 베트콩들이 맥없이 무너진 까닭을 알 수 있었다.

베트콩들은 밀폐된 동굴 깊이 숨어 있다가 미사일 세례와 로켓이 동굴 주변에 떨어져 파열하는 충격으로 눈알이 튀어나왔으며 고막이 터져 피를 흘린, 혀를 빼물고 널부러졌으니 살아 있는 송장이나 다름없었다. 그래선지 우리가 다가오는 것을 보고도 저항할 의지를 상실한 듯했다.

베트콩들은 폭격 순간부터 전의를 상실했음이 분명했다.

우리는 도살자(폭격이나 포격)에 의해 잡아놓은 황소에 매달려 살점을 서로 많이 가지고 가려고 달라붙는 군소정육업자가 된 것 같았다.

최후의 승리는 육군의 군화가 닿아야 비로소 승리를 낚을 수 있다는 진리에 따라 덤으로 얻을 수 있다는 전과를 우리 소대는 하나하나 거둬들였다. 네 군데 동굴 주위를 수색해서 적 사살 25명이라는 전과를 낚았다. 그에 비해 우군의 피해는 부상 1명뿐이었다.

작전 나흘째부터는 동굴 내부를 수색했다.

어디가 어딘지 모를 미로, 어설프게 들어갔다가는 나오는 길을 잃기 십상이었다. 우리는 서로의 몸을 밧줄로 묶고 내부를 수색했다.

동굴 안에서는 총도 수류탄도 소용없다. 총을 발사했다가는 바위에 튕겨 되돌아올 위험이 있었다. 수류탄은 말할 나위도 없다.

우리는 플래시와 대검 하나만 들고 수색했다.

이제 적을 만나면 육탄전, 대검이 유일한 살상 무기인 원시적인 싸움을 전개했는데 바위틈새가 좁아 몸을 끼워 넣을 수 없으면 말라깽이 병사가 들어가야 했다. 나는 몸이 마른 탓으로 선두에 섰다.

이때 거울을 가졌다면 내 표정을 눈여겨보았을 텐데, 거울을 사전에 준비하지 못한 것을 나는 두고두고 후회했다.

내가 내 표정을 볼 수 있었다면 그로부터 20년 전, 내 나이 아홉 살 때, 여맹과 붉은 완장을 찬 사람들이 죽창으로 미군 병사 둘을 난자하고 아버지를, 형을, 누나를, 어머니를 난자한 광란의 표정과 다를 게 없는 표정이었을 것이라는 생각이 들었다.

작전 닷새째, 승리에 자만한 것이 화를 자초했다.

우리는 작전 데이터에 따라 수색했는데 3소대가 적의 역 매복에 걸려들어 3명의 희생을 치러야 했다. 게다가 2명이 실종됐다.

그것은 우리의 눈을 다른 데로 돌리려는 베트콩의 기만전술이었으나 우리는 속지 않았다. 차라리 속는 것이 배짱이 편했는데도.

우리는 악이 받쳐 베트콩을 추적했다.

전방 60고지 부근에서 적정 발견!

대원들이 포위를 압축했다. 그리고 동굴을 찾아내자 일제히 사격을 퍼부어 적의 화력부터 제압했다.

사격이 멎고 동굴을 수색했다. 베트콩 사살 3명에 생포 12명. 동굴 주변은 베트콩의 아지트였다. 살림을 차리고 산 흔적이 역력했다.

돼지가 우글거리고 닭들이 쏘다녔다.

전우를 잃은 대원들은 악만 남아 생포한 자들을 그냥 후송시킬 리 없었다. 그들을 동굴로 집어넣고 수류탄을 까 던졌다.

그리고 죽었는지 확인. 나는 동굴로 들어가 일일이 확인 사살을 하다가 보아서는 안 될 것을 보았다. 여자 베트콩의 시체, 그녀의 입에서는 피가 줄줄 흐르고 있었는데, 그 입은 미군을 죽창으로 찌르다 피가 튄 여맹의 입과도 너무나 흡사했다.

20년의 세월, 그리고 한국과 베트남이라는 수만 리 지역적 차이를 떠나 어떻게 저렇게도 똑같을 수 있을까.

지역이라는 이질성보다 사상이라는 동질성으로 경악했다.

이번의 수색은 달랐다. 실종된 전우를 찾아서 전진했다.

해 질 무렵에 실종된 전우를 찾긴 찾았으나 때는 이미 늦었다. 베트콩은 전우를 깨끗이 처분하고 밀림으로 사라진 지 오래였다.

말로만 듣던 베트콩의 비정을 체감하는 순간, 앞은 바로 깎아지른 절벽, 그 끝에 나왕나무가 한 그루 서 있었다.

나는 그 나무에 무엇인가가 대롱대롱 매달려 있는 것을 발견하고 다가갔다. 다가갔으나 눈을 바로 뜨고 볼 수 없어 감아버렸다.

내가 아홉 살 때 보았던 미군의 치뜬 눈. 아버지, 형, 누나의 죽음과는 또 다른 끔찍한 죽음이 나무에 매달려 있었다.

가죽이 벗기어진 얼굴, 아래로는 가죽을 벗겨놓은, 발톱까지 완전히 까놓은 시체. 피는 걸말라 있는데 마치 의학실험실의 인체 해부도와도 같은 군데군데 근육이 빚어 나와 터진, 그리고 피가 솟다가 그대로 굳어버린, 물기라고는 찾아볼 수 없는 살코기를 냉장고에 넣었다 꺼내어 성긴 성애를 떨어낸 뒤의 뺀질뺀질한 고기 덩이 같은…

그런데도 땅바닥에 처박혀 죽은 불개미가 달라붙어 뜯어먹다 남은 들끓는 구더기로 등뼈만 앙상한 그런 시체와는 달랐다.

나는 묶은 끈을 총으로 쏘아 떨어뜨릴 수도 있었으나 나무를 타고 올라갔다. 시체를 매단 끈을 풀어 조심스럽게 내렸다.

순간 머리가 빙 돌면서 어질어질하는, 가슴이 답답해서 터질 것만 같은 이것을 일러 분노라고 할 수 있을지 모르겠으나 어릴 때 아버지의 죽음을 지켜보던 분노와는 또 다른 분노가 울컥 치밀었다.

그것은 아직도 생생한 기억의 저편, 아홉 살 때의 이상체험반응에 대한 앙분상태의 해소였는지도 모른다는 생각이 들었다.

그로부터 20년, 남모르게 간직한 체증이 편작(扁鵲)의 명침(名鍼)에 의해 시원스럽게 뚫리는 것과 같다고 할까.

스스로 묶고 매듭지어 가슴앓이를 하다못해 허공을 향해 몸부림친 지난날의 공허가 한꺼번에 무너져 내렸다.

자기가 쳐놓은 줄에 스스로를 옭아맨 거미가 살아날 수 있는 유일한 방도는 제가 쳐놓은 줄을 스스로 물어서 뜯어내는 방법밖에 없듯이.

거대한 역사의 수레바퀴에 정면으로 부딪쳐 산산조각이 나서 나뒹구는, 그것도 휘청거리며 살아갈 수밖에 없는 것은 낱낱의 개체일 수밖에 없는 것인지도 모른다.

비록 살아 있는 시체로 피조물의 피동체로나마 남아 둥둥 떠돌다 상처만 늘어난 비참한 존재, 한낱 벌거숭이에 지나지 않을망정 그것마저도 인간의 짊어진 숙명일 수밖에 없었던 것일까.

바깥을 내다보던 윤춘석이 "벌써 청리라니. 이제 내릴 준비를 해야지. 다 왔네. 모두들 준비를 하게." 하고 말했다.

영구차는 신촌을 지나 소천(小川) 다리 위에 멈췄다. 이제부터는 길이 좁아 영구차로는 갈 수 없었다. 해서 산역(山役)을 하던 사람들이 꽃상여를 꾸며놓고 기다리고 있었다.

비는 잠시 멎었다. 그 틈을 타 상여에 관을 안치하자 곧 출발했다. 잠시 빤한 하늘, 언제 비를 쏟아놓을지 알 수 없었기 때문이다.

상여가 출발하려 하자 머리가 희끗희끗한 사내가 "마님, 이래 돌아오시다니, 시상에 웬일이여." 하고 상여를 붙들고 황소 같은 울음을 터뜨렸다. 그러는 그는 다른 사람 아닌 천석출이었다.

석출은 울다가 말고 내게로 다가와 손목을 덥석 잡더니 "이게 뉘기여?

피난길에 잃었던 영태 아잉가? 이렇기 출세해서 돌아오니, 얼마나 반가운 기여.” 하고 울음을 쏟아 놓았다.

나는 감정이 격해 올랐으나 이를 눌러버리고 상여를 인도하는 선소리꾼에게 다가가 고개를 숙이고 수고비조로 봉투를 건네준 다음, 비가 멎은 틈을 타서 속히 가자고 당부했다.

상여는 빗속에 출발했다.

선소리꾼의 구성진 가락에 맞춰 철교 밑으로 해서 새마을운동으로 경운기가 겨우 다닐 수 있는 소로를 따라 상여는 나아갔다.

다부동 앞들은 죽바위들, 움모티를 지나면 덕곡과 구룡마가 있는 골이 보였으나 오늘따라 비안개 때문에 보이지 않았다.

이때부터 선소리가 한층 더 구성지게 울려 퍼졌다.

북망산천 찾아가기가
너와너와 너와능차 너와
왜 그리도 힘들던가
너와너와 너와능차 너와
앞산뒷산 다놔두고
너와너와 너와능차 너와
천리길을 달려왔네
너와너와 너와능차 너와
북망이라 고향 땅이라네
너와너와 너와능차 너와

상여는 산 밑으로 난 길을 따라 나아갔다.

무둥골을 거치면 마을 동산, 이어 다부동, 마을 왼쪽 산으로 한참 올라

가서 무덤 둘을 지나면 양지바른 데가 나오는 그곳이 선영이었다.

상여꾼들은 가파른 비탈을 올라 묘역 가까이 상여를 내려놓았다.

나는 할아버지의 산소는 낯이 익었다. 그런데 그 이외의 낯선 무덤들, 아버지의 무덤임이 분명한 옆에 광(壙)이 파여져 있었다.

바로 밑에는 초라한 무덤 둘, 하나는 형의 것이었고 다른 하나는 누나의 무덤임이 분명한 꼬리도 없는 무덤이 있었다.

그리고 멀찍이 떨어져 이장을 한 흔적이 희미하게 남아 있는 가묘 둘이 눈에 들어왔다. 그 묘에 대해 물어 보지도 않았는데도 천석출이 들어 무덤에 대해 말해 주었다.

"자네는 들은 적이 없으니 모를 기여. 저쪽 꼬리 없는 무덤은 자네 형과 누이의 무덤일세. 그리고 이쪽 초라하게 남은 헛무덤은 미군들의 무덤이었네. 다 자네 자당의 손을 거쳐 쓴 무덤들이라네.

…그 후 몇 해가 지나 유해발굴단에 의해 미군의 유해는 본국으로 송환해 가서 흔적만 남아 있다네."

"저쪽 산 밑에 다닥다닥 붙어 있는 무덤들은요?"

"그것은 사변이 나자, 줄초상을 당한 사람들의 무덤이라네. 자네도 생각이 날 걸세. 야학 선생 때문에 죽은 사람들이 꽤 많았지. 여기저기 흩어져 있는 시신을 가져왔는데 선비댁이 산을 내줘 무덤을 썼다네."

"어머니께서 그런 생각을 하셔서 무덤까지 쓰게 하셨다니…"

춘석이 들어 "비가 멎은 틈을 타 하관을 서두세." 하고 재촉이었다.

제자들이 관을 들어 하관했고 산역꾼들이 달려들어 잘 다듬어진 돌로 천개(天蓋)를 덮고 석회를 섞은 흙을 고루고루 폈다.

춘석이 "자, 상주가 삽을 들어 고운 흙을 퍼 던지게." 하고 일렀다.

나는 삽을 들어 흙을 파서 뿌렸다.

이어 흙을 다지며 연신 삽으로 흙을 퍼서 던져 성분했다.

지관이 우산도 쓰지 않은 채 밟고 밟으라며 다그쳤다.

"단단히 밟게, 밟아. 이 장마에 무너지지 않게시리."

"아따, 별 잔소리도 다하네그려."

고인의 음덕인지는 모르긴 몰라도 성분은 비가 내리는데도 우려했던 것보다 쉽게 성토하고 주변도 말끔히 정리했다.

인류의 멍에에 매이어 홀로

앉다가 서다가 끓는 속 무던히 태우고

태우다 못해 씻어버려도

서러운 정 붙일 데 없어

무지개 허리를 감은 노을 같은 무게로

한평생 사셨던 어머니.

봄여름 지나 이 가을에 이슬

머금은 국화꽃처럼 외롭고 괴로운

밤마다 주고 줬는데도

준 것이 없다고 오월의

화사한 햇살 안고 아스라한 은빛 길을

고이도 달리신 어머니.

닭이 새벽을 향해 홰를 치듯

여인의 지고한 생애가 수많은 밤을

하얗게 사위고 사위어

아들의 가슴에 샛별과

같은 구원한 꿈과 희망을 심어주시고

생을 마감하신 어머니.

—시 「어머니」

잔디를 입힐 때 잠시 멎었던 비가 또 내리기 시작했다.

그래서 차일을 치고 제를 올렸다. 내가 그렇게 서둔 것은 날씨 탓도 있었으나 서울 손님들을 속히 떠나보내기 위해서였다.

지관이 "그놈의 날씨, 정말 희안타. 하관할 때만 잠시 비가 들었으니. 다 고인이 베푼 음덕 때문일 것이야." 하고 고개를 끄덕였다.

나는 남고 서울 손님들은 영구차에 태워 보냈다.

사람들을 보내자 마음이 풀리면서 온몸이 쑤셔대기는 했으나 발걸음은 어느 새 마을을 향하고 있었다. 30년이나 발길을 뚝 끊은 땅, 그 땅을 이제라도 밟아보기 위해 왠지 낯설기만 한 마을로 들어섰다.

마을로 들어서면서부터 이방(異邦)에 온 듯 모두가 낯설었다. 흙벽 위에 이엉만 걷어내고 시멘트나 슬레이트로 지붕을 개량한, 초가집도 아니고 그렇다고 기와집은 더구나 아닌 집들이 낯설어서가 아니었다. 돌담으로 된 고샅길이 시멘트 부록으로, 공동 우물이 간이수도로 둔갑한 고향, 그 땅이 나를 밀어내고 있었다. 고향집은 온 데 간 데 없었다. 빈터만 덩그렇게 남아 있었다. 이때의 당혹감은 잊을 수 없었다.

빈터에 비닐하우스를 지었는지 해어진 비닐만이 반겼다. 뒷마당에 서 있던 감나무도 닭서리를 한 뒷자리 같았다. 고목이 되어 베어 버렸는지 아니면, 그날의 참상을 잊기 위해 베어 버렸는지도 모른다.

석출이 따라와 있었다. 나는 물었다.

"여기에 서 있던 감나무는요?"

"휴전 다음 해던가. 자네 자당께서 내려오셔서 집도 허물고 감나무도 베어 버리라고 하셨네. 내 손으로 헐고 베어 버렸네."

이때 외숙이 불현듯 생각났다. 삼우제나 지내고 돌아갈 때 이웃 마을에 산다는 그녀를 한번 만나 보리라 생각했다.

"자, 옷이 다 젖겠네. 어서 집으로 가세나. 이제야 자네가 왔으니, 논밭 간의 문서를 넘겨줘야지. 내가 너무 오래 맡아서 관리했어. 그리고 밤새 워 할 이야기도 산더미처럼 쌓였네."

나는 그의 말에는 귀를 기울이는 둥 마는 둥 했다.

지금에서야 나타난 내가 이제부터라도 고향을 생각하며 고향 출입을 할 수 있을지, 없을지 그것만이 심각한 문제로 다가왔다.

어쩌면 고향 출입을 할 수 있을 것 같기도 했다.

그러나 그렇게 할 수 없을 것 같기도 했다.

어머니를 생각해서라도 그렇게 해야 할 것 같은데도…

나는 이런 저런 생각 탓인지 누가 다가와 옆에 서 있는 것도 몰랐다. 다 가와 있는 사람은 외숙이었다.

그녀는 벌써 마흔이 넘어선 초로의 아낙, 그녀는 나이보다 늙어 보였 다. 조금 전에 그녀를 찾아 보리라던 생각과는 달리 나는 말문을 닫아버 렸다. 그랬는데 나와는 달리 외숙이 말을 걸어오는 것이 아닌가.

"어머님께서 돌아가셨으니, 얼마나 슬프시겠어요? 갖은 풍상을 겪으신 분이시니까, 저승에 가서는 좋은 곳으로 갔을 것입니다."

인사말은 제법이다. 나는 언제까지 그냥 잠자코 있을 수 없었다. 외숙 에게 겉치레라도 한 마디 하는 것이 좋을 것 같은 생각이 들었다.

"그렇잖아도 올라갈 때 만나보려고 했었는데…"

외숙이 "정말 그러셨어요?" 하는.

외숙이 찾아온 것은 어머니 장례 때문이 아니었다. 어디서 들었는지 알 수 없었으나 J대학에 출강한다는 소문을 듣고 찾아왔던 것이다.

그녀는 혼자 살면서 아들을 하나 키웠는데 대학을 광주에 있는 J대학에 원서를 내어 합격을 해서 다니게 되었는데 그로 말미암아 5.18로 죽음의 단서가 되었으니 어쩌면 좋겠느냐고 물으러 왔던 것이다.

당시 내 나이 서른아홉, J대학에 전임을 전제 조건으로 먼 곳을 서울에서 하루 틈을 내어 출강을 했었다. 그런 저간의 사정으로 나는 5. 18로 갇혀 본의 아니게도 오욕의 현장을 목격하기도 했다.

30년 전 그때와는 전혀 다른 광란, 그리고 10년 전의 베트남전쟁과는 또 다른 조국의 풀리지 않은 새로운 고리에 아연했다.

그녀가 내게서 어떤 시원스런 말 한마디도 들어보지 못한 채 돌아가자 떼죽음 당한 묘지, 어머니가 산을 내줘서 쓰게 된 묘지로 발길을 돌렸다. 묘지를 둘러보고 있는데, 망월동 묘지가 겹쳐졌다.

이곳과는 아무런 상관이 없다고 나는 생각했었다.

그런데 새삼 아연하지 않을 수 없었다. 그리고 내 인생은 숙명처럼 따라붙는 아홉수의 굴레일 수밖에 없을까를 생각했다.

광주와는 너무나 먼 거리, 고향에서 뜻밖에도 광주사태에 직면하게 되어 암울하지 않을 수 없었다. 머지않아 목소리 큰 사람이 한판 춤사위를 벌릴 시기가 반드시 올 텐데, 오고야 말텐데. 무소불위의 시기가…

미래의 춤사위를 암시라도 하듯이 비가 내렸다.

벼가 밸 시기도 지난, 그러나 일조량 부족으로 벼는 알이 여물지도 못한 채 잎만 무성한 논 자락마다 농민의 수심은 아랑곳하지 않은 채 잠시 멎었던 비는 또 내리기 시작했다.

하얀 두더지

전국적으로 면 단위 출신이 하나도 없는 데가 없다는 강원도 오지 광산촌, 온통 보이는 것은 산과 검은 빛, 산들이래도 푸른 산이 아닌 마치 거대한 벌레가 산을 파먹고 그들이 토해놓은 배설물로 인해 산들이 죽어가고 있는 것 같은 강한 인상을 받아서가 아니었다.

나는 단 하루도 이곳 생활을 견뎌낼 것 같지 않았던 애초 생각과는 달리 그런 대로 생리에 적응되어 가고 있었던 것이다.

나는 고아원 출신답게 밑바닥이라면 자신이 있었다.

열일곱에 고아원을 뛰쳐나와 구두닦이부터 시작해서 넝마주이, 중국집 보이, 심지어는 똘마니 짓을 거쳐 왕초노릇까지 아니해 본 것이 없을 정도로 밑바닥을 전전했었다.

그런 생활 속에서도 영장은 날아들었다. 나는 군대에 들어가 훈련을 마치고 전방에 배치되자 베트남 전쟁에 지원했었고 1년을 기다려서 차출되어 베트남에 갔고 소총소대에 배속되자 그야말로 박박 기었다.

그런 생활도 1년으로 부족해서 1년 더 연장까지 하면서 삶과 죽음에 초연할 수 있었다. 나는 제대 말년에 귀국을 했고 송금한 전투수당(병장 일당 1불 90센트)으로 헌 트럭 한 대를 사 사업을 시작했다.

처음에는 그런 대로 재미를 보았기 때문에 운수업에 본격적으로 손을 대려다 뜻하지 않은 사고를 당했었다. 안면도에서 천일염을 싣고 나오다가 엔진에 이상이 생겨 어떻게 손쓸 수도 없었다.

갯벌에 차를 처박아 둔 채 발만 동동 굴렀다. 썰물이 들어와 트럭째 바닷물에 잠기기를 사흘째. 겨우 차는 건졌으나 바닷물에 부속이 삭아 아무짝에도 쓸모없는 고철이 되고 말았던 것이다.

나는 보험회사에 보험금을 청구했으나 그들은 쉽게 지불하려 하지 않았다. 그런 경우는 사고가 아니며 순전히 운전수 과실이므로 지불이 어렵게 되었다고 차일피일해서였다.

나는 생각다 못해 변호사를 찾아다녔다.

변호사도 아닌 사무장이 내 몰골에 시큰둥했다. 해서 나는 어쩔 수 없이 월남서 함께 싸웠던 전우를 찾아갔다.

그의 형이 유명한 변호사였기 때문에 사정을 털어놓았다.

강혁기 변호사는 나의 형편을 듣고 모든 것을 자기에게 맡겨두면 좋은 소식이 있을 것이라고 장담했다.

강변호사는 "사건이 해결되자면 시일이 걸릴 텐데, 그 동안 어떻게 지내려나?" 하고 물었다.

나는 "그냥 기다리지요." 하소 대답했다.

"여섯 달은 걸릴 테니까, 그 동안 있을 자릴 소개해 줄까?"

"소개시켜 주신다면야 고맙겠습니다."

"서울이 아니라서 흠이긴 해."

"제 처지에 달고 쓰고를 가릴 입장도 못됩니다."

"그렇다면 소개하지. 황지에 있는 천도광업주식회사라고, 내 동창이 투자한 회사인데, 총무 자리가 비어 있다는 게야."

"좋아요. 변호사님, 소개해 주십시오."

"박군 정도의 경험이라면 일을 능히 해낼 수 있을 게야."

나는 하루 뒤 천일도 사장을 만났다. 강변호사의 부탁 탓으로 총무 자리를 쉽게 얻어걸리게 되었고 당일로 청량리역으로 가 밤차를 타고 황지에서 내려 회사로 찾아갔을 때는 실망이 너무나 컸었다.

사무실은 서너 평 남짓했고 초라한 책상이 두엇, 사원이라고는 경리부장 오광일, 경리를 보는 눈이 큰 윤경임 뿐이었다.

나는 오 부장에게 소개장을 내밀었다.

"댁이 박이도요? 우리 잘해 봅시다."

오 부장은 손을 내받았다.

나는 엉겁결에 손을 잡으며 "잘 부탁합니다." 하고 굽실거렸다.

"미스 윤, 인사하지. 이번에 새로 온 박 총무야."

"윤경임이에요. 귀엽게 봐 주세요."

그녀는 배시시 웃었다. 나는 꽤 귀여운 아가씨라고 생각했다. 커다란 눈, 붙임성 있는 말씨, 미운 데라고는 없는 밝은 얼굴이다.

오 부장은 만만치 않은 상대가 굴러왔다고 생각했음인지 "나, 약속이 있어 지금 나가 봐야 하니까, 회사 일이며 할 일에 대해서는 미스 윤에게 물어서 하시오." 하고 휑하니 나가버렸다.

나는 매우 불쾌해서 "세상에 저런 퉁명스런 사람도 다 있어, 제기랄." 하고 혼자 중얼거리고 있는데, 미스 윤이 "오 부장님의 전매특허예요. 박 총무님도 만성이 되려면 꽤 시간이 흘러야 할 겁니다." 하고 조심스럽게 내 눈치를 살피면서 거들었다.

나는 "만성이라, 만성……" 하고 만성을 수없이 되풀이했다.

총무라는 직책은 사무실에 앉아 책상을 지키기보다는 현장에 나가 광부들과 대화하는 시간이 대부분이다.

나는 부임 다음날로 현장에 나가려고 서둘었다.

그러자 미스 윤이 "총무님, 장화 준비하셨어요?" 하고 물었다.

"비도 오지 않는데 무슨 장화는요?"

"장화 없인 단 하루도 생활할 수 없다는 걸 모르셨어요?"

"나로서는 금시초문인데."

그녀는 또 배시시 웃는다. 여자가 웃을 때는 덧니 하나가 살짝 내비쳤다. 나는 참으로 귀엽다는 생각이 들었다.

"다음에 준비하지요. 오늘은 처음이니까."

"총무님, 혼자서 찾아갈 수 있겠어요?"

"누가 있습니까, 함께 갈 사람이…"

"혼자 찾아가긴 좀 뭣해요. 저도 한번밖에 가 보진 않았지만 박 총무님이라면 기꺼이 동행해 드릴 수 있답니다."

"그렇게 생각해 주니, 다음에 밥이라도 한 끼 사야겠군."

우리는 버스에서 내려 함백산 중턱을 향해 올라갔다.

사야가 미치는 곳마다 폐석이 산더미처럼 쌓여 있었고 그것은 탄을 그만큼 캐 먹었다는 것을 보여주고 있었다.

스쳐 지나는 사람마다 검은 옷에 검은 장화를 신은 블루 컬러라고 할까 검은 두더지들인데 비해 나만이 정장에 넥타이를 맨, 화이트 컬러인 하얀 두더지가 아닌가 하는 이질감에 사로잡혔다.

급한 오르막을 한 시간 남짓 걸었을까.

미스 윤이 "거의 다 왔답니다." 하면서 심호흡을 했다.

나도 가쁜 숨을 몰아쉬었다.

자루한 줄 모르고 걷는다는 것이 꽤 높이 올라와 있었다.

"총무님, 이런 길을 매일 오르내리시겠어요?"

"이게 총무의 일이라면 그렇게 할 수밖에요."

"박 총무님 전의 총무는 한 달도 못 견디고 그만뒀어요."

"윤 양은 나더러 들으라고 대놓고 하는 소린 아니지요?"

"총무님도 그만둘까 불인해서 그래요. 보기에도 그러니까."

현장은 함백산 정상 바로 밑이었다. 그 정도 높이라면 1천 3백 미터는 될 것이었다. 남동쪽으로 태백산이 그림처럼 다가왔다.

웬만한 사람도 산행을 엄두도 못 낼 높이인데도 인간 두더지는 검은 황금을 찾아 높이고 깊이고 구애받지 않았다.

동6항 바로 옆에 초라한 현장 사무실이 있었다.

사무실은 벽이라고 판자를 이리저리 걸쳐놓은 탓인지 책상에는 바람이 불 때마다 날려 와 석탄가루가 쌓여 있었다.

덩치 큰 사내가 들어서는 미스 윤에게 "웬일로 예까지 다 올라와. 내일은 해가 서쪽에서 뜨겠는데." 하고 반겼다.

"새로 온 총무님을 모시고 왔어요. 항장님이셔요. 인사해요."

"저, 박이도라고 합니다. 잘 부탁드립니다."

"반갑습니다. 지형석이라고 합니다."

항장은 손을 내밀어 악수를 청했다. 나는 손을 잡고 그가 하는 대로 뒤번 따라 흔들었다. 금시 손바닥은 석탄가루가 까맣게 묻어났다.

"총무는 자재공급이 주 업무이지만 두더지들의 고충을 대변하는 데도 관심을 가져야 합니다. 여기서는 하얀 두더지라면 총무뿐이니까."

순해 보이는 항장은 하얀 두더지에 악센트를 넣어 강조하더니 회사 돌아가는 형편을 털어놓았다.

민영은 석공이나 삼척탄좌 같은 큰 회사와는 달랐다.

본래 동6항은 함백 탄좌 소속이었다.

그런데 탄을 파먹을 만큼 파먹고 민간업자에게 팔려고 했을 때, 천일도는 내막도 모른 채 일확천금을 노려 동6항을 인수했다.

그랬으니 새로운 광맥이 나타나지 않아 어려움은 한두 가지가 아니었다. 그렇다고 기약 없이 무작정 투자만 할 수도 없었다.

지금에 와서는 거의 포기한 상태나 다름없었다.

사장은 될 대로 되라는 식으로 투자를 하려들지 않았으며 오 부장에게 전적으로 맡겨둔 채 발걸음도 하지 않는다는 것이었다.

"현상유지는 되니까, 붙들고 있는 게 아닙니까?"

"비수기인 여름에는 자금 순환이 더디어 압박을 받지만 성수기인 겨울 철로는 그런 대로 현상유지는 될 겁니다."

"저 항장님, 회사 총 인원은 얼마나 됩니까?"

"백 명 남짓 될까. 들고 나는 변동이 심해 정확한 숫자는 알 수 없어요. 심지어 하루 일하고 그만두는 경우도 있으니까요."

광원은 뜨내기일까. 비수기는 광원이 남아돌아 광원으로 취직을 하려 면 돈을 주고 부탁했고 성수기는 사람이 부족해서 두당 몇 만원씩 받고 소개하는 실정임을 나중에야 알 수 있었다.

나는 미스 윤에게 먼저 돌아가게 한 뒤, 갱내를 둘러보기 위해 전에 근 무하던 총무의 옷으로 갈아입고 항장의 안내를 받아 탄차를 타고 막장까 지 들어갔다. 통발을 세운 버팀목이 방금이라도 무너질 것 같은 불안감으 로 섬뜩했으나 나는 사치라는 생각했다.

항장은 홀리듯이 "총무치고 당신 같은 사람은 처음 봤소. 당신 외엔 막 장에 들어온 사람이 없었소." 하고 말했다.

"비행기 태우지 마십시오. 사장이야 들어왔겠지요?"

"어떻게 생겨 먹었는지 코빼기도 비치지 않소."

"오 부장인가 하는 그 사람은요?"

"이곳에 들어오려고 하지도 않소. 가끔 올라오더라도 옷에 묻은 석탄가 루나 털고 있는 인간이오. 우리는 그를 하얀 두더지라고 부르오. 그런 인 간을 믿고 회사를 맡긴 사장도 불쌍하오."

나는 막장을 보고 못 올 데를 온 것 같았다.

세 명이 한 조가 되어 아름드리 갱목을 등에 지고 경사도가 가파른 막장으로 기어 올라가서 엎드린 채 톱질을 하고 도끼로 쪼아서 버팀목을 세운 다음 그 위에 통발을 얹는 고된 작업이었다. 힘들게 통발 한 톨을 세우고 나면 탄을 캐어 탄차에 한 차 실으면 하루의 일당이었다.

그것도 몸을 펴서 작업하는 것이 아니라 허리를 잔뜩 굽히고 오므린 상태에서 일을 하고 있기 때문에 높은 노동의 강도가 매우 높았다.

"지난 번 총무는, 2십만 원 받았는데 광원들은 3십만 원이나 받는다고 투덜대더니 한 달을 견디지 못하고 그만 됐소."

항장은 화이트 컬러를 빈정대는 투로 말했다.

나는 막장에 들어와 보기를 잘했다고 생각했다. 봉급 2십만 원이 그들에 비해 못하지 않음을 알아서였다.

그로부터 막장에 들어가 작업의 진척을 확인할 때마다 주머니를 털어 담배 한 갑이라도 선물하는 조그만 성의도 잊지 않았다.

"박 총무도 이 점은 알아둬야 할 게요. 지금은 두더지 생활을 하고 있지만 광원들도 꿈이 있다는 걸 말이오. 돈을 모아 언젠가는 고향에 땅을 사서 농사를 짓겠다는 꿈들을 가지고 있어요. 그러니까 막가는 인생으로 보지 마시오. 사기문제도 있으니까."

어떻게 들으면 그의 말은 곡해할 수도 있었다. 그러나 나는 조금도 섭섭하게 들리지 않았다. 오히려 그의 말이 흐뭇했다.

나는 한 달을 어떻게 보냈는지 모른다.

자재구입이다, 작업의 진척에 따라 정부보조금 신청이다 해서 바쁜 한 달을 보냈다. 그렇게 되고 보니 미스 윤과는 식사 한번 나눌 기회도 없었다. 나는 미스 윤에게 적이 미안했다.

"미스 윤, 시간 있어요? 저녁 식사라도 함께 했으면 하는데…"

"총무님이 저에게 저녁을 사 주시겠다고요?"

"그 동안 친절 고마왔어. 해서 식사나 한 끼 할까 해서."

"그런 소리하심, 전 따라가지 않을래요."

"데이트 하고 싶은 핑계라면…"

"그렇다면 당당하게 데이트를 신청하셔요. 그게 보기 좋답니다."

"또 공연히 한 대 얻어맞은 셈이군."

그러는 그녀의 배시시 웃는 모습이 참으로 사랑스러웠다

나는 사무실을 정리하고 거리로 나섰다.

시월 초순 날씨치고 바깥 공기는 차가왔다.

거리는 교대한 광원들이 더러 눈에 띨 뿐 한산했다.

"미스 윤, 뭘 먹고 싶어? 말해 봐요."

"제가 먹고 싶다면 뭐든지 사 주시겠어요?"

"물론이지. 한턱 쓰려고 한 달을 단단히 벼르고 있었으니까."

"총무님을 믿고 떼써 볼까. 함박 스틱이요."

"미스 윤, 먹고 싶은 게 겨우 함박이야?"

"얻어먹는 처지에 저로서는 그것도 용기를 낸 거예요."

"천만에, 무슨 그리 섭한 말씀을. 얻어먹다니…"

"그렇다면, 나 취소할래요."

우리는 양식 코너로 들어가 적당한 자리를 잡고 앉았다.

"저 이런 곳 생전 처음 와 봐요."

"그럴까. 미스 윤이 말하는 것이니까, 내 그렇게 믿어주지."

경임이 사방을 두리번거리면서 말했다.

"믿어주지가 뭐예요"

그녀는 나비넥타이를 맨 웨이터를 신기한 듯 바라본다.

나는 함박 스틱을 주문했다.

"저, 먹고 싶다고 하긴 했는데 어떻게 먹는지 몰라요."

경임은 센스가 있었다. 그녀는 내가 총무 소리를 듣기 싫어한다는 것을 어느새 눈치 채고 입 밖에 내지 않았다.

경임은 스프부터 나오자 당황했다. 겉보기와는 영 딴판이었다.

나는 당황해 하는 모습이 귀여워서 지켜보기만 했다.

그녀는 울상까지 지었다.

나는 너무 했다 싶어 친절하게도 "자, 스카프를 이렇게 무릎 위에 깔고……" 하고 하나하나 가르쳐주었다.

그런데도 경임은 불평 없이 얌전하게 따라 했다.

"이건 스프. 후춧가루를 조금 치고 스푼으로 먹어요."

나는 먼저 먹으면서 그녀를 지켜보았다.

스프를 먹는 그녀의 이마에서는 땀이 송알송알 배는 것이 아닌가.

스프 그릇을 가져가고 함박 스틱이 나왔다.

나는 "칼은 오른손에 들고 포크는 왼손에 들고 잘라요. 자른 다음에는 칼은 왼편에 놓고 오른손에 포크를 쥐고 이렇게 먹어요." 하고.

"아이, 힘들어 죽겠네. 함박 스틱 먹기가 이렇게 힘들다니…"

경임은 힘들어하면서도 맛있게 먹어주었다.

나는 그러는 그녀가 대견해 보였고 흐뭇하게 여겨졌다.

"경임인 양식이 처음인 모양이지?"

"네 이도 씨, 그래요. 태어나서요."

"그런데, 함박 스틱은 어떻게 알았어?"

"고등학교 다닐 때, 내 짝이 자랑하잖아요. 얼마나 부러워했는지 몰라요. 첫 데이트 때는 함박 스틱을 먹으려고 별렀어요."

"행운을 잡은 셈이군. 그런데 데이트 상대가 시시해서 어쩐다?"

"이도 씨는 그 점이 밉더라. 입은 바로 박혀 있으면서…"

"미스 윤이 밉다고 하면, 난 더 하고 싶어지는데…"

"아서. 관두세요. 이도 씨에겐 어울리지 않아요."

경임은 어른스럽게 말했다. 나는 웃었다. 그녀는 눈을 흘기다가 마침내 따라 웃었다. 우리는 크게 웃고 떠들다가 경임은 안녕 하고 돌아섰고 나는 그녀가 보이지 않을 때까지 지켜보았다.

경임은 헤어져 돌아서는 길로 우울증이 재발했다. 한껏 웃고 떠든 것이 옛날처럼 느껴졌다. 언제나 혼자 있을 때는 웃음기가 사라졌고 침울해 있었다. 그녀는 밝은 면이라고는 없는 어두운 그림자에 주눅이 들곤 했다. 그런 모진 환경에서 자랐다.

그런데도 그녀는 남 앞에 나섰다 하면 주름살 하나 없는 밝은 표정을 잃은 적이 없었다. 어린 나이에 비해 대단한 인내심이었다.

경임은 아버지 따라 광산촌으로 왔을 때만 해도 행복했었다.

그녀의 아버지는 몸이 건장해서 광원으로 일자리를 구할 수 있었다. 소작농으로 입에 풀칠할 때보다야 한결 주름살이 펴졌다.

아버지는 풍족했던 가산을 노름으로 탕진했고 소작농으로 빚을 가리다 못해 고향을 도망쳐 나올 때만 해도 앞이 캄캄했었다.

그는 지난 일을 뉘우치듯 참고 일을 해서 학교를 중도에 그만둔 딸을 상고에 보냈고 가구도 장만해 살만큼 틀이 잡혔다.

그랬던 것이 불의의 사고를 당했다.

윤성일은 을반에 배속되어 막장에서 작업을 하던 중이었다.

버팀목을 세우고 통발을 얹었다. 채탄을 하기 위해 발파도 끝냈다. 자욱한 탄가루 속에서 탄을 캐어 탄차에 싣고 있을 때였다.

우지끈 하고 통발이 부러지면서 탄이 무너져 내렸다.

윤성일은 우직한 성미대로 부러지는 통발을 받치기 위해 어깨를 들이밀어 버텼다. 그때, 또 다른 통발이 천정에서 떨어지며 그의 허리를 휘감았다. 그는 힘 한번 써 보지 못한 채 쓰러져 의식을 잃었다.

뒤늦게 구조되어 병원에서 깨어났다.

생명은 건졌으나 상태는 중증이었다. 목에서 일곱 번째 척추를 다쳐 평생 엎드려 지내야 하는 산송장이나 다름없었다. 회사에서 병원비를 부담하고 재해보상금으로 기천만원을 내놓으며 합의를 보려들었다.

그것이 합당한 것인지 아닌지 알지 못한 채 수없이 드나드는 사건 브로커의 유혹에 쉽게 넘어가 버리고 말았다.

한 푼이라도 더 받아준다는데 마다할 사람이 없을 것이었다.

회사와의 합의를 거절하고 브로커의 말에 따라 변호사를 대어 재판에 넘겼다. 민사재판이라는 것이 한없이 시일을 잡아먹었다.

2년이나 질질 끌다보니 소송비니 변호사비니 해서 숱하게 생돈이 들어갔고 판결이 났을 때는 수중에 거머쥔 돈은 하잘 것이 없었고 병신 몸만 덩그렇게 남아 있었다.

이제는 고향으로 돌아가 소작농이라도 얻어 살 수도 없게 되었다.

벌이가 없으니 살림은 말이 아니었다. 마누라는 선탄 작업부로 내보내고 졸업을 앞둔 딸은 기십만 원 받는 개인회사 경리로 들어가 입에 풀칠을 하는 신세로 전락했자 가정은 무덤 속과 같았다.

경임은 마당에 들어서기도 전에 아버지의 신음소리부터 들었다. 소리 내어 앓는 아버지는 성질만 살아 소리를 질러댔다. 그것도 하루 이틀도 아니고 2년이나 들으려니 짜증이 앞섰다.

그러나 경임은 조금도 싫은 내색을 하지 않았다.

어머니는 아직도 귀가하지 않았다. 요즘 들어 어머니는 귀가가 늦어지는 날이 많았다.

경임은 부엌으로 들어가 밥상을 차려 방으로 들어섰다.

"요년, 싸다니다가 이제야 와."

아버지는 딸을 보자마자 성화부터 부글부글 끓이었다.

"아버지, 회사 일이 밀려서 늦었습니다. 죄송해요."

"또 그 핑계. 너도 니 어미 닮아 가는 게여?"

"아버지, 알았으니까, 그만 하시고 시장하실 텐데 진지나 드셔요."

"나, 밥 안 먹는다. 이대로 굶어죽을 티여."

그러면서 아버지는 밥상을 냅다 엎어버렸다.

경임은 엎질러진 밥상을 챙겨 내가는데 "요년아, 이불 밑이나 치워." 하고 또 역정을 벌컥 냈다.

이불을 들추니 구린내가 진동했다.

아버지는 똥을 싸 뭉개어 요란 요는 누런 똥칠이었다.

경임은 물을 데워 엉덩이를 씻어주고 요를 갈아 폈다.

재차 상을 차려들고 가서는 밥을 먹여주었다.

그제야 아버지는 밥을 받아먹었다.

밥 한 그릇을 비운 아버지는 "다, 내 죄니끼. 네 애비 못난 탓에 너까지 고생시키고." 하고 꺼우꺼우 울었다.

"아버지, 이젠 그런 말씀 그만하셔요."

이 즈음 들어서 아버지는 성깔을 파락 냈다가도 이내 숙어지고 죽었다가도 성질을 내는 정서가 몹시 불안정했다.

그것은 어머니 때문만은 아니었다.

어머니는 남편의 고집에 무던히 속을 끓였다. 젊어서는 노름판에 나돌아 손수 들일을 했고 가을이면 쌀 한 톨 안 남기고 노름빚으로 몽땅 타작마당에서 실어내는 아픔 속에 살았었다. 사니 못 사니 하고 대판 싸움이라도 하면 살 센 남편은 주먹부터 앞세웠다.

끝내 조상이 물려준 옥답마저 날리고 고향을 쫓겨나다시피 했을 때는 남편 탓보다도 팔자를 더럽게도 타고 난 자신을 원망했다.

그랬는데 광산촌으로 들어오고부터 남편이 마음잡고 일을 나가면서 시집온 지 스무 해만에 처음으로 부부애를 맛보았다.

그것도 이태. 남편이 사고를 당한 뒤로는 틈이 벌어졌다.

모두가 보상금 때문이었다.

회사에서 주는 대로 보상을 받아서 구멍가게라도 내어 가족의 생계를 꾸려가자는 어머니의 의견을 묵살하고 아버지는 더 많은 돈을 타내기 위해서 사건 브로커에게 맡겼다가 돈 한 푼 건지지 못한 것은 누구의 잘못도 아닌 아버지의 허영심 때문이었다.

어머니는 학교에 보내던 딸을 그만두게 하고 그것도 취직이라고 회사에 출근시키던 그날, 하루 종일 울기만 했었다. 퇴근해 들어서는 딸을 보고 어머니는 퉁퉁 부은 눈으로 "이게 내 죄여. 내 팔자 잘못 타고난 죄여." 하더니 딸을 안고 밤새 또 울었다.

그로부터 며칠이 되지 않았다.

어머니는 소개료를 지불하고 선탄부로 들어가 일당 2천원의 돈을 벌어왔다. 그런 생활도 몇 달이 지나자 어머니는 취해 돌아왔고 그런 밤이면 어머니는 밤내 꺼우꺼우 울었다.

시간이 지날수록 어머니는 울음 대신 이틀이 멀다 하고 취해서 들어왔다. 그때마다 아버지의 언성은 높아만 갔다.

"이년, 남편이 벌겋게 살아 있는데 술 처먹고 늦게 들어와."

어머니도 지지 않고 "옛날에 정신 차렸으면 이 고생 안하지. 이게 누구 때문인데." 하면, 살림살이가 거덜이 나곤 했다. 놋이며 문짝이 부서지는 소리로 집안이 시끌벅적했다.

그런 환경 속에서도 중학교에 다니는 동생은 공부를 곧잘 해 시름을 덜어 주었고 또한 누나를 끔찍이도 생각했다.

"누나는 나, 공고 졸업 때까지만 참고 견디며 살아. 그땐 내가 광원이 되어 돈 벌어 누나를 호강시켜 줄게. 그때까지만 누나야…"

"광원 소린 입에도 담지 마. 치가 다 떨려. 알았어."

"누나도 참, 이곳에선 광원밖에 더 할 게 있어?"

"학교를 졸업하면 이곳을 떠나."

"난 누나 곁을 떠나고 싶지 않은데."

"요것이 누나 말에 꼬리를 달아."

경임이 알밤을 먹이자 태식은 돌아앉아 책을 펴들었다.

오늘밤도 어머니는 늦는 모양이었다. 어디서 무슨 짓을 하느라고 늦는 것일까. 잠이 설핏 들었는데 어머니가 돌아왔다. 어머니는 집에 들어서자마자 아버지와 티격태격 다투느라고 날 새는 줄 몰랐다.

나는 사무실로 들어서는 경임에게 "경임이, 얼굴이 안 좋아 뵈는데, 간밤에 잠을 설친 모양이지." 하고 말을 건넸다.

그런데 경임은 의외에도 "네, 그래요. 간밤은 총무님 생각하느라고 잠을 설쳤어요." 하고 밝은 얼굴로 말했다.

그러는 그녀에게 간밤의 어두운 그림자라곤 찾아볼 수 없었다.

"출근부터 이 광영, 어떻게, 무엇으로 보답하지?"

"총무님은 농담도 좋아하셔."

"누가 누구 보고 남의 다리를 긁는다고 그래."

"제가 방금 긁어 드렸잖아요."

경임은 죽는 시늉까지 하며 내숭을 떨었다.

오광일이 사무실로 들어서면서 분위기는 일변했다. 그의 뒤에는 우락부락한 광원 서너 명이 따르고 있었다.

우리는 어눌한 표정을 지었다.

홀쭉한 광원이 오광일에게 다가서며 빚 독촉하듯이 했다.

"오 부장님, 가불 좀 해 주시우."

"회사 자금 사정이 좋지 않아, 안 되겠어. 다음에…"

"어제는 가불해 준다고, 하시라도 찾아오라고 하지 않았소?"

"지금은 사정이 달라. 다르다고 하잖아."

오광일은 거만하게 말했다. 가진 자의 배짱을 발휘했다.

"그러지 말고 사정 좀 봐 주시우."

"어디 봅시다. 미스 윤, 전표를 가져 와."

경임은 전표(錢票)를 갖다 주며 지극히 사무적으로 말했다.

"어제 날짜까지 정리된 장부입니다."

오광일은 전표를 하나하나 뒤적였다. 그러다가 눈이 휘둥그레지며 "박천석!" 하자, 박은 뒤통수를 긁적이며 멀쑥해 했다.

"세상에 겨우 닷새나 일을 했을까 말까 한데, 가불 좀 해 달라고?"

"부장님, 형편이 형편인지라…"

"형편 좋아하시네. 회사가 당신 삼촌 것인 줄 아시오."

"정말 그렇게 나온다면 나도 할 말 있수다. 당신, 가불까지 해 주면서 노름판 벌일 때는 언제고 이제 와선 큰소리요, 큰소리를…"

"그땐 그때고 지금은 아니잖아."

오광일은 큰소리쳤으나 속이 구린 모양이다.

"그땐 그때라니? 어폐가 있소이다."

"좋아. 그렇다면 이번이 마지막인 줄 아시오."

오광일은 미스 윤에게 가불을 지불해 주라고 지시했다.

경임은 얼굴을 찌푸리다 못해 기어드는 소리로 "금고에는 돈이 한 푼도 없는데 어떻게 하지요?" 하고 말을 더듬었다.

"돈이 없다고? 말이나 돼."

경임은 자기 잘못인 양 홍조가 되었다.

오광일은 지갑을 꺼내어 돈을 차용해 주는 방법으로 가불을 해 주었는데 그것도 서너 명의 광원들에게 가불을 해 주었던 것이다.

가불을 해 주고 나더니 속이 메스꺼웠던지 트림을 한참 하다가 "더러운 회사, 문을 닫든지 해야지." 하면서 나가버린다.

"저 친구 오늘따라 왜 저래?"

나는 하는 짓을 보다 못해 경임에게 물었다.

"저건 아무 것도 아니에요. 저 혼자 있을 때는 안하무인이었어요. 총무님을 의식하고 있나 봐요. 그런 눈치를 가끔 보여요."

"벼룩의 간도 내먹을 친구야."

오광일은 사무실을 횅하니 나와 거래처로 향했다. 거래처라고 해야 일숫돈이나 챙기고 이자나 꼬박꼬박 받으러 가는 것이 고작이었다.

젊은 사람치고 이재에 밝은 데다 빈틈이 없었다.

외삼촌이 광산업에서 손을 떼려 했을 때, 누구보다도 반대하고 나섰다. 그는 신용조합에 다니던 직장을 집어치우고 광산촌으로 뛰어와 회사를 손에 넣다 시피했다.

천일도는 형식상의 사장일 뿐 그의 손에서 좌지우지했다. 오광일은 회사의 자금이 동이 나면 사채를 끌어들였다.

그런 반면 그가 가진 돈은 사채로 끌어들인 체해서 이자를 꼬박꼬박 챙겼고 조금이라도 싼 사채를 끌어다대고는 높은 이자를 받아내어 차액을 닦아 넣었다. 경리부장이 아닌 철저한 브로커가 되어 있었다.

광원이 부족하면 사람을 데려와서 소개료를 받아 챙겼다. 또 광원이 남아돌면 취직을 미끼로 두당 기만 원씩을 뜯어냈으며 그는 가불을 해 주는 조건으로 구전을 뜯어먹었다.

동6항 옆 목욕탕에는 임시 숙소가 있다.

양호실 비슷한 휴게소였는데 그곳이 그가 경리부장으로 오면서부터 노름판의 비닐하우스가 되었다. 그는 노름을 좋아하는 광원에게 가불을 해 주거나 뒷돈을 대주어 실속을 차렸다.

하룻밤에 한 달 노임이 날아가기도 했고 늘 일해 보아야 노름판으로 돈을 날리는 광원이 늘어났다.

그런데 회사가 남의 손으로 넘어가지 않고 그 정도로 버틸 수 있었던 것은 그의 능력이라고 할 수 있었다. 비수기로는 자금을 둘러대고 성수기로는 탄을 팔아 회사를 지탱시켜 나갔던 것이다.

오광일은 단골 요정으로 들어섰다. 마담 이가 반겨 맞았다.

"아이고, 오 사장님, 어서 오세요. 기다리다 눈 빠지겠어요."

오광일은 술집에서 사장으로 통했다.

"마담은 입술에 침이나 바르고 말을 하시지."

"왜 이러실까. 순정도 모르는 사람…"

"미스 정 좀 당장 내게 오라고 해. 부탁할 게 있어, 어서!"

"오 사장님은 미스 정만 찾더라. 사람 샘통 나게시리."

마담 이는 투정하는 체했으나 싫은 기색은 아니었다.

오 사장은 단골일 뿐만 아니라 때로는 손님을 몰아와 큰돈을 흘리기도 해서 마담 이에게는 물주나 다름없었다.

미스 정이 "사장님, 오셨어요." 하고 방으로 들어섰다.

"미스 정, 이리 다가와 앉지."

오광일은 미스 정에게 유독 은근하게 대했다.

그가 그렇게 나올 때는 부탁이 있었다.

"좀 있으면 공장에서 박 총무라고 올 테니까 알아서 처리해."

"누구 부탁인데 거역하오리까."

그러는 미스 정은 되바라진 여자로밖에 보이지 않았다.

나는 마담 이의 안내를 받아 방으로 들어섰다.

"제가 늦었습니다. 죄송합니다, 부장님."

"천만에, 내가 너무 일찍 왔소이다."

내가 자리에 앉자마자 미스 정이라는 아가씨가 달라붙었다. 나는 그녀가 달라붙는 것이 오히려 성가셨다.

"미스 정, 인사 드려. 박이도 총무라고, 미남이시지."

"저 미스 정이라고 해요. 잘 부탁드립니다."

"서른 미만의 총각이니까, 미스 정의 국수를 먹을지 누가 아나."

"부장님, 오늘따라 왜 이러십니까."

"한 상 내 오지. 박 총무, 술은 무엇으로 할까?"

"소주나 한 잔 하시지요."

"이런 자리에서 소주라니. 나인 큰 걸로."

오광일은 자기 기분대로 주문했다.

시간이 흐르면서 술잔이 몇 순배 돌았으나 나는 자리 탓인지 술기가 오르지 않았고 내켜서 먹는 술이 아닌 탓인지 흥도 일지 않았다.

오광일은 혼자 마시며 독판으로 지껄여댔다.

"박 총무, 잘해 보자구. 두고 보면 나, 그렇게 나쁜 사람 아니라구."

"제가 무슨 소리라도 했다는 겁니까?"

"무슨 소리했다는 것보다는…"

그는 취한 것 같지 않은데도 횡설수설했다. 나는 자리에 앉아 있는 것이 고역이었다. 남의 주정을 받아줄 만큼 넉살이 좋은 것도 아니었고 그렇다고 뿌리치고 일어설 주제도 못 되어 기회만 노렸다.

"박 총무, 당신이 무서워. 모든 것을 알면서도 말 한마디 없는 게 아니꼽단 말씀야. 자, 이 오광일에 대해 한 말씀하시지."

"부장님, 취하셨습니다. 그만 일어서지요."

"천만의 말씀. 미스 정, 박 총무를 잘 모시라고."

오광일은 지폐를 꺼내 그녀의 가슴에 구겨 넣으면서 말했다.

"뒷일은 내게 맡기고 미스 정과 몸을 풀라구. 미스 정은 깨끗해. 조가비에 석탄가루나 묻혀 아양 떠는 년과는 다르다구."

미스 정이 매달렸다. 나는 그녀를 의식적으로 밀어냈다.

"왜 이러실까. 박 총무는 고자신가."

미스 정의 손이 곧장 사타구니로 들어왔다.

나는 파고드는 그녀의 손을 떼어내다 못해 비틀었다. 그러자 미스 정이 "아야, 뭐 이런 새끼가 다 있어!" 하고 발악했다.

"박 총무, 너무하다고 생각지 않나?"

"부장님, 내가 뭘 너무했다고 핀잔을 주는 거요?"

"그런 것쯤은 애교로 받아들여야지."

"그래요. 그렇다면 전 보겠습니다. 부장님, 대접 잘 받았습니다."

"박 총무를 위해 마련한 자린데 가버리면 내 뭐가 돼?"

"말씀만 들어도 고맙습니다. 그럼 이만."

"박 총무, 끝까지 이렇게까지 하기야? 내 두고 볼라네."

오광일은 성깔을 미리 준비하고 있었던 듯 발끈해 하는 것이 아닌가.

"왜 그러세요? 제가 뭐, 부장임을 어쩌기라도 했다는 겁니까?"

"내 체면도 생각해 줘야지. 아랫사람이 돼 먹지 않게시리."

"저, 부장님 체면 때문에 지금껏 앉아 있었답니다."

그러면서 나는 일어섰다.

오광일이 따라 일어서며 "박 총무, 잘해 보자는데, 이럴 수 있어. 나도 생각이 있다구." 하고 협박조로 나왔다.

마담이 뜯어말렸다.

"오늘 대접은 다음에 갚아 드리겠습니다."

나는 방을 나와 신을 신고 있는데 "이 새끼!" 하는 소리가 뒤에서 났고 이어 눈에 불똥이 튀었으나 나는 대항하지 않았다.

그랬는데도 오광일은 뜰로 내려서더니 내 목을 틀어쥐었다.

"이 새끼, 여기가 네 안방인 줄 알아?"

"이거 놓으십시오, 부장님."

하자 그의 손이 정면으로 날아왔다. 식식대며 주먹을 연달아 내질렀다. 나는 뒤 번 피하다 못해 그의 주먹을 허공으로 날려 보내고 모양 좋게 한 주먹 내받자 오 부장은 저 멀리 나가 떨어졌다.

"오 부장, 이 바닥이라면 당신보다 몇 수 위일 거요."

나는 술집을 나와 버렸다.

밤은 추위가 찾아와 있었고 열사흘 달은 산막에 걸려 있었다.

시월 들어 경임은 좋은 곳을 안내해 주겠다고 말했었다.

나는 눈을 크게 뜨고 어디를 둘러보아도 암울한 색깔뿐, 경치 좋은 곳이 있을 것 같지 않았으나 경임의 말을 믿기로 했다.

오늘은 격주로 쉬는 일요일이었다.

나는 가벼운 차림으로 버스 정류장에 나가 경임을 기다리고 있었다. 약속 시간이 지났는데도 경임은 좀체 나타나지 않아 초조하게 했다. 약속 시간을 한 시간이나 지나서야 경임이 나타났다.

그녀는 보통 때와는 다른 화사한 옷차림을 하고 나왔다.

"이도 씨, 미안해요. 기다리게 해서. 많이 기다렸지요."

"아니 괜찮아요. 그래도 바람은 맞지 않았으니까."

"그랬어요? 미안해서 어떡해…"

"사내다운 사내라면 그 정도는 기다려줘야지."

"정말 그렇게 생각하세요?"

경임의 표정이 이내 밝게 돌아왔다.

그녀는 일찍부터 서둘렀으나 본의 아니게도 약속시간을 어겼다. 그녀가 밀린 빨래며 아버지 방 청소하며 분주히 일을 끝내고 서둘러 집을 나섰다. 그때 동생이 "누나, 아부지 똥 쌌어." 하고 뛰어왔다.

해서 되돌아가 뒤처리를 하고 오느라고 늦었던 것이다.

"이도 씨, 미안해요. 어서 가요."

"그래, 갑시다. 앞장서요. 어디든 따라갈 테니까."

우리는 서둘러 통리행 버스에 올랐다. 길은 확장 중이어서 버스는 마냥 덜컹거렸다. 30여 분만에 통리에 정차했다.

우리는 버스에서 내려 건널목을 건너 신리재로 들어섰다.

"경임이, 여기까지 왔는데 또 더 가야 해?"

"이도 씨도 궁금한 게 다 있을까. 사람 다시 봐야겠어요."

"궁금하지 않다고 하면, 내가 거짓말하는 것이겠지."

"지금 미인폭포를 구경하러 가고 있답니다."

"미인폭포라니? 그런 예쁜 이름을 가진 폭포도 있어?"

나는 말만 들어도 가슴이 설렜다.

폭포가 미인처럼 예쁘다는 것일 게고 미인은 폭포처럼 아름다워야 한다는 것일 게다. 그도 아니면, 어떤 진한 사연을 가진 미인이 폭포에 몸을 던져 죽기라도 했다는 전설을 낳은 것일지도 모른다.

호젓한 산길이었다. 너무 외진 곳이어서 사람이 없었다.

경임이 내 손을 잡았다. 나는 손을 뿌리치지 않았다. 더러 겪은 하룻밤의 여자와는 다른 시월의 신선함을 그녀에게서 느꼈다.

그런데 경임은 발걸음을 멈추더니 "오 부장이 이도 씨를 대하는 태도가 달라졌어요. 무슨 일 있었어요?" 하고 물었다.

요정에서의 일이 있은 뒤, 오 부장이 대하는 태도가 달라진 것만은 분명했다. 그러나 정중동이었고 언젠가는 약점을 잡고 늘어질 공산이 있었다. 그런 것을 눈치 채지 못할 내가 아니었다.

"좋은 곳에 와서 그런 것을 꺼내? 미인폭포 전설이나 들려줘."

"미안해요, 이도 씨. 눈치 없이 굴어서…"

"경임이 더 예쁠까, 폭포가 더 예쁠까. 난 내기할 거야."

"이도 씨, 제발 그러지 마세요."

"그러지 말라니? 천만의 말씀. 나는 경임이 쪽에 걸 텐데."

"그렇다면 좋아요. 나만 예뻐야 하니까."

오솔길은 벌써 단풍이 지고 있었다. 경임은 콧노래까지 흥얼거렸다. 그녀로서는 나와 데이트하는 것이 마냥 즐거운 모양이었다.

우리는 폭포로 내려가는 가파른 길로 들어섰다.

갑자기 수향(樹香)이 우리를 신선함으로 포옹했다.

"이도 씨, 무슨 소리 안 들려요?"

"아니, 아무 소리도…"

"걸음을 멈추고 귀 기울여 들어보세요. 무슨 소리가 들리나…"

"들리는데, 분명히 들려. 이게 도대체 무슨 소리지?"

"분명히 들리지요? 무슨 소린지 맞춰 봐요."

"아, 알았다. 경임이 가슴 뛰는 소리…"

"이도 씨, 농담 말고 가만히 들어보셔요."

분명히 골짜기와 숲을 건너온 소리가 있었다.

그것은 폭포에서 떨어지는 물소리였다.

우리는 손을 잡아주며 비탈길을 내려갔다. 오른쪽으로는 고찰이 있고 맞은편으로 하얀 물줄기가 보였다.

"이도 씨, 보셔요, 물줄기를. 굉장하지요?"

"굉장해. 저런 폭포는 처음 봐."

가까이 다가갈수록 폭포소리로 귀가 멍멍할 지경이었다. 물 떨어지는 소리에 취해 발이 건성으로 놀아났다. 우리는 폭포 정면으로 나섰다.

우람하다기보다는 어딘가 엉성해 보이는 폭포, 폭포는 30미터쯤에서 수직으로 떨어지다가 도중에 바위 돌출부분이 있어 물줄기가 튕기면서 하얀 물보라를 쭉쭉 뿜어 올린다.

가까이 다가가자 물이 튈 때마다 일어나는 물보라가 날아와 옷깃을 촉촉이 적셨다. 나는 장엄한 폭포에 홀려 멍하니 서 있었다.

거침없이 쏟아지는 물줄기는 우렁찬 물소리와 함께 소에서 출렁이다가 아래로 흘러내리면서 온통 자줏빛 투성이인 바위마저 물줄기와 한데 어울려 앙상블을 연출하고 있었다. 게다가 가을 들어 구름 한 점 없는 하늘과 어울려 오케스트라를 합주하고 있었다.

"폭포도 폭포지만 주변 바위도 절경이야."

"그래요. 이제부터는 말은 삼가하고 감상이나 하셔요."

나는 경임의 말대로 수천만 호의 동양화를 개인소장하고 감상하는 대부호가 된 기분이 들었다.

자주 빛 바위는 폭포 주변만이 아니었다. 폭포 왼쪽으로 올려다 보이는 어마어마한 단애는 자주색 층암인 데다 깎아지른 단애는 폭포로 집결했다가 협곡으로 이어지고 있었다.

"이도 씨, 고개를 젖히고 위를 올려다보셔요."

그녀의 속삭임에 나는 고개를 뒤로 젖혔다.

옥경산 위로 단애(斷崖)의 끝이 올려다 보일 정도였다. 단애는 요란한 데다 문자 그대로 변화무쌍, 그것이었다.

우리는 계곡을 건너 폭포로 떨어지는 물줄기로 다가갔다.

갑자기 온몸이 으스스 추워왔다.

"이도 씨, 우리 저쪽 바위에 앉아 폭포를 올려다봐요."

그녀가 내 손을 잡고 끌었다.

나는 그녀의 손을 잡고 물을 건너뛰어 바위에 앉아 위 아래로 폭포를 바라다보았다. 서서 볼 때와는 전혀 다른 새로운 느낌이 들었다.

"말하는 걸 보니 경임인 여러 번 와 본 모양이지?"

"세 번째예요. 볼 때마다 보는 느낌이 달랐어요."

"볼 때마다 기분이 다를 만도 해."

"이도 씨, 폭포를 바라보듯 저를 새로운 마음으로 대해 주세요."

"잘 나가다가 갑자기 삼천포로 빠지기는…"

폭포소리로 귀가 다 멍멍했다. 아니, 폭포소리 이외는 아무 소리도 들리지 않았다.

그런데도 나는 아무 소리도 들리지 않는데도 그 소리 하나만은 놓치지 않았다. 그것은 경임의 가쁜 숨결소리였다.

경임은 둘이 있는 어색한 분위기를 느꼈던지 전설을 추성이었다.

"폭포가 우람하다면, 폭포에 서린 전설은 애절해요."

"전설 따라 삼천리가 아니라 미인폭포이었것다."

"말 붙이지 말고 들어보기나 하세요. 옛날, 옛날 머언 옛날, 폭포 위 골짜기에 준수한 용모하며 행동이 민첩한 장군 한 분이 살고 있었대요. 그는 바깥나들이를 할 때마다 백마를 타고 일부러 폭포 위로 건너뛰는 모험을 좋아했다나 봐요. 그에 재미를 붙인 장군은 평소처럼 폭포 위를 건너뛰었는데 말이 실족을 했대요. 해서 말과 함께 폭포 밑으로 떨어져 숨을 거뒀대요. 나중에 절세미인인 부인이 폭포에 떨어져 죽었다는 소식을 듣고 까무러쳤다가 깨어나 폭포로 달려갔대요. 뒤늦게 부인은 남편의 죽음이 사실임을 알고 자신도 아득한 소를 향해 몸을 날려 남편의 뒤를 따랐다는 전설이 유래했답니다."

그녀는 직접 본 것처럼 사뭇 감동적으로 이야기했다.

"경임이, 나 앞으로 미녀나 건져서 함께 살까."

"아서라, 꿈 깨셔요. 지금은 글로벌시대예요."

"아뿔싸! 실수 연발이군. 미안해요. 우주시대로 가야겠군."

"저 능청. 이도 씬, 아무런 감동도 못 느껴요?"

"난 별로. 그렇고 그런 흔한 이야기인데."

"아, 재미없어. 정서가 저렇게 메말라 가지곤."

"그건 사실이야. 경임이가 정확히 집어냈어. 대단한 안목이야."

"이제부터라도 정서 좀 기르세요."

"알았어. 내 노력할게. 노력하면 될까."

"마음먹기에 달린 걸 모르세요?"

"지성미를 지닌 여성이 내 곁에 있는 줄 몰랐네."

"몰라도 한참 모르네. 전 지성미하곤 거리가 먼데. 평범한 여자이고 한
남자에게 사랑 받고 싶은 그런 여자에 지나지 않아요."

"경임인 착하니까, 좋은 남자 만나 행복하게 살 거야."

"저, 비행기 태우지 마세요. 그렇지 않아도 불안한데…"

"나 같은 가난뱅이에게 비행기가 있어야지 태워 주지."

그녀는 깔깔 웃었다. 웃는 모습이 앙증스러워 나는 따라 웃었다.

"다른 전설도 있는데 들려줄까, 말까?"

"있으면 또 들려줘요. 나는 경임의 입모습만 보아도 즐거우니까."

경임은 입을 삐쭉 내밀었다가 전설을 엮어내었다.

"또 전설 따라 삼천리. 선조 때였나 봐요. 이곳 신리 마을 유 씨 문중에
는 천하절색인 미인이 있었다고 해요. 그 미인에게는 하늘이 정해 준 천
생배필이 있었다나 봐요. 그런데 인연이 없었던지 미인은 정해진 배필과
결혼할 수 없었대요. 미인은 비관하다 이곳 폭포로 와 몸을 날려 목숨을
끊었다고 해서 미인폭포라고도 한대요."

"갑자기 내 배가 이렇게 아프지. 이런 적이 없었는데…"

"이도 씨, 아침 먹은 것 체하셨어요? 왜 그래요?"

"아니, 그런데도 배가 이렇게 아프니…."

"아, 알았다. 절세미인을 놓쳤다는 아쉬움 때문이다."

나는 공연히 심술을 부렸고 나를 달래는 그녀가 귀여웠다.

싸온 점심은 하늘에 떠 있는 조각구름과 먹었다.

한낮이 기울고 있었다.

폭포를 나서 가파른 오르막을 오르면서 경임이 "우리 혜성사에 들렀다 가요." 하고 나를 절로 안내했다.

"이도 씨, 부처님께 시주하고 가요."

경임이 내 소매를 잡아끌었다. 나는 신앙에 대해 관심을 가져본 적이 없었다. 절이 있어도 그냥 지나치기 일쑤였다.

해서 나는 흘러가는 소리로 물었다.

"그렇다면 불교 신자인가, 경임이는. 그런가?"

그녀는 고개를 흔들었다.

"어릴 때 할머니 손을 잡고 절에 가 본 적은 있지만 신자는 아니에요. 그러나 이런 절경 속의 절은 그냥 지나치기 아쉽잖아요."

"오늘만 날인가. 내일도 있고 모레도 있는데…"

"무슨 남자가 그렇게 말꼬리가 길어요."

그 말에 나는 그만 아무 소리도 할 수 없었고 그냥 있기만 했다.

혜성사는 비구니가 거처하는 도량인지 모르겠으나 단출했다.

경임은 대웅전으로 들어가 시주하고 절을 했다.

절을 올린 경임이 "이도 씨도 절을 하세요. 절에 오면 당연히 해야지요." 하는데도 나는 머뭇거렸다.

그때 옆모습이 매우 아름다운 비구니가 "절을 해도 해 될 것 없으니까, 하세요. 복 받을 겁니다." 하고 말하는 것이 아닌가.

나는 잠시 난감해 하다가 그녀를 따라 절을 했다.

절을 하고 나자 비구니가 합장하더니 조심스럽게 묻는다.

"두 분 약혼했는가 보죠? 너무너무 다정해 보여요."

나는 빙그레 웃었다. 굳이 아니라고 부인하고 싶지도 않았다.

그런데 경임이 "우리가 그렇게 보여요?" 하고 물었다.

"아니라고 부인하고 싶겠지요. 인연 있을 때, 두고두고 사랑하세요. 그게 불가에서 말하는 대자대비랍니다."

"스님은 사랑해 보셨어요?"

"사랑하는 사람이 있었다면 왜 중이 되었겠어요."

"저, 실례지만 스님께서 입문하신 지는?"

"삼 년째 들었어요. 처음은 하루도 못 참을 것 같더니 벌써 삼 년이란 세월이 흘렀어요. 이젠 마음도 잡혀간답니다. 속세에 대한 미련으로 번민하다가도 폭포로 내려가 정좌하고 떨어지는 물을 보면 마음은 어느 새 맑아져 있어요. 인생도 떨어지는 저 물과 같거니 생각하면 비구니가 된 것이 오히려 잘한 일이라고 생각 들어요."

스님의 눈이 너무나 맑고 깨끗해 보였다.

"세상살이와 부대끼면서 사는 것도 재미있지 않나요?"

"재미있을 수도 있겠지요. 저도 그렇게 생각했었어요. 일찍 양친을 여의고 고생만 하다가 출가했어도 세상에 대한 미련이 아직도 남아 있는 걸요. 지금도 속세의 미련을 떨쳐 버리지 못했다고 할까."

그런데 스님의 표정은 어두운 그림자라곤 하나 없었다.

"스님의 불도를 위해, 나무아미타불 관세음보살…"

경임은 아주 자연스럽게 합장을 했다.

스님은 뒤따라 나오더니 우리가 가는 것을 지켜보고 있었다.

"이도 씨, 나, 머리 깎고 중이나 될까 부다."

경임이 장난기 어린 음성으로 말했다.

"불쌍해라. 총각귀신 하나 생기겠군."

"이도 씨가 총각으로 늙는다면 난 중이 될 테야."

"누가 총각으로 늙는댔어. 난 현실주의자야."

"그러니까, 내가 중이 될 수 없지."

그녀는 실눈을 뜨고 생긋이 웃었다.

나는 한없이 맑은 그녀의 이마에 키스해 주었고 돌아오는 발걸음마다 그녀의 마음을 내 마음속에 듬뿍 넣었다.

나는 자재구입을 한다고 오전 내내 바쁘게 돌아다녔고 오후 늦게야 구입한 자재를 싣고 동6항 현장 사무소에 도착했다.

사무소 주변은 비질을 해서 오물 하나 버려져 있지 않았고 사무실 안도 깨끗이 청소되어 있었으나 항장 지형석도, 갱외 근무자도 보이지 않았다. 의아심이 들었다.

항상 그들은 내가 올라오는 것을 보고 박 총무 올라온다며 나와서 맞이하곤 했는데 오늘은 무슨 일이 일어났음에 틀림없다고 생각했다.

나는 갱내사고가 아니기를 빌었다. 가끔 갱내사고가 발생했을 때마다 환자를 급송하느라고 현장을 비운 일이 있어서였다.

나는 누구라도 나타나 주기를 기다리며 현황판을 손질했다.

동6항은 하나의 갱에서 지네발처럼 12개의 지갱(枝坑)이 있다. 지금은 지갱마다 막장에서 채탄작업을 하고 있었다. 지갱 하나에 투입된 인원은 1개 반 3명, 총 36명이 작업에 투입되었다.

하루에 갑 을 병 3개 반으로 편성되어 8시간씩 24시간 내내 작업했다. 작업은 항장의 감독 아래 반장이 분담했다. 그들을 뒷바라지하기 위해 갱외 근무자, 캔 탄을 실어내는 운전기사, 새로운 광맥을 탐색하는 광산기사 등 120여 명의 인원이 투입되어 동6항은 탄을 캐고 있었다.

이를 운영하는데 하루에 3톤 차로 2백여 개의 탄을 실어내야 현상유지가 가능한데 동6항의 광맥은 동이 났고 또 다른 광맥을 찾아 탐색 중이었기 때문에 작업의 진척율은 뚝 떨어져 있었다.

게다가 달포를 두고 폐석만 캐어 실어냈다. 기사 윤일주는 폐광이나 다름없는 갱에서 새로운 광맥을 발견한다는 것은 쉬운 일이 아니었으나 최선을 다하고 있었는데도 광맥을 찾지 못해 의기소침했고 자기에게 집중되는 따가운 시선을 의식하고 있었다.

보름 전, 내가 현장에 다가가자 윤 기사는 사표를 내밀었다.

"그만둬야 할 것 같소. 면목이 서지 않아서요."

나는 사태를 짐작했음에도 의외의 표정을 지었다.

"윤 기사, 도대체 이게 뭡니까?"

"펴 보면 알게 될 거요."

"이런 걸 받을 처지에 있지 않다는 것을 아시면서 내게 주는 거요?"

"당신이 처리하라는 게 아니라, 오 부장인가 하는 그 작자에게 전해 주라는 게요. 그건 총무의 일이 아니오?"

오 부장이 들어 윤 기사에게 새로운 광맥을 찾아내지 못한다고 어지간히 닦달을 했으면 사표를 써서 내게 주는 것일까.

그런데도 윤 기사는 부득부득 사표를 내밀었다. 그는 이 바닥에서만 십년이나 굴러먹은 베테랑이었다. 지금 사표를 제출하더라도 내일 당장 새로운 직장을 구할 수 있을 것이었다.

"윤 기사, 우리 좀 더 참고 함께 일해 봅시다. 이대로 그만두면 결국 무능하다는 소리밖에 더 듣겠소. 저와 함께 일해요."

"나, 내일부터 출근하지 않을 테니 그리 아시오."

그는 뚱하니 산을 내려가 버렸다.

항장이 다가와, 어젯밤에 오 부장에게 불려가 책임추궁을 당했다는 둥, 그는 아침부터 전혀 말이 없었다는 둥, 오 부장은 해도 너무한다는 둥, 내게 오 부장에 대한 마음에 지니고 있던 불평을 늘어놓았다.

나는 자재를 챙겨놓고 산을 내려와 윤 기사를 찾아 나섰다. 갈 만한 다방이나 술집 등으로 황지 바닥을 헤매고 다녔다.

그런데 그는 엉뚱하게도 하숙집에 처박혀 담배만 뻑뻑 빨아대고 있었다. 방문을 여니까 담배 연기가 나를 밀어냈다.

"윤 기사, 이게 무슨 청승이오? 나갑시다. 술이나 한 잔 합시다."

나는 그를 끌어내려고 했다. 회사 일 때문이 아니라 그간 정의로 술 한 잔을 하자고 달랬으나 그는 여전히 막무가내였다.

나는 끝내 그를 부추겨 술집으로 끌어냈다.

그는 술집에서도 말이 없었다. 우리는 말없이 한동안 거푸 술잔만 비웠다. 어느 새, 얼굴이 벌겋게 달아올랐다.

술은 인간의 벽을 허무는 데 주효했던지 그의 무거운 입도 술 앞에서는 허물어졌다. 해서 세상 돌아가는 일로부터 말문이 트여 그에게 나의 전력을 털어놓았다. 그래선지 다행히도 마음의 문을 열었다.

그는 이야기 끝에 있는 불만, 없는 불만을 털어놓았다.

"이놈의 회산 사장이 코빼기를 내밀어, 뭣 하나 광원을 생각해 주는 게 있어! 인간다운 대접이라곤 하나 없으니…"

"그 점에 대해선 나도 윤 기사와 마찬가지, 전적으로 동감이오."

"탄만 많이 캐 주기를 바라는 두더지로 취급하니…"

"하얀 두더지가 검은 두더지를 등쳐먹는…"

"박 총무는 솔직하게 시인하는 그 점이 좋아요."

"쓸데없는 소리. 자, 술이나 들어요. 그런 얘긴 앞으로 두고두고 해도 시간이 남아돌 테니까, 우리 한번 취해 봅시다."

"총무가 말하기도 전에 비록 내 손으로 사표를 제출했으나 광맥을 찾아내어 존심을 회복하고 싶소. 해서 오 부장인가 하는 그 작자에게 큰소리치고 그만두려고 했었는데. 이거, 영 무시를 당해 놓으이…"

"윤 기사, 알았소. 자, 자, 지금은 술이나 듭시다."

나는 되도록 회사 일을 도마 위에 올리지 않고 술만 마셨다.

늦게 일어나니 머리가 띵했다. 얼마나 술에 곤죽이 들었던지 어떻게 하
숙집으로 돌아왔는지 기억에도 없었다.

윤 기사를 부축하고 하숙집에 들어선 것만은 분명한데 윤 기사는 보이
지 않았다. 사무실에 들러 오 부장에게 윤 기사 문제는 나에게 전적으로
맡겨 달라고 부탁했다.

그는 잘해 보시오 하고 시큰둥했다.

나는 오 부장이 어떻게 나오든 조금도 개의치 않고 내 생각대로 일을
밀고 나갔다. 사무실 잔무를 처리하느라고 늦게 현장으로 올라가 갱내 옷
으로 갈아입고 막장까지 들어갔다.

막장에서는 폐석을 캐어 차에 싣고 있었다.

김 반장이 기다렸다는 듯이 말했다.

"제2 지갱에 윤 기사가 있습디다. 무슨 감을 잡았는가 봐요."

나는 김 반장을 대동하고 제2 지갱 막장으로 갔다.

윤 기사는 일에 열중해 있었기 때문에 내가 다가서는 것도 알지 못했
다. 그는 고개를 갸우뚱이며 흔들다가 나를 보고 비식 웃기까지 했다.

나는 눈웃음으로 그에게 인사를 건넸다.

그날 이후, 윤 기사는 정열을 다해 광맥을 찾았다.

이틀 뒤, 내가 현황판을 정리하고 있을 때였다.

갱 안에서 사람들이 몰려나오며 떠들썩했다.

나는 급히 달려 나갔다. 항장이 윤 기사를 옹위하고 다가오고 있었다.
윤 기사의 얼굴이 한결 밝아 보였다.

나를 보자 지형석이 흥분을 감추지 못해 하며 "박 총무, 끝내 윤 기사가

한 건 한 것 같소." 하고 회색이 얼굴 가득했다.

나는 너무나 반가워 윤 기사의 손을 덥석 잡고 놓지 않았다.

"윤 기사, 정말 잘 참아 주었습니다. 수고하셨어요."

"아직 속단은 금물이오. 큰놈이 걸려든 것만은 분명한데…"

윤 기사는 어느 때보다도 자신 있는 어조로 말했다.

"얼마나 큰놈일 것 같소? 대충이라도 좀…"

"내 측량대로라면 50만 톤은 넘을 거요. 아니면 그보다 많이…"

"그렇다면 3년은 캐먹을 수 있겠어."

"아마 그 정도는 충분하리라 봅니다."

나는 흥분되어 사장에게 보고할까 말까하고 갈팡질팡했다. 그러는 나에 비해 윤 기사는 냉정했다.

"측량이 맞아떨어질지 모르니 석공지사에 의뢰해 보시지요."

항장도 "아마 그게 좋을 것 같소." 하고 동의했다.

철저히 조사한 다음 보고해도 늦지 않을 것이다. 나는 흥분을 가라앉히고 석공지사에 정밀탐색을 의뢰했다.

이덕구 탐사팀은 3일이나 걸려 정밀탐색을 했고 결과, 70만 톤이 넘을 것이라고 오히려 더 밝은 전망을 확인해 주었다. 그것도 암반을 조금만 파면 노다지로 양질의 탄이 묻혀 있을 것이라고 했다.

광원들이 우르르 몰려와 윤 기사를 번쩍 들어 헹가래쳤다.

나는 서울에 있는 천일도 사장에게 전화를 걸었다. 천 사장은 집에 없었다. 몇 번 시도한 끝에 통화를 할 수 있었다.

"저 박이도인데요, 새로운 광맥을 발견해서 보고 드립니다."

그런데 들려오는 사장의 목소리는 실망만 안겨줬다.

"그래, 그래. 내 알았네. 올라와서 직접 서면으로 보고하게."

"사장님께서 내려오셔서 가지고 직접 현장 확인도 하실 겸……"

"자네는 쓸데없는 말이 그렇게 많아. 올라와서 보고하라는 데도."

"사기문제도 있습니다. 사장님께서 내려왔으면 해서요."

"알았네. 그만 보채게나. 수일간에 내 한번 내려가겠네."

사장은 보고도 끝내기 전에 전화를 끊어버렸다.

나는 한 대 된통 얻어맞은 듯했으나 사장이 내려올 테니, 그때까지 현장 확인을 할 수 있도록 광맥을 뚫어 보라고 부탁했다.

광원들은 신바람이 났는지 일의 진척은 예상외로 빨랐다. 폐석을 캐어 실어내기 이틀, 무진장한 탄이 우수수 무너져 내렸다.

광원들은 삽으로 떠서 싣기만 하면 되는 노다지에 묻혀 작업했다.

사장은 사흘이 지나고 나흘이 지나도 나타나지 않았다.

나는 도시 사장의 마음을 이해할 수 없었다.

내 마음 같아서는 당장 달려오지 않고는 못 견딜 심정일 것 같았으나 가진 자의 배짱은 그게 아닌지 몰랐다.

흥분한 내 자신이 열없어 했다.

이레째 되는 날이었다. 사장이 나타났다. 그는 오 부장과 미스 윤을 대동하고 현장에 나타났다. 오 부장이 들어 항장과 반장들을 인사시킨다, 현황보고를 한다 하고 민첩하게 행동했다.

나는 서울에서 보았을 때 천 사장을 다소 존경하는 마음이 있었으나 이제야 나타나는 그에게 존경심마저 달아나고 없었다.

나는 오 부장이 보고를 끝낸 틈을 타서 덧붙였다.

"사장님, 막장에 들어가 보셔야지요. 광원들에게 격려도 하시고요. 윤 기사에게는 광원들 앞에서 격려금도 드리고요."

그러면서 나는 미리 준비해 둔 탄가루가 덕지덕지 묻은 광원이 입었던 옷을 그의 하얀 양복, 하늘색 넥타이를 맨 코앞에다 들이밀었다.

사장은 옷에 탄가루가 떨어질까 기겁을 해 물러나면서 "박 총무, 옷을 갈아입고 막장에 들어가야 하나." 하고 어눌한 표정을 지었다.

"광원들에게 일체감을 보여 주셔야지요."

오 부장이 들어 매우 못마땅해서 나를 힐난하듯 말했다.

"박 총무, 그 일은 내 담당이니 상관하지 마시오."

나는 오 부장을 무시한 채 "사장님, 옷을 갈아입으세요. 그냥 들어갈 수는 없지 않습니까." 하고 거듭 독촉했다.

그것은 막장에 광원들과 윤 기사를 대기시켜 놓은 탓도 있어서였다.

사장은 "이제 본께 박 총무, 당돌한 데가 있어." 하다가 항장과 반장들의 눈을 의식했는지 "내 옷을 갈아입고 들어가긴 하겠네. 그런데 위험하지 않을까" 하고 거듭 눈살을 찌푸렸다.

"광원들은 24시간 내내 일을 하고 있습니다."

"그래도 혹시나 해서……"

천 사장은 작업복을 이나 낀 듯이 받아서 갈아입고 "자, 들어가 보세." 하고 마지못해 따라나섰다.

나와 항장은 사장을 모시고 갱내로 들어섰다.

갱 안은 시설한 지 오래되어 갱목이 들쑥날쑥 했고 위험한 곳이 방치된 채 그대로 있었다. 천 사장은 겉으로 드러내지 않았으나 내심 불안과 공포에 젖어 떨고 있었다.

반쯤 들어갔을까. 사장은 몸이 불편하다는 핑계를 대고 되돌아섰다.

"박 총무, 눈치껏 처신해요. 사람이 저렇게 맹해 어데 쓰나."

갱을 나온 사장은 오 부장과 산을 내려가 버렸다. 그 뒤에 대고 항장과 반장들이 손짓으로 시늉까지 해 보이며 욕을 퍼부었다.

나는 내가 더 있을 곳이 못 된다는 것을 비로소 깨달았고 서울에서 좋은 소식이 오기를 기다리는 초라한 신세가 되었다.

해가 저물어 사무실로 돌아왔다. 경임이 기다리고 있었다.

"사장님이 기다리세요. 어서 가 보세요."

"경임이도 오라고 하지 않았어?"

"오라고 했어요. 한 턱 낸다나. 그런데 가고 싶지 않아요."

"사장의 초청인데 일단 가 보기로 하지."

나는 경임과 함께 약속된 장소로 갔다. 안내를 받아 방안으로 들어서니 이미 술판이 벌어졌다.

사장은 아가씨를 끌어안고 있다가 "어, 박 총무 늦었어. 내 술 한 잔 받게나." 하고 술잔을 내밀었다.

나는 무릎을 꿇고 잔을 받았다. 아가씨가 술을 따라주었다.

내가 술을 받아 마시기도 전에 사장은 "박 총무, 사람을 그렇게 난처하게 만들기야. 도대체 거기가 어디라고 나 보고 들어가자는 게야." 하고 낮의 앙금이 남았는지 못마땅하다는 듯이 쏘았다.

나는 배알이 뒤틀렸으나 참고 술잔을 비웠다.

"사장님도 한 잔 받으시지요."

"그래, 그렇게 하지."

잔을 받은 사장은 경임이 앞으로 잔을 내받아 술을 따르라는 시늉을 했다. 그녀는 내 눈치를 보더니 술을 거칠게 따랐다.

"경임이라 했지. 얼굴은 쓸 만한데 솜씨가 거칠어."

경임은 몸 둘 바를 몰라 했다.

술좌석이 길어질수록 그녀의 고개는 점점 떨어졌다.

사장은 주기가 한껏 올랐다.

"너네들은 물러앉고 자, 미스 윤이 내 옆으로 와 앉아."

술집 아가씨가 입을 비쭉비쭉하더니 한 마디 거들었다.

"세상에 숫처녀가 어디 있어. 우릴 괄시하기예요."

"물러나라는 데두. 미스 윤, 이리 다가와."

경임은 평생 처음 그런 일을 당하자 홍당무가 따로 없었다.

당장 뛰쳐나가고 싶었다. 그런데 그 순간, 누워 신음하는 아버지의 모습이 떠올랐다. 두 동생의 초롱초롱한 얼굴이 얼른거렸다.

경임은 눈물을 짜고 사장 옆으로 다가앉았다.

"너네들 잘 들어. 이제부터 나, 이 천일도 사장, 돈방석에 올라앉았다고. 검은 황금이 팡팡 쏟아져 들어온다고, 알았어!"

사장은 거들먹거리며 으스댔다.

"미스 배라고 했것다. 자, 옷을 벗지. 이곳 아가씨들은 밑천까지 석탄가루로 번쩍인다면서. 어디 한번 보여 주게나."

"사장님, 왜 이러실까. 벌써 취하셨나."

"니네들, 이 천일도 사장을 어떻게 보고 그래."

천 사장은 속주머니에서 악어지갑을 꺼내어 시퍼런 지폐 한 다발을 배라는 아가씨의 젖가슴에 찔러 넣었다. 경임의 가슴 속에도 돈을 찔러 넣으려 하자 그녀는 고추잠자리가 되어 뒤로 물러났다.

"술집에 오면 다 그런 게야. 미스 윤은 서울 아가씨와 다르군. 젖이라도 만져봐야 팁이라도 주지. 세상에 공짜가 어디 있어."

나는 뒤꼬이는 배알을 바로 펴고 말했다.

"사장님, 그런 돈은 윤 기사에게 격려금으로 드리시지요."

"월급을 받는 윤 기사에게 격려금이라니, 난 그런 돈 없네."

사장은 경임에게 다가앉아 가슴 속으로 돈다발을 들이밀려고 했다. 그녀는 뿌리치다 못해 눈물을 한 움큼 걸렀다.

미스 배는 젖무덤 사이에 돈 다발을 비벼대며 밑천을 까발렸다.

"사장님, 이래 뵈도 깨끗해요. 사장님과 전 총각과 처녀예요."

"저 말투를 보라니까. 처녀를 너무 좋아하는 거 아녀."

"처음 만나 사랑하면 처녀 총각 아니에요?"

그녀는 천사장의 허리띠 속으로 손을 밀어 넣자 경임은 뜻밖에도 울음을 터뜨리며 바깥으로 뛰쳐나가 버리는 것이 아닌가.

천 사장은 "박 총무, 가서 데려오게. 오지 않겠다고 하거든 당장 해고해. 버릇이라곤 없는 아가씨야." 하고 소리쳤다.

술좌석은 난장판이 되고 말았다.

나는 분노를 씹으며 바깥으로 나섰다. 차디찬 별들이 내게 내려앉아 가슴을 도려내고 있었다.

간밤에 눈이 내렸다.

첫눈 치고 많이 내려 발목이 달렸다.

경임은 첫눈이 내리기를 학수고대했으면서도 조금도 기쁘지 않았다.

그녀는 지난밤을 뜬눈으로 지새웠었다.

잠을 설치는 그녀에게 눈 내리는 소리는 유난히도 크게 들렸다.

요새 들어 어머니는 들어오지 않는 날이 빈번했다.

지난밤도 어디서 어떻게 밤을 지새웠을까. 더욱이 아버지의 병은 날로 더해 오늘내일 하는데 어머니는 해도 너무 한다고 생각했다.

그러나 그녀는 어머니를 원망하지 않았다.

경임은 새벽부터 일어나 아버지 방의 똥오줌 자리를 깨끗이 치우고 뜰 안의 눈을 말끔히 쓸었다. 그리고 부엌으로 들어가 밥을 지어 두 동생에게 주고 누룽지로 미음을 만들어 아버지의 입에 떠 넣었으나 아버지는 흘러 넣는 족족 모조리 토해냈다. 그녀는 뼈만 남은 아버지를 들여다보다가 눈물이 왈칵 치밀어 방을 뛰쳐나왔다.

경임은 등산차림을 하고 집을 나섰는데 동생이 따라 나왔다.

"누나, 지금 어디 가, 등산 가? 누나 따라 나도 가고 싶은데 안 돼?"

"나 등산 좀 하고 올게. 아버지 좀 잘 보살펴 드려."

"누나, 나도 같이 가면 안 돼? 따라가고 싶은데…"

"아버지는 누가 돌보고. 너라도 있어야지. 나갔다 곧 올께."

"참, 그렇지. 일요일이니까. 걱정 말고 잘 다녀와."

"그래. 속히 다녀올게."

경임은 종종걸음을 쳤다. 약속시간은 이미 지나 있었다.

그녀 편에서 첫눈이 오면 태백산으로 등산을 가자고 했으면서도 발걸음이 한없이 무거웠다. 어쩌면 스무 해 동안 지켜온 순결을 그에게 주어야 한다는, 아니 강제로 내맡겨야 한다는 강박관념이 그녀의 발길을 무겁게 했는지도 모른다. 그런 강박관념은 서울에서 천사장이 내려오고 난 뒤부터였다. 천사장이 자기의 가슴에 지폐를 찔러 넣자, 그녀는 수치심으로 방을 뛰쳐나왔었다. 그랬는데 다음날 퇴근 무렵, 오 부장이 경임일 요정으로 불러냈다. 그녀가 자리에 앉기도 전에 닦달했다.

"미스 윤, 사장에게 그런 모욕을 주는 게 세상에 어디 있어. 사장이 당장 해고하라고 고래고래 소리쳤어. 이 눈치 없는 아가씨야, 그럴 때는 못이긴 척하고 가만히 있는 게야. 그것까지는 나도 눈감아 줄 수도 있어. 그래, 사장이 올라가는 데도 배웅도 안 나와. 그게 회사에 몸을 담고 있는 사원의 태도야. 이제 어떻게 할 거야?"

"죄송합니다, 부장님. 용서하세요."

경임은 죽는 시늉을 했다.

"내 미스 윤의 형편을 잘 알고 있어 주저하고 있으나, 사장의 진노가 워낙 대단해서 해고 아니 할 수도 없구. 어떻게 한다?"

"부장님, 절 도와주세요. 어제 저녁은 제가 잘못했습니다."

"그래. 그건 그렇다 치고. 아버지 병환은 좀 어떠서?"

"여전히 차도가 없어 걱정이에요."

"동생은 학교에 다닌다지?"

"네. 그래요, 부장님. 귀엽게 봐 주셔요."

"미스 윤이 벌어 가정을 꾸려 나가겠군."

"……"

"미스 윤, 회사에 나오고 싶어? 나와야 가족을 먹여 살리겠지."

"네. 제발 해고하지 마세요."

"그렇다면 좋아요. 앞으로 박 총무와는 거리를 두고 그놈을 감시해. 그리고 내 말에 절대 복종하구. 미스 윤은 눈치가 없어 탈이야. 회사의 실권이 누구 손에 있는지도 모르니."

"……"

"자, 이 돈으로 아버지 병환에 보태 써."

오 부장은 지폐 한 다발을 내밀었다.

"자, 그러면 술이나 한 잔 할까."

오 부장은 경임에게 술잔을 내밀어 술을 따르게 했다.

경임은 마지못해 술을 따랐고 그의 강권에 못 이겨 술을 받아 마셨다. 그녀는 오 부장을 구슬리며 몸을 사렸다. 그것도 잠시뿐이었다.

오 부장은 술이 오르자 경임에게 달려들었다.

경임은 동생을 생각하고 눈물을 짰다.

"부장님, 다음 기회도 있잖아요. 성급하게 구지 마세요. 저 오늘부터 손님 들었거든요. 다음 기회에 받아들이겠습니다."

"미스 윤, 도망가려는 수작이지?"

"아니에요. 자, 보세요."

경임은 스커트를 들어올렸다. 오 부장은 탐욕스런 눈으로 보다가 "내려. 재수 더럽게 없군." 하고 투덜대다가 "다음 기회도 있으니까, 오늘은 곱게 보내주지." 해서 빠져 나오기는 했으나 직장에 붙어 있는 한, 그의 손아귀를 벗어나기란 도저히 불가능할 것 같았다.

그녀는 오 부장에게 몸을 더럽히기 전에 좋아하는 박이도에게 처녀성을 주고 싶었다. 그것도 첫눈이 내린 날에 주고 싶어 그녀 편에서 약속을 간청했던 것이다. 때맞춰 첫눈도 내려줬다.

첫눈이 내린 탓인지 오가는 사람의 표정마다 한결 밝아 보였다.

박이도는 약속 장소에 나와 있지 않았다.

경임은 오 부장과의 사이를 눈치 채지 못했을 리 없다는 생각이 들수록 바람 맞는 게 아닌가 하는 생각이 들었다.

나는 한 시간이나 지나서야 약속 장소로 나갔다. 경임은 "바람맞는 줄 알았어요." 하면서도 다가와 팔짱을 꼈다.

"바람도 불지 않는데…"

"엉뚱한 소리로 피하지 마세요. 왜 늦으셨어요?"

"간밤에 폭주를 해서 일어나지 못했어."

"그렇다면 다행이에요."

경임은 나를 철암행 버스로 이끌었다. 버스 안은 텅 비어 있었다. 등산복 차림의 노부부가 타고 있을 뿐.

할아버지 쪽에서 "댁들도 등산 가우?" 하고 말을 걸었다. 경임이 상냥하게 "네, 그래요. 할아버지께서는?" 하고 반문했다.

"우리는 눈 구경 나왔다우. 젊은이들은 어디서 내릴 거유?"

"장성 입구 못 미처 등산로 입구에서요."

"임자, 우리도 그곳에서 내리지."

버스는 눈 속을 미끄러지며 속도를 늦췄다. 우리는 버스에서 내렸다. 노부부도 함께 따라 내렸다.

"할아버지 내외분께서도 등산하시게요? 참 보기 좋으십니다."

"아니네. 산책 나왔지. 늙은 몸으로 등산이 어디 당키나 한가."

"저희는 할아버지 내외분이 되레 부럽습니다."

"부럽다니, 오히려 젊은이들이 한없이 부러운데."

이번에는 그 말을 받아 미소 지으며 경임이 말했다.

"잉꼬부부를 보는 것 같아서요. 그림이 매우 아름답습니다."

"당신, 이 젊은이를 좀 본 받수."

"나도 임자를 업고 가라고 하면 갈 수도 있소."

"누가 업히라면 못 업힐까."

이를 지켜보던 경임이 부러운 듯 말을 건넸다.

"재미있는 부부셔라. 이 길은 백련암으로 가는 길이에요."

"젊은이는 어디로 가우?"

"저흰 태백산 중턱에 있는 황지에 가려고 해요."

"이따 백련암에서 만나요. 그곳 찻집에서."

"할머니는 여러 번 오셨나 봐요."

"일 년에 너댓 번 온다우. 계절이 바뀔 때마다 오곤 했수."

"멋쟁이 부부님, 이따 찻집으로 가겠습니다."

"차 한 잔 대접할 테니 꼭 오슈."

우리는 등산로로 들어섰다. 선객이 지나가지 않아 마치 태고를 걷는 기분이 들었다. 나는 앞서 걸었고 경임이 뒤따랐다.

산은 점점 높아졌고 길은 험했다. 우리는 따로 떨어져 오르다가 길이 험해지자 자연스럽게 붙들어주고 이끌어주었다.

눈이 쌓인 곳에 빠지면 끌어올렸고 끌어올리다가 엎어지면 한 몸이 되곤 했다. 두 몸은 하나 되어 산을 올랐다.

나무 위에 내린 눈덩이가 그녀의 이마에 떨어지면 나는 다가가 입으로 눈을 털어주면서 입과 입을 겹쳤다.

원시의 설원 위에서 암컷과 수컷이 농탕치듯 우리는 장애나 제약을 받지 않고 어울렸다.

우리는 한낮이 기울어 황지(黃池)에 닿았다. 경임은 하얀 김을 뿜어내며 "이곳이 낙동강의 또 다른 발원지예요." 하고 말했다.

"이곳을 보기 위해 이 고생을 다했어?"

"그래요. 이도 씨는 감정이 없더라."

황지의 물은 얼어 있지 않았다. 오히려 물은 뽀얀 김을 모락모락 뿜어내며 조금씩 흘러내리고 있었다.

"모든 곳이 얼었는데 이곳만은 얼지 않았으니 신기하지 않나요?"

"솟은 물이니까 얼 수 없었겠지."

"똑똑도 하셔라. 그런 것도 다 아시고…"

나는 "그래"하고 김을 뿜어내는 그녀를 포옹하고 입술을 덮쳤다.

그녀는 입술을 떼어내며 "이곳이 낙동강의 시작이듯이 우리도 이곳에서 우리 둘만의 인생을 시작해요." 하고 속삭였다.

"그래서 경임인 내게 한번 오자고 그렇게 보챘었어?"

"이도 씨, 절 사랑해 주세요. 저 후회 안할 게요."

"후회 안 한다? 세상에 그런 말이 어디 있어."

"이도 씨, 절 사랑하지 않으세요?"

"아니."

"이도 씨, 정말이세요?"

"정말이지 않구. 누구보다도 좋아하지만 사랑하지는 않아."

"거짓말이지요?"

"거짓말이라도 할 수 없구…"

경임은 눈물을 내비쳤다.

나는 그 눈물을 입술로 훔쳐 주었다. 그녀는 여전히 눈물을 글썽이며 애원하듯이 속삭였다.

"절 사랑하지 않아도 소유하고 싶지 않으세요?"

"소유하고 싶지 않다면 그건 남자 아니게."

"그런데 왜 망설이는 거예요? 저, 이렇게 소원하잖아요."

"난, 경임이 같이 착한 사람, 사랑할 자격 없어."

"왜, 왜죠? 이도 씨, 말해 봐요."

"주제파악을 했으니까."

"주제파악이 뭐예요? 그런 것도 있어요."

"물론 있지. 나는 천애 고아라는 신분 말씀이야."

"그게 왜 우리 둘에게 장애가 되나요?"

"내게 있어서는 암 같은 존재야."

"제가 앞으로 두고두고 치료해 드리겠어요."

경임은 배낭 속에서 타월을 꺼내어 눈 위에 펼쳤다. 그리고 하늘을 향해 눕더니 "자, 이제. 소유하세요. 어서요." 했다.

나는 당황했다. 경임을 사랑하지 않는 것은 아니었다. 사랑하는 마음이 영글어질수록 그녀를 소중히 가꾸고 싶었다.

어쩌면 나 자신보다도 그녀를 소중히 아끼는지도 모른다.

경임이 이렇게까지 나오는 데는 분명히 까닭이 있을 것이었다. 그 원인은 오 부장 때문일 것이었다.

사장이 해고하라는 미끼를 내세워 경임을 협박했음에 틀림없었다.

나는 경임을 데리고 서울로 달아나고 싶었다.

그런데 누워 있는 그녀 아버지가 마음에 걸렸다. 해서 결단을 내리지 못하고 있었다. 오늘 약속 시간에 늦은 것은 경임이 때문이었다.

서울 친구한테서 편지가 왔었다. 사건이 곧 해결될 것이며 그 동안 적당한 자리를 물색해 놓겠다는 것이었다.

그러니 그곳을 청산하고 올라올 준비를 하라는 내용이었다.

그러나 경임을 두고는 떠날 수는 없을 것 같았다.

좋은 소식인데도 반갑지 않았다. 오히려 고민에 빠졌다. 해서 늦었다.

나는 화를 벌컥 내어 그녀에게 말했다.

"정말, 이렇게 나와야 하겠어?"

"나오지 않고요. 저, 이도 씨 사랑하지 않아요. 다만 오 부장에게 스무 해 동안 간직한 처녀성을 주지 않기 위해서예요. 이도 씨 아니래도 아무 남자에게나 주고 싶어요. 어서요."

경임의 눈에서는 눈물이 볼을 타고 주룩 흘러내렸다.

나는 분노 같은 것을 깨물면서 그녀를 찾아 나섰다.

....

백설 같은 하얀 사랑이 끝난 뒤, 경임이 울먹이며 말했다.

"고마와요, 이도 씨."

"나 경임이 사랑해. 앞으로 두고두고 사랑할 거야."

"……"

"때가 되면 말하겠어. 지금은 말할 수 없지만."

"저 싫어요. 부담 가지면."

"내가 언제 부담 갖는댔어?"

"좋아요. 이제 저도 홀가분해요."

"그건 나도 마찬가지야. 경임이, 오늘을 잊지 말자."

눈 쌓인 길을 내려오는 걸음은 가벼웠다. 내 발걸음보다도 그녀의 발걸음이 한결 가볍게 느껴지는 것은 무슨 이유에서일까.

우리는 느지막하게 백련암에 닿았다. 그때까지 노부부는 기다리고 있다가 우리를 반겨주었다.

"댁들은 어디까지 갔다 오셨수?"

할머니가 부러운 듯 물었다.

"저희도 정상까지 오르지 못하고 황지까지만 갔다가 되돌아왔어요."

"그래요. 젊을 때 열심히 다니슈. 늙으면 몸이 말을 듣지 않는다우."

"아, 그러셨어요. 저희들도 그럴까 합니다, 할머니."

"젊은이들이라 그런지 대하기가 조심스럽네. 뭘 드시겠소?"

"좋아요, 할머니. 커피를 마셨으면 합니다."

"역시 젊은이라 커피를 좋아하시네. 당신 무엇으로 들겠소?"

"젊은이들도 커피를 마시니, 우리도 커피 들지."

"커피를 두 잔이나 들고 또 커피우? 홍차나 드시지."

할머니는 커피와 홍차를 시켰다.

"댁들이 오지 않아 난 가자는 데 저 양반이 만나보고 가자고 우기질 않겠수. 등산하고 내려온 사람을 대하면 등산한 기분이 난다면서…"

분위기 탓인지 커피 맛은 감칠맛이었는데 나는 커피를 마신다기보다는 경임의 마음을 속속들이 음미하고 있었다.

사무실 안은 썰렁했다. 냉기가 적막을 몰아내고 있었다.

나는 사무실을 지킨다기보다 등산의 여독으로 책상에 기대어 있었는데 갑자기 전화벨이 요란하게 울어대는 것이 아닌가.

수화기를 집어 들고 "천도광업입니다." 하는데, "경임이 누나 좀 바꿔주세요." 하고 울먹이는 목소리가 낯설었다.

"지금 사무실에 없는데, 급한 일이라도 있습니까?"

"아버지가 돌아가셨어요. 누나에게 알려주세요."

"아, 네. 알았어, 알았다구요."

나는 수화기를 급히 내려놓고 사무실을 나왔다.

경임이 갈 만한 곳은 다 찾았으나 그녀는 보이지 않았다. 다방 앞을 지나치려는데 오 부장이 나오고 있었다.

나는 다가가 "부장님, 미스 윤을 못 봤습니까?" 하고 물었다.

오 부장은 딴 곳을 보면서 "난 못 봤소." 하고 가 버렸다.

나는 다방 안으로 들어섰다. 들어서니 구석진 자리에서 경임이 앉아 있었다. 그녀는 울고 있었다. 나는 그녀에게 다가가 "경임이!" 하고 불렀다. 그녀는 놀란 토끼처럼 나를 올려다보았다.

"일어나지. 아버지께서 돌아가셨고 전화를 받았어."

나는 그녀를 일으켰다. 그리고 흐느끼는 그녀를 부축해서 택시를 타고 그녀 집으로 향했다. 집은 산비탈에 있는 판잣집이었다.

그녀는 방으로 들어서면서 아버지 시신에 엎어져 "아버지!" 하고 울부짖었으나 목이 메여 울음은 자지러들었다.

나는 남매를 돌보며 장례 준비를 서둘렀다. 친척들에게 연락을 한다, 장의사에 부탁을 한다 하고 정신이 없었다. 사방에 연줄을 넣어 경임의 어머니를 찾았으나 그녀의 어머니는 장일에 나타났고 마지막 가는 길이 저렇게 쓸쓸할 수 있을까 싶게 칠촌 아저씨 한 분이 오고 손아래 누이동생이 달려왔을 뿐, 다른 친척은 나타나지 않았다.

나는 장례를 치르고 돌아서는 발걸음이 한없이 무거웠다.

12월도 보름을 넘어서자 거리는 징글벨 소리에 묻혔다.

나는 들뜬 분위기에 젖어 출근했다. 경임은 벌써 출근했다. 그런데 그녀는 들어서는 나를 보고 눈인사도 하지 않았다. 그녀의 밝은 표정도 사라졌다. 아버지를 잃은 충격, 동생을 부양해야 하는 부담감, 오 부장에 대한 적당한 거리 유지 등 그녀가 감당하기에는 벅찬 일일는지 모른다. 나마저도 경임을 위해 힘이 될 수 없는 무력감에 휘말려 있었다.

오 부장이 사무실에 나타났다.

그는 경임을 유심히 지켜보다가 시선을 돌려 나에게 의미심장한 미소를 던지더니 사무실을 횡 하니 나가버렸다.

그의 미소는 음흉했다.

나는 그것이 마음에 걸려 일이 손에 잡히지 않았다.

경임에게 월급을 받아 사무실을 나서면서 "나 찾거든 현장에 올라갔다고 해요." 하면서 거들떠보니 그녀의 눈빛이 초점을 잃은 듯했다.

나는 마음이 착잡했다.

대낮부터 술집에 처박혀 술이나 실컷 마셨으면 싶었으나 현장 사무소로 올라갔다. 작업 진척을 확인해서 정부보조금을 신청하는 일이 밀려 있었던 것이다.

나는 교대 차량에 편승해 소도리를 지나 함백산 중턱에서 내렸다. 길이 빙판 져 차로는 더 이상 갈 수 없어서였다.

나는 광원들과 뒤섞여 동6항을 향했다. 그들은 월급날이어서인지 수당에 대해 불만을 털어놓으며 산을 오르고 있었다.

일을 열심히 하는 축들은 불평이 적었으나 게으름을 피우는 축들 편에서 되레 말이 많은 것도 그들 세계의 생리였다.

해서 나는 일체 대거리를 하지 않았다. 소외감을 자청했다고 할까, 묵묵히 밑만 보고 걸음을 재촉했다.

나는 현장 사무실에 들러 신청서를 작성했고 막장에 들어가 작업 진척을 확인하다 보니 짧은 해도 설핏 기울고 있었다.

월급날이면 항장도 갱외 근무자도 얼씬거리지 않는다. 이유는 목욕탕이 딸린 숙소에서 손금을 보고 있기 때문이다.

오늘따라 나의 발길은 임시숙소로 향하고 있었다. 그것은 모든 것을 잊고 투전으로 봉급을 몽땅 날리고 싶었는지도 모른다.

목욕탕은 수리를 하지 않아 물이 새고 있었고 광원들은 온수가 공급되지 않아 목욕도 하지 못한 채 돌아가기 일쑤였다. 유명무실한 목욕탕, 그 목욕탕이 오늘만은 제몫을 단단히 하고 있었다.

목욕탕을 지나 숙소로 다가서기도 전에 담배연기가 자욱이 뿜어 나오고 있었다. 대낮부터 투전판이 벌어졌음에 틀림없었다.

아니나 다를까. 십여 평 남짓한 숙소는 다섯씩 여섯씩 둘러앉아 눈에 쌍심지를 켜고 있었다.

담배 연기가 20촉 전구의 불빛을 가려 누가 누군지 알 수 없었다.

사람이 들어서도 누구 하나 거들떠보는 사람이 없었다.

하나 같이 담배를 꼬나물고 눈은 지그시 감은 채 화투짝에만 충혈이 된 눈을 부릅뜨고 있었다.

나는 사람들 틈새를 비집고 끼어 앉았다. 항장이 끗발을 조이다가 나를 힐끔 거들떠보았다. 그는 끝내주는 끗발이 나왔는지 "총무가 웬일이여? 한 자리 끼려나?" 하고 미소 지었다.

비로소 사람들의 시선이 내게로 집중되었다. 그 시선 속에는 오 부장도 들어 있었다. 그는 대낮부터 판에 끼어들었는지 그의 앞에는 판돈이 수북이 쌓여 있었다. 나는 넌짓 넘겨짚어 말했다.

"부장님, 이 바닥에서 손을 씻은 줄 알았는데요."

김 반장이 끼어들었다.

"씻다니, 말이나 돼. 판돈의 뒷돈은 오 부장의 주머니에서 나온 것인디. 우리가 현찰이 있어 이 짓하고 있는 줄 아는감?"

항장이 나서며 두둔했다.

"김 반장, 오 부장 아니면 누가 물주로 나서겠어."

나는 오 부장에게 의중부터 떠보았다.

"부장님, 저도 끼워 주시겠습니까?"

오 부장은 실눈을 치뜨고는 "총무가 낀다는데 반대할 수 있겠수." 하고 자신만만한 태도를 지었다.

나도 한때 이 바닥에 흠씬 빠져 숱한 돈을 날렸었다.

그 덕에 투전판의 생리를 알게 되었다.

지나친 욕심은 화근을 자초하며 흥분하는 것은 절대금물이다. 내 화투짝보다도 상대방의 화투 패에 눈독을 들일 것이며 속지 않는다면 큰돈을 잃지 않는다는 것 등. 다섯 장으로 짓고 땡, 판돈은 시퍼런 지폐 하나, 한 판에 잘만 하면 서너 장이 굴러오는 큰 노름이었다.

처음엔 좀처럼 끗발이 오르지 않았다. 한 시간도 못 되어 기십만 원을 날렸다. 시간이 흐를수록 오 부장에게로 돈이 몰렸다.

오 부장은 신이 나서 연신 손바닥에 침을 퉤퉤 뱉으면서 화투짝을 돌렸다. 그리고 언제나 한 끗 차이로 판을 쓸었다. 아무래도 손바닥에 침을 뱉어 암수를 만드는 것이 분명했다.

그렇다면 더 이상 속아줄 수 없다는 생각이 들자 나는 판을 서서히 몰아갔다. 잃었던 것을 회복했고 그 돈만큼 쓸어왔다.

그럴수록 판은 점입가경으로 무르익었다.

어느 새, 그 앞에 수북이 쌓였던 돈은 내 앞에 와 있었다.

오 부장은 연신 시계를 들여다본다. 그는 무슨 중대한 약속이라도 있는 듯했다. 그런데도 좀체 자리를 떨치고 일어나지 않았다. 이미 이성을 잃고 있는 탓인지도 모른다.

나는 미심쩍어 "약속이라도 있습니까?" 하고 물었다.

"약속이야 뭐. 박 총무 솜씨가 보통이 아냐."

오 부장은 아홉 시에 경임과 만나기로 약속했었다.

분위기를 보아가며 그녀를 덮치려고 계획까지 짜 놓았다.

경임을 덮치려면 지금쯤 산을 내려가야 할 것이었다.

경임은 이미 수중에 들어온 새, 그녀를 덮치는 것은 내일도 있고 모레도 가능했다. 그런데 현찰을 잃고 그냥 내려갈 수는 없었다.

오 부장은 시간에 신경이 쓰여 돈을 잃는다고 생각했던지 시계를 풀어 바지주머니에 쑤셔 넣었고, 속주머니에서 시퍼런 지폐 다발을 꺼내놓고 악마가 되어 화투판에 달라붙었다.

나는 적당히 잃어 주기도 했고 따기도 하면서 오 부장의 오기를 돋웠다. 그러다가 자정이 지날 무렵, 패를 몰아 판을 쓸었다.

오 부장은 쌍심지를 돋우고 대들었다.

"야 너, 이 새끼, 이거, 지금까지 날 앉혀놓고 속인 게 아냐?"

"부장님, 속이다니요. 막 볼 사람도 아닌데."

오 부장은 품에서 비수를 꺼내어 바닥을 찍으면서 말했다.

"이제부터 현장에서 속이는 것이 들키면 이 칼로 손등을 찍기요. 발각되는 날엔 판돈을 포기하기요. 약속할 수 있소?"

그만 깡에 질 내가 아니었다. 나는 질세라 응수했다.

"좋소이다. 원한다면 그렇게 합시다."

"들었지? 당신들이 증인이오."

모두들 고개를 끄덕였다.

이미 다른 판은 끝나 있었고 스물이나 넘는 눈알들이 우리 둘에게 쏠려 있었다. 당사자인 노름하는 사람보다도 지켜보는 눈들이 잔뜩 긴장해서 숨을 죽이고 있었다.

판은 칼을 꽂아놓은 채 열기로 후끈거렸다.

나는 한 끗 차이로 판 서리를 해 버렸다.

오 부장은 분해 씩씩거렸다. 그는 품안에서 돈 다발을 있는 대로 꺼내더니 "박 총무, 피차 있는 돈 몽땅 걸고 단판으로 끝냅시다." 하고 대들었다. 그의 눈빛은 이미 정상이 아니었다.

나는 그의 마음을 읽고 있었으나 못 이긴 듯 대답했다.

"그렇다면 좋소이다. 오 부장님의 원대로 합시다."

"나중에 뒷말하기 일체 없기요. 알았소?"

"이 바닥의 생리 정도는 나도 좀은 알고 있소이다."

나는 저녁 내내 딴 돈을 모두 판돈에 걸었다.

오 부장은 시퍼런 지폐 한 다발을 내놓았다. 그는 패를 잡는 데까지 신경을 쓰기 때문에 나는 순순히 오 부장에게 패를 넘겨줬다.

오 부장은 맵시 있게 패를 돌렸다. 나는 그의 손에 신경을 곤두세웠다. 그랬는데 그는 오른손 안에 화투짝을 끼고 패를 돌리는데 뒷전에서 구경하는 사람도 눈치 챌 수 없는 민첩한 손놀림이었다.

나는 석 장으로 지어놓고 두 장은 보지 않아도 알 수 있었다. 국화 두 장, 구땡임에 분명했다. 오 부장은 내게 구땡을 지어주고 있었다.

그렇다면 오 부장은 단풍잎 두 장임에 틀림없었다.

이제 손안에 든 화투짝 하나는 어떻게 처리하나 두고 볼 일이었다. 내가 그 기회를 놓쳐서는 보기 좋게 패할 것이었다.

"자, 똑똑히 보라고. 구땡이라구!"

나는 화투짝을 뒤집어 하고 돈을 끌어왔다.

그랬는데 내가 예상한 대로 오 부장은 "어딜 감히 겁 없이 끌어가, 자." 하고 왼손을 치켜들며 화투짝을 뒤집었다. 장땡이었다.

오 부장은 기고만장해서 돈을 끌어가기 위해 오른손을 내밀었다.

바로 그 찰나, 그의 오른손이 돈에 닿는 순간을 놓칠세라 나는 오른손에 집어든 비수로 그의 오른손 손등을 내리찍었다.

"으악!" 오 부장보다도 구경꾼들이 으악 하고 소리를 질렀다.

그에 비해 오 부장은 "윽!" 하고 신음을 죽이며 상을 찌푸렸다.

구경꾼들은 영락없이 속았을 것이다.

아픔에서 흘러나오는 소리라고. 그러나 그게 아니었다. 그것은 들켰다는 신음이었다. 그것도 모르고 항장은 항의하듯 "박 총무, 속이지도 않았는데 어쩌려고 그러시오?" 하고 걱정했다.

나는 "서서히 손을 치켜드시지." 하고 은근히 협박했다.

오 부장은 이미 포기했는지 순순히 손을 들어 올리자 손등을 관통한 비

수 끝에는 놀랍게도 솔 한 장이 꽂혀 있었다.

구경꾼들은 다시 한번 경악하는 순간, 오 부장이 방을 뛰쳐나갔다.

이어 산을 뛰어 내려가는 발자국 소리가 요란했다.

항장이 신기해 못 견디겠다는 듯 물었다.

"박 총무, 그런 솜씨를 어디서 배웠수?"

"옛날에 다 해 본 나머지요."

"총무의 솜씨는 보통이 아닙디다."

"나, 이런 솜씨로도 돈 따본 적 없어요. 그러니, 아예 노름할 생각도 마시오. 노름판에 뛰어들면 패가망신뿐이오."

나는 다른 사람들의 잃은 돈을 돌려주고 나머지를 챙겨 숙소를 나섰다. 찬바람이 귓전을 호되게 때리고 지나간다.

항장과 김 반장이 따라나섰다.

"박 총무, 어디 가서 한 잔 합시다. 이거 영 면목이 없어서…"

"저도 한 잔 푸고 싶소이다."

우리들 셋은 울반 교대 버스를 타고 시내로 돌아왔다.

이미 새벽 세 시가 지나 여명이 가까웠다.

우리는 광원을 상대로 철야 영업을 하는 술집에 들러 아침까지 술을 마셨다. 날이 새면서 해장국집으로 가 해장을 하고 헤어졌다.

나는 옷을 갈아입기 위해 하숙집에 들렀다.

방안에는 편지 한 통이 떨어져 있었다. 속달이었다.

서울 강변호사 사무실에서 온 편지였다.

나는 한참 만지작거리다가 겉봉을 뜯고 내용을 훑어보았다.

박이도 씨에게

제번하고. 사건이 해결되어 보상금이 나왔습니다. 그곳을 정리하고 올라오시기 바랍니다. 세차장이 하나 나왔는데 전세를 얻을 수 있다고 합니다. 일은 강변호사님께서 주선하시겠다고 하십니다. 이만 총총…

내가 경임에게 "서울로 살러 가고 싶지 않아?" 하고 물으면, "저 같은 게 가서 뭘 하게요." 하고 반문하지는 않을까.

"저 같은 게라니, 경임일 책임질 수 있어."

"책임진다는 말 전 싫어요. 그러나 저야 제 벌이는 할 수 있지만 동생은 어떻게 해요?" 하고 말할는지 모른다.

"낮에는 세차장에서 일을 거들고 밤엔 야간에 보내면 되지."

"이도 씨, 오늘따라 정말 이상타."

"이상하긴. 내가 언제 실없는 말을 한 적이 있나."

"그런 것은 아니지만, 믿어지지 않아서…"

그러면서 경임의 커다란 눈이 또 휘둥그레질는지도 모른다.

"자, 사표를 제출하고 서울 갈 준비나 하자고."

나는 겸임에게 말하기 위해 서둘러 하숙집을 나섰다.

하늘에서는 금방이라도 눈을 펑펑 쏟아놓을 것 같았다. 아니, 아무래도 큰 눈이 한바탕 쏟아질 것 같은 흐린 날씨였다.

세상에서 가장 오랜 시간에 걸쳐 쓴 편지

프롤로그

선생님, 두고두고 불러도 질리지 않는 선생님, 저로서는 이 편지가 세상에서 가장 오래 걸려 쓴 편지라고 할 수 있답니다.

얼마나 오래 걸려서 쓴 편지일까요?

무려 57년을 두고 쓴 편지랍니다. 그만 하면 이 세상에서 가장 오래 걸려서 쓴 편지라고 해도 부끄럽지 않을 것입니다.

불러도 또 부르고 싶은 댕기머리 선생님! 선생님께서는 제가 초등학교 2학년 담임이셨습니다.

당시 제 나이는 열 살, 지금은 예순 일곱 살인데도 편지를 쓰고 있으니까 세상에서 가장 오랜 시간을 두고 편지를 쓰고 있는 셈이지요. 그런 저를 선생님께서는 누구인지 기억하지 못할 것입니다.

사범학교를 갓 졸업하고 저의 학교로 부임해서 처음으로 담임을 맡아 의욕이 넘쳤다고 해도 기억하지 못하실 것입니다.

그 이유는 무엇일까요?

제가 반에서 공부를 잘했거나 반장을 한 것도 아니며 뛰어난 아이가 아니었으니까요. 처음 선생님께서 교실로 들어서는 순간이었답니다.

저는 머리를 땋은 끝에 핑크색 댕기를 한 데다 양쪽 귀머리 부분으로 쪽지머리를 얹은 선생님이야말로 하늘에서 가장 내려온 하늘천사보다 더 예쁘고 아름답다고 생각했답니다.

그 나이에 그만한 누이들이나 동네 처녀들만 보다가 선생님을 본 순간, 한눈에 뿅하고 갔으며 세상에서 저렇게 예쁘고 아름다운 선생님이 또 있을까 싶게 가슴은 마구 뜀박질을 해댔답니다.

그러면서 제가 무슨 결심을 했는지 선생님께서는 모르실 겁니다. 선생님께 잘 보이기 위해 열심히 공부하겠다고 다짐했답니다.

그로부터 제게 있어 선생님은 카리스마로, 우상으로 저의 일생을 지배하게 되었답니다.

저는 또래 중에서 나이가 많은 편인데도 2학년이 되도록 국어책 하나 제대로 읽지 못했답니다. 그런 제가 하루아침에 국어책을 읽게 된 것은 선생님께 잘 보이려고 해서였답니다. 또한 선생님께 관심을 사거나 잘 보이기 위해 전 과목에 걸쳐 '수'를 받으려고 노력했답니다.

그렇게 노력한 결과는요? 읽고 쓰지도 못했던 저의 1학기 성적은 음악을 제외하곤 모두 '수'를 받을 수 있었답니다.

3학년 2반 담임인 차 선생님이 저의 담임선생님, 세상에 둘도 없는 댕기머리 선생님과 연애한다고, 저도 다른 아이들 따라 놀려댔답니다. 저는 놀리다가 그만 차 선생님에게 붙잡혀 실내화로 40여 대나 맞았는데도 선생님을 원망하지 않았답니다.

제게는 언제 어느 때고 우상이었고 카리스마로 존재했으니까요.

선생님께서 전근을 갔을 때, 아이들은 편지를 썼답니다.

그런데도 저는 단 한 줄의 사연도 쓰지 못해 부치지 못했을 정도로 문장력이 없었답니다.

그리고 남 앞에 나서는 데 있어서도 숫기마저 없었으며 무엇 하나 내세울 것이 없었답니다. 어째서 제가 단 한 줄의 사연도 쓰지 못했을까요? 지금 고희가 가까운 나이에 선생님께 편지를 쓰면서도 이 편지를 전할 수 있을까, 선생님께서 이 편지를 읽어볼 기회가 있을까 하고 대책 없이 고민만 하고 있답니다.

이 소설이 출간되면 찾아뵈려고도 하는데 그때는 정말 뵐 수 있을지 장담도 못하겠습니다. 지금도 저는 댕기머리 선생님께서는 처음 담임을 맡으셨던 그 때 그 모습, 그 예쁨과 고움과 아름다움을 고스란히 간직하고 계실 것이라고 믿고 있답니다.

세상에서 가장 존경어린 마음으로 불러 봅니다. "선생님!" 앞으로도 저의 변함없는 우상이시고 카리스마로 남으실 '댕기머리 선생님!'

하루 동안 아흔아홉 차례나
통과하는 열차 중에서
서너 대 정도나 정차할까.

한 컷 사진에 들어가는
붉은 뾰족 지붕에
초록 페인트 벽의 역사는
살아 있는 동화,
근대문화유산으로 지정된
차표도 팔지 않는
간이역에서 편지를 쓴다.

부쳐도 좋고 안 부치면
더 좋은 편지를…

편지지는 맑은 봄 하늘
펜은 불어오는 봄바람
긴한 사연은
봄이 갓 움틔운 새싹을.

　　　　　　　　　　—시「간이역에서」

여덟째는 서울에서 먼 시골, 관에서는 용안리, 흔히 다베동이라고 일컫
는 다부동, 스물 가구가 살고 있는 작은 농촌 마을에서 태어났다.

일제가 태평양 전쟁을 일으켜 승승장구하다가 패색이 짙은 1943년 9
월 1일이었다. 일제는 전쟁물자가 부족해지자 총과 칼을 들이대고 강제
로 병합한 식민지 백성들이라고 해서 밥을 담아 먹는 놋그릇까지 수탈해
갈 정도로 최후 발악을 한 시기였다.

그랬으니 사람들은 살기가 얼마나 힘들어 했는지.

피땀 흘러 농사를 지으면 일제가 공출(供出)이라는 명분으로 몽땅 빼앗
아 갔다. 그 대신 먹을 것이라고 준 것은 만주에서 생산되는 콩으로 기름
을 짜고 남은 찌꺼기인 콩깻묵을 배급해 줘서 겨우 목숨만은 부지할 수
있게 해 주었다.

여덟째를 낳은 엄마는 콩깻묵으로 멀건 나물죽을 쑤어 먹었으니 젖이
나올 리 없었다. 게다가 여덟 번째로 아기를 낳았으니 젖은 마를 대로 마
르고 쭈글쭈글했다.

당시만 해도 어른들은 아기가 들어서면 제 먹을 것 가지고 태어난다고
생각하고 생기는 대로 낳았다. 아니, 아니었다. 원하지 않은 아기가 들어
서더라도 지울 수 없었다. 의료기관도 드물었거니와 있다고 해도 돈이 없
어 병원에 갈 엄두도 내지 못했다.

그런데다 무식한 사람들이기 때문에 생명을 잃을 수도 있는데도 민간

요법을 맹신했는데 아기를 지우기 위해 임산부가 간장을 많이 먹거나 높은 데서 뛰어내리는 무모한 행동까지 했다.

그러니 생기는 대로 아기를 낳을 수밖에.

여덟째는 먼저 태어난 형이나 누나들이 젖을 빨아먹은 데다 엄마가 먹지도 못했으니 젖이 나오지 않아 젖배를 곯았다.

엄마는 젖을 먹이다가도 푸념처럼 "원하지도 않는 자식을 낳아 엄마 마음 이렇게도 아프게 하다니. 차라리 하루라도 빨리 죽었으며 속이라도 시원하지." 하고 말하곤 했다.

젖이 나오지 않으니 여덟째에게 먹이는 것이라곤 보리밥을 할 때 넘치는 밥물을 받아뒀다가 식혀 젖 대신 먹였고 쌀마저 없어 보리쌀을 입에 넣고 씹으면 입안에 고이는 흰 뜨물 같은 것을 뱉어 먹이곤 했으니 살이라곤 붙을 리 없었다.

여덟째는 뼈만 앙상하게 남아 생명이 오늘 내일하며 골골했으나 살 운명이었든지 목숨만은 근근이 붙어 있었다.

여덟째가 네 살 나던 해였다.

천연두가 유행하자 동네 아이들이란 아이들은 모두 천연두에 걸렸다. 예방접종을 했는데도 약골 탓인지, 다른 아이들보다 몹시 심하게 앓았다. 그것도 보름 동안이나 골방골방 앓아댔으니 뼈만 남아 죽은 것이나 다름없었다.

어느 하루 새벽이었다. 아버지가 숨이 끊어진 줄 알고 여덟째를 헌 이불에 눕혀놓고 주섬주섬 쌌다.

아버지는 "낳은 부모 생고생시키는 아이, 하루라도 빨리 죽는 것이 부모 속 덜 썩이지." 하면서 싼 것을 안고 산으로 가서는 땅을 파고 묻으려고 하는데 이불이 꿈틀꿈틀해서 차마 땅에 묻지 못하고 발길을 되돌렸다. 집으로 돌아온 아버지는 "죽든 살든 난 모른다." 하면서 골방에 처박아둔 것이 닷새 만에 살 운명이었던지 살아났다고 한다.

그런 탓으로 여덟째는 출생신고를 늦게 하는 바람에 학교 또래 친구들과는 3년이나 나이 차이가 났다.

아마 여덟째가 다섯 살 때쯤이 아닌가 한다. 맞아서 이마에 주먹 크기의 혹이 생긴 것이 태어난 이래 첫 기억이었다.

머리가 좋은 아이는 세 살 적 일을 기억한다고 하지만 여덟째는 머리가 좋은 편이 아니었다. 실은 다섯 살 때 일이라고 했으나 그것도 당시 기억한 것이 아니라 커서 증조할머니가 돌아가신 해를 계산해 보니 다섯 살 때였기 때문에 그런 줄로 추정했다.

몹시 무덥던 6월 어느 하루였다. 집안 대대로 해 오던 삼베를 짜기 위해 삼을 삼아 커다란 타래를 안방에다 예닐곱 개씩 쌓아 앙겨로 덮고 불을 때 방안을 후끈하게 해서 삼을 띄웠다.

안방에서만 기거하던 증조할머니가 증손자인 여덟째가 안방을 거쳐 건넛방으로 가기라도 하면 "요놈, 바람 들어오게 드나들긴 드나들어." 하고 벼락을 내렸다. 그러면서 입에 물고 있던 긴 곰방대로 이마를 냅다 때려 알밤만한 혹이 생긴 기억도.

한번은 이런 일도 있었다. 당시만 해도 마을에서는 기제사를 지낸 아침으로 마을 어르신들에게 음복(飮福)하라고 제삿밥과 전이며 과일을 소반에 담아서 돌리는 미풍양속이 전해지고 있었다.

기제사를 지낸 집에서는 당연히 동네에서 나이가 가장 많은 증조할머니에게도 제삿밥을 가져왔다.

여덟째는 증조할머니가 수저를 들기도 전에 과일 접시에 놓인 반쪽 밤알을 집으려고 손을 덥석 내밀었다.

그러자 증조할머니는 벼락 치는 소리로 야단쳤다.

"요놈, 어른이 먹기도 전에 어디 손을 대."

증조할머니는 곰방대로 여덟째의 이마를 내려쳐 번갯불이 일면서 주먹 크기의 혹이 생긴 것도 기억난다. 그리고 또 하나 기억나는 것은 증조할머니가 돌아가시고 상여를 꾸며 집을 나갈 때였다.

여덟째는 붉은 천에다 흰 글씨로 쓴 만장(輓章)을 단 깃대를 들고 따라가겠다고 고집을 부렸다. 여덟째는 너무 어려서 깃대를 들 힘도, 들고 상여를 따라갈 수도 없었다. 게다가 상여길이 2십여 리나 된다.

여덟째는 엄마가 너무 멀어 못 간다고 어르고 달랬는데도 종일 생떼를 부리는데도 엄마는 얼굴을 붉히거나 손찌검 한번 하지 않은 채 한결 같이 달래기만 한 것도 잊혀 지지 않은 채 기억하고 있었다.

몇 살 때였는지는 확실하지는 않으나 여덟째는 한여름인데도 얼마나 추웠던지 솜이불을 끌어안고 온몸을 떨어대며 울었었다.

아파서 울고 먹지 못해 배고파 울고 참 많이 울었었다. 학질, 곧 말라리아에 걸려 거의 죽어가다가 간신히 살아났다고 한다.

병원은 삼십 리 거리나 되는 읍내에 가야 했다.

아니, 병원이 있다고 해도, 실은 조그만 동네에서 여덟째가 제일 부자라고 소문났지만 그 부자란 것이 오죽 했으면 돈이라곤 없어 병원에 갈 엄두도 내지 못했다.

그랬으니 병원은 고사하고 한약 한 첩 지어 먹이지 못하고 무턱대고 낫기만을 기약도 없이 기다렸다.

"여덟째가 아파 먹지도 못하는데 줄 것이라곤 없으니. 제사 때 쓰던 오징어라도 있었으면 좋겠는데."

엄마는 여덟째를 어르고 달래면서 줄 것이 없나 하고 집안 구석구석을 뒤졌고, 있을 만한 데는 다 뒤져 쓰다 남은 뼈쩍 마른 황태 한 마리를 찾아서 "줄 것이라곤 황태밖에 없으니. 이것이라도 손에 쥐어줄 테니, 남 주지 말고 몸에 지니고 있도록 해라."하고 달랬다.

"엄마, 이걸 어떻게 먹으라고? 이가 빠져 깨물 수도 없는데…"

"가지고 있으면 내 밭을 매고 들어오는 대로 방망이로 두드려서 먹을 수 있게끔 해 줄 테니, 그때까지만 가지고 있어."

이때만큼은 여덟째도 순순히 엄마 말을 들었던 것이다.

"그래 엄마, 알았어. 가지고만 있을 거야."

여덟째는 황태를 형이나 누나에게 빼앗기지 않으려고 하루 종일 두 손으로 움켜쥐고 놓지 않았다. 스물 두엇 되는 동네에서 제일 부자 소리를 듣는 집에 태어났다. 그런 집에서도 얼마나 못 먹고 못 살았으면 자식 사랑하는 엄마의 마음이 황태 한 마리였을까를 생각하니 어른이 된 뒤에도 가끔 목이 메기도 했다.

아버지의 속마음은 알 수 없으나 여덟째가 공부 잘하기보다는 죽을 동 살 동 모르고 농사일만 하기를 바라는 것 같았다. 그런 탓인지 모른다. 농사철이 돌아오면 밥숟가락을 놓기가 무섭게 여덟째를 밭으로, 논으로 데리고 다니면서 일만 시켰다.

여덟째가 아버지를 따라다니면서 일을 한 기억으로는 여섯 살 적이었다. 여섯 살이라면 자식이 귀한 집에서는 한창 귀여움을 받을 나이, 애지중지하기를 흙이라도 묻을까 땅바닥에 내려놓지도 않았고 다칠까 바깥에 내보지도 않을 나이였다.

여덟째는 자식이 많은 집안에 태어났으면 살아남기 위해서도 요령을 피우거나 눈치라도 있어야 했는데 눈치조차 없는데다 귀여움 받을 짓보다는 미운 짓만 골라 했다.

게다가 막무가내로 깡만 부렸으니 얻어먹을 것도 얻어먹지 못했다.

여덟째는 얻어먹지 못해도 깡 부리는 것이 전매특허였으나 그런 세상에 없는 깡도 아버지에게는 통하지 않았다.

여덟째는 '곶감 소리에 호랑이가 도망쳤다'는 전래동화처럼 '아버지

오신다.' 는 말만 들어도 벌벌 떨었다.

세상없는 깡을 부리며 울다가도 언제 그랬느냐는 듯이 울음을 뚝 그치고 눈물까지 닦을 정도였으니까.

여덟째는 깡을 부리기는 했으나 천성이 착하고 인정이 많은데다 남 주기를 좋아했다. 해서 남에게 뭔가를 갖다 주라는 엄마 심부름이라면 싫은 내색하지 않고 기를 쓰고 심부름했다.

기제사를 지낸 아침으로 여덟째는 동네 어른들에게 음식을 나눠줄 때도 심부름을 독판으로 했고 동네 사람들을 초대했을 때도 신이 나 뛰어다니며 우리 집으로 오시라고 전하기도 했었다.

벼를 벤 뒤, 마지막 가을갈이를 했다.

아버지는 여덟째에게 보리갈이를 끝내고 싹이 고루고루 나게 고무래로 흙덩이를 부수는 일을 시켰다.

여덟째는 어른들이 쓰는 고무래로 흙덩이를 깨려니, 고무래가 큰데다 무거워서 힘은 힘대로 들고 바싹 마른 흙덩이는 좀체 부숴 지지 않았다.

고무래가 무거워 들기조차 힘이 겨운데다 겨우 들어서 내리치니 마른 흙덩어리가 쉽게 부서질 리 없었다.

여덟째는 눈물을 찔끔찔끔 짜면서 고무래질을 했다. 이를 두고 보다 못해 아버지는 주먹을 불끈 쥐고 여덟째에게 호통을 쳤다.

"에라, 빌어먹을. 그것도 일이라고…"

심지어 아버지는 들고 있는 연장으로 때리려고 했다.

그러면 여덟째는 논틀로, 밭틀로 도망을 갔다.

한번은 디딜방아를 찧을 때였다. 방아가 워낙 육중해서 네 사람이 올라서서 밟아야 방아머리가 들려 곡식을 찧을 수 있었다.

그랬으니 여덟째마저 도망가지도 못하고 아버지에게 붙잡혀 그 싫은 디딜방아를 찧어야 했다.

디딜방아를 찧는데 두 살 터울인 네 살 누이동생이 배 아프다고 칭얼대며 울어대는데도 누구 하나 아버지가 무서워서 돌보거나 업어 주려고 가지 못했었다. 누이동생은 방아 찧는 데까지 와서 칭얼댔다.

　"엄마 나 배 아파. 조금만 업어줘."

　엄마는 내색하지 않았으나 마음이 다 탔을 것이다.

　"조금만 참아. 방아 찧고 나서."

　"지금 업어 줘라, 엄마."

　"조금만 참으래도 자꾸 보채는구나."

　그러면 아버지는 또 벼락 치듯 소리를 내질렀다.

　"나가 뒈질, 저리 가지 못해."

　그런데도 누이동생은 칭얼대며 울어댔다.

　"싫어, 싫어, 엄마. 지금…"

　여덟째는 아버지가 또 무슨 벼락 치는 소리를 할지 몰라 마음이 조마조마하다 못해 얼굴이 새파랗게 질렸다.

　누이동생이 아무리 보채고 울어대도 할머니마저도 아버지가 무서워 확 속의 보리를 뒤집으며 빻은 보리를 치에 담아 까불기만 했지 달래거나 업어 주지 못했다.

　누이동생은 보채다 혼자 황토 바른 흙벽을 손톱으로 호비작거리며 호벼서 파먹느라고 울음을 그쳤고 그쳤다가 또 울었다. 울어대다가 누이동생은 기운이 소진했는지 꼬꾸라져 잠이 들었었나 보다.

　그랬으니 방아를 찧으며 귀를 기울어도 누이동생의 보채는 소리가 들리지 않지. 잠이 든 누이동생의 얼굴은 땟물이 흐르다 말라 버려 어른들이 말하는 다리 밑에서 주워온 거지 아이나 다름없었다.

　엄마는 방아를 다 찧은 다음에서야 누이동생을 보러 갔다.

　"엄마, 나 배 아파. 배 좀 만져 줘. 아파서 죽겠어."

"그래. 어디 좀 보자. 내 한번이라도 만져 보고 싶구나."

"엄마, 많이많이 만져 줘라. 엄마가 만지면 무조건 좋으니까."

"만져준다고 낫는다면 백 번 천 번도 더 만져주지."

"어서 엄마. 많이많이 만져 줘라."

그러면 할머니가 대신해 누이의 배를 대신 문질러 주면서 달랬다.

"어디 보자. 내 손은 약손."

"할머니가 만지면 엄마보다 더 아파."

할머니도 거친 들일을 해서 손에 굳은살이 박이어 살살 문지른다고 해도 누이동생에게는 몹시 아프기만 했던 것이다.

"할미 손이 약손이라니까, 그러네."

"약손은 무슨 약손, 딱딱해서 아프기만 한데."

"그러면 업어주랴?"

"업다가 넘어지면 어떻게 해?"

할머니는 힘에 겨운데도 누이동생을 업어 달래기도 했고 또 업어서 잠을 재우기도 했다. 오래 전부터 누이동생은 배가 아프면 몰래 흙벽을 핥아먹는 것이 버릇이 되었으며 시름시름 배앓이까지 했다.

아버지는 그런 누이동생이 불쌍하지도 않은지 엄마 보고 안아 주거나 업어 주지도, 약 한 첩 지어 먹이지도 못하게 했다.

"앞으로 버릇 되니, 아예 업어 주지 마라."

어느 날 새벽이었다. 여덟째는 오줌보가 터질 것 같아 다른 날보다 일찍 잠에서 깨어났다. 눈곱을 떼기 위해 눈을 비비다 보니 아버지가 헌 이불에 무엇인가를 주섬주섬 싸는 것이 아닌가.

엄마는 말없이 지켜보고만 있었다.

그 무엇인가는 미동도 하지 않는 누이동생이었다.

아버지는 입을 굳게 다문 채 누이동생을 헌 이불에 대충 싸서 안더니 방문을 열고 밖으로 나가는 것이 아닌가. 손이 흔해 생기는 대로 아이를 낳다 보니 열 자식이나 낳았으니 한두 자식, 그것도 사내가 아닌 계집아이를 잃었다고 해서 눈 하나 깜짝 할 아버지가 아니었나 보다. 그랬으니 아버지는 눈물 한 톨 보이지 않지.

여덟째는 울지도 못하고 눈물만 글썽이었다.

손이 흔한 집안에 여덟 번째로 태어난 탓인지 호적에 올린 김팔제(金八第)란 이름 대신 집에서나 동네에서나 여덟째로 불리었다.

식솔들도 밤낮 없이 드나나나 '여덟째, 여덟째' 하고 부르다 보니 여덟째가 이름으로 굳어졌다. 그렇게 여덟째는 무관심 속에 자랐다.

여덟째가 일곱 살 나던 해였다. 아버지는 모를 심고 나서 열흘이 되기도 전에 굽논 열네 마지기 논을 맸다.

논을 매는데도 놉을 해 두레로 매거나 품을 사서 매지 않고 한 푼이라도 돈을 아끼려고 머슴과 둘이서 땅을 파 뒤집는 애벌논을 맸다.

점심을 먹은 뒤, 아버지는 해 떨어지기 전에 논매기를 끝내려고 했던지 여덟째까지 데리고 나가 논을 맸다.

아버지는 일곱 살 먹은 아이가 힘이 있으면 얼마나 있는지는 조금도 생각하지 않았다. 아버지는 호미질을 하는 것이 못마땅해서 또 벼락 치는 소리를 내지르며 때리려고 달려들었다.

"이놈아, 그것도 호미질이라고 해."

그 성질에 아버지는 호미로 내리치려고 했다. 여덟째는 매를 맞지 않으려고 냅다 도망을 치다가 뒤를 힐끔 돌아다보면서 아버지에게 한 소리 해댔다. "이 씨, 삶은 무시 못 먹을 때 봐, 이 새끼야." 하면서 산속으로 달아나 오후 내내 불안에 떨어야만 했다. 일을 하지 않고 도망을 친 데다 아버지에게 삶은 무 먹지 못할 때 보자고까지 했으니 집에 들어가면 속절없이 붙잡혀 매 맞을 일만 남았으니 불안에 떨 수밖에.

여덟째는 날이 저물어 배에서 꼬르륵 소리가 나도 집에 갈 생각은 엄두도 내지 못했다. 산속은 칠흑처럼 어두워졌다. 그제야 여덟째는 산에서 내려와 부엌으로 숨어들어 엄마가 챙겨둔 밥으로 허기진 배를 채웠다. 그리고 안방으로 들어가서 식구들 사이에 끼어 새우잠을 잤다.

여덟째는 아침에 일어나서도 아버지 눈치를 슬금슬금 살피며 대비하기를 여차하면 도망칠 생각부터 했던 것이다.

그랬는데 아버지는 어제 일을 까맣게 잊으셨는지 아무렇지도 않게 "여덟째야, 밥 먹었으면 일하러 가자." 하면서 혼을 내지 않았다.

그런 일이 있은 뒤, 여덟째도 누나처럼 아버지가 화내는 순간만 피하면 된다는 것을 알고, 도망치는 버릇이 은연중 생겼다.

한 해도 배를 곯지 않고 그냥 지나친 적이 없으며 그런 진저리를 치는 보릿고개가 닥쳐왔다. 어느 집 할 것 없이 아이들은 보릿고개가 가까우면 군것질이라곤 할 것이 없어 배고파 보채고, 보채다 울고, 울다가 지쳐서 그대로 잠이 들기 일쑤였다.

'보릿고개' 가 닥치지도 않았는데 사람들은 보릿고개를 죽지 않고 어떻게 또 넘기지 하고 걱정부터 앞섰다.

그랬으니 보릿고개란 말은 그냥 생긴 것이 아니었다.

고추 당초 맵다 한들
시집살이보다 더 매울까
시집살이 맵다 한들
보릿고개보다
견디기 더 어려울까.
고개고개 보릿고개

열두 고개 보릿고개.

─「전래 동요」

그런 탓인지 먹을거리라도 생겼다 하면 여덟째의 욕심은 혼자 먹겠다고 생떼를 쓰곤 했다. 어쩌다 보리방아라도 찧는 날이면 엄마는 보리를 찧은 겨를 가지고 치로 쳐 개떡을 만들어서 쪘다.

찐 개떡은 식으면 까맣게 변해 마치 개똥과 비슷했기 때문에 개떡이라는 이름이 붙었는지도 모른다. 그런 개떡이라도 만들어 찌는 날이면 여덟째는 혼자 먹으려고 개떡을 높은 데다 숨기곤 했다.

여덟째가 숨기는 데는 뻔한데도 누구 하나 가져다 먹지 못했다.

바로 누구도 올라가지 못하는 뒤뜰 감나무 맨 꼭대기 가지 끝에 매달아놓아서였다. 매달아놓고는 까맣게 잊고 지내다가 뒤늦게 생각이 나서 올라가 보면, 이미 개떡은 썩어 냄새가 나는데다 곰팡이까지 피어 도저히 먹을 수 없었다. 이렇게 혼자 먹으려다 다른 식구들도 먹지 못한 채 버린 것만 해도 한두 번이 아니었다.

여덟째가 혼자 먹으려고 하는 데는 이유가 있었다.

손이 흔한 집안에 여덟 번째로 태어난 탓인지 무관심 속에 자랐다. 얼마나 무관심했으면 하루 종일 죽을 동 살 동 깡을 부려도 누구 하나 그런 깡을 들어주기는커녕 거들떠보기조차 하지 않았다.

엄마마저도 밭이나 들에 나가 일하는데 눈코 뜰 새 없이 바빠 여덟째를 돌볼 겨를이 없었다. 관심을 끌려고 붕어 배를 따듯이 목을 딴다고 연필 깎는 칼로 목을 찌르자 피가 주룩 흘러내렸다.

이를 지켜보던 큰 누나는 여덟째의 부아만 돋웠다.

"그래 찔러 죽겠어. 더 세게 찔러야지 죽지."

큰 누나는 더 찌르라고 충동이었다.

여덟째는 "미워. 큰 누나 미워." 하면서도 부끄럽고 쑥스러워서 슬그머니 깡 부리던 것을 그만뒀다.

이처럼 세상없는 깡도 누나나 동네 사람들에게는 통하지 않았다.

깡이 통하는 것은 오직 엄마뿐이었다.

아버지는 뒤늦게 맏이로 태어난 데다 너무 오냐오냐 하고 키워 성질을 죽여본 적도 없이 성장했다.

그렇게 성장한 탓인지 어른이 된 뒤에도 있는 성질, 없는 성질을 낼 줄만 알았지, 감정을 자제하거나 성질을 죽일 줄을 몰랐다.

일제 때 비싼 월사금 내가며 초등학교에 보냈다.

할아버지가 학교에 보내긴 했으나 아버지는 땡땡이를 쳐 열흘이 멀다 하고 결석을 했다. 어쩌다 학교에 가게 되는 날이라도 중간에서 땡땡이치다가 되돌아오기 일쑤였다. 그것도 학교를 다니는 둥 마는 둥 하다가 졸업도 못하고 6학년 초에 그만뒀다.

아버지는 농사일을 거들다가 일이 하기 싫으면 오입(가출을 의미)을 갔다. 일본으로, 만주로 돌아다니다가 돈이 떨어지면 돌아오곤 했다. 어른들은 장가나 보내면 마음잡고 일이나 하며 집에 붙어 있을까 해서 열네 살밖에 되지 않았는데도 장가를 보냈다.

엄마는 열일곱 살에 시집을 왔고. 아버지는 장가를 들었으니 명색이 새신랑이었다. 색시까지 데려다 놓았다면 새신랑 노릇을 해야 하는데 총각 적 버릇을 버리지 못했다.

"야 색시야, 나 누룽지 많이 긁어줘라."

"밥을 퍼야 긁어주지요."

"색시야, 밥 그만 퍼고 긁어서 나 줘라."

"좀만 기다려요. 밥 푸면 긁어 줄게요."

"빨리 먹고 싶다. 어서 긁어줘라."

아버지는 곧 바로 누룽지를 긁어 주면 골을 부리지 않았으나 누룽지가 눋지 않거나 긁어 줄 것이 없을 때는 하루 종일 엄마를 따라다니면서 골을 부렸다고 한다. 아버지는 스무 살이 되기도 전에 장사를 한다는 핑계로 땅을 팔아서 부산으로, 오사카로, 만주로 몇 달씩 소식도 없이 돌아다니다가 돈이 떨어지면 집으로 돌아오곤 했다.

그러다가 마땅한 동업자를 구해 장터에 가게를 얻어 고무신 장사와 비단 장사를 겸했는데 어느 정도 이문이 생기는가 보다 했더니 믿고 맡겼던 동업자에게 돈을 몽땅 떼인 적도 있었다.

어쩔 수 없이 아버지는 소송을 했다.

집에서 법원이 있는 대구까지는 1백오십 여리, 왕복 3백여 리나 되는 먼 거리였다. 그런 먼 거리를 재판이 있는 날이면 새벽에 집을 나서 재판에 참석하고 끝나면 또 밤을 새어 집으로 돌아오곤 했다.

그렇게 몇 달이나 오간 끝에 1심에서는 승소했으나 패소한 상대방에서 상소하는 바람에 질질 끌다가 6.25 전쟁이 나자 흐지부지, 결국 가산만 탕진하고 말았다. 이때 여덟째는 아버지의 분하고 억울함을 풀어주기 위해 판사가 되고자 하는 꿈을 키우기도 했다.

아버지는 하는 일마다 거듭 실패하자 농사나 짓겠다고 눌러앉았다. 농사일은 어릴 적부터 일이 몸에 배야 할 수 있는데 그렇지 못했다.

소를 키우고 있었는데도 부릴 줄을 몰라 밭을 갈 때는 누나나 여덟째가 소 노릇을 대신했다. 더욱이 아버지는 일하는데 있어 물리마저 터득하지 못해 힘은 힘대로 들고 능률마저 오르지 않아 일철만 돌아오면 식구들을 들들, 달달 볶아대기만 했다.

그랬으니 엄마는 아버지 비위를 맞추며 살자니 얼마나 속을 썩였는지 말로는 할 수 없었고 글로도 옮길 수 없었다.

그렇지 않아도 층층시하 시집살이에 머슴까지 포함해 열 두엇 식구 삼

시 세 끼 밥 삶아 대랴, 새참까지 이고 들로 나가랴, 밭일이며 들일까지 거들랴, 밤으로는 열서너 식구 옷 치성까지 했으니 몸이 열 개라도 붙어나지 못했다. 아버지는 자식 사랑이 없는 것도 아니었다.

맏이에 대한 사랑만은 세상 어떤 부모보다도 각별했다.

아버지는 맏이가 초등학교를 1등으로 졸업하자 있는 살림, 없는 살림 다 털어 서울로 유학을 보냈다.

맏이를 이모 집에 맡겨두고 혹시라도 굶을까 숨겨뒀던 쌀을 일제의 눈을 피해 한 손에 두 말씩 너 말이나 들고 밤차를 타고 갖다 주었으니까. 맏이가 방학이 되어 내려온다고 편지라도 오면, 온 집안을 청소한다고 야단법석을 떨었다. 물레를 잣거나 베 짜던 베틀마저 맏이의 옷에 솜먼지라도 묻기라도 할까 보아 손수 치웠고 집 안팎을 청소하라고까지 성화를 끓일 정도로 세상에 없는 아들 사랑이었다.

다베동은 시골구석인 탓인지 모르겠으나 동네에 라디오 하나 없었으니 바깥소식과는 담을 쌓고 살았다.

바깥소식에 얼마나 둔감했는가 하면, 6.25 전쟁이 일어난 지 열흘이 지났는데도 이를 모르고 일만 했으니까.

여덟째는 열네 마지기 굽논에서 아버지와 머슴 따라 두 벌 김을 매는데 엎드려 논을 매면 긴 벼잎에 가려서 가까이 가기 전에는 보이지도 않았다. 그런 어린 여덟째를 데리고 두 벌 논을 매고 있었으니 아버지의 자식 사랑은 유별나다고 할까.

그날은 논을 매다가 날이 완전히 어두워서야 집으로 돌아와 늦은 저녁상을 받아먹으려고 할 때였다.

천만뜻밖에도 큰 누나가 헐레벌떡 마당으로 들어서는 것이 아닌가. 들어서는 큰 누나의 몰골은 세상에 거지도 그런 상거지는 없었다.

큰 누나는 넋이 나간 듯 말했다.

"세상에 난리가 나서 모두 피난을 간다고 야단법석인데 우리 집은 이렇게 한가하게 저녁이나 드시고 계셔요?"

순간, 아버지는 늑대처럼 표정이 돌변했다.

큰누나에게 오느라고 고생했다는 한 마디 없이 호통부터 쳐댔다.

"뭐 난리가 났다고? 그래, 언제 났다더냐?"

"며칠이 자났는데 몰랐다니요."

"난리가 났다는데 그래, 니 오라비는 안 온 기여?"

"사태를 보고 뒤따라온다고 해서…"

"뭐 어쩌고 어째? 이년아, 뒈져도 같이 죽고 살아도 같이 살지. 그래, 혼자 살겠다고 니 오라비 놔두고 와?"

아버지는 방금 받아서 먹으려던 밥상을 마당에다 냅다 던지면서 세상에 없는 천지 풍파를 일으켰다.

누나는 청파동을 출발해 마포나루에 이르렀으나 배가 없어 강을 건너지 못해 하룻밤을 꼬박 새웠다. 새벽 무렵 국군 사병 너댓이 사공을 협박해 배를 강가에 대게 하자 큰 누나는 죽기 살기로 배에 매달린 채 강을 건넜다. 그리고 수원까지 탈탈 걸어왔다.

수원역에서 화차 지붕에 간신히 올라타고 밤새 대전까지 올 수 있었다. 대전서부터는 죽 걸어 김천을 거쳐 집에 오는데 사흘이나 걸렸다.

발바닥은 물집이 져 터진 데다 먹지 못해 쓰러질 것처럼 애처로운 모습이었는데도 아버지는 맏이만 생각하고 큰딸은 생각하지 않았다.

아버지는 큰 아들을 잃었다고 생각해서였는지 머리가 어떻게 된 것 같았다. 피땀 흘러 농사 지어 일제의 눈을 피해 쌀자루를 들고 끙끙대며 밤차 타고 갖다 주던 정을 딸자식들에게는 나눠주지 않는지 알 수 없었다. 미친 듯이 화를 내면서도 아버지는 피난 준비나 어서 어서 서둘라며 또 가족들을 들볶아댔다. 그러면서 두지 밑을 파서 살림살이를 숨긴 다음,

벽을 막고 발라 빨리 마르라고 불까지 땠다.

간장독이며 된장독은 두엄에 묻었다.

피난 준비로 눈코 뜰 새 없이 바쁜 중에도 우리에 두고 가면 피난민들이 들어와서 잡아먹는다고 먹이던 돼지 한 마리는 잡고 나머지는 풀어 놓았다. 배를 째고 보니 새끼 아홉 마리가 꿈틀했다.

여덟째는 돼지가 불쌍해서 눈물을 흘리기까지 했다.

저녁에는 돼지고기를 넣고 국을 끓여 먹었다. 평소 기름기 많은 국을 먹어 보지 않아서인지 가족들은 설사를 해서 뒷간을 드나들어야 했다.

밤이 되자 아버지는 벼루를 찾아 먹을 갈더니 종이에 붓으로 밤이 이슥하도록 글을 썼다. 집에 온 맏이가 보고 찾아오라는 글이었다.

예를 들면 이런 것이었다.

'대구로 가니 몇 월 며칠 달성공원에서 달 뜰 때 만나자.' '부산으로 가니 몇 월 며칠 영도다리서, 달 뜰 때 만나자.'

아버지는 쓴 종이를 집안 구석구석에 붙였다.

피난을 떠나기 바로 전날이었다. 키가 크고 눈이 파란 군인 둘이 집으로 들어왔다. 누나들은 욕이라도 당할까 숨어 버렸으나 여덟째는 생전 처음 보는 사람이라 신기해서 붙어 있었다.

그들이 뭔가를 말하는데도 여덟째는 알아들을 수 없었다.

중학교에 다니는 사촌 형이 노트에 쓰고 손짓 발짓을 해서야 겨우 알아듣고 설명해서야 알기는 했지만.

그들은 가지고 다니던 지도를 펴놓더니 어떤 지점을 가리키면서 "선산, 선산" 하는 것이었다. 그제야 길을 가리켜 달라는 뜻을 알았나 보다. 사촌 형은 길을 떠나기에 앞서 잘 익은 수박 하나를 따 칼로 쪼개 주었으나 군인들은 낙오된 탓인지 불안해하면서 둬 번 먹다 말고 배낭을 짊어지고 서둘러 길을 떠나는 것이었다.

이미 인민군 선발대가 피난민에 섞여 지나갔다는 소문이 돌았을 때여서 사촌 형이 길을 가리켜 주기 위해 산태재까지 몰래 따라갔다가 밤늦게야 돌아왔다고 한다. 여덟째는 키 크고 눈이 파란 군인은 아마도 선산으로 가다가 얼마 가지 못해 인민군들에게 붙잡혀 죽었을 것이라는 생각을 두고두고 지울 수 없었다. 왜냐하면 미군은 키 크고 피부도 우리와 달라서 사람들 눈에 쉽게 띄기 때문이었다.

여덟째는 말이 통했다면 동굴에 숨겨줬다가 수복 후에 가게 했어야 했는데 하는 아쉬움을 어른이 된 뒤에도 떨칠 수 없었다.

아버지는 먼저 고모가 사는 언시(마을 이름)로 갔다가 그곳에서 하룻밤 묵고 외가가 있는 화송(마을 이름)으로 가서는 여자들은 떨어뜨려 놓고 남자들만 데리고 피난을 가려고 했다.

여덟째는 엄마가 아끼는 파라솔 하나만 들고 피난을 갔다.

언시 고모 댁에 도착한 아버지는 머슴에게 비단 50필을 지우고 여덟째를 딸려서 화송으로 보냈다. 자식 사랑이 밴 비단 50필은 엄마가 아들 딸 장가보내고 시집보낼 때 혼수 감으로 함에 넣어 보내기 위해 누에를 치고 고치에서 실을 뽑고 베틀에 올려 손수 짠 비단이었다.

머슴은 짐을 지고 신작로를 따라가다가 어떤 지점에 이르니 순경들이 길을 막고 피난민들을 냇가로 몰아넣었다.

처음에는 왜 그러는지 몰랐으나 알고 보니 길이 좁아 피난민들을 냇가로 돌아가게 하고 탱크를 지나가게 하기 위해서였다.

머슴은 냇가를 따라 한참 가다가 돌연 방천 둑에 지게를 받쳐놓더니 여덟째에게 황당한 말을 했다.

"여기서 기다리고 있으면 누군가 데리러 올 거다."

그리곤 어디론지 가 버렸다. 여덟째는 기다리고 기다려도 아무도 오지 않자 지게를 내 버려둔 채 고모집이 있는 언시를 향해 길을 되돌렸다. 좁은 신작로를 따라가는데 탱크가 달려 와서 길을 걸을 수 없게 되자 논둑으로 올라서서 지나가기를 기다리고 있었다.

아버지는 소식을 듣고 달려왔다가 지게만 있는 것을 보고 여덟째를 찾아서 되돌아오다가 논둑에 서 있는 아들을 만났다.

한 발만 늦었다면 전쟁고아가 될 뻔했다.

아버지는 언시로 돌아오자 여자와 어린 아이들만 폐광에 남겨 두고 남자들만 데리고 새벽에 피난을 갔다.

오후 늦게 선산을 거쳐 낙동강에 이르렀다. 막상 강을 건너려고 하는데 폭격이 심해 강을 건너가지 못하고 되돌아와서는 식구들을 오래된 폐광에 몰아넣고 주먹밥을 먹게 하면서 바깥에는 얼씬도 못하게 했다.

소금으로 간을 한 주먹밥만 먹고 며칠을 보내던 하루였다. 아버지는 만이가 고향에 왔을지도 모른다는 생각이 문득 떠오르자 갑작스레 이른 새벽에 가족을 데리고 살던 고향 집으로 돌아왔다.

마당으로 들어서서 보니 피난민들이 자고 갔는지 엉망이 되어 있었다. 두엄에는 소를 매어 놓았는지 항아리 뚜껑이 깨져 된장은 소똥이 빠져 이를 덜어내고 먹어야 했고 간장에는 소똥이 둥둥 떠 있어 건져내고 가마솥에 부어 종일 달이느라고 엄마만 생고생을 해야 했다.

불안한 하루하루가 지나갔다.

그러던 하루였다. 만이가 집으로 불쑥 들어섰다. 만이는 서울에서 걷고 걸어 이레 만에 고향에 도착했던 것이다. 만이는 가족들이 피난 가고 없으면 어떻게 하나 하고 걱정을 했었는데 가족들과 상봉하게 되었으니 죽었던 사람을 다시 만난 듯 얼마나 반가워했는지 모른다.

엄마가 가장 소중하게 아낀 것이 자식들 혼사에 쓸 비단 50필이었다.

그랬으니 피난 갈 때도 머슴에게 지워서 가지고 갔었다.

엄마는 피난을 갔다 와서도 비단 50필을 안방 장롱에 넣어 고이고이 간

수해 됐다. 엄마가 애지중지하는 비단을 아버지는 돈이 궁하면 시도 때도 없이 팔아서 쓰려고 엄마를 윽박질렀다.

엄마는 못 팔게 하느라고 아버지와 싸움 싸움하면서 비단 50필을 아버지 눈에 띄지 않는 곳에 숨긴다는 것이 두지에 감춰 뒀었다. 그런 귀한 비단을 그만 하룻밤에 도둑을 맞고 말았던 것이다.

'도둑을 맞으려면 짖던 개도 짖지 않는다.' 는 옛말이 있다.

그 말대로 도둑이 들어 비단 50필을 몽땅 가져갔다. 아버지는 비단 50필을 몽땅 도둑맞았다고 엄마에게 윽박지르며 행패를 부렸다.

"하필이면 사람이 자지 않는 두지에다 비단을 숨겨?"

"눈에 띄면 시장에 내다 팔려고 하니까 숨겼지, 왜 숨겨여?"

"그래 잘 했다, 했어, 무보다 못한 것 같으니."

아버지는 화낼 일도 아닌데 공연히 화를 냈다.

그리고 화를 냈다 하면 만만한 엄마에게 몽둥이고 뭐고 할 것 없이 눈에 띄는 대로 집어 던지곤 했다. 그렇게 아끼던 비단 50필을 도둑맞았으니 아버지보다도 엄마 속이 몇 배나 더 탔을 텐데도.

그 뒤로 엄마는 혼사를 치를 때마다 비단 몇 필을 함에 넣어주지 못해 두고두고 아쉬워했고 아버지를 원망하곤 했다.

고향에는 인민군이 물러갔지만 지금도 북쪽에서는 치열한 전쟁을 하고 있는 10월 말쯤이었다.

맏이는 집에 온 지 얼마 되지도 않아 고등학교 교사로 취직이 되어 S읍으로 갔다. 맏이는 전쟁이 나기 전에 결혼을 했었다

그랬는데 친정에 다니러 간 사이, 전쟁이 나서 오도 가도 못해 둘째 누나가 따라가서 맏이의 뒷바라지를 해 주며 중학교를 다녔다.

12월 초순 그쯤이었을 것이다. 둘째 누나가 집으로 들어서는 순간부터 또 집안은 발칵 뒤집혔다. 선산읍에서 집까지 육십 리를 달리다시피하며

걸어온 둘째 누나는 숨이 차서 말도 제대로 잇지 못했다.

"오, 오늘 새벽에 오, 오빠가 경찰에게 잡혀갔어요."

아버지에게는 청천벽력과 같은 소리였을 것이다.

"뭐, 어쩌고 어째? 이 빌어먹을 년아!"

아버지는 언제 어디서 찾아 들었는지는 모르겠으나 몽둥이를 들고 달려들자 둘째 누나는 담을 넘어 도망을 쳤다. 둘째 누나가 도망친 사이, 안방에 있던 장롱이 마당에서 놀아나며 박살이 났다.

어디 그뿐만이 아니었다. 아버지는 눈에 띄는 살림살이란 살림살이는 마당에다 내동댕이쳐댔던 것이다.

아버지는 맏이에게 하찮은 일이라도 생겼다 하면 머리가 갑자기 어떻게 팽 하고 되는 모양이었다. 아버지는 불행한 일을 보거나 마을에 하찮은 일이라도 생기면 발 벗고 나서서 도와줬다.

그런 탓으로 동네 사람들에게는 더 없이 좋은 동네 아저씨로 소문이 났는데도 집안 일만 하려 들면 굶주려 으르렁대는 늑대처럼 식구들을 들들, 달달 볶았으며 하찮은 일이라도 터졌다 하면 사태를 수습하려 들기는커녕 식구들을 이 잡듯이 했다.

이번 일도 아버지는 어떻게든 손을 써서 사태를 원만하게 수습하려고 할 생각은 하지 않은 채 애꿎은 식구들을 상대로 있는 화, 없는 성화까지 끓이는 것이었다.

맏이가 끌려간 것은 그럴만한 이유가 있었다. 한창 전쟁 중인데도 이승만 정부에서는 교사는 국가 기간요원으로 징집하지 않았는데도 경찰에 잡혀 갔으니 맏이 쪽에 문제가 있었던 것이 분명했다.

S고등학교는 경영문제로 두 파로 나뉘어 싸우고 있었다.

맏이는 젊은 혈기만 믿고 교장 편에 서지 않고 반대편에 가담해 적극적으로 활동했으니 이를 괘씸하게 여긴 교장이 경찰서장에게 부탁해 맏이를 군 기피자로 몰아 잡아가게 했던 것이다.

당시 징집되어 가게 되면 기차나 트럭에 태워 가는 도중에 총 쏘는 것만 가르쳐주고 곧바로 전투에 투입했기 때문에 총알받이나 다름없었다. 해서 아버지가 그 난리를 친 것이었다.

다행히도 S군청에는 외삼촌이 근무하고 있었다.

외삼촌이 구미를 거쳐 포항까지 따라가 손을 쓰는 바람에 최전선으로 끌려가기 전에 빼낼 수 있었다. 맏이를 빼낸 것까지는 좋았다.

그러나 그해 농사 지어 거둔 벼를 몽땅 퍼내어 매상 가마니 쉰 개를 마련하느라고 봄부터 온 식구가 삼 시 세 끼 죽만 먹고 살아야 했다.

아버지와 둘째 누나와는 전생 이래 악연이랄까.

시집가는 그날까지 악연은 이어졌다.

둘째 누나는 혼례 청에서 예쁘게 보이려고 했는지 알 수 없었으나 읍내 장날에 가 긴 머리를 싹둑 자르고 보글보글 파마를 했다.

파마를 하긴 했으나 집에 들어서면 아버지에게 들킬까 궁금하다가 그만 들켜 버렸던 것이다. 당장 날벼락을 떨어졌다.

"저 년이 들어 집안 망신을 이렇게 시켜."

벼락치고 그런 벼락은 세상에 없었다. 작대기며 숫돌이며 눈에 닿는 대로 집어 던지며 있는 성화, 없는 성화를 끓이었다. 말리던 엄마는 던지는 숫돌에 옆구리를 맞아 며칠이나 몸을 움직이지도 못했다.

아버지는 집안 분란을 일으키고도 화가 가라앉지 않았던지 사랑으로 들어가서는 안에서 문을 잠근 채 사흘이나 바깥에 나오지 않았다.

그런 행동이 딸 시집보내는 아버지 특유의 의식인지 모르겠으나 혼인 날이 닥쳐서야 그것도 양반 체면 차린다고 어쩔 수 없이 문을 따고 나와서 혼례를 치르기는 했다. 초례청에 서 있는 둘째 누나의 참한 얼굴이 화나고 상한 표정이 되어 잔뜩 굳어 있어서였을까.

이를 본 여덟째는 눈물을 글썽이기까지 했다.

맏이가 대학을 다니다가 방학도 아닌데 시간이 있었든지 고향에 내려왔다. 그런데 맏이는 여덟째를 보고 대뜸 돈을 주겠다고 하지 않는가.

"돈 좀 줄까? 얼마만 주면 되겠니? 사탕 조금 살 만큼 줘?"

여덟째는 아직 어려서 숫자 개념이 없었다.

100이라면 굉장한 것인 줄만 아는 어수룩한 소년이었으니까.

"나 100환만 줘라. 아버지 몰래 사탕이나 사 먹게"

"너는 그래, 기껏해야 100환만 달라는 거니?"

"내게는 100환이라도 큰돈인 걸."

맏이는 세 배나 많은 300환을 주었다. 여덟째는 이 동네 저 동네 돌아다니는 도붓장수에게 100환 가지고는 눈깔사탕 하나밖에 살 수 없다는 것을 알았을 때, 더 달라고 하지 않은 것이 후회가 되곤 했다.

여덟째가 맏이에 대한 가장 뚜렷한 기억으로는 콩서리를 한 것이라고 할 수 있다. 하루는 맏이가 심심했던지 여덟째를 꼬드겼다.

"여덟째야, 우리 콩서리나 해서 먹을까?"

"심심하던 차 잘 됐다, 형아야."

여덟째는 얼씨구나 하고 신바람이 나서 맏이가 시키는 대로 뭐든지 다 했다. 콩서리를 하자고 했던 맏이는 손끝도 까닥 하지 않은 채 나무 그늘에 누워 여덟째에게 시키기만 했던 것이다.

"여덟째야, 잘 영근 콩부터 좀 뽑아 올래?"

"그래. 형아는 그냥 여기 있어."

여덟째는 남의 콩밭으로 기어들어가 콩을 포기 채로 뽑아왔다.

"여덟째야, 또 땔감도 주워 올래?"

"응, 좋아. 내 또 가서 주워 오면 되지."

여덟째는 시키는 대로 마른 풀과 나뭇가지를 주워서는 불을 피우고 콩을 그을기 시작했다. 콩 포기를 이리저리 돌리자 줄기에 달린 콩은 떨어지기도 하고 매달린 채 익기도 했다.

어느 정도 콩이 그을려지자 타고 있는 불을 끄고 땅에 떨어진 콩알부터 주워 먹기 시작했다. 여덟째는 허겁지겁 주워 먹느라고 손이며 얼굴은 깜둥이가 되다시피 했다.

떨어진 콩을 주워 먹는 데만 정신이 팔려 있었는데 맏이는 콩이 반이나 달린 포기를 슬그머니 거머쥐더니 산속으로 달아나는 것이 아닌가.

여덟째는 돌멩이를 양 손에 주워 들고 맏이를 찾아 오후 내내 산속을 헤매며 찾아다녔으니 당연히 잊히어질 리 없었다.

여덟째가 장기를 두게 된 것은 맏이 때문이었다.

맏이는 남다른 손재간을 가지고 태어났다.

그림을 그려 화투를 손수 만들기도 했는데 장에서 산 것보다도 그림이 더 선명했을 정도로 재주가 뛰어났다.

맏이는 뒷산으로 가 고염나무 가지를 베었다.

졸을 만들 가지, 차며 포를 만들 가지, 장군을 만들 가지를 따로따로 베어 크기 따라 잘랐다. 자른 다음, 칼로 매끈하게 다듬어서 글씨를 쓰고, 쓴 글씨대로 끌로 팠다.

그렇게 만든 장기는 장에서 산 것보다 몇 배 더 매끈했다.

여덟째는 맏이가 장기 두는 것을 어깨 너머로 보고 졸이며 상, 마며 포, 차란 한자를 익혔으며 얼마 가지 않아 두기까지 했다.

여덟째가 장기를 두기 시작한 지 한 달도 못돼 맏이와 둬도 지지 않았으며 결정적인 순간에 장군을 불러 움쩍도 못하게 했다.

그러면 맏이는 한 수 물러달라고 통사정을 했다.

"여덟째야, 이번 한 수만 물러줘라. 다음에는 안 물을 게"

여덟째는 자랑스럽게도 "안돼요." 하고 거절했다.

"물러주지 않으면 다음부터 너하고는 절대 두지 않을 거야."

여덟째는 장기를 두지 못할까 걱정이 되어 한 수 물러줬다.

"이번 수만이야 다음부터 물러달라고 하지 마."

여덟째가 순순히 한 수 물러주고 나면 이번에는 상황이 역전되어 되레 맏이에게 죽는 시늉까지 했다.

"형, 나 한 수만 물러 줘라. 뭐든 시키는 대로 다 할게."

"물러줄 수 없어. 물러주면 내가 지니까."

"난 조금 전에 물러줬잖아. 그러니 형도 좀 물러줘라."

"그래도 못 물러줘, 내가 지는데 어떻게 물러줘?"

"조금 전에 난 물러줬는데도 못 물러줘?"

"그렇다고 해도 난 절대로 못 물러주겠다."

"형아가 돼 가지고 한 수도 물러주지 않아. 그게 형아라고."

"그래도 물러줄 수가 없어."

"나, 앞으로 형하고는 절대로 장기 안 둘 테야."

"나도 앞으로 너하고 장기를 두나 어디 두고 봐."

"형아는 정말 쩨쩨하다. 그냥 물러 주지."

"니가 되레 쩨쩨하면서 뭘."

물러달라고 하고 아니 된다고 옥신각신 다투다가 누가 먼저라고 할 것 도 없이 장기판을 엎어 버렸다. 여덟째는 화가 치솟아 돌을 주워들고 하 루 종일 맏이를 따라다니면서 깡을 부린 적도 있었다.

서울에서 대학을 다니던 맏이는 장가를 든다고 내려왔다.

장가를 들려가더니 3일 만에 형수를 신행해 왔다.

형수는 신행 올 때 이바지 음식을 많이 준비해서 가져왔다.

그 중에서도 여덟째가 탐을 낸 것은 엿이었다.

처음은 여덟째도 엿을 먹고 싶은 대로 마음껏 가져다 먹을 수 있었으나 며칠이 못가 곶감 꼬지에서 곶감 빼 먹듯이 고리짝에 담아 둔 엿은 곧 바닥을 드러냈다. 그런데도 형과 형수가 자는 건넛방에서는 밤이면 엿을 먹는 소리가 여덟째의 귀에 들리곤 했다.

이를 듣고 여덟째가 그냥 있을 리 없었다.

무작정 건넛방으로 건너가 맏이와 형수 사이를 비집고 누워 버린다.

"오지 말라고 했는데 넌 왜 또 왔어? 당장 엄마한테 가거라."

"형아, 숨겨둔 엿을 좀 주면 가지."

"엿이 어디 있다고 비집고 누워서 생떼를 써?"

"조금 전까지 형은 먹고 있었잖아."

"니가 직접 찾아 봐. 어디에 엿이 있는지…"

"조금 전에 엿 먹는 소리를 들었다는데도?"

맏이마저도 여덟째의 생떼와 고집을 알고 있었으나 역증을 내거나 매로 해결할 수가 없었다.

없는 엿이라도 만들어서 달래거나 관심을 다른 곳으로 돌릴 수밖에.

엿이 떨어진 뒤로는 엿 달라고 깡을 부리면 형수는 옛날이야기를 들려줘서 잠이 들면 안방으로 옮겨 눕히곤 했다.

이때부터 여덟째는 이야기 듣는 것을 좋아하는 버릇이 생겼는지도 모른다. 심심하면 이야기를 해 달라고 형수에게 졸라대곤 했다.

"아지매야, 이야기 한 자루 더 해 줘라. 그러면 깡 부리지 않을게."

"도련님, 저라고 해서 무슨 할 이야기가 그리 많겠어요. 밤마다 이야기해 달라고 조르면 어떻게 제가 해요."

"그러면 오늘 밤은 한 자루만. 아지매야, 응응."

그러면서 이야기보따리를 풀었다.

여덟째는 형수에게 이야기를 듣지 못하면 마실 오는 사람들에게 울며 보채어 이야기를 듣곤 했었다.

해서 세상없어도 세 자루는 들어야 잠이 들었다. 여덟째는 뜸을 드리면 재촉하기를 "그래서요? 그 다음은요 그래, 어떻게 되었어요?" 하고 계속되는 궁금증에 안달득달 해댔던 것이다.

뭐 하나 가지고 놀 것이 없는 여덟째에게 긴긴 겨울밤에 듣는 옛날이야기는 바로 마법의 세계였다.

춘향이 태형 맞으며 아뢰는 대목에서는 손에 땀을 한 움큼씩 쥐고 안타까워 몸부림쳤고, 이 도령이 암행어사가 되어 내려와서 변 학도를 척결하고 춘향을 구출할 때는 통쾌하다 못해 암행어사가 되기도 했다.

누명 쓴 장화가 자결을 각오하고 원한을 하늘에 아뢰는 대목에서는 한숨을 토해냈으며 흥부가 대신 매 맞는 대목에서는 배꼽을 쥐고 웃기도 했다. 길동이 활빈당 당수가 되어 조선 팔도를 유린하며 활동할 때는 길동이 되기도 했다. 여덟째는 이야기를 듣다 잠이 들면 이야기를 마음대로 늘이고 줄이는 꿈까지 꿨을 정도였다.

그런 탓으로 나중 커서 소설가가 되었는지도 모른다.

겨울이면 땔감이 부족해서 물을 데워 세수를 할 수도 없었고 목욕을 한다는 것은 상상도 할 수 없었기 때문이었다.

목욕을 할 수 있는 유일한 기회라곤 설 무렵, 가마솥에 물을 데워 씻는 흉내라도 내는 것이 고작이었다.

여덟째는 하루 종일 맨발로 산이고 들이고 쏘다니며 놀아서 흙먼지를 뒤집어쓰기가 일쑤였고 집에 돌아오면 피곤해서 저녁을 먹다가도 그 자리에 꼬꾸라져 잠이 들었으니 자기 전에 세수를 한다거나 손발을 씻는다는 것은 생각지도 못했다. 그런 탓인지 모르겠으나 '머리에 쇠똥도 벗겨지지 않은 것'이라는 속담이 그냥 생긴 것은 아닐 것이다.

여덟째는 때가 덕지덕지 끼어 까마귀가 사촌 하자고 달려들 정도였다. 씻지 않은 손과 발은 때가 덕지덕지 매달리다 못해 튼 데다 떡떡 갈라져 있었던 것이다. 해서 세수를 시키려고 물이라도 묻히면 따갑다고 깡을 부리며 울어대곤 해서 누구도 씻어줄 수 없었다.

그런 생떼 때문인지 누나가 셋이 있는데도 튼 손을 씻어 주려고 하거나 때를 밀어 주려고 하지 않았다.

이를 두고 보다 못한 형수는 부엌일을 끝내고 물을 데워 대야에 담아 방으로 가져와서는 달랬다.

"도련님, 내가 씻어 줄 테니까, 물에 손을 담가요."

형수는 때가 덕지덕지한 데다 터져서 피가 얼룩덜룩 맺혀 있는 여덟째의 손을 잡고 더운 물에 담갔다. 엄마나 누나나 씻어 주려고 했다면 막무가내로 씻지 않으려고 했겠지만 갓 시집온 형수에게만은 고분고분 말을 듣다 가도 그 성깔 어디로 갈까.

여덟째는 손을 담그자마자 튼 손이 얼마나 따가웠던지 있는 성깔, 없는 성깔을 부리기 시작했다.

형수에게 욕은 못하고 '이씨'만 연신 뱉어냈다.

"이씨, 따가워. 이 씨팔, 나 손 안 씻을래."

"도련님, 조금만 참아 봐요. 이렇게 고생해서 한번 씻고 나면 그 다음부터는 조금도 따갑지 않을 겁니다."

"이씨, 그래도 나, 안 씻을래."

형수는 깡을 부리는데도 얼굴 한번 찌푸리지 않고 손을 씻어 주었고 어렵사리도 손 튼 데 바르는 멘소래담 로션을 발라 주기까지 했다.

며칠이 지나지 않아서였다. 여덟째의 튼 손은 형수의 말처럼 거짓말같이 깨끗이 나은 뒤로는 손발을 씻어도 따갑지 않았다.

이를 두고 형수는 명절 때 만나면 농담 삼아 말했다.

"삼촌, 어릴 때 일 기억나요? 내가 손을 씻어주다가 갑자기 따갑다고 막 욕을 해서 제가 얼마나 당황했던지."

어른이 된 여덟째는 형수가 어린 조카나 질부들 앞에서 그때 일을 두고 흉을 보면 홍당무가 되곤 했다.

여덟째는 세상에 없는 엄마, 엄마를 얼마나 좋아하고 사랑했는지 상상도 할 수 없었다. 겉으로는 엄마를 힘들게 하고 사사건건 괴롭혔지만 속으로는 좋아하다 못해 너무너무 사랑했다.

엄마는 거칠고 드센 엄마 밑에서 일만 하다가 열일곱에 세 살이나 적은 열네 살 난 아버지와 결혼을 했다. 엄마는 시집에 발을 들여놓으면서부터 '고추 당초 맵다 한들 시집살이보다 더 매울까' 전래 동요처럼 층층시하에서 시집살이를 했다.

살 세고 힘이 센 데다 억세기도 한 골보인 시할머니가 손자며느리가 마음에 들지 않으면 머리카락을 움켜쥐고 흔들어대면 엄마의 머리카락이 한 움큼 빠지기 일쑤였다.

시아버지는 어머니와 며느리 사이에서 어느 쪽도 편들지 못해 장에 가서 술을 먹고 집에 들어섰다 하면, 마루 판자를 뜯어놓고 며느리에게 놓으라, 뜯어내라 하면서 술주정을 하곤 했다.

"아가야, 너 이리 좀 급히 오너라."

"네. 시킬 일이 있으시면 뭐든지 시키셔요."

"이 판자를 원래대로 짜 맞춰 놓거라."

처음에는 엄마도 무슨 영문인지 몰라 당황했다.

"아버님, 무슨 말씀인지요?"

"귀 먹었어? 원래대로 맞추라는 데도."

"아, 네, 아버님. 알겠습니다."

엄마는 영문도 모른 채 시키는 대로 다 짜 맞췄다.

"다 맞췄으면 다시 뜯어 내거라."

"……"

"어서 뜯어내지 않고 왜 멍청히 서 있기만 해."

"네, 아버님. 무슨 뜻인지 못 알아듣겠습니다."

"다시 뜯어내라는 데도 그러고 서 있어?"

"세상에 아버님도 참…"

"내 말 안 들려?"

"네, 아버님. 시키는 대로 하겠습니다."

시아버지는 매사가 이런 식이었다.

엄마는 시아버지가 술을 깰 때까지 몇 번이나 뜯고, 뜯었다가 또 짜 맞추기를 되풀이해야 했다.

그렇다고 남편이 아껴주는 것도 아니었다.

살 세고 힘은 장사인데다 오냐오냐 하고 키워 성질을 죽여 본 적이 없이 자란 탓인지 집에서 일이라도 하게 되면 하루가 멀다 하고 있는 성질, 없는 성깔을 부려 괴롭혔다. 위안이라고 한다면 시어머니가 순하고 착해 시집살이를 시키지 않은 것만 유일한 버팀목이었다.

시할머니는 손자며느리에게 시집살이를 시키곤 해서 두 살 터울로 아들딸 열을 낳았는데도 엄마는 시할머니, 시아버지 눈치가 보여 마음 놓고 안아주지도 못했다. 흠 잡을 데 없는 손자며느리가 뭐 그리 못마땅해 심술을 부리는지 밥 먹는 것을 보고도 투정하기 일쑤였다.

"먹고 애만 내질렀으니 밥도 잘 넘어가지."

뿐만 아니라 엄마는 열 두엇 식구 먹이고 입히느라고 손에 물마를 날 없었고 밤잠 한번 마음 놓고 잔 적이 없었다.

농번기로는 삼 시 세 끼 밥을 해다 나른 것은 말할 것도 없었고 두 끼 새참까지 해서 이고 날랐다. 그러면서 밭으로, 들로 나가 힘든 농사일까지 거들어야 했으니 몸이 열 개라도 부족했다.

엄마가 점심이나 새참을 내오는 것이 좀 늦기라도 하면 아버지는 광주리를 받아주기는커녕 "이 빌어먹을 것이 굼벵이처럼 늘어 터져서는…" 하고 온갖 욕설과 갖은 인상을 써대곤 했다.

엄마가 한 마디 대꾸라도 하면 밥을 담은 광주리가 논바닥에서 춤추기 일쑤, 새로 밥을 지어 내 와야 했다.

여름으로는 삼을 삼아 베를 짜거나 누에를 쳐 실을 뽑아서는 베틀에 올려 비단을 짰다. 겨울로는 타둔 솜을 물레질을 해 실을 뽑아서는 베를 짜야 했으며 낮에는 베를 짜고 밤으로는 삼베옷, 무명옷, 비단옷을 만드느라고 잠도 자지 못했다.

게다가 가족들 옷을 빨아 말려서 손질하거나 헤진 곳은 깁기도 했다. 양말이며 버선은 왜 그렇게 잘 떨어지는지 깁고 깁다 보면 날이 새기 일쑤였다. 엄마는 나일론 양말이 나오기 전까지 밤잠을 설치면서 헤진 곳을 꿰매느라고 갖은 고생을 했다. 엄마는 밤잠까지 설쳐가며 하는 힘든 일은 참고 견딜 수 있었으나 시할머니나 시아버지의 시집살이보다도 남편의 시집살이가 얼마나 한이 되었으면 아버지가 돌아가신 뒤에도 누가 들으라고 하는 소리는 아니면서 혼자 중얼거리곤 했다.

"저 영감탱이, 저 영감탱이…"

살을 섞어 열 자식을 낳은 남편에 대해 한이 얼마나 맺혔으면 아버지가 돌아가신 지 오래인데도 그런 말을 두고두고 하는지 여덟째는 나중에야 이해할 수 있었다. 엄마는 몰래 달아날까 생각한 것만도 한 달에도 서너 차례나 된다면서 한숨을 내쉬었다.

여덟째가 생떼라도 쓰면 매 한 대 대지 않고 달랬다.

"니가 속 썩이지 않아도 내 속 다 썩어. 살 세고 더신 부모 만나서 배우지 못해 참고 견뎠지, 내가 배웠다면 옛날에 도망을 쳐도 쳤어. 배웠다면 책으로 엮으면 스물 권도 넘을 게야."

엄마는 깡이 센 여덟째를 매 한번 들지 않고 하나 같이 응석으로만 받아들이었으니 그 속이 얼마나 타고 탔는지는 아무도 모른다.

엄마는 가끔 여덟째에게 이렇게 말하기도 했다.

"내 가슴 속에는 주먹만 한 멍울이 마구 휘젓고 돌아다니면서 때로는 쑤시고 또 때로는 가슴을 쿵쿵 쥐어박곤 해서 잠을 자지 못해 뜬눈으로 밤을 지새우기 일쑤야. 참기가 얼마나 힘든지…"

그런데도 엄마는 열 자식 낳아 일곱을 키우면서도 매를 대거나 뺨 한 차례 때린 적이 없었다. 골을 부리거나 깡을 부리면 부리는 대로 달랬지 '이놈이니' 하는 말은 입에 담지도 않았다.

"너 아니라도 가슴을 쥐어박아. 그만 해." 라가 고작이었다.

그랬는데도 여덟째는 그 뜻을 알지 못했다.

이런 점에서 본다면 바로 7, 80대가 가장 불쌍한 세대였던 것이다.

층층시하로 시집살이는 물론이고 민며느리처럼 집안 일, 들일을 해야 했으니까. 그리고 이제 시집살이를 면할까 했었는데 시대가 바뀌어 며느리에게 되레 눈치코치나 보는 며느리 시집살이를 한 세대였으니.

이런 엄마를 둔 여덟째는 겉으로는 엄마를 괴롭히는 불효를 저질렀으나 속으로는 엄마를 불쌍하게 생각해 잘 해 드리려고 했다.

어려운 일이 있으면 엄마를 생각하면서 참고 견뎌냈다.

어느 시인은 자기를 키운 것은 8할이 바람이라고 했으나 여덟째가 박사를 취득해 교수가 된 것은 모두 엄마의 힘이었다.

그렇다고 엄마가 이래라 저래라 하고 잔소리를 하거나 가르침을 주신 것도 아니었다. 그저 곁에서 말없이 지켜보는 것만으로도 그 어떤 엄마의 가르침보다도 힘이 되고 위안이 되었다.

철이 이른 해는 묵은 곡식도 없고 햇곡식은 거두지 못해 추석 차례를 차릴 수 없어 중양절에 지내기도 했다.

여덟째가 일곱 살 드는 해였다. 바로 중양절을 이틀 앞 둔 오후나절이었다. 아버지는 타작을 하기 위해 논에서 벼를 지고 와서 마당에다 부리고 또 벼를 지러 들로 가곤 했다.

아버지가 들로 나간 틈을 타 엄마가 귀띔했다.

"예야, 삭혀서 차례에 쓰게 감 좀 따라."

그러자 여덟째는 신이 났다.

나무타기 재주라면 원숭이에게 결코 뒤지지 않았으니까. 뒷마당에는 할아버지의 아버지 적에 심은 오래 된 감나무 두 그루가 있었다.

감이 많이 달릴 때는 곶감을 두 동이나 깎아 매달았을 정도였으며 고목이라 맛도 달고 크기도 컸다. 어른들이 감을 딸 때는 가지 끝에 달린 감을 손으로 딸 수 없어 대나무 장대로 땄으나 여덟째는 원숭이처럼 나무를 잘 탔다. 해서 어른 키 서너 길 높이의 감나무 가지 끝까지 가서 손으로 감을 따 다래끼에 담았다. 여덟째는 따던 가지의 감을 다 따고 다른 가지로 이동하려고 발을 옮겨 딛는 순간이었다.

아뿔싸! 그만 땅으로 떨어지고 말았던 것이다.

여덟째는 가슴에서 딱 하는 소리가 나면서 숨도 제대로 쉬지 못했고 울려고 해도 울음조차 나오지 않았다.

이를 보고 달려온 엄마는 사색이 되어 달랬다.

"니 애비 알면 세상에 없는 벼락 떨어지니까, 울지 마라. 다행히 짚단에 떨어져 이만한 게 망정이지."

엄마가 되레 눈물을 쏟았다. 여덟째는 엄마의 말이 아니더라도 아버지가 무서워 죽으라 하고 울음을 참았다.

엄마는 이런 아버지를 "저 영감탱이 인정머리 없기는. 자식을 낳지 못해 애를 태워 봐야 자식 귀한 줄을 알지." 하고 원망하곤 했다.

여덟째가 처음 초등학교에 입학한 해는 6.25 전쟁이 난 바로 이듬해 4월(당시 학제는 새 학기는 4월 1일에 시작했음)이었다.

고향에는 인민군이 쫓겨 갔기 때문에 전쟁 중인 줄을 몰랐었다.

그 무렵, 38선 부근에서는 한창 전투가 치열하게 계속되고 있을 때였다. 여덟째가 입학을 하는데도 준비한 것이라곤 아무 것도 없었다.

입학식을 하는 날, 다만 아버지를 따라가는 것뿐. 지금 아이들 같으면 유치원에 가기 전부터 영어학원이니, 브레인 스쿨이니, 미술학원이니, 피아노 학원이니, 태권도 학원이니 하며 1주일에 서너 군데 이상 학원을 다니는 것도 부족해서 선생님을 집으로 오게 해서 1대1 개인지도를 받기까지 하지 않는가. 그에 비해 학원 같은 것은 있지도 않았다.

여덟째는 입학할 나이가 지났는데도 엄마는 글을 모르니 여덟째에게 한글을 깨우쳐줄 수 없다고 하더라도 학교에 다니는 누나가 있고 형이 있는데도 읽기 쓰기나 셈 하는 것을 가르쳐주지 않았다.

오직 집에 나이로 아홉 살이 되도록 아버지가 시키는 대로 일만 따라했지 1, 2, 3이라는 단순한 숫자마저 쓸 줄 몰랐고 ㄱ, ㄴ은 무엇을 뜻하는지조차 몰랐다. 하고 한 날 일을 하거나 놀기만 하다가 학교에 갔으니 글은 읽을 줄도, 쓸 줄도 모를 수밖에.

학교가 있는 장터까지는 십리 길이었다. 마을을 나서 논둑길을 걸어서 신작로, 신작로 따라 3km쯤 가야 학교가 있었다.

여덟째는 신작로로 들어서서 가다가 군 트럭이 폭격을 당해 파괴된 채 군데군데 처박혀 있는 것을 보고 이곳에서도 싸움이 있었다는 것을 지레 짐작할 수 있었다. 아버지는 학교에 데려다만 주고는 입학식도 보지 않은 채 볼 일 보러 가서 여덟째는 혼자 남게 되었다.

입학식이 끝나자 담임선생님이 아이들을 모아놓고 이름을 일일이 물어 출석부에 적었다. 여덟째 차례가 되었다. 다른 애들은 잘도 대답하는데 여덟째는 이름 하나도 제대로 대지 못해 쩔쩔 맸다.

"넌 이름을 뭐라고 하니? 말해 봐."

"동네 사람들이 놀려대기를 여덟째라고 놀려요. 그러니 여덟째지요."

"여덟째라니? 그런 이름도 있어. 그렇다면 성은 뭐니?"

"그냥 여덟째라고 부른답니다."

"넌 성도, 이름도 모르는 아이구나. 내일 학교 올 때 성과 이름을 반드시 알아 가지고 오도록 해요."

"네, 선상님"

"선상님은 사투리이고, 선생님이라고 해야지."

아이들이 까르르 하고 웃어대며 여덟째를 놀려댔다.

여덟째는 그만 얼굴이 고추잠자리 뺨칠 정도로 빨갛게 익었고 고개조차 들지 못했다. "성은 김(金), 여덟 팔(八), 차례 제(第)" 하고 분명히 대답하지 못했는지, 열 살이 되어 초등학교에 입학을 했는데도 성이 김이라는 것조차 몰라 놀림감이 된 것이 분하기만 했다.

이름조차 제대로 모른 것은 여덟째가 바보이든지, 아니면 가족들 모두가 무관심해서일 것이다.

하물며 담임선생님이 칠판에 이름을 커다랗게 써 놓았는데도 이를 읽을 줄 몰라 담임선생님의 이름조차 모르고 1학기 동안 학교를 다녔을 정도였으니. 여덟째는 저녁을 먹으면서 말했다.

"선생님께서 아이들을 두 줄로 세워놓고 일일이 이름을 물었는데요, 제 이름을 묻기에 '여덟째'라고 했더니, '넌 이름도 모르고 학교에 왔어' 했답니다. 그리고 성도 물었답니다. 또 '여덟째'라고 대답했더니, '넌 성조차 모르다니, 참으로 한심하구나.' 하시면서 '내일 등교할 때는 꼭 알아 가지고 오라'고 했어요. 그랬는데 전 이름을 대지 못해 첫날부터 아이들의 놀림감이 된 것만이 억울하고 분해서 견딜 수가 없었어요."

식사를 하시던 아버지는 버럭 역증을 냈다.

"형과 누나가 넷이나 학교에 다니면서 동생 하나 있는 것을 그래, 성과 이름 하나 가르쳐주지 않았다니, 이 녀석들 그냥 뒀다가는…"

여덟째는 가족들의 무관심 속에서 성도 몰랐을 뿐 아니라 쓸 줄도 몰랐고 똑똑하지도, 깨이지 못한 이유가 있었다. 아홉 살이 되도록 여행은커녕 장터에도 한번 나가 본 적이 없었으니 어리석할 수밖에.

여덟째는 입학식 다음날부터 나이가 세 살이나 적은 장터 아이들이 조금만 건드리거나 때리기만 해도 지레 울거나, 싸움 한번 해 보지도 않고 지고 지내기 일쑤였다.

공부라도 잘한다면 얕잡아 보거나 함부로 대하지 않았을 텐데, 공부를 잘하는 것도, 운동을 잘하는 것도 아니었으며 뭐 하나 제대로 하는 것이 없었다. 그랬으니 장터 아이들에게 무시당하기 일쑤였다.

또한 아버지 따라 일을 하거나 일을 하지 않을 때는 동네 아이들과 노는 것 외는 특별한 재주가 없었으니 장터 아이들이 얕잡아 보거나 먹던 떡으로 상대했다. 여덟째는 집에서나 학교에서나 관심 밖의 아이, 따돌림을 받는 아이, 외톨이가 되어 학교를 다녔다.

책보를 어깨에 질끈 둘러매고 학교에 갔으며 학교에 가서도 책보는 끌러보지도 않은 채 수업이 끝나면 곧장 집으로 돌아오곤 했다.

집에 돌아와서도 책보는 방구석에 처박아둔 채 아버지 따라 들이나 밭으로 나가 일만 했다.

숙제라곤 한 적이, 예습, 복습도 한 적이 없었다. 더욱이 참고서나 노트는 사 본 적도 없으며 자연 공부와는 담을 쌓았다. 오직 혼나지 않기 위해 아버지를 따라다니면서 일하는 것 이외는.

아버지도 여덟째가 공부를 잘하기보다는 일하는 것을 더 좋아했으니까, 부자가 짝 들어맞았다고 할까.

아버지는 상머슴을 두고 농사를 지었는데도 어린 여덟째를 데리고 다니면서 어른들처럼 똑 같이 일을 시켰다.

아홉 살 먹은 아이가 일을 하면 얼마나 하는지 모르겠으나 놀기만 하고 밥만 축내는 꼴이 보기 싫어 데리고 다니며 일을 시켰던 것이다.

1학기가 끝나고 성적표를 받았다.

여덟째는 거의 모든 과목에 걸쳐 '가'였다. 다만 셈본만은 '미' 일 뿐.

셈본이 '미'인 데는 이유가 있었다.

긴긴 겨울밤이면 마을 사람들은 마을을 가고, 마을을 가서는 심심풀이로 화투를 쳤다. 화투치기 중에는 둘 이상 다섯까지 칠 수 있는 민화투치기, 둘이서만 치는 육백치기, 전문적인 노름인 '짓고땡', '구삐' 라는 것도 있었으나 고스톱은 없었다. 사람들은 심심풀이로 화투를 치다가 재미가 없어지면 밤참 내기를 하면서 시간을 보냈다. 사랑방 남자들은 동전 따먹기 화투치기를 하다가 판이 커지면 노름이 되기도 하기 때문에 어른들은 아이들에게 아예 화투를 가지고 놀지도 못하게 했다.

여덟째는 어깨 너머로 화투치는 것을 보고 배웠다.

예를 들면, '삼팔따라지(3+8=11)' 하거나 '삼팔구(3+8+9=20)에 짓고 두 끗' 해서 끗발을 보고 이기고 지는 '짓고땡' 같은 것. '두 끗'은 나머지 화투 두 장을 합쳐(예로 8+4=12) 끝자리가 2이라는 뜻이었으니 셈본을 잘하는 것은 당연했다.

그런데 셈본을 '미'를 받은 것은 문제를 읽을 줄을 몰라 답을 어떻게 써야 할지 알 수 없었기 때문이었다.

여름 방학도 끝나고 2학기가 되어 등교하는 첫날이었다.

담임선생님께서 회충약을 나눠주면서 강조했다.

"집에 가서 반드시 저녁을 굶은 채 회충약을 먹도록 해요. 그리고 아침에 일어나는 즉시 대변을 보고 회충이 몇 마리나 나왔는지 세어서 오도록. 알아들었어요?"

아이들은 기어드는 소리로 "네." 하고 대답했다.

여덟째는 눈 똥을 뒤져 회충을 센다고 생각만 해도 얼굴이 찌푸려졌다. 지금은 회충약을 먹으면 완전히 소화되어 변으로 나와 셀 수도 없었으나 그때의 회충약은 살아 꿈틀거리면서 변에 섞여 항문 밖으로 꿈틀꿈틀 기어 나왔다. 여덟째는 십리나 되는 학교를 갔다 온 데다 집에 오자마자 아버지 따라 일을 했기 때문에 배가 몹시 고팠다.

배에서 꼬르륵 하는 소리가 계속 났으니까.

그런데도 여덟째는 담임선생님이 무서워 저녁을 굶은 채 회충약만 먹었으니 밤새 배가 고파 선잠까지 자고 일어나는 길로 두엄 가에서 변을 보고 막대기로 뒤적이어 회충을 하나하나 셌다.

조회 시간에 담임선생님이 회충수를 조사했다.

"정직하게 손을 들도록. 먼저 열 마리 미만부터."

반에서 누구 하나 손을 드는 아이가 없었다.

"그러면 좋아요. 스무 마리 미만."

그제야 눈치를 슬금슬금 보던 아이들 중에서 두엇이 손을 들었다.

그 속에는 수치스럽게도 손을 든 여덟째도 포함되어 있었다.

"사십 마리에 오십 마리 사이."

눈치를 보던 아이들이 열서너 명쯤 손을 들었다.

그러면 "육십에서 팔십까지 손을 들어 봐요." 하고 물었다.

예닐곱 아이가 손을 들었다.

"마지막으로 백 마리 이상 나온 사람 손들어 봐요"

그러자 세 명이 손을 들었다. 그런데 아이들은 아무렇지 않은 표정인데도 조사하던 담임선생만이 어눌한 표정을 지었다.

당시만 해도 회충을 가진 아이가 얼마나 많았으면 더러 횟배를 앓다가 죽었다는 소문이 돌기까지 했으니까.

그런 탓인지 모르겠으나 나라에서는 1년에 두 번, 봄과 가을로 변을 가져오게 해서 검사를 하고, 검사 결과에 따라 회충약을 나눠줘서 복용시키고 회충수를 조사해 보고토록 했는지도 모른다.

나라나 개인이나 가난했던 시절이었다. 그렇다고 해서 호랑이 담배 피우던 까마득한 옛날은 분명 아니었다.

시인들은 봄이 오면 만물이 소생한다고 해서 희망찬 계절이라고 노래했으나 사람 사는 세상은 그렇지 않았다. 웬만한 집에서는 가을에 수확한 벼는 거덜이 나 버리고 보리를 수확할 때까지는 먹을 것이라곤 쑥 뿌리를 캐서 묽은 죽을 쑤어 먹을 수밖에 없었다.

보릿고개란 말은 그냥 생겼을까.

대부분의 집에서는 세 끼 죽도 끓여 먹지 못해 누렇게 황달기가 끼기 일쑤였다. 지금 아이들 같으면 피자를 사 주거나, 자장면을 시켜주거나, 등심을 구워 먹여 주면서 먹으라, 먹으라 하고 사정해도 먹지 않아 엄마 속을 무던히도 태우는데 더 말해서 무엇하랴.

여덟째라고 배가 고프지 않을 수 없었다.

군것질할 것이 없나 하고 부엌을 뒤지다가 아무것도 없으면 텃밭에서 상치를 뜯어다 씻지도 않은 채 밥도 없는 된장만으로 쌈을 싸 먹거나 풋고추를 따 된장에 찍어 먹기도 했다. 그것마저도 없으면 산으로, 밭으로, 들로 쏘다니며 먹을 것을 찾아다녔다.

칡뿌리를 캐어 씹고 다니며 허기를 달래기도 했고 빼기나 잔대를 캐어 먹기도 했다. 삐삐를 뽑아 겉은 벗겨내고 연한 속을 먹거나 진달래가 피면 꽃잎을 따 먹기도 했다. 찔레 순이 나면 한 주먹씩 꺾어서는 껍질을 벗겨 먹기도 하면서 배고픔을 달랬다.

씨를 받기 위해 남겨둔 남의 밭 배추 뿌리를 몰래 캐어 먹어나 피기 시작하는 배추 장다리나 유채꽃이며 무꽃을 꺾어 우걱우걱 먹다가 주인에게 들켜 도망을 치기도 했다. 소나무 껍질을 베껴서 껌처럼 씹고 다니거나 송화를 따서 먹으며 허기를 달래기도 했다.

감나무에 꽃이 떨어지면 꽃을 주워 먹기도 했으며 호두보다 작은 감이 떨어져도 주워 놓았다가 홍시가 되기를 기다리다 못해 떫은 감을 먹기도 했다. 보리가 패면 깜부기를 뽑아 먹다가 껌둥이가 되기도 했으며 옷에 검은 칠을 해 혼나기도 했다. 먹을 것이 오죽 없으면 설익은 보리를 베어 쪄서 말렸다가 방아를 찧었다. 보리를 찧을 때 생기는 초벌 겨까지 가는 치로 쳐서 개떡을 만들어 쪘다.

찐 개떡은 말똥처럼 시커먼 데도 아이들은 서로 많이 먹으려고 싸움 싸움했다. 보리가 익고 모내기철이 다가오면 바야흐로 완두콩이 여물어 간다. 밤으로 완두콩을 몰래 뽑아 와서 삶아 먹는 완두콩 서리는 둘이 먹다가 하나가 죽어도 모를 정도로 맛이 있었다.

지금 아이들이라면 컴퓨터 게임이나 레고, 시티, 토마스 시리즈 같은 장난감을 가지고 놀지 않는가.

여덟째가 가지고 노는 장난감은 손수 만들었다.

구슬치기는 돈을 주고 사야 했지만 그 외는 손수 만들어 놀았으니까.

팽이치기 놀이만 해도 그랬다. 일곱 살 나는 여덟째가 연장을 다룰 줄 몰랐다. 안다고 해도 솜씨가 서툴렀다.

네 살 위인 형보고 팽이를 만들어 달라고 생떼를 써도 만들어 주지 않아 직접 만들어야 했다.

건네는 삼촌이 과일 농사를 지었다. 늦가을이나 봄으로 과일나무를 전지했기 때문에 삼촌 집에는 전지한 나뭇가지가 많았다.

여덟째는 나뭇가지 하나를 가져올 생각으로 삼촌 집으로 가서 귀띔도 하지 않은 채 몰래 나뭇가지 하나를 끙끙 앓으면서 끌고 오다가 그만 사촌 누나에게 들키고 말았다.

"말도 없이 남의 나무는 왜 훔쳐가. 당장 제 자리에 갖다 놓아."

"팽이 만들어서 놀려고 하는데 하나 가져가면 안 돼?"

"말버릇이 그게 뭐야. 그래도 말을 하고 가져가야지."

"삼촌네 나무 하나 가져가는 것도 말을 해야 돼?"

"물론 해야지. 말없이 가져가면 도둑이지."

"이 씨팔, 나뭇가지 하나 가지고 지랄이여. 누나도 아녀."

"얘 봐라. 두고두고 보자 하니, 욕까지 하네."

"그래 내가 욕했다. 어쩔 건데?"

여덟째는 빈손으로 돌아와서 톱을 찾아 가지고 뒷산으로 갔다. 가서는 소나무 가지 하나를 톱으로 베어 팽이를 만들다가 서툰 솜씨에 손을 여러 군데나 찔리거나 베기도 했다. 그렇게 해 모양은 매끄럽지 않았으나 팽이를 손수 만들어서 돌렸을 때는 하늘이라도 나는 기분이었다.

여름이면 공기놀이도 했으며 종이나 박스 같은 것으로 딱지를 만들어 딱지치기도 했다. 마당에다 다섯 구멍을 파 놓고 구슬 집어넣기 놀이며 납작한 돌이나 사기 조각으로 튕겨서 간 거리만큼 땅을 차지하는 땅뺏기 놀이도 했으며 작은 돌멩이 다섯을 주워 공기놀이도 했다.

여덟째가 가장 좋아한 놀이는 제기차기였다.

제기도 직접 만들어서 찼다. 옛날 동전 구멍에 창호지를 끼어 넣고 단단히 묶어서는 몇 갈래로 찢어 만들었다.

여덟째가 제기차기를 하면 동네 형들이 혀를 내둘렀다.

찼다 하면 끝이 없었으니까.

오른발로 차다가 다리가 아플 만하면 왼발로, 왼발이 아플 만하면 오른 발로 이렇게 자유자재로 발을 바꿔가며 차면 5백 번이고, 7백 번이고 찰수가 있었던 것이다.

여덟째는 제기차기를 하다 혼난 적이 있었다.

아버지가 일하러 가자고 누나를 보내 데리려 왔으나 제기차기에 푹 빠져 일하러 가지 않아서였다. 아버지는 몹시 화가 난 모양이었다. 아버지는 여덟째를 불러서 앉혀놓고 오뉴월에 벼락이 치 듯 혼을 냈다.

"산에 가서 싸리 매를 한 아름 해 오너라."

여덟째는 아버지의 영을 거스를 수 없어 낫을 가지고 매를 하러 뒷산으로 올라갔다. 뒷산에는 싸리며 아카시아가 지천으로 많았다.

여덟째는 아이가 놀 수도 있지, 좀 논 것 가지고 매를 해 오라는 아버지에 대해 심통을 부린다는 것이 싸리나무 매 대신, 아카시아 가지를 베어서는 가시째 아버지 앞에 한 아름 던지는 것이 고작이었다.

"매는 많이 해 왔으니까, 때리고 싶으면 실컷 때려요."

"지 애비 손 찔리라고 가시째 매를 해와?"

"가시 매로 때리면 더 아프니까."

여덟째는 뒤통수만 북북 긁으며 속으로 매우 고소해 했다.

"허허 그놈 참… 기가 막혀 내 참."

아버지는 어이가 없었던지 매를 대지 않았다.

이런 일이 동네에 퍼졌다.

해서 여덟째는 '지 아버지 손 찔리라고 가시째 매 해 온 아이'라고 놀림감이 되곤 했으니 별난 구석이 있긴 있었다.

벼 타작을 하고 나면 농한기로 접어든다. 농한기가 되면 아버지는 땅심을 돋우기 위해 굽논에 모래갈이를 했다. 모래를 바소쿠리에 지고 가 논에다 붓다 보면 돌도 더러 딸려 들어갔다.

아버지는 모래를 져다 붓다가 장을 가게 되면 여덟째에게 밥만 먹고 노는 꼴이 보기 싫었던지 일을 시켰다.

"오늘 중으로 돌을 주워 한 곳에 모아 놓아."

여덟째는 돌을 주워 모아놓다가 아이들이 신나게 노는 것을 보고는 조금만 놀다가 돌을 주워 모으려고 했다.

그랬는데 노는 데만 정신이 팔려 돌을 주워 모아놓지 못했다.

장에서 술 한 잔을 해서 얼큰해진 아버지는 돌을 주워 모아놓지 않은 것을 알고는 작대기를 들고 찾아다니다가 놀고 있던 여덟째에게 막무가내로 매를 휘둘러댔다.

"이 빌어먹을 놈, 시키는 일은 하지 않고 무슨…"

여덟째는 산으로 달아나면서 한 마디 쏘아댔다.

"영감탱이, 삶은 무시 못 먹을 때 봐여."

그 말은 못 들은 체하고 지나치면 좀 좋으련만 아버지는 분을 삭이지 못해 있는 화, 없는 화까지 끓이면서 화를 낸 데다 동네가 떠나가라 하고 버럭버럭 소리쳐댔다.

"너 같은 자식, 필요 없다. 당장 나가거라."

마침내 아버지는 여덟째를 따라가 붙잡아서 혼을 내지 못하자 헐레벌떡 집으로 달려갔다. 집안에 들어서자마자 여덟째의 책과 공책을 눈에 띄는 대로 마당에 들어다 내놓고 태웠다.

"저런 놈을 가르쳐 뭣해. 당장 학교를 때려 치워."

아버지는 책과 공책을 낱낱이 찢어 태우고도 분을 삭이지 못했는지 벼락 치는 소리까지 해댔다.

"내일부터는 학교 갈 생각은 아예 하지도 마라."

여덟째는 석 달이나 학교에 가지 못하다가 서울에서 맏이가 내려와 아버지를 설득해서야 학교에 다닐 수 있게 되었던 것이다.

여덟째가 대학까지 다니게 된 것은 맏이 때문이다.

4월이 되자 2학년 새 학기가 시작되었다.

여덟째는 학교 다니는데 재미를 붙이지 못해 학교 가기를 싫어했으며 게으름을 피웠다. 게다가 밤이 짧은 봄, 춘곤증으로 늦잠 자기 일쑤였다.

여덟째는 엄마나 누나들이 학교 늦는다고 깨워도 일어나지 않고 미적

거리다가 마지못해 일어나서는 고양이 세수하듯 눈곱만 떼고 밥상 앞에 앉았으니 밥맛이 있을 리 없었다. 여덟째는 아침밥은 입에 대지도 않은 채 책보를 어깨에 질끈 동여매고 학교를 향해 달려갔다. 여덟째는 운동장에서 전체 조회를 하고 배정된 교실로 들어가 어떤 선생님이 담임으로 올까 기다렸다.

다른 아이들은 어느 선생님이 담임으로 오든 관심도 없다는 듯이 삼삼오오 모여 떠들어대기만 했으나 여덟째는 달랐다.

시간이 얼마나 흘렀는지 모른다.

오랜 뒤에서야 교실 앞문이 드르륵 하고 열리더니 담임선생님이 들어서는 것이 아닌가. 이때만은 아이들도 조용해졌다.

왜 아이들이 갑자기 조용해졌을까? 무섭기로 소문난 선생님이 담임선생님으로 부임했기 때문일까? 그것은 결코 아니었다.

새로 담임을 맡은 분은 바로 여자 선생님, 눈이 휘둥그레질 정도로 예쁜, 이번에 우리 학교에 처음 부임한 댕기머리 선생님이기 때문이었다. 운동장 조회 때 교장 선생님께서 새로 부임한 선생님을 한 분 한 분 연단에 오르게 해서 약력을 소개했다.

"여러분, 이제 끝으로 사범학교를 갓 졸업하고 우리 학교에 처음으로 부임하신 선생님 한 분을 소개하겠습니다."

그러자 한 선생님이 연단에 올랐다.

여덟째의 눈에도 세상에 저렇게 아름답고 또 예쁠 수가 있을까 싶은 여자 선생님이었다. 교장 선생님도 매우 흡족한 듯이 말했다.

"이번에 소개하는 분은 황월영 선생입니다. 선생께서는 사범학교를 수석으로 졸업한 재원으로 우리 학교에 첫 발령을 받아 왔답니다. 우리 학교로서는 큰 영광입니다. 우리 모두 큰 박수로 뜨겁게 환영합시다."

교장 선생님은 박수칠 것을 유도했다.

교장 선생님의 유도가 아니라고 하더라도 학생들은 운동장이 떠나갈 듯 박수를 친 것은 말할 나위도 없었다.

여덟째는 1학년 때 나이 드신 남자 선생님, 잔소리만 해대고 벌만 세우거나 때리기만 하던 선생님을 대하다가 예쁜 댕기머리 선생님을 담임으로 맞이했었는데 그런 선생님에게 잘 보이기 위해 세상에 없는 개구쟁이라도 조용할 수밖에 없을 것이다.

여덟째가 꼭 그랬다.

새로 담임을 맡은 댕기머리 선생님은 땋은 댕기가 엉덩이 아래까지 내려오는데다 땋은 머리끝에 핑크빛 댕기를 드렸다.

선생님은 그런 댕기머리를 늘어뜨린 채 매만지기도 했고 땋은 머리를 양쪽 귀밑에 똬리를 튼 듯 쪽지머리를 했다.

새알처럼 갸름한 얼굴이며 엷은 홍조마저 드리운 듯한 볼은 세상에 그렇게 아름답고 예쁠 수 없는, 옛날이야기에 나오는 하늘 천사가 지상으로 내려온 듯한 착각을 갖게 하는 선생님.

여덟째는 어느 학생보다도 긴장되어 오줌을 질금질금 쌌으며 한눈에 뽕 하고 넋까지 잃을 지경이었다.

늘 대하는 누나보다 스무 배나 더 예쁜, 동네 예쁜 처녀보다 열 배나 더 예쁜, 갓 시집 왔을 때의 형수보다도 다섯 배나 더 예쁜 선생님에게 말 그대로 첫눈에 가슴 뛰는 사랑을 느꼈듯이 그만 홀딱 반했다.

댕기머리 선생님께서 첫인사를 하는데 음성 또한 얼마나 곱고 매력적이었던지, 그것은 감탄을 자아내고도 남음이 있었다.

"여러분, 만나 뵈니 반갑습니다. 여러분의 밝은 얼굴을 대하고 보니 더욱 반갑습니다. 앞으로 1년, 담임을 맡을 황월영이라고 합니다. 전 아는 것도 별로 없고, 경험도 부족하답니다. 여러분, 많이 도와 주셔요. 저도 배우면서 열심히 가르치겠습니다."

댕기머리 선생님이 말하는 입모습은 잉어가 물을 먹을 때처럼 앙증맞았으며 음성은 종달새보다도 더 곱고 아름다웠다.

여덟째는 댕기머리 선생님이 머리를 쓰다듬어 주거나 열심히 공부를 하라고 하지도 않았는데 너무 너무 예뻐 보여서 넋을 놓고 있다가 어느 결에 잘 보여야겠다는 결심을 했다.

관심을 기울이거나 집중할 수 있는 대상을 찾지 못해 방황하다가 집중할 대상이 생겼거나 관심을 쏟을 사람이 나타났다는 것은 오늘이 어제 같은 무기력한 삶에 의욕을 불어넣어 주는 것은 물론이고 활력소까지 생기기 마련 아닐까? 여덟째가 그랬다. 그 대상이 바로 댕기머리 선생님이었다. 그로부터 댕기머리 선생님이야말로 여덟째에게 우상이 되었고 카리스마로 존재하면서 일생을 지배하게 된다.

이런 댕기머리 선생님께 잘 보이려면 어떻게 해야 잘 보일 수 있을까? 공부 열심히 하고 말 잘 듣고 착한 어린이가 되는 것이 아닐까?

댕기머리 선생님께서는 아이들의 사정을 잘 알고 있었다.

6.25 전쟁 탓으로 취학이 늦어져 같은 또래 학년인데도 나이 차이가 많이 났다. 나이가 적은 아이는 여덟 살, 많은 아이는 열여섯, 여덟 살 차이가 났다. 여덟째도 집에 나이로 열한 살이었다.

부모들도 초등학교만 보낼 바에야 나이가 차서 보내는 게 좋겠다고 생각해서인지 취학통지서가 나와도 보내지 않다가 뒤늦게 입학을 시키기도 했다. 그리고 부모조차 무식해서 학교에 들어가기 전에 책을 읽거나 셈을 하는 아이들은 거의 없었다.

또한 부모들은 먹고 사는 데만 정신이 팔려 자식들의 공부에는 관심도 두지 못했다. 역설적으로 말할 것 같으면 나이가 많을수록 부모들의 무관심 탓으로 책을 읽거나 더하기 빼기도 못하는 아이들이 더 많았다. 그런 아이 중에는 당연히 여덟째도 포함되어 있었다.

여덟째가 이처럼 늦게 입학한 이유가 있었다. 그것은 아버지가 3년이나 늦게 호적에 올렸기 때문이었다.

여덟째는 학교에 들어가기 전이나 들어가서도 아버지가 시키는 일만 했다. 일을 하지 않을 때는 놀기만 하는데도 공부하라는 사람이 가족 중에 아무도 없었고 따라서 연습장 한 권 없었으며 숙제며 예습이나 복습 같은 것은 한 적이 없었다. 그렇게 1학년을 보내고 2학년이 되었다. 새 학기 들어 첫 국어시간이었다.

국어 책을 읽지 못하는 여덟째는 그렇게도 좋아하는 댕기머리 선생님인데도 무서워서 얼굴을 똑 바로 쳐다볼 수 없었다.

"자, '새 학년'이라는 단원을 펴 보셔요."

모두 걱정이 되어 국어책을 펴는 둥 마는 둥 했었다.

"'새 학년'을 읽을 사람, 손 들어봐요."

그런데 모두가 좋아하는 댕기머리 선생님이 말씀하시는데도 손을 든 아이는 67명 중에서 열 명 정도였다.

댕기머리 선생님은 교실을 둘러보았다. 아이들은 선생님 입에서 무슨 말이 나올까 해서 모두 불안해했다.

아니나 다를까. 댕기머리 선생님께서는 예쁘고 귀여운 얼굴에 그림자를 드리우며 무서운 말을 쏟아냈다.

여덟째는 잉어 같은 귀여운 댕기머리 선생님 입에서 세상에 듣지도 보지도 못한 무서운 소리가 나올 수 있다는 것을 처음으로 알았다.

"좋아요. 내일 국어시간까지 읽을 수 있도록 모두 예습해 오셔요. 만약 읽혀서 읽지 못하면 방과 후 교실에 남게 해서 읽을 수 있을 때까지 집에 돌려보내지 않겠습니다.

그러니 읽을 수 있을 때까지 예습해 와야 해요. 알아들었지요?"

순간, 여덟째는 눈앞이 칠흑처럼 캄캄해졌다.

책은 한 자, 한 줄도 읽을 수 없었으니까.

국어책 하나 제대로 읽지 못하는데 아무리 존경하고 좋아한다지만 댕기머리 선생님께 잘 보일 수 있을까?

게다가 여덟째는 책을 읽지 못해 늦게 돌려보낸다면 혼자서 섭디모리를 지나야 했다. 해가 진 뒤 섭디모리를 지나자면 뒤에서 귀신 발자국 소리가 따라붙기 때문에 웬만큼 센 담력을 가진 사람이 아니면 지나가기를 꺼려했으니 큰일일 수밖에 없었다.

여덟째는 학교가 파하자 책보를 둘러매고 십 리 길을 쉬지 않고 냅다 뛰어 달려왔다. 어서 집에 가서 누나에게 책을 읽을 수 있도록 도와 달라고 부탁하기 위해서였다. 여덟째는 학교에서부터 뛰다시피 해 집으로 들어서는 순간, 결심했던 것이 그만 빗나가고 말았다.

김을 매러 가던 아버지가 "밥 먹고 비알밭으로 오니라." 해서였다.

여덟째는 아버지가 무서워 "지금부터 밤을 새워 읽기 연습을 한다고 해도 '새 학년'을 읽을까 말까 한데, 김매러 가자고 하다니요. 오늘은 책 좀 읽어 보게 그냥 내버려 둬요." 하는 말은 삼켜 버리고 끙끙 앓았다.

여덟째는 늦은 점심을 먹는 둥 마는 둥 하고 비알 밭으로 가 아버지 따라 어두워질 때까지 김을 맸다.

여덟째는 늦은 저녁을 먹은 뒤에야 호롱불을 켜놓고 둘째 누나보고 책 좀 따라 읽혀 달라고 보챘다.

"댕기머리 선생님께서 내일까지 국어책을 읽어오지 못하면 집에 보내지 않는다고 하셨어. 누나, 국어책 좀 읽게 도와줘라. 땡깡 부리지 않고 누나 말 순순히 잘 들을 게. 응 누나야."

"니가 웬일이니? 내일은 해가 서쪽에서 뜨겠다."

"누나, 농담 아냐. 꼭 읽어 가야 돼."

여덟째는 댕기머리 선생님을 너무너무 좋아서 잘 보이려고 책을 읽어

가겠다는 말은 누나에게 끝내 말하지 않았다.

"그렇다면 국어책을 가져 와라."

여덟째는 태어나 처음으로 예습을 했는데 누나 따라 한 페이지도 읽기 전에 꾸벅꾸벅 졸기부터 했다.

그럴 수밖에. 때는 4월, 노곤한 계절이다. 여덟째는 십리나 되는 학교를 뛰다시피 해서 갔다 왔고 와서는 아버지 따라 밭에 나가서 어둡도록 김을 맸으니 피곤해서 생리적으로 졸리는 것도 당연했다.

여덟째는 따라 읽는데 얼마 되지도 않았는데 너무 졸린 나머지 대야에 물을 떠다놓고 연신 눈을 물로 씻으면서 따라 읽었다.

그런데도 생리적으로 졸리는 것은 어쩔 수 없었다.

졸면서 따라 읽어서인지 뒤 번 따라 읽은 것 같은데도 혼자 읽으려고 하면, 한 줄도 읽지 못했다. 누나는 사정없이 꼬집으며 구박을 줬다.

"넌, 이 세상에서 둘도 없는 돌대가리야. 그렇게 누나가 따라 읽혔으면 혼자서도 읽어야지. 돌대가리니까 여태까지 읽지 못하지."

"누나는 머리가 좋으니까, 그렇지, 뭐."

누나는 정말 머리가 빼어났다. 여덟 반이 있는 학년 전체에서 1등은 따 놓은 당상이고 군에서 실시한 학력경시대회에서도 1등을 했으니까.

누나는 오빠 밥해 주려고 갔다가 중학교 1학년 2학기 중간에 입학했는데도 학년 전체에서 1등을 했으니까. 그런 누나도 오빠가 영장을 받아 붙잡혀 가고 이를 빼내기 위해 한 해 지은 나락을 다 퍼내는 바람에 학교에 다니지도 못하고 집에서 엄마 일만 돕고 있었다.

"따라 읽어. 오늘은 새 학년입니다."

"오, 오늘은 새, 새 학년, 이, 입니다."

"새 책과 새 공책을 가지고…"

그 사이 여덟째는 깜빡깜빡 졸면서 중얼거리곤 했다.

"새애 책과 새 고옹…"

누나는 눈을 씻어 주어도 계속 졸기만 하기 때문에 사정 두지 않고 다리며 팔을 꼬집혀서야 겨우 눈을 뜨고 "새애 책 …" 하다가 또 이내 졸기 시작했다. "에라, 나도 모르겠다. 잠이나 실컷 자라."

누나는 꼬집어도 여덟째가 너무나 졸기 때문에 어떻게 할 수 없었던 모양이었다. 한번 따라 읽게 하는 것마저 포기하고 말았으니까.

그날 아침 따라 여덟째는 늦잠까지 잤다.

여덟째는 지각할까 보아 아침은 먹는 둥 마는 둥 하고 책보를 어깨에 동여매자마자 냅다 뛰면서 엄마에게 있는 힘을 다해 소리쳤다.

"나, 늦게 오면 마중 와야 돼."

뛰다 보니 학교를 대표하는 육상 선수가 되었다.

여덟째는 첫 시간이 되자 사시나무 떨듯 떨었다. 왜냐하면 '새 학년'이란 단원을 누나가 읽어 주는 대로 따라 읽긴 읽었으나 공부하는 습관이 몸에 배지 않은 데다 너무나 졸려 제대로 읽지도 못했기 때문이었다.

드디어 선생님이 교탁 앞에 섰다.

여덟째는 떨지 않으려고 선생님의 얼굴만 쳐다봤다.

"그러면 지금부터 약속대로 책을 읽히겠습니다. 만약 읽혀서 읽지 못하면, 선생님이 약속한 대로 방과 후 교실에 따로 남게 해서 읽을 때까지 집에 보내지 않겠습니다."

아이들은 책을 읽을 수 있든 없든 모두 긴장했다.

"그러면 좋아요. 1번부터 읽어 보세요."

선생님께서는 출석부 번호순으로 국어책을 읽게 했으나 제대로 읽는 아이는 반에 반도 되지 못했다. 어느 새 여덟째의 차례가 다가왔다. 여덟째는 긴장되어 오줌까지 잘금잘금 쌌다.

댕기머리 담임선생님이 말했다.

"그러면 32번, 김팔제 읽어요."

여덟째는 이 세상에서 태어나 그렇게 무서운 말은 들은 적이 없었다. 더욱이 학교에 다닌 뒤로 처음으로 지적을 받아 남 앞에 일어서서 책을 읽게 되었으니 얼마나 떨렸는지. 그리고 책을 읽지 못하면 늦게까지 집에 가지도 못한다고 생각하니 어금니까지 갈아댔던 것이다.

여덟째는 너무나 긴장한 탓인지 '새 학년'이라는 단원을 처음부터 끝까지 읽긴 읽은 것 같은데 어떻게 읽었는지 전혀 기억조차 나지 않았다.

오직 기억나는 것이라고는 "참 잘 읽었어요. 그런데 앞으로는 좀 더 잘 읽도록 열심히 노력하세요." 하는 하늘나라에서 들려오는 것만 같은 댕기머리 선생님의 그렇게 고울 수 없는 목소리였다.

여덟째는 너무나 피곤하고 졸려 세숫물을 떠다놓고 눈을 씻으면서, 또 존다고 수도 없이 꼬집히며 누나 따라 읽는 둥 마는 둥 했는데도 이렇게 신통하게도 좋은 결과를 가져왔으니 놀랍기만 했다. 게다가 세상에서 가장 좋아하는 댕기머리 선생님한테 생전 처음으로 잘 읽었다는 칭찬까지 받았으니 속으로 얼마나 좋아했는지 모른다.

비로소 공부한 보람과 기쁨을 맛본 순간이었다.

여덟째는 누나가 고마워지기까지 했다. 누나에게 졸면서 책을 따라 읽다가 팔과 다리를 꼬집혀 멍이 든 데가 스무 군데보다도 더 많았으나 누나가 밉거나 싫지 않았다. 그로부터 여덟째는 댕기머리 선생님에게 잘 보이거나 칭찬을 받기 위해 열심히 공부했고 관심을 끌거나 환심을 사기 위해 시키는 일이면 무엇이든지 했다.

여덟째는 눈에 들려고 노력했는데도 담임선생님의 관심을 끌거나 환심을 사는 일은 좀체 없었다.

가끔 가다 받아쓰기 쪽지 시험을 보기도 했다.

받아쓰기 쪽지시험을 볼 때면 여덟째가 가장 부러워하는 아이가 있었다. 반 학생들 모두가 싫어하는 신소정이었다.

신소정은 숫기가 오죽 없었으면 담임선생님께 화장실 간다는 말을 못 해 앉은 자리에서 똥을 쌌다. 교실 안을 똥냄새로 진동시킨 일이 있어서 모두 싫어하는데도 받아쓰기만은 잘했다.

여덟째는 그런 신소정을 부러워했다. 왜냐하면 신소정은 받아쓰기를 잘했기 때문이었다. 스무 개를 불러주면 하나 틀릴까. 만점을 맞았다.

그런 탓으로 담임선생님의 칭찬을 독차지했다.

그에 비해 여덟째는 책만 겨우 읽을 줄은 알았으니 받아쓰기는 한두 개 정도 맞출까 말까 했을 정도였다.

여덟째는 다른 아이들이 다 싫다고 해도 신소정처럼 담임선생님의 칭찬만 받을 수 있다면 똥싸개 소리를 듣는 것쯤은 상관이 없다고 생각했다. 똥냄새가 어떻다는 것쯤은 알면서도.

그 해는 6.25 전쟁 때문에 추석을 셀 수 없었다. 피난 가느라고 추석을 세지 못하고 뒤늦게 중양절을 맞아 차례를 지냈다. 차례를 지낸 뒤, 여덟째가 뒷간에서 대변을 보려고 한창 힘을 주는 순간이었다.

그때 뒷간을 막은 가마니를 푹 쑤시고 들어오는 것이 있었다. 바로 M1 총구였다. 키 크고 코 큰 미군들이 잔당을 색출하기 위해 마을을 수색하면서 가마니로 가린 뒷간 안으로 총을 들이댄 것이었다.

여덟째는 놀란 나머지 벌렁 넘어지면서 틈새 사이로 빠져 풍덩 하고 똥통에 떨어졌다. 똥통에 빠지면 떡을 해 먹어야 한다는 속신대로 엄마는 떡을 해서 여덟째에게 먹게 했기 때문에 먹기 싫은 떡을 참 많이도 먹은 기억이 지금도 사라지지 않았다.

여덟째는 그렇게 어렵게만 생각했던 받아쓰기도 비결이 있다는 것을 뒤늦게 알았다. 많이 읽고 많이 써 보는 데 있다는 것을.

그것은 비결이라고 할 수는 없겠지만 일단은 소리 나는 대로 써놓고 받침을 있는지 없는지 살펴 이를 받침으로 되돌려놓는 데 있다.

예를 들면, 불러주는 대로 '사라미'라고 써놓는다. 이를 문법적인 용어를 적용하면 연철(連綴)이라고 할 수 있다.

'미'에서 'ㅁ'을 '라' 앞으로 보내면 '사람이'가 된다.

이를 분철(分綴)이라고 한다.

또한 방법은 받침이 있으면 '을', 받침이 없으면 '를'을 붙이면 되는 것도 있다. 예를 들면 '사람을', '거북선을'. 또 '새를', '종이를' 하고. 받침이 둘 이상일 때는 받침 다음에 'ㅇ'으로 시작되는 음으로 읽어보면 알 수 있다. 예를 들면, '업따'의 표기를 알려면 '업스니', '업스면', '업스니까' 등으로 소리 나는 대로 적어놓고 분철해 보면 '없으니', '없으면'이 되니까 '없다' 가 맞음을 알 수 있는 것과 같다.

이런 것을 그 누구도 가르쳐 주지 않아, 무조건 외워서 받아쓰려고 했으니 틀리는 것도 당연했을 수밖에 없었다.

여덟째가 자신하는 과목은 셈본이었다.

1학년 때는 문제를 읽지 못해 풀지를 못했으나 이제 국어책을 읽게 되자 문제까지 읽을 수 있어 셈본은 누워서 떡 먹기나 다름없었다. 게다가 화투의 '짓고땡' 놀이까지 할 줄 알고 있었으니 계산도 빨랐다.

셈본 시험은 보는 대로 100점이었고 구구단은 반에서 첫째로 외웠으니 머리가 나쁜 편은 아니었다.

여덟째는 받아쓰기를 제외하고는 만점이었다.

이런 상태로 성적을 향상시킨다면 1학년 때는 모든 과목에 걸쳐 '가'를 받았으나 음악을 제외하면 전 과목 '수'를 받을 수 있다는 자신감이 생기기도 했다. 음치였으니 음악은 '미'를 받는다고 해도 우등상은 탈 수 있을 것 같았다. 이렇게 여덟째가 공부에 재미를 붙이고 잘하게 된 것은 댕기머리 선생님이 따로 불러 머리를 쓰다듬어 주었거나 격려의 말을 해 주어

서가 아니었다. 그저 바라보기만 해도 더없이 좋았다. 아니, 가까이 있다
는 것만으로도 의욕이 솟았기 때문이며 댕기머리 선생님에게 잘 보이기
위해 노력한 결과였다. 그만큼 댕기머리 선생님은 여덟째에게 카리스마
가 되었으며 우상과 같은 존재가 되었던 것이다.

봄 소풍을 가는 전날이었다. 여덟째는 엄마에게 공연히 짜증을 내고 골
을 부렸다. 왜 여덟째가 골을 부렸을까?

댕기머리 선생님에게 뭔가를 가져가서 주고 싶긴 한데 줄 만한 마땅한
것이 없기 때문이었다.

토종닭이라도 키운다면 잡아서 푹 고아 점심 때 잡수시라고 댕기머리
선생님께 드리면 얼마나 좋을까 했으나 닭을 키우지 않으니 그런 선물마
저 할 수가 없었다.

소풍을 간다고 해도 김이 없어 흔한 김밥 한 줄 싸 주지도 못했다.

통닭 대신 김밥이라도 맛있게 싸 준다면 선생님에게 드릴 수도 있었을
텐데. 소풍을 가는데 엄마가 싸 주는 점심이라곤 평소와 다름없는 보리밥
에, 반찬은 고추장 정도가 고작. 특별한 것이 있다면 외가에서 가져와 숨
겨두고 어쩌다 삶아주는 고구마 두 개가 전부.

여덟째는 김밥 하나 준비 못해 선생님 곁에는 다가가지도 못한 채 멀찍
이 떨어져 지켜볼 수밖에 없었다.

점심을 드시는 선생님들 앞에는 통닭이며 불고기하며 깡통 맥주까지
놓여 있었다. 모두가 장터 아이들의 부모들이 마련해 준 것이거나 기성회
이사 아들이 준비해 온 것들이었다.

이를 보는 여덟째는 속이 몹시 상할 수밖에 없었다.

어느 새 가을 추수도 끝나가고 보리갈이, 밀갈이, 마늘 심기 등으로 마
지막 농번기를 보내고 있었다.

일손이 부족해 여덟째는 아버지 따라 일을 해야 해서 숙제며 예습, 복

습 같은 것은 엄두도 내지 못했다. 1학년 때는 67명 중에서 꼴찌였으나 댕기머리 선생님이 담임을 맡고부터는 가까이서 보는 것만으로도 좋아서, 그리고 예쁜 댕기머리 선생님에게 잘 보이기 위해서 읽지도 못했던 국어책을 읽고 쓰게 되었던 것이다.

또한 댕기머리 선생님께 관심을 끌거나 존재를 알리기 위해서도 수업 시간만이라도 집중했기 때문에 1학기 성적은 음악 '미'를 제외하고는 모두 '수'를 받았으며 반에서 2등을 했다. 이대로라면 우등상도 받을 수 있을 것이다. 이처럼 여덟째가 성적을 올리게 된 것은 댕기머리 선생님에게 잘 보이겠다는 마음 때문이었다.

갑자기 여덟째가 학교를 다니지 못하게 되는 일이 일어났다.

아버지의 공연한 생트집 때문이었다. 아버지는 자식이 학교를 다녀 훌륭한 사람이 되는 것을 바라지 않은 사람이나 같았다.

데리고 다니면서 일이나 시켜 먹는 것 외에는.

학교에서는 1년에 두 번, 기성회비를 받았다.

농촌 학교이기 때문에 학부모 형편을 고려해서인지 알 수 없었으나 봄으로는 보리수확을 하기 때문에 1인당 보리쌀 두 말, 가을로는 벼를 거둔 탓으로 쌀 두 말을 거뒀다.

그런데 아버지는 농사를 지으면서도 생트집을 잡으려고 했는지 알 수 없었으나 쌀 대신 돈으로 기성회비를 줬다.

여덟째는 돈을 받아 기성회비를 내려고 했다.

그러나 학교 규정상 돈으로는 받지 않았으며 쌀로만 받는다고 해서 아버지에게 도로 갖다 줬는데 뜻밖에 화를 냈다.

"왜 돈으론 안 받아. 그런 학교라면 당장 그만 둬."

아버지는 화 낼 일도 아닌데 공연히 화를 내며 학교까지 가지 말라고 버럭버럭 소리를 질러댔다. 농사를 지으니까 돈으로 받지 않으면 쌀로 내면 되고, 쌀이 없다고 해도 번거롭기는 하겠지만 쌀을 사서 내면 되는 데도 납득이 가지 않는 이유를 들어 학교를 가지 못하게 했다.

돈이면 돈, 쌀이면 쌀, 학부모가 주는 대로 학교에서 받으면 될 것이지, 받지 않는 것이 영 못마땅해서 화를 냈을 수도 있을 것이다.

여덟째는 그렇게 이해하고 아버지를 미워하거나 원망할 줄도 모르고 오직 시키는 대로 일만 따라 했다.

여덟째는 약한 몸으로 아버지 따라 일을 하다가 가끔 힘들거나 고달프면 잔꾀를 낸다는 것이 아버지 눈에 띄지 않는 곳으로 피해 가서 한 나절 놀기도 했던 것이다.

그런데 그것마저 할 수 없게 되었다. 아버지는 여덟째가 눈에 띄지 않으면 엄마에게 곧바로 화풀이가 돌아갔기 때문이다.

한번은 여덟째가 일을 하다가 너무 힘들어 한 나절 쉬기 위해 산속으로 피해 버렸다. 그러자 일하는 것을 몹시 힘들어했던 아버지는 엄마에게 생떼를 쓰거나 행패를 부렸다.

엄마는 밀을 씻어 멍석에 널고 있었는데 아버지는 힘들여 씻은 밀을 두엄에 갖다 버리는 행패를 부렸다. 해서 엄마는 두엄에 버린 밀을 주워 돌을 골라내고 다시 물을 길러 씻느라고 종일 고생한 적도 있었다.

여덟째는 아버지가 어느 정도 시일이 지나면 화가 가라앉아 학교에 가라고 할 줄 알았다. 그러나 1주일이 지나고 열흘이 지나도 학교에 가라는 말 대신, 데리고 다니면서 일만 시켰던 것이다.

여덟째는 좋아하는 댕기머리 선생님이 가정방문을 해서 아버지를 설득해 줬으면 했으나 한 달이 가고 겨울방학이 되었는데도 오지 않았는데도 너무나 좋아한 나머지 댕기머리 선생님을 원망하거나 미워하지 않았다. 다만 좋아하는 댕기머리 선생님을 보지 못하는 것이 아쉽고 안타까웠을 뿐이었다. 다행히 겨울방학이 되어 내려온 맏이가 서울로 올라가기 전에 학교로 찾아가 댕기머리 선생님을 만난 뒤에야 여덟째는 학교를 또 다시 다닐 수 있게 되었다. 여덟째가 두 달이나 장기 결석을 하고 학교에 갔을 때는 이미 2학기 기말고사가 끝난 뒤였다.

기말고사를 보지 못했으니 2학기 성적은 보나마나 전 과목 '가' 로 도배했을 것이며 우등상마저 놓쳤다.

여덟째는 상을 타지 못한 것은 괜찮았으나 댕기머리 선생님으로부터 칭찬을 받지 못한 것이 불만이었고 분하기만 했다.

4월이 되자 여덟째도 3학년이 되었다. 새 학년이 되어 등교하는 첫날 관심사는 무엇일까? 그것은 어느 선생이 담임이 되는가 하는 것이 아닐까? 여느 아이와 마찬가지로 여덟째도 그랬다. 배정받은 새로운 교실로 들어가서 첫 시간이 되기를 초초하게 기다렸다.

그런데 문을 열고 들어오는 선생님은 천만 뜻밖에도 2학년 때 그렇게도 좋아했던 댕기머리 선생님이었다.

여덟째는 뛸 듯이 기뻐했다. 댕기머리 선생님이 자기에게 관심을 쏟든, 아니하든 또 담임이 되었다는 것만으로도 하늘을 펄펄 날고도 남았다. 또 여덟째는 댕기머리 선생님에게 잘 보이기 위해, 아니 관심을 끌기 위해 1등을 하고야 말겠다는 결심까지 했다.

여덟째는 댕기머리 선생님만 좋아했다.

댕기머리 선생님을 너무너무 좋아하고 존경하기 때문에 국어책은 반에서 둘째가라면 서러워할 정도로 잘 읽었고 받아쓰기 쪽지 시험을 보면 스무 단어를 불러도 다 맞출 정도로 받아쓰기도 자신이 있었다.

그런데도 여덟째는 담임선생님의 관심을 끌지 못했다.

칭찬을 들은 적도 없었고 따로 불러 머리를 쓰다듬어 주면서 격려의 말한 마디 들어본 적이 없었다.

이때 댕기머리 선생님께서 불러서 칭찬이나 격려의 말이라도 했다면 여덟째는 많이 달라졌을지 모른다. 그것은 분명했다.

여덟째는 댕기머리 선생님을 좋아하고 존경했으며 사랑하는 것으로 끝내는 것이 아니라 이를 계기로 공부하는 아이, 커서는 보다 좋은, 보다 훌륭한 사람이 되려고 벼르고 별렀으니까.

이를 상전벽해(桑田碧海)라고 해도 좋을 것이다. 동네에서 제일 고집 세고 깡을 부렸다면 하루 종일 부려도 달래지를 못하는, 아버지 이외는 그 누구도 못 말리는 골 때리는 고집불통인 여덟째를 이렇게 순하고 공부하는 아이로 만들었으니 댕기머리 선생님의 카리스마는 정말 대단했다. 한창 성장기인데 아버지가 일방적으로 혼내거나 하찮은 일에도 매만 들어서 삐뚤게 자라거나 문제아가 될 수도 있었는데도.

선생님의 이름을 아무리 떠올리려고 해도 기억이 나지 않았다.

다만 성이 '차'라는 것만 기억나는 것 이외는.

다른 선생님들이 '차 선생, 차 선생' 하니까, 여덟째도 차 선생인 줄로만 알고 있었다. 아이들은 그 선생님이 배가 불룩 나왔기 때문에 맹꽁이라는 별명을 지어 '맹꽁이, 맹꽁이 선생' 하면서 놀리곤 했다.

맹꽁이 선생님이라는 별명은 누가 지었는지 생김새에 딱 어울리게 잘 지을 수 없었다. 젊은 사람이 배가 맹꽁이처럼 볼록 튀어나왔는데 그에 어울리게 지을 수 없어서였다.

여덟째는 이런 차 선생님을 싫어했다. 교실로 찾아와서 댕기머리 선생님과 속삭이기 일쑤였기 때문이다.

이런 일이 아이들의 눈에 자주 뛰어 댕기머리 선생을 좋아한다는 소문이 나돌게 된 것인지도 모른다.

얼레꼴레 꼴레얼레

맹꽁이 선생임은

댕기머리 선생과
붙었대요 붙었대요
얼레 붙었대요.
얼레꼴레 꼴레얼레

이런 동요가 알게 모르게 아이들 사이에 퍼졌다.

누구보다도 여덟째가 싫어했다. 그것은 사실 여부를 떠나 무엇을 의미하는지 알기 때문이며 댕기머리 선생님을 욕보이는 것이라고 생각해서였다. 여덟째는 청소를 끝내고 검사를 받으러 교무실로 갔다가 댕기머리 선생님과 차 맹꽁이 선생 두 분이서 정답게 대화하는 것을 목격하는 순간, 눈에 불꽃이 튄 적도 있었다.

커서 알긴 했으나 그게 바로 질투심이라는 것을.

여덟째는 차 맹꽁이 선생님은 결혼을 했고 아이가 둘이나 있다는 것을 알고부터는 선생님에게 들으라고 대놓고 맹꽁이 선생, 맹꽁이 선생, 왜 맹꽁이 됐나 하고 놀려대곤 했었다.

얼레꼴레 꼴레얼레
맹꽁이, 맹꽁이,
배불뚝이 맹꽁이
왜 맹꽁이 됐냐.
배가 맹꽁이처럼
볼록 나와 맹꽁이 됐지
꼴레얼레 얼레꼴레

여덟째는 쉬는 시간, 화장실을 다녀오거나 방과 후 청소당번으로 청소를 할 때면 동요를 입에 달고 있었다.

6 · 25 전쟁으로 책상과 걸상이 타 버렸기 때문에 책상과 걸상도 없이 맨바닥에 엎드려 공부를 했다. 책상과 걸상을 옮겨가며 청소하는 번거로움을 덜 수 있어 청소하기가 쉬운 탓도 있었고 바닥만 쓸고 엎드려 물걸레로 교실 이쪽에서 저쪽 끝까지 밀고 다니기만 하면 청소를 끝낼 수 있어 동요를 흥얼댔다.

그날은 며칠인지 기억이 나지 않았으나 재수가 옴 붙은 날이었다. 운이 없어 걸려들었다거나 일진이 나빠 걸려든 경우와 마찬가지였다.

반 아이들이 노래삼아 부르는 동요, 여덟째도 엎드려 걸레질을 하면서 동요를 흥얼대고 있었으니 말이다.

"뚝이, 뚝이, 배불뚝이 맹꽁이, 왜 맹꽁이 됐냐. 배가 맹꽁이처럼 볼록 튀어나왔으니까 맹꽁이가 됐지."

그런데 갑자기 여덟째는 귀가 떨어져 나갈 것 같은 강한 충격에 정신을 잃을 정도였다. 그런 충격을 견디다 못해 악을 써대면서 "누구야? 누가 남의 귀를 찢어지도록 당겨, 이 ×팔." 하면서 쳐다보니 바로 차 맹꽁이 선생이 아닌가.

여덟째는 가슴이 철렁 하고 뚝 떨어지면서 속으로 이제는 죽었구나 하고 복창을 해야 했다. 차 선생님은 얼굴이 벌겋게 달아올라서는 "이놈! 네놈이 날 놀리는 동요를 지어서 퍼뜨렸지? 오늘 자알 걸렸다. 한번 되게 혼나 봐라." 하고 열불을 토해냈다.

차 선생님은 여덟째의 귀를 찢어질 정도로 세게 잡아당기면서 교무실로 끌고 갔다. 여덟째는 끌려가지 않으려고 두 다리로 버티기까지 했으나 차 선생의 힘을 당할 재간이 없어 질질 끌려갔다.

"오늘 너, 뒈지도록 맞을 줄 알았어!"

차 선생은 교무실로 끌고 가더니 잘못을 따져 보지도 않은 채 무조건 때리기부터 하는 것이었다. 그것도 도망가지 못하게끔 한 손으로 귀를 거머쥐고 다른 한 손으로는 신고 있던 실내화를 벗어 뺨을 때리기 시작했다. 여덟째는 매를 맞을 때마다 온몸이 전율했고 볼이 찢어지는 것 같은 아픔은 상상도 할 수 없었다.

실내화는 폐타이어 조각으로 만든 것으로 보기만 해도 묵직해 보였다. 그런 실내화로 젊은 사람이 있는 힘, 없는 힘까지 내서 때리니 아프지 않을 리 없었다. 게다가 맞으면서 언뜻 거들떠보니 세상에 그렇게 좋아할 수 없는 댕기머리 선생님마저 교무실에 있었으니 차 선생님은 때리는 것이 얼마나 신났는지 모른다.

그런데 선생님들은 여덟째가 무지막지 맞고 있는데도 누구 하나 말리지 않았다. 여덟째는 저항도 하지 못한 채 한 대, 두 대, 서 대… 열 대까지는 맞기만 했다. 열한 살 나이에 그렇게 맞고 보니 볼이 붙어 있는지 감각조차 느낄 수 없었다.

스무 대를 맞자 눈물을 조르륵 흘리면서 이러다 맞아 죽는 것이 아닌가 하는 생각이 들었다. 서른 대를 맞고 나자 악이 받쳐 흐르던 눈물마저도 나오지 않았다. 그리고 무조건 때리기만 하는 것은 선생도 아니라는 생각까지 했다. 교육적으로 매를 대는 것이 아니라 감정적으로 매를 댄다면 선생이라고 할 수 없었다.

여덟째가 이렇게 맞고 있는데도 교무실에는 여러 선생님이 있었으나 누구 하나 제지하려 하지 않았다. 오늘날 그렇게 맞았다면 학부모가 학교에 찾아와 항의하거나 아이를 입원시키고 진단서를 발부받아 소송을 한다 하고 학교가 발칵 뒤집혀졌겠으나 당시는 그런 것은 생각지도 못했다. 귀까지 찢어져 피가 흐르는데다 마흔 대를 맞자 더 이상 맞다가는 죽을 수도 있겠다는 생각이 들었다.

얼결에 그런 욕이 튀어나왔는지 알 수 없었다.

"이 씨팔, 너 같은 새끼는 선생도 아냐."

여덟째는 젖 먹던 힘까지 차 선생의 손등을 꽉 깨물었다. 차 선생이 아픔을 참지 못해 귀 잡은 것을 잠시 놓치는 틈을 타서 여덟째는 냅다 달아나기 시작했다. 여덟째는 뒤따라오는 차 선생을 따돌리기 위해 젖 먹던 힘까지 쏟아 죽을 동 살 동 내뺐고 따라오는 차 선생을 멀리 따돌렸는데도 불안해서 계속 내달렸다.

목까지 숨이 차 혁혁할 때까지 내달렸다. 오리나 달려서야 도망치는 것을 멈췄다. 양 볼은 퉁퉁 부어 시퍼렇게 멍이 들어 화끈거렸고 타이어 자국마저 선명하게 드러났던 것이다.

그런데도 여덟째는 아버지가 알면 싸웠다고 혼낼까, 집으로 오는 중간에서 시간을 보내고 어두워서야 집안으로 들어섰다.

그리고 도둑고양이처럼 부엌으로 가서 남은 밥을 찾아 먹고 누나 틈새에 끼어 잠을 잤다. 여덟째는 맞은 볼이 너무나 아파 잠이 오기는커녕 끙끙 앓기만 하다가 아침을 맞이했다.

학교에 가기 위해 일어나려고 했으나 일어나지 못해서야 식구들이 비로소 알아차렸다. 누나가 알아채고 물었다.

"너, 누구와 싸웠니? 얼굴이 왜 그래? 애들에게 몰매라도 맞은 게야? 왜 대답을 못해? 말해, 어서."

누나가 꼬치꼬치 캐물었으나 여덟째는 끝내 입을 열지 않았다.

"아버지 알면 큰일 나. 매만 맞고 다닌다고 벼락 떨어져."

여덟째는 아버지가 이를 알고 또 학교를 못 다니게 해서 댕기머리 선생님을 보지 못할까, 그것이 두렵고 불안했다.

그런데 여덟째는 학교에 가지도 못한 채 꼬박 1주일이나 누워 앓았는데도 댕기머리 선생님은 궁금하지도 않은지 학생을 보내 알아보지도 않았고 가정방문을 오지도 않았다.

이때 댕기머리 선생님이 가정방문을 해서 위로의 말 한 마디만 했다면, 댕기머리 선생님을 지금보다 수백, 수천 배는 더 좋아했을 것이며 지금보다 훌륭한 사람이 되었을지도 모른다.

여덟째는 사흘이나 끙끙 앓아누워 있어야 했으며 닷새째야 몸을 일으켜 학교에 가려고 하니 엄마가 말했다.

"그런 몸으로 어떻게 학교를 가겠다고? 오늘은 가지 말고 쉬어라."

"그래도 엄마, 나 학교 가 가야 돼. 반드시 가야 해."

"못 간다니까, 그러네. 며칠 더 쉬어."

그러나 여덟째는 댕기머리 선생님이 보고 싶어 안달이 나 성치 못한 몸을 이끌고 학교로 갔다. 어정어정 걷다가 쉬고, 쉬었다 걸으면서 교실로 들어섰다. 교실로 들어서서 보니 반 아이들은 삼삼오오 모여 떠들어대고 있었다. 아이들은 어디서 들었는지 알 수 없었으나 댕기머리 선생님이, 학기 중간인데도 불구하고 전근을 가신다는 이야기를 하는 것이 아닌가. 아이들이 하는 그 소리는 여덟째에게는 맑은 하늘에서 날벼락이 떨어졌다고 해도 과언이 아니었다.

순간, 여덟째는 청천벽력 같은 충격에서 헤어나지 못했다. 그렇게도 좋아하고 존경하는 댕기머리 선생님께서 읍 소재지 학교로 전근을 간다는 말에 온몸의 힘이란 힘은 다 빠져 흐늘흐늘했다.

선생님께 잘 보이기 위해 1등을 하려고 벼르고 별렀는데 갑자기 전근을 가게 되었으니 낙담할 수밖에. 여덟째는 좋아하는 사람을 잃게 된다는, 가까이서 볼 수 없다는 것만도 가슴은 천 갈래 만 갈래로 찢어졌다. 들리는 소문은 댕기머리 선생님이 아이들을 잘 가르쳐서 읍 소재지 교장이 장학사에게 부탁해 발령을 냈기 때문에 학기 중간인데도 전근을 가게 되었다고 한다. 뜬소문이긴 했으나 결혼하기 위해 선생을 그만둔다는 소문도 있었는데 이는 거짓임이 곧 드러났다.

반 아이들이 전근 간 선생님께 편지를 하면서 전근 간 학교가 알려졌기 때문이다. 아이들은 선생님에게 다가가 작별인사라도 한 마디씩 하는데 여덟째는 숫기가 없어서였든지, 인사 한 마디 건네지 못하고 마음속으로만 수천, 수만 번 인사를 하며 속을 태웠다.

댕기머리 선생님께서 작별인사를 했다.

울먹이던 선생님은 말을 멈췄다가 다시 말을 이어갔다.

"제가 사범학교를 갓 졸업하고 최초로 부임한 곳이 이 학교였고, 또한 처음으로 담임을 맡아 정말 정도 많이 들었답니다. 이제 정이 든 여러분을 두고 떠나려고 하니 저로서도 섭섭하고 서운합니다. 제가 없더라도 열심히 공부해서 좋은 사람, 훌륭한 사람이 되기 바랍니다. 편지를 하면 답장을 하겠습니다. 그럼 열심히 공부해서 좋은 사람 되세요."

아이들은 "네. 네에." 하고 일제히 대답했다.

머리를 땋아 댕기를 드린 데다 양쪽 귀밑에 쪽을 진 댕기머리 선생님은 눈물까지 비치는 것이 아닌가.

눈물을 본 여덟째는 대답도 하지 못했다. 그때 댕기머리 선생님이 비친 눈물은 여덟째에게 오래도록 기억에 남아 잠을 설치기가 일쑤였다.

인사가 끝나자 댕기머리 선생님은 매달리는 아이들의 머리를 일일이 쓰다듬어 주면서 작별을 했다.

여덟째는 가까이 다가갈 엄두도 내지 못해 멀찍이 떨어져서 이를 지켜보기만 했다. 언제 준비했는지 모르겠으나 똘똘한 장터 아이들은 선물까지 준비해서 선생님께 드렸다.

그런데도 여덟째는 그런 생각조차 하지 못했으니 촌놈치고 그런 촌놈은 없을 것이었다. 비록 선물을 준비할 줄 알았다고 해도 돈이 없으니 마련할 수도 없었지만. 엄마 보고 돈 좀 달라고 해도 아버지가 돈을 가지고 써 엄마마저 돈을 손에 쥐어본 적이 없었으니까요.

주머니에 돈이 있다고 해도 선물을 살줄도 몰랐을 것이며 무엇을 준비해야 좋은지는 더욱 몰랐을 테니까.

여덟째는 세상없이 존경하고 좋아하는 댕기머리 선생님, 세상에 그렇게 예쁘고 아름다울 수 없는 댕기머리 선생님이 가시면 두 번 다시 만나뵙지 못할 수도 있을 터인데도 말 한 마디 못했으니 바보치고 그런 바보는 세상에 없을 것이다.

"선생님, 존경합니다. 제가 읽지도 못하는 국어책을 읽게 된 것은 선생님께 잘 보이기 위해서였답니다. 음악을 제외하고 전 과목 '수'를 받은 것은 선생님을 좋아했기 때문이고요. 선생님, 존경합니다. 앞으로 선생님을 거울삼아 열심히 공부해서 훌륭한 사람, 좋은 사람, 국가가 필요로 하는 사람이 되겠습니다. 선생님 내내 건강하시고 행복하십시오."

여덟째는 왜 이렇게 당당하게 인사를 건네지 못했는지 그것이 안타깝고 한스러웠다. 말로 못한다면 편지라도 써서 붙이지 못했는지 용기도 없고 자신감도 없었으며 적극성마저 없는데다 능동적이지 못한 여덟째, 왜 그렇게 어리숙기만 했을까.

그렇게 댕기머리 선생님은 여덟째에게 깊은 인상과 수많은 생각과 부푼 꿈을 심어주고 떠나갔다.

뒤늦게 여덟째는 깨달았다. 댕기머리 선생님을 자기만이 좋아한 것이 아니라 반 아이들 대부분이 좋아했다는 것을.

새로 온 담임선생님이 전근 간 댕기머리 선생님의 주소를 칠판에 적어놓고 편지 쓰는 시간까지 줬다. 모두가 편지지로 두 장, 석 장을 썼는데도 여덟째는 단 한 줄도 쓰지 못해 애만 태웠다.

잠만 자면 하룻밤도 거르지 않고 댕기머리 선생님의 꿈을 꾸면서도. 꿈을 꾸는 것까지는 좋았다.

아무리 꿈이라고 하지만 너무나 안타까운 꿈으로, 편지를 쓰려고 애를 태우고 태우면서 끙끙대도 한 줄도 쓰지 못해 애만 태우다가 깨는 꿈을.

여덟째는 큰마음 먹고 선생님 댁을 찾아가긴 갔으나 도저히 용기가 나지 않아 대문 앞에서 망설이다가 되돌아서는 안타까운 꿈도 꾸었다. 그런 꿈도 한두 번이 아니라 밤마다 꾸었다.

1년이 지나고 10년이 지나도 그런 안타까운 꿈을 꿨다.

그런 꿈을 품고 보다 좋은, 보다 훌륭한 사람이 되기 위한 희망을 가지고 앞으로 나아갔다.

여덟째는 살아가면서 힘들고 어려운 고비를 맞을 때마다 댕기머리 선생님의 고운 얼굴을 떠올리면서 마음을 다잡았다.

몇 년의 세월이 흘러 댕기머리 선생님은 의사 선생과 결혼을 해서 사모님이 되었다는 소식도 들렸다.

여덟째는 결혼을 하자마자 사부님께서는 시내 요지에 개원을 해서 의원 이름까지도 알게 되어 댕기머리 선생님을 찾아뵈려고 벼르고 별렀으나 그렇게 하지 못했다. 서울로 유학을 가 일류 중학교에 들어가게 되면 찾아뵈려고 했으나 떨어져 찾아뵙지 못했고 서울대학교에 들어간다면 찾아뵙는다고 했으나 입시에 실패했다.

그래서 끝내 뵈러 가지 못했다. 한번은 교수가 된 뒤, 찾아갔다가 미장원에 갔다고 해서 다방에서 기다리다가 그냥 되돌아오기도 했었다.

여덟째가 왜 그렇게, 그냥 되돌아섰을까?

이 소설을 쓰기 전에도 찾아갔었다. 찾아갔을 때는 병원 건물은 도로확장공사로 헐리고 어디로 이전했는지 알 수 없었다.

그렇다고 하더라도 수소문해 찾아보지도 않은 채 발길을 되돌리고 말았으니, 왜 그랬을까요? 여덟째가 댕기머리 선생님을 너무 사랑해서 그때 그 모습을 가슴에 묻어두기 위해서였을까?

세상에 그렇게 예쁘고 아름다울 수 없는, 하늘에서 가장 내려온 하늘천

사 같은 댕기머리 선생님의 이미지를 잃고 싶지 않다고 할밖에.

그 이외 이유가 있다면, 바로 이런 것일 것이다.

여덟째가 댕기머리 선생님을 좋아하고 사랑한 마음이 99%였다면 1% 가 부족한 것은 1학년 때 67명 중에서 꼴찌를 했었다.

그런데 2학년 1학기 때는 댕기머리 선생님에게 관심을 끌게 하기 위서 거나 잘 보이기 위해, 아니 칭찬받기 위해 2등까지 했다면 불러 머리를 쓰 다듬어 주면서 칭찬이나 격려라도 했다면, 뒤에 찾아뵈려고 갔다가 그냥 되돌아서지도 않았을지 모른다.

1%가 부족한 그것 때문에 여덟째는 그 먼 곳을 서너 번이나 찾아갔다 가 그냥 되돌아선 것은 아니었을까?

에필로그

군사부일체(君師父一體)라는 말이 있듯이 하인리히 슐리만의 스승은 다른 사람 아닌 바로 아버지다. 슐리만의 아버지는 아들에게 좋은 스승 이상의 꿈을 키워 주어 대성시켰던 것이다.

저 중국의 사서 중 하나인 『맹자(孟子)』에는 '시우지화(時雨之化)'란 어구가 수록되어 있다. 이를 풀이해 보면, 때맞춰 비가 알맞게 내려줘야 초목도 쑥쑥 자라듯이 스승이 제자의 갈 길을 제때 바로잡아 줘야 훌륭한 사람이 된다는 뜻일 게다.

『맹자』의 이런 어구가 아니더라도 스승과 제자의 만남은 잘 짜여진 한 편의 드라마인지도 모른다.

그 예로 김상옥 선생께서는 학교라곤 초등학교만 다녔는데도 주옥같은 시, 「옥저」「백자부」「다보탑」 등을 남긴 시조시인이다.

찬 서리 눈보라에 절개 외려 푸르르고
바람이 절로 이는 소나무 굽은 가지
이제 막 백학 한 쌍이 앉아 깃을 접는다.

드높은 부연(附椽) 끝에 풍경소리 들리던 날
몹사리 기다리던 그린 임이 오셨을 제
꽃 아래 빚은 그 술은 여기 담아 오도다.

갸우숙 바위틈에 불로초 돋아나고
채운 비껴 날고 시냇물도 흐르는데
아직도 사슴 한 마리 숲을 뛰어 드노다.

불속에 구워내도 얼음같이 하얀 살결
티 하나 내려와도 그대로 흠이 지다.
흙속에 잃은 그날은 이리 순박하도다.

—김상옥의 「백자부」

1연에서는 백자 무늬를 통해 선조들의 고결한 정신을 노래, 2연에서는
님에 대한 그리움을 4연은 주제연으로 백자의 순결함을 예찬했다.

주제- 티 없이 맑고 깨끗한 백자 예찬.

김상옥 선생이 박재삼이라는 시인 지망생이 찾아와 시 짓는 방법에 대
해 한 수 가르쳐 달라고 청했다. 그러자 김상옥 선생께서는 말하기를 "말
은 최대한 아껴야 하되 리듬이 우러나야 하네. 앞으로 시를 지을 때는 이
점을 명심하도록 하게나."하고 조언(助言)해 주었다.

그런 조언 때문인지는 모르겠으나 박재삼은 선생의 조언을 평생 지표
로 삼아 시작을 해서 유명한 시인이 되었다.

한 송이 국화꽃을 피우기 위해
봄부터 소쩍새는
그렇게 울었나 보다.

한 송이 국화꽃을 피우기 위해
천둥은 먹구름 속에서
또 그렇게 울었나 보다.

그립고 아쉬움에 가슴 조이던
머언 먼 젊음의 뒤안길에서

인제는 돌아와 거울 앞에 선
내 누님같이 생긴 꽃이여.

노오란 네 꽃잎이 피려고
간밤엔 무서리가 저리 내리고
내게는 잠도 오지 않았나 보다.

　　　　　　　　　　　　—서정주의 「국화 옆에서」

위 시는 교과서에 실린 「국화 옆에서」라는 시다.

누가 지었는지 알겠지요? 미당 서정주 선생이다. 우리나라의 많은 시인
가운데 한(恨)을 가장 아름답게 승화시킨 서정주 선생 또한 자작시에서
'나를 키운 것은 8할이 바람이었다.'고 밝혔다.

그러나 알고 보면, 미당 선생도 삶의 큰 고비마다 방향을 틀어준 스승
한 분 계셨다고 한다.

그런데 지금 우리의 현실은 어떠한가. 흔히 '선생은 많아도 참 스승은
드물다'고 한다. 왜 그렇게 되었을까?

모르긴 몰라도 선생 스스로 성실하게 보듬지 않았거나 자부심을 키우
지 않은 탓은 아닐까.

선생으로서 어려운 고비에 처한 제자 하나 방향을 올바르게 잡아주지
못했다면 참 스승의 보람을 느낄 수 있을까.

이와는 반대로 대학까지 다닌 사람으로서 가슴에 갈무리해 두고 평생
존경할 만한 스승 한 분을 모시지 못했다면 그것은 더 큰 인생의 불행인
지도 모른다.

미당 선생은 '작가 노트'에서 이 시의 주제를 3연의 '내 누님 같이 생긴

꽃이여.'에 초점을 맞췄다고 했기 때문에 한때는 40대 여인의 원숙미를 주제로 이해했었다.

그러나 4연의 '무서리'와 '내게는'에서 보듯이 새로운 생명 탄생의 엄숙성이나 경건함이 주제다. 시인의 의도했던 주제와는 다른 시, 시인으로 보면 실패작인데도 명시로 대접받는다.

1960년 초 한국의 현대시 열 몇 편을 프랑스어로 번역해 프랑스 시지에 소개된 적이 있었다.

그런데 이「국화 옆에서」란 시를 두고 유독 혹평을 했다고 한다.

한국의 현대시는 아직도 19세기, 세기말적인 시가 한국의 현대시라면 C. 보들레르의「악의 꽃」수준의 퇴폐를 벗어나지 못한 그것이 한국의 현대시냐고.

서구에서는 국화를 두고 죽음을 상징한다. 봄에서 가을까지 죽음을 예찬했으니 퇴폐적이라는 데 이해가 간다.

관습과 인습 차이 때문에 그런 대접을 받다니…

우리는 국화꽃을 오상계절에 피어나는 선비의 절개나 지조에 비유한 정통성과는 전혀 다르니.

숙명적 비애와 삶

채수영(문학평론가 · 文博)

시가 인간을 상징하는 데 심혈을 기울인다면 소설은 인간의 일을 묘사한다는 점에서 시와 소설은 인간과의 만남의 예술이 된다.

인간이 무엇인가를 묻는 일은 이미 거덜이 난 철학의 물음이었고 또 철학의 시작이라는 모순의 표정처럼 인간의 문제는 언제나 미지 속에 몸을 숨기고 끝없는 발견을 지속하듯이 시와 소설의 행보도 불을 켜들고 미지의 어둠을 향하는 예술행위에 몸을 태운다.

평생을 찾아가도 문을 열어 주지 않는 대상을 위해 온갖 헌신과 정성을 바쳐야 하고 더러는 무지개의 환상을 뒤쫓아 헤매는 꿈에 젖을 때도 더러 있으나 언제나 빈 허무의 표정으로 돌아오는 일을 되풀이하는 작가는 한 편의 작품이거나 한 권의 창작집 앞에 두고 항상 허탈한 심정을 감추지 못하기 마련일까 싶기도 하다.

─사람이라면 누구나 애틋한 첫사랑의 멍에를 지고 살아가고 있듯이 나는 소설에 대한 애틋한 첫사랑을 잃지 않으려고 몸부림친다.

모든 사람에게 첫사랑 동화는 적당히 고민하고 또 적당히 괴로워하면서 인생의 이정표가 되고 생활의 악센트로 작용을 해서 남은 생을 보다 윤택하게 하듯이 나는 삶의 윤택을 위해 소설을 쓴다.

아니, 나는 조개가 남의 몸인 진주를 몸속에 숨겨 소중히 키우는 마음으로 소설이라는 진주를 키운다.

한데도 나는 글 쓰는 데 있어 둔재임이 분명하다.

이를 누구보다도 나 자신이 잘 알고 있다.

그런데도 소설에 대한 미련을 버릴 수 없다. 30여 년이나 소설을 공부했고 한때는 회의에 젖어 소설을 완전히 포기했었다.

더욱이 이제는 죽으라면 죽는 시늉을 내더라도 소설을 쓰지 않겠다고 맹세한 적도 있다. 치사하게도 나, 참.

이 무슨 망령인지 뒤늦게 미련을 떨쳐버릴 수 없어 다시 시작했으며 내팽개쳤다가 또 펜을 들어 괴발개발 적고 있는 나 자신을 발견한다.

그 동안 써 모은 50여 편의 소설을 몽땅 태워 버린 일도 있다. 그러고도 무슨 미련이 남았는지 소설집을 내려고 벼르다니…—

김장동(金章東)의 『조용한 눈물』의 머리말을 읽노라면 거기에 논리적인 뒷받침은 없다 하더라도 읽는 심정은 다분히 꼬장꼬장하고 강직한 성품의 작가라는 느낌과 더불어 진지하고도 성실하게 소설세계에 대한 열병을 앓고 있음을 감지할 수 있다.

그런데도 이와 같은 인상을 저항감 없이 받아들일 수 있다는 것은 김장동이 가지고 있는 인간미에 대한 심정적인 반사가 작품과 조화를 이루고 있기 때문일 것이다.

한 편의 글 앞에 겸손하다는 것은 작가가 독자 앞에 보일 수 있는 성품이고 이것이 완전히 용해되었을 때, 이른바 좋은 글이라는 당위성에 도달하게 된다. 분신과도 같은 50여 편의 작품을 태워 버릴 수 있었다는 것은 자신의 피와 살, 사랑하는 모든 것과 이별했다는 고뇌 어린 표정임을 깨닫게 해 주기 때문에 더욱 친근함을 일깨워준다.

소설가는 소설로 그의 세계를 대변하듯이 김장동의 소설 표정은 다기(多岐)한 의미역(意味域)을 포괄하고 있다.

그런데 김장동의 의식을 지배하고 있는 관심 영역은 산업사회의 비정적인 메카니즘에 일그러지고 찌그러진 인간의 표정이나 현대인의 살벌한 심리적 세계에 탐닉하기보다는, 자연과 인간이 교감하는 원시적이며 때묻지 않은 근원적인데 작가의 관심이 집중되어 있다.

이금지와 윤영혜며 천유일의 사랑 이야기를 저변에 깔고 휴전선민통선을 배경으로 분단의 비극을 심도 있게 다룬 「현내리 사람들」, 어머니의 유해를 운구하면서 30년 만에 고향을 찾아가는 회상구조의 기법과, 6.25와 베트남 참전을 연상법으로 오버랩 시킨 「조용한 눈물」에다 저자는 전쟁의 상흔을 담으면서 새로운 비전을 제시하고 있다.

그리고 수몰민의 비극을 밀도 있고 정치한 묘사로 곰실과 점개와 만이의 사랑과 애환을 다룬 「얼레와 감개」와 임하댐 건설로 수몰민이 되어 쫓겨나는 고향 상실의 애환을 그린 「상어비인(傷魚卑人)」은 고향 잃은 실향민의 의미를 새롭게 생각하게 한다.

오순지와의 사랑을 상큼하게 그린 「여행(旅行)의 뒤끝」, 일제 치하를 배경으로 일제 군벌의 딸 하스에와 식민지 청년과의 사랑을 그린 「그것은 꿈」은 지나가는 삽화라고 할 수 있겠다.

김동리(金東里) 세계에 보다 접근한 「소녀신불(少女神佛)」이나 향랑이 개에게 생식기를 물어뜯긴 칠봉이와 결혼함으로써 비극의 길로 치닫는 슬픈 여인의 수사도인 「메나리」 -이 작품은 작가의 월간문학 데뷔작인 「수사도(水死圖)」를 개명한 것 -는 전통의 의미를 오늘에 되살렸다.

오 부장과 순박한 윤경임 사이에 박이도를 등장시켜 광산촌의 비리를 파헤친 「하얀 두더지」 등은 도시 배경이 아니라 대개가 농촌을 공간으로,

거기서 빚어지는 숙명적인 비극의식을 밑바닥에 깔고 있다.

이와 같은 것은 작가의 의식구조의 일단이 작품 속으로 투영되었음을 반영하는 trauma(흔적) 현상으로 작가의 정신도학(精神圖學)을 반영한 셈이 된다. 그의 작품에 등장하는 인물들은 자연 속에서 생존으로 신음하는 무명인, 농부이면서 순박한 사람들이다.

도시적 인물이 심리묘사라면 농촌을 공간으로 했을 때는 파노라마적인 회상구조와 정감 쪽으로 기울어지기 마련이다.

이런 관점으로 볼 때, 김장동의 소설은 김유정(金裕貞)이나 이효석(李孝石) 소설의 체취(體臭)를 느끼게 한다.

김장동의 문체(文體)에서 느끼는 인상은 이효석 쪽에 보다 가깝다고 할 수 있다.

—달빛의 음영(陰影)이 드리워진 강 자락은 미동도 하지 않았으나 구름 속으로 들어갔던 달이 발발 기어 나오면서 하얀 비늘을 강 자락에 늘어뜨리자 비로소 강물은 되살아나 꿈틀꿈틀 움직이기 시작했다.

되살아난 강 자락을 건너오고 있는 사내 하나가 있었다.

달빛은 사내가 들고 있는 네모진 하얀 상자에 달라붙어 떨어지지 않았고 불어오는 후덥지근한 바람은 알몸을 드러낸 대안에서 농탕쳤다.

사내는 가던 길을 멈춘 채 강 자락을 휘휘 둘러본다.

흔히들 해도 해도 너무한 삼십 년만의 대한(大旱)이라고 했다. 사내는 그런 큰 가뭄이 아니면, 결코 밟아볼 수 없는 강 자락의 한가운데 서 있기만 하는데도 손발은 떨렸고 가슴은 디딜방아를 찧어댔다.—

인용한 부분은 「얼레와 감개」의 첫부분 서술이다.

이는 이효석의 「메밀꽃 필 무렵」을 연상케 한다.

유음과 유성 자음이 주는 묘한 뉘앙스는 독자들의 상상을 증폭시키면서 부드럽고 아름다운 시적 여운을 남긴다.

이효석의 문체 미학이 ㄹ·ㅁ·ㅇ 등 유음의 특이한 조화에서 비롯된다면 김장동의 소설 문장은 여기에서 발원하는 인상을 풍긴다.

소설은 재미있어야 한다는 요구는 일차적인 명제이다. 그렇다고 소설은 비단 줄거리만의 즐거움은 결코 아니다.

가령 단편소설은 인생의 이야기가 강렬성과 단일성의 구조를 문제 삼으면서 소재를 객관적으로 제시해야 한다.

그리고 주제는 노출보다는 비장의 무기를 가져야 하면서 동시에 함축성의 향내를 음미하게끔 은근함이 깃들어 있어야 한다고 가정한다면, 김장동의 소설은 이런 제 요건을 부드러운 문체 속에 훌륭히 내장하고 있다고 하겠다.

또 하나의 특색은 피일딩이나 발자크나 죠지 엘리어트의 회화적 방법에 보다 가깝다는 점이다.

다시 말해서 인생의 넓은 공간이나 방대한 경험이 파노라마적으로 펼쳐지기를 바라면서 인간 존재를 천착하고 삶의 해석이 기쁨과 즐거움 쪽에서보다는 비극적 관점에 가까워지는 느낌이다.

그 예를 다음 인용문에서 확인할 수 있다.

－노래를 다한 향랑은 물로 뛰어들 채비를 했다. 그러다 몸을 고쳐 사리고는 "내 죽기로 작심을 했으나 물을 보니 죄인 같은 생각이 드는구나. 내 차라리 물을 보지 않으리라." 했다.

순간, 그녀는 살아온 만큼의 피 빛 진한 생채기가 뼈를 썰었고 썰려 나온 뼈마디 마디마다 날카로운 쇠톱으로 갈아대었다.

그것마저도 이제는 진하고 뜨거운 액체에 씻겨 달관으로 돌변했다.

향랑은 진솔 모시치마를 훌렁 뒤집어쓰고 물로 뛰어들었다.

사나운 물결은 텀벙 소리마저 삼켜버렸다. 아니, 이제는 향랑마저 물결에 가세해서 밀려오고 있었다.—

인용 부분은 「메나리」의 끝부분이다.

이것으로 미루어 보더라도 작가라고 한다면, 삶에 대한 인식과 인생을 관조하는 관념의 방향을 암시한다고 할 수 있지 않을까.

오늘날 소설 풍토는 요란한 선전과 일과성 소비품목을 위한 유행에 보다 관심이 집중되어 있다고 하지 않을 수 없다.

옷을 마구 벗기고 장 수 불리기에서 오는 줄거리의 따분함, 극적 전환이 실종된 오늘의 산문시대는 이상(異狀)이 정상으로 둔갑하여 재미만을 탐내는 취향으로 보면, 고답스럽고 비극적 인간의 숙명에 맞닿아 있는 김장동의 소설은 확실히 평범한 재미와는 다른, 오늘날 우리들의 삶을 다시 생각하게 하는 메시지가 흥건히 담겨 있다.

마치 현상액에 담가야 실상이 비로소 나타나는 암실작업처럼 음미하고 사색하면서 맛보아야 즐거움을 알 수 있는 담백한 소설이 바로 김장동의 『조용한 눈물』이 아닌가 싶다.

김장동은 동국대학교 국문학과 졸업 및 동 대학원을 수료, 한양대학교 대학원에서 문학박사를 취득. 경력으로는 국립대 교수, 대학원장, 전국 국공립대학교 대학원장 협의회 회장 등을 역임했음.

저서로『조선조역사소설연구』,『조선조소설작품논고』,『고전소설의 이론』,『국문학개론』,『문학 강좌 27강』등.

월간문학 소설부분으로 문단에 등단해 소설집으로『조용한 눈물』,『우리 시대의 神話』,『기파랑』,『천년 신비의 노래』,『향가를 소설로 오페라로 뮤지컬로』등. 장편소설로는『첫사랑 동화』,『후포의 등대』,『450년 만의 외출』,『이 세상에서 가장 오랜 시간에 걸쳐 쓴 편지』,『대학괴담』. 문집으로는『시적 교감과 사랑의 미학』,『생의 이삭, 생의 앙금』이 있으며『김장동문학선집』9권을 출간하다.

시집으로『내 마음에 내리는 하얀 실비』,『오늘 같은 먼 그날』,『간이역에서』,『하늘 밥상』,『하늘 꽃밭』. 미발간 시집으로『부끄러움의 떨림』,『사랑을 심다』,『작은 맛 큰 맛』. 시선집『한 잔 달빛을』,『산행시 메들리』,『살며 사랑하며』. 인문학 에세이집으로『마음을 움직이는 배려』,『이야기가 있는 국보 속으로』등이 있다.

조용한 눈물

초판 1쇄 인쇄일	2023년 4월 10일
초판 1쇄 발행일	2023년 4월 24일

지은이	김장동
펴낸이	한선희
편집/디자인	정구형 우정민 김보선
마케팅	정찬용 이보은
영업관리	한선희
책임편집	정구형
인쇄처	으뜸사
펴낸곳	국학자료원 새미(주)
	등록일 2005 03 15 제25100-2005-000008호
	경기도 고양시 일산동구 중앙로 1261번길 79 하이베라스 405호
	Tel 02-442-4623 Fax 02-6499-3082
	www.kookhak.co.kr
	kookhak2010@hanmail.net

ISBN	979-11-6797-110-4 (94800)
	979-11-6797-109-8 (세트)
가격	20,000원